400年の遺言

死の庭園の死

柄刀 一

角川文庫 12463

奥書院見取り図

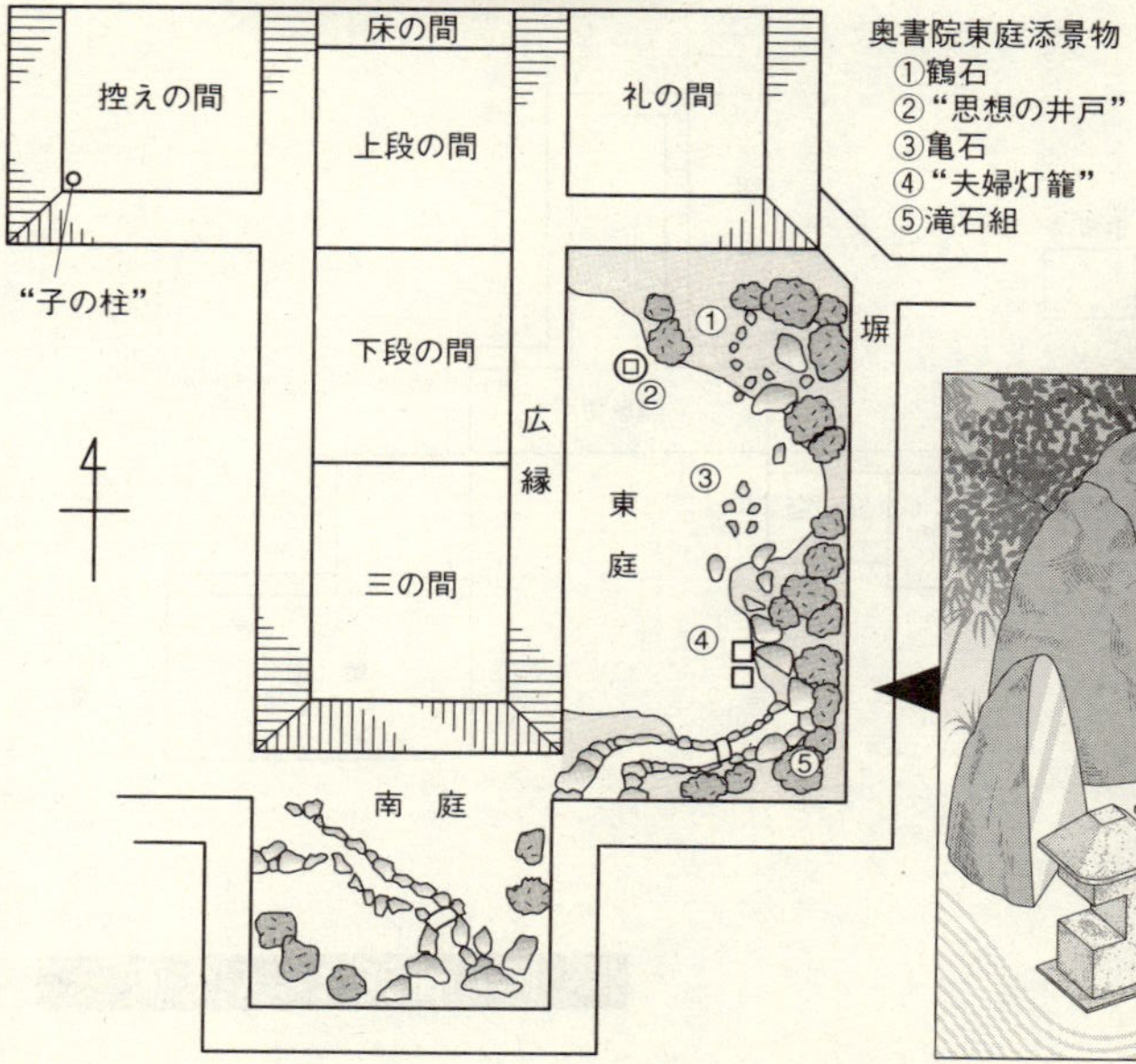

現場周辺図

infographics 4REAL

龍遠寺全景見取り図

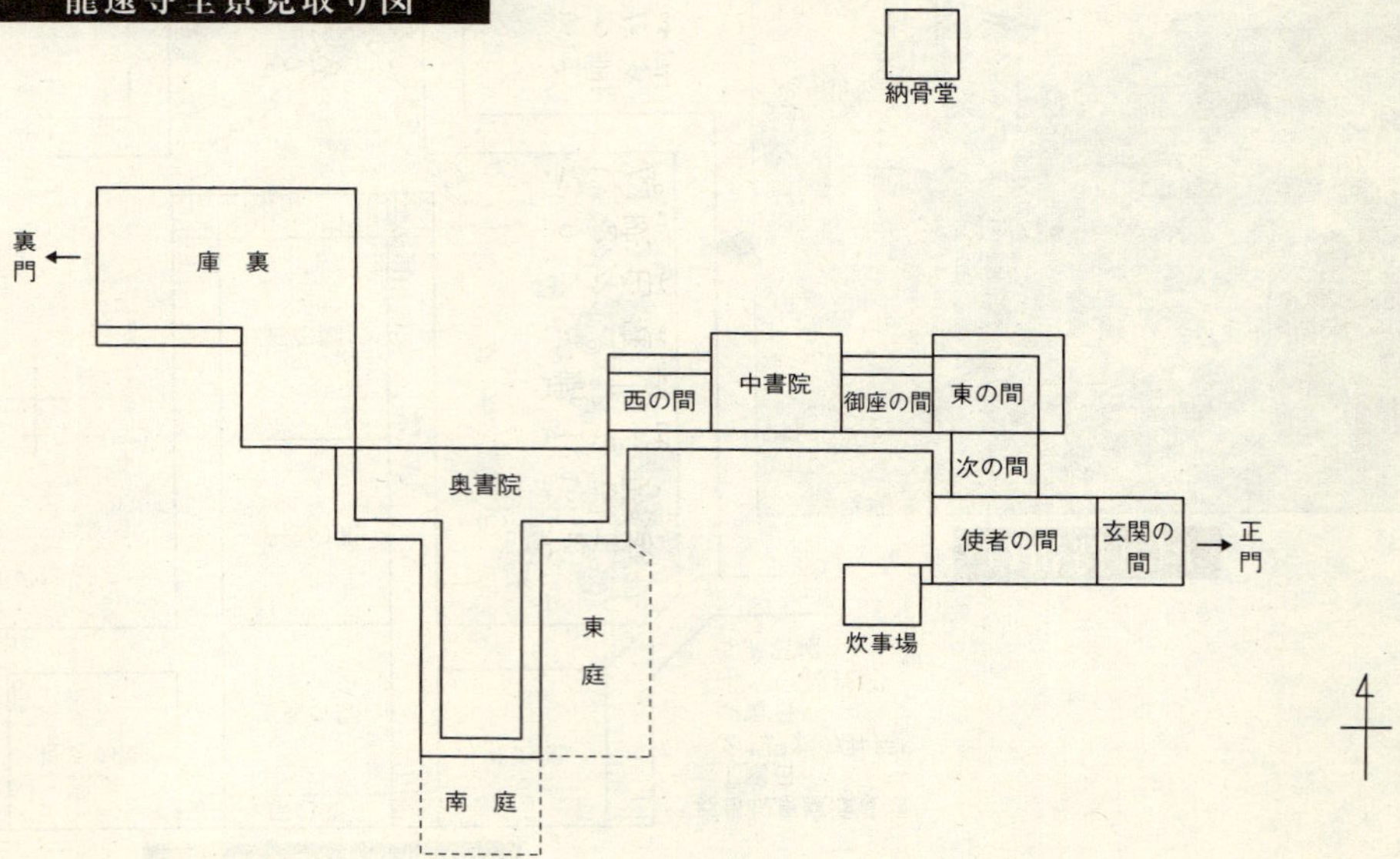

三月二十九日——

呻《うめ》き声は、やはり空耳ではなかった。

庭の薄闇と霧雨の向こうにそれが見えてきた。

なにかを抱え込むようにして倒れている男……。作務衣《さむえ》に似た服を着ている。

公彦《きみひこ》と枝織《しおり》の足は、縁側——広縁《ひろえん》の上で一時止まっていた。

白砂が濡《ぬ》れる書院造りの庭。その右端——南側の縁《へり》。その一角には高麗芝《こうらいしば》と苔《こけ》が敷き詰められ、小川の縮図である遣水《やりみず》が流れている。庭の奥にある、滝を模した石組《いわぐみ》の右側、その中程の高さの所に小さな石灯籠《いしどうろう》があり、オレンジ色の明かりをぼんやりと灯《とも》らせている。濡れて光るゴツゴツとした庭石は小さなその明かりを映し、ツバキの花は夜目にも赤かった。

男は、流れるせせらぎの左側に倒れていた。争った形跡を思わせて、地面がかなり乱れている。

男のかすかな身じろぎと同時に、また呻き声が聞こえたような気がする。

それは、声や音というより、気配といったほうがより正確だったろう。チロチロという水の流れの音のほうが耳には届く。他の物音はすべて、白いオーロラを思わせてたゆたう霧雨に姿を変えているかのようだ。

蔭山公彦《かげやまきみひこ》は庭へと飛びおりた。小走りに進む。靴下越しに、苔の湿りが伝わる。頬には、冷たいパウダーのような雨……。

男の濃紺の服は、まだほとんど濡れてはいなかった。初老の男の後ろ姿……。

男が左手で抱え込むようにしているのが三歳ほどの少年であることに気付き、蔭山はハッとした。よく知っている少年だ。意識がなく、ぐったりとしている。しかも、幼い首には、ロープで乱暴に絞めたような生々しい痕《あと》があった。しかしそれよりさらに蔭山を驚かせるものは、初老の男が仰向けになろうとしてから目に入ってきた。皺《しわ》深い細面が、蔭山のほうを見ようとする。その首筋に、なにかが突き刺さっていた。銀色に光る、工具という印象の物。その、薄く細い金属部分が、左の首に刺さっている……。傷口を覆う鮮血に、霧雨が混じっていく。

少し遅れて近付いて来ていた和装の枝織は、やや離れた場所でその無惨な流血を目にし、息を呑《の》んで立ち尽くしていた。

同じく蔭山も、男に声をかけようとしたが言葉が出てこなかった。

何度か目にしたことはある顔だった。職人としての年輪で日に焼けているその顔色が、今は弱々しく褪《あ》せようとしている。

生気の失せつつある両目が、蔭山の顔に焦点を結ぶ。唇が震える。

男は少年を右手で抱え直し、かがみ込む蔭山のほうへ体を起こそうとする。

動かないほうがいい——そう思ったが、言わなければならないことでもあるのかと、蔭山は

制止することもせず、ただじっと待った。その耳元で、
この子を、頼む……。

そう男が言った。

呟《つぶや》きだった。

かろうじて聞き取れる小さな声だった。

しかしそこには、最期の息に託してもその思いを伝えようとする、揺るぎない意志があるように蔭山には感じられた。

蔭山は頷《うなず》き、安堵《あんど》したように力の抜けていく男の体を静かに地面に横たえた。その目はもう、ひらこうとはしなかった。

喉元《のどもと》の、黒っぽく見える血だけが、夜の光を載せて蠢《うごめ》いている。湿った草の匂いに混じる血の香りは、どこか、花のそれのような甘さを持っているようにも感じられた。


霧雨の湿りを手の平で顔から拭《ぬぐ》い、蔭山公彦は救急車を見送った。

少年の名は久保努夢《つとむ》。この龍遠寺《りゅうおんじ》の跡取り息子だった。母親が青ざめた顔で救急車に同乗していった。その宏子《ひろこ》と蔭山は、古くからの馴染《なじ》みでもあった。

「助かるわよ……ね」

高階枝織《たかしな》が、祈りを紡ぐように、小さく言っていた。

「ああ、大丈夫さ」

それは気休めではなかった。あの調子なら回復は早そうだ。

少年を守るようにしていた男は死亡が確認された。ああした急所に外傷を負っていては、蘇《そ》生《せい》措置も取りづらかった。泉《いずみ》、という名字を蔭山は覚えていた。造園家だ。龍遠寺の庭もまかされていた。

「助かるよ」

重ねるように蔭山は言った。泉との最後の約束は、まず間違いなく果たせたはずだ。見よう見真似の人工呼吸だったが、とにかく一生懸命やった。小さな、脆《もろ》そうな胸……。効果はあったらしい。

枝織も、急ぎながらも冷静に、救急への連絡をつけた。

すぐ横で彼女の体は、まだかすかに震えを残している。

半襟の白さに負けないほど、顔色がいつにもまして白い……。腰高の名古屋帯。裾《すそ》へ向けて藤色の濃くなる大島には、光沢のある蝶の輪郭が所々に散っている。木蓮《もくれん》の葉陰にいる枝織を、霧雨の白いベールは避けて通るかのようだ。

——この騒動、彼女のお腹の赤ん坊に影響がなければいいのだが……。

そろそろ三ヶ月のはずだった。

「君の旦那《だんな》が担当することになるのかな」

枝織の夫、憲伸《けんしん》は、京都府警捜査一課の刑事だった。これは殺人事件なんだな、と、改めて蔭山は思う。

「どうかしら……。あの事件の捜査班として動き始めたばかりだから、他の人達が……」

「ああ、そうかもね。……足袋《たび》、汚れちゃったね」

あまり意志を感じさせない動作で、枝織は足元を見やった。今は、借り物のサンダルを履いている。そのままの姿勢で枝織は言った。

「こんな所で……人が殺されたりした現場でわたしと出会ったら、彼、驚くでしょうね」

「おまけに、俺も一緒だ」

「それで少しはほっとすると思うけど」枝織の表情が、ようやくわずかに和らいだ。「守ってくれる友人がそばにいたわけだ、ということで」

「仕事はどうした、なんて細かいこと、訊《き》いたりしないね、憲伸は」

「事情聴取としてなら、訊くんじゃないかしら……」枝織は、言わずもがなに付け加える。「途中でキャンセルされたんだもの……」

彼女は、観光バスも所有するタクシー会社の臨時スタッフだった。神社仏閣を中心としたガイドを務めている。仕事はごくたまに、不定期に回されるだけだ。今夜の客は、途中で都合が悪くなって引きあげていた。

枝織と蔭山は、今夜、この寺院の前で顔を合わせた。それは確かに、偶然には違いなかった。隠さなければならないことなど、なにもない……。

五日前。三月二十四日――

対象者が建物の中に消えて二十分は経っている。盗聴器の周波数に合わせてある受信機も静かなものだ。暗い車内で、石崎正人《いしざきまさと》は禁煙パイプの端を噛《か》み締めていた。

これで禁煙は、何度目の挑戦になるだろう。

こうした、明かりを漏らしてもいけない張り込みも多い探偵稼業にとって、喫煙というのは不利をもたらす習慣ではあった。もっともその習慣にも、ライター型のカメラや、タバコのパッケージの空き箱など、小道具を持ち出しやすいという利点がないわけではなかったが。

首回り四十二センチの襟元には、銀ネズの光沢を持ったネクタイが緩く結ばれている。それは、職業が許す範囲でのしゃれっ気のようでもあったし、幾ばくかの疲労感のようでもあった。

山影も濃い、車の通りなどほとんどない道。石崎は先ほど外へ出て、その三階建ての建物を確認したが、窓明かりは灯っていなかった。対象者が、彼の仕事場であるそのビルに入ったのは間違いないが、明かりもつけずにいったいなにをしているのか……。彼はいったん帰宅し、夜も遅くなって再び車を出し、戻って来たのだ。

――地下室にでも用事か？

対象者の名前は、五十嵐昌紀《いがらしまさのり》。四十二歳。歴史事物保全財団の資料室室長。離婚により、現在独身。

依頼の内容は、五十嵐昌紀の動向を、仕事関係を中心に二十四時間リサーチしてくれ、とい

うものだった。調査の具体的ポイントが指示されているとやりやすい。上司によると、依頼人

は最も依頼料の高いランクの態勢を望んだ、ということだった。そのため、贈答品としての置

物に偽装した盗聴器を、五十嵐のオフィスに仕掛けることまでしてあるのだ。

——なにも聞こえないな。

受信機は相変わらず、なんの音も拾わない。それも当然ではある。五十嵐のオフィスがある

二階は、一貫して暗いままなのだから。それを言うなら、建物全体がそうだが。

依頼人が指定してきた尾行のタイプは、ルース・テールだった。まかれてもいいから、発見

されることだけは絶対に回避するという態勢だ。ただし、四六時中監視の目は離さない。その

ために、対象者・五十嵐の車には〝虫《バグ》〟が取りつけてある。追跡用無線発信機だ。これなら相

手に姿を覚知されることなく、一キロほどの距離を置いて追尾することも可能だ。助手席でノ

ートパソコンが起動し、カーナビそっくりの画面が朧《おぼろ》な光を滲《にじ》ませている。一世代前の無線追

跡システムは、受信装置が嵩張《かさば》り、ワンボックスカーに搭載する必要があったが、今ではここ

まで手軽になっている。もっとも、山科《やましな》プライベート探偵興社も、減価償却まではまだ間が

あるとばかりに、愛着のある大容量の受信装置を最前線で頑張らせてはいるが。

それにしても、二人以上の人員はほしいよな、と石崎は思う。このままでは、なんのために

対象者が会社へ戻って来たのか報告もできない。

次の瞬間、石崎の上体がシートから跳ね起きた。

——出て来た。

相手がようやく動きだした。しかし相変わらず玄関先に明かりもつけないので、ひどく見にくかった。距離もある。財団正門の向こうでぽつんと立っている電柱には、弱々しく街灯が灯《とも》っているのだが、石崎の車両はもちろん、その明かりに照らされないだけの距離を保って停められている。

石崎はすぐに、外見は望遠レンズ付きのカメラに似ている暗視スコープを覗《のぞ》く。本来のシルエットが緑の蛍光色で浮かびあがっているような画面。粒子は粗《あら》い。

——五十嵐さん、やっぱりお仕事か？

台車のような物を押している。肩からさげているのは小さなバッグか。シルエットがどうもおかしいと思ったら、スプリングコートの襟を立てているらしい。そういえば、態度もどこか奇妙だ。苛立《いらだ》っているような、こそこそしているような……。

——いったい、なにをやってる？

眉間《みけん》に皺《しわ》を深め、石崎は目を凝らした。五十嵐の車の後部ドアがあけられた。どうやら、台車の上の荷物を積み込むらしい。軽くはなさそうだ。その形状の印象から、石崎は仏像を思い浮かべた。歴史事物保全財団ではそうした物をよく扱っているという知識の影響も受けているかもしれない。結跏趺坐《けっかふざ》している仏像という印象——等身大の仏像だ。一緒に車内に潜り込んだり、しゃがみ込むようにして押し込もうとしたり、しばらく苦労をした後、その積み込み作業は終了した。対象車両のドアが閉められた。ずいぶん、そっと閉められたような印象を受ける。

対象者が台車を戻してくる数分の間、石崎は暗視スコープをはずして待機していた。

相手が車に乗り込む。エンジンの始動音。テールライト。

対象車両——グレーのカローラは静かに発進していったが、石崎のほうはすぐには動かない。慌てて、ヘッドライトを対象者に捕捉《ほそく》させるのは愚の骨頂だ。それでなくても今回は、徹底した無線器追跡が基本である。

盗聴用受信機のスイッチを切った石崎はテレコを取りあげ、

「対象者《マルタイ》は後部座席に詳細不明の荷物を積み込み、二十三時三十五分に対象車両《マルシャ》を発進させる」

と録音した。

そして、発信機の移動を示すパソコン画面上の光点を確認してから車をスタートさせる。

街灯の下で、スポーツ刈りよりは少し長めの髪をした、浅黒い石崎正人の顔が浮かびあがった。

北嵯峨《きたさが》から南下した五十嵐の車は、新丸太町通《しんまるたまちどおり》を東に向かった。花園《はなぞの》駅の南界隈《かいわい》、その辺りの込み入った道を、ちょこまかと走り回る。引き返して来そうな動きさえ見せたので、車間距離を充分あけておくのが無難だ、と石崎は改めて思った。道に迷ったか、なにかを探しているかのような動きだった。

少し停車時間の長い時を利用し、石崎は車内灯を点《つ》け、歴史事物保全財団社屋での詳細を記録簿に書きつけた。表紙には架空の不動産会社の名が記してあり、三枚目まではそれらしい書類が収まっているルーズリーフだ。その四枚目以降が記入ページである。

千本丸太町《せんぼんまるたまち》を走っている時に、ふと、数分間ほどの停車時間が生じた。明らかに、信号待ちではない。先ほど積み込んだ仏像状の荷物をおろしているのかもしれないが、それを確認するために接近する危険を冒すべきだろうかと、石崎は迷った。

車は再び走り始め、五条千本《ごじょうせんぼん》の中央信金近くで、また通常より長い停車時間が生じた。石崎は接近してみることにした。パソコン上の光点は、五条通《ごじょうどおり》よりやや北側で止まっている。石崎は車を路肩に寄せ、駐車場所を探している車を装い、低速で進行する。何台かの停車車両が見えるが、パネルバンが停まっていたりして見通しがきかない。無線発信機の場所をGPSを応用して知らせる画面上の推定位置には、多少の誤差も生じる。どこか近くにはいるのだろうが、それ以上正確にはつかめない。結局、対象車両を視認する前に画面の光点が動きだした。東へと向かい、鴨川《かもがわ》を越える。桜のそよぎの下にある暗い川面《かわも》に、川端の町の窓明かりが点々と並ぶ。

——夜桜か……。

仕事の合間だったが、石崎はそんな季節感を頭によぎらせた。

——しだれ桜は見頃だが、ソメイヨシノはまだ少し早いな。平野《ひらの》神社辺りはもうすぐで、御《ご》所《しょ》はちょっと遅れるか……。

五十嵐の車は、京阪《けいはん》本線沿いを北に転じた。奇妙な走行経路だ。一度南下し、市内を横断してからまた北へ戻っていることになる。五十嵐の自宅とは逆へ向かうことにもなってしまう。

嫌な予感がした。

尾行に気付かれているとは思わない。しかし、なにかが普通ではない。

石崎も、キャリアの中では尾行を覚知されたことが何度かある。まかれたり、振り切られたりを経験した。やけに細かく路地を曲がり始めたので気付かれたかと思えば、後ろ暗いところのある対象者が、目的地が近付いたのでむやみに慎重になっただけというケースも多い。……しかし、このケースはそのどれでもない。

対象車は、数分間停車してはまた進み始める。なにかの場所を探しているのだろうか？

高野《たかの》川《がわ》沿いの上高野《かみたかの》町から、対象車両は山裾《やますそ》の暗がりへと向かっていく。民家が疎《まば》らになり、道が曲がりくねって細くなる。最終地点に近付いたのではないかという予感を石崎は覚える。ダッシュボードの時計を覗く。もうすぐ一時だ。歴史事物保全財団社屋をスタートしてから、一時間二十分近くも振り回された計算になる。

石崎は車を停めた。ヘッドライトが目立ちすぎる。辺鄙《へんぴ》な山道の路肩、その車中のドライバーズシートで、石崎は腕を組んだ。対象車の位置を示す画面上の光点が、もう少しのぼった所で停止した。

――こんな所になにかあったか？

住宅や施設があるとは思えない。

これからどう行動すべきか、判断に苦く迷いながら、石崎は禁煙パイプを噛み締めて待機した。

停車して十五分が経った頃、石崎は動くことにした。車を出てトランクを開ける。山道を歩いていてもさほど不自然ではない服装になっておく必要がある。背広を脱ぎ、トランクに用意されている着替えの中から、やや厚手のジャンパーを選んで着る。地図や雑誌、軽食などが入っているデイパックにカメラも収め、それを肩にかつぎあげる。ネクタイははずすのが常道かもしれなかったが、なぜか石崎は、それをほどく気にはなれなかった。むしろ結び目をきっちりと締めあげ、石崎は歩き始めた。

木々の深い闇に覆われた道を五分も歩くと、左手に、少しひらけた場所が見えてきた。整地作業の途中という印象だった。工事機材などは見えないが。その空き地の隅のほうに、対象車両の灰色の車体があった。

――人の気配は感じられない……。

虫の音がか細く交錯しているが、それも、底知れない静寂の一部にしか思えなかった。のしかかってくるかのような闇の厚み……。

対象者の不可解な行動……。

石崎はかすかに怖《お》じ気《け》づいていた。

しかし結局、引き返す理由を心の中で探しはしたが、石崎は足を進めた。五十嵐に発見された時の言い訳を練りながら。

車の中に、五十嵐の姿はなかった。後部座席の荷物もない。

ここまできた以上、周辺を探ってみることにする。

高台の西の縁《へり》まで行くと、展望がひらけていた。上高野から岩倉《いわくら》にかけての町並みの明かりが散らばっている。頭上の月は上弦。わずかな風の中に、青葉と樹皮の香りがあった。

北のほうへと回ると、祠《ほこら》のようなものが見えてくる。

——思い出した。

ここには妙見菩薩《みょうけんぼさつ》が祀《まつ》られている。どうやら、仏像は二体あるようだった。

——二体？

そんな話は記憶になかった。しかも一体は、お堂の外に置かれている。お堂の左側だ。匂い立つような白木蓮《はくもくれん》が、一叢《ひとむら》の白い闇となって佇《たたず》んでいる。その手前に、もう一体の等身大の仏像は座っていた。結跏趺坐のポーズだが、どこかがおかしい。

バサッ、と山鳥が飛び立ち、石崎は肝を冷やした。鼓動を鎮《しず》めながら、ペンライトを点けてみる。仏像の顔だと思っていた所には、黒い髪の毛があった。人形の物などとは思えない、リアルすぎる黒い髪だ……。

この仏像らしきものは、後ろを向いて座っているから奇妙なシルエットに思えたのだ。しかも仏像ではないらしい。灰色のスーツさえ着ている。

——しかしこれは？　どういうことだ？

スーツはこちら側が前面であり、ボタンがあるが、人物像はこちらが間違いなく背中だった。つまりは、スーツは後ろ前ということになる。

──これは人間ではないのか？

その人物像の向かって左側、スーツの裾近くの地面に、白く咲いているものがある。白木蓮の花ではない。手首だ。人間のものとしか思えない生々しさ。しかも──

──血だ！

石崎は、薄暗さの中でもそれを直観した。見えている手首をべったりと濡《ぬ》らすもの……。本物の血だ……。

石崎は生唾《なまつば》を呑《の》み、口で息をし始めた。

恐る恐る、その人体の横へと回る。男の顔が見えてくる。人間だ。生きているとは思えない人間の……。

五十嵐昌紀ではない。しかし、見覚えのある顔だった。まだ若く、眉《まゆ》が太く、閉じられたまつげは微動だにしない。

半ば放心状態ながら観察眼を走らせた石崎は、それに気付いた時、腰を抜かしそうになった。死体の手首が感じさせていた違和感の理由が判った。手首が、スーツの袖《そで》──死体の腕につながっていないのだ。ポトリと地面に落ちている。しかも、左腕の先に落ちているのが右手の手首ではないか。親指が反対方向に出ているという感じ。その、諧謔《かいぎゃく》的な違和感……。そう、両手が後ろ前に反転している死体……。ただ、もう一方の手首は見当たらないが……。

その、狂気の絵柄に酔うかのように、石崎正人は四囲を闇に包まれて立ち尽くしていた。

衣服と手首を後ろ前に配置された男が、目の前で死んでいるのだ……。

1

首に白く巻かれた包帯が痛々しいだけで、久保努夢はいつもどおりの様子だった。取り立てて腕白な少年というわけではない。むしろ引っ込み思案で、やや空想癖があり、一人遊びが好きそうだ。

「ちゃんと聞こえるように言わなくちゃ、ね、努夢ちゃん。お腹《なか》に力を入れて」

我が子の横でしゃがんでいる久保宏子は、腹を一つポンと叩《たた》いて見せる。そして、

「このお腹に」

と、椅子に腰掛けている努夢の腹の辺りを、所かまわずくすぐりだした。努夢はきゃっきゃっと笑ったが、すぐに、少年なりのプライドと羞恥《しゅうち》を示して母親の手を振り払った。

「いいんですよ、そんなこと」

蔭山公彦は、心の底からの遠慮を伝えた。命の恩人にお礼を言いなさいと、先ほどから久保宏子は息子に催促しているのだ。しかしその言葉はすでに、病室で一度言われている。それに、久保努夢の本当の命の恩人は、泉繁竹《しげたけ》に他ならない。文字どおり、身命《しんめい》を賭《と》して少年を守ったのだ。

少年は蔭山の斜向《はす》かいに座り、横顔を見せている。困ったような、照れているような表情だった。足を振るタイミングで細かく上体を上下させ、間を持たせている。

蔭山は、堅苦しい雰囲気にならないようにと、ダイニングテーブルに軽く肘《ひじ》を乗せていた。

三十三にしては、落ち着きすぎた顔貌《がんぼう》。目鼻立ちは整い、真ん中に浅い筋目のある顎《あご》には力があったが、かすかに若白髪の混じる髪などは、もう少し気をつかってもいいのではないかと思えるほどの素朴な印象をたたえている。

さして明るくもないこの性格では、子供に人気がないのも当然だ、というぐらいの自覚は蔭山にもあった。

「宏子さん、あまり無理強いすると、僕がもっと嫌われ者になっちゃいますよ」

蔭山が言うと、しょうがないわねぇ、と呟《つぶや》きながらも微笑み、久保宏子は立ちあがった。

「おじちゃんのこと、前より好きになったわよね、努夢？」

そう言いつつ、彼女は、首の傷に障らないようにという慎重さで、息子の小さな肩を揉《も》んだ。

そのまま白衣を着れば、マッサージ師として通じるかもしれない雰囲気を宏子は漂わせている。場をくつろがせる空気と、ある種のたくましさがあった。それと同時に、北の海の昆布《こんぶ》を束ねたような黒々とした髪を、ひっつめというよりはポニーテールといった趣《おもむき》に見せるのは、彼女の熟した魅力の表われに違いない。季節的にはまったく早いと思われるベージュ色のカットソーの下に、豊かな体があった。子供が八人ぐらいいてもおかしくなさそうな、母性と肉感を等分に併せ持っている。

スミちゃんの面影はどこにもないな、と蔭山は思う。

蔭山公彦と久保宏子は、兵庫県の上月《こうづき》にある同じ施設で育っていた。孤児や、親権争いのあれこれで親元を離れていなければならないような子供達を養護する施設だ。二人とも、親がなかった。蔭山は棄児、久保宏子は死別だった。一九六五年の九月、その施設の前に、乳児だった男の子が置かれていたのだ。来訪者が停めていた車の、ボンネットの上だった。野菜の木の箱の中で、おくるみに包まれていたらしい。

蔭山少年より、宏子のほうが二歳ほど年上だった。しかし、頼りになりそうな姉、というわけではなかった。むしろ逆で、おとなしすぎ、泣き虫で、あまり他人とかかわらず、いつも部屋の隅っこにいた。だから、スミちゃんだ。それがどうだろう、彼女は、明るく、心身ともに伸びやかさを感じさせる女になっている。

――俺とは逆か。

そう、蔭山は思う。自分は少年時代、思索する時間を作るまいとするかのようにはしゃぎ回ってきた。弱みを見せまいとするかのように気勢をあげていた。しかし長じてみると、表面的な明朗さすら影を潜めていた。情感のどこかが欠落しているように思える……。

それぞれ里親に引き取られてからは、ほとんど音信は途絶えていた。蔭山は静岡市近郊に落ち着くまでは何度も引っ越し、久保宏子は長く滋賀県で生活した。再会したのは去年の春だった。

一応関西生まれということが居心地の良さを誘うのか、蔭山は三年前に京都に居を構えた。そして去年から、神社仏閣の巡回保安員という職業に就いた。日本に二人しかいない職種だそうだ。所属は観光協会だった。防犯上の連絡事項や、寺社側からの要望などを携え、腕章をはめて市内を歩き回る。協会の車が割り当てられない時もある脇役的なポストだが、外歩きというのは自分の性に合っていると、蔭山は考えている。同じ顔ぶれと同じ場所にいるよりも、一人でいるほうがずっと落ち着く……。

巡回のペースとしては、京都市を四つのブロックに分け、その一つのブロックを二日で回るというのが基本だった。二週間に一度、同じ寺や神社に顔を出すことになる。もちろん、急遽《きゅうきょ》訪ねなければならないというケースも発生するわけだが。

しかし、京都市内すべての神社仏閣に顔を出せるわけではないという、釈然としない思いが、蔭山の胸の底にはわだかまっている。京都市の神社仏閣の数は二千に達する。それらすべてと顔をつなぐというのは、現実的に、また、物理的に困難なことだった。観光都市にあって、誰でも名前を知っている古刹名刹《こさつめいさつ》である寺社は、長大なる歴史の重みを背景に、市政にさえ影響を与える隠然たる勢力を形成している。その一方で、路地裏の一般民家のようにして、ひっそりと佇んでいる寺社も数知れない。そうした寺社こそが圧倒的多数なのだ。身の丈で市民と接し、決して楽ではない経済状態の中、彼らも何百年という歴史を受け継いできている。しかしそうした寺社へは、特に重要と思われる事案がある時だけ、文書を配布する程度のことができるだけだった。もっとも向こうも、観光にかかわる組織の助力など、必要とはしていないのだろうし。彼らは宗教法人であって、観光施設ではない。

かくして、蔭山公彦も、前任者達同様、観光ガイドに太字で記されている神社や寺院を主に相手にすることになる。時には、わだちのように定式化しているルートをはずれ、弱小寺院などの声も拾い集めてはいるのだが。

去年この仕事を始め、住職や宮司らの家族とも顔を合わせるようになった頃、久保宏子が蔭山公彦の面影に気付き、声をかけてきた。彼女はその奇遇に驚き、そして喜んだ。お坊さんの奥さんになっていたのかい、と、蔭山も驚いたものだ。やせっぽちの少女も、今は幸福そうだった。この龍遠寺は、経済的にも恵まれた部類のお寺だろう。龍安寺《りょうあんじ》の石庭と並び称される謎めいた造りを持つ寺であることが目玉ともなって参観者が多く、また檀家《だんか》数も少なくない。

隣室への引き戸がスッとあくと、

「蔭山さん、父が、お礼を申したいそうなのですが」

と、龍遠寺十二代住職、久保了雲《りょううん》が声をかけてきた。正式な法名は、真宗なので釈《しゃく》了雲。本名は祥一《しょういち》という。作務衣《さむえ》に似た室内着に、裸足《はだし》。磨かれた板敷きを踏みしめる素足から頭頂部のさらに先まで、もう一本の透明な背骨が通っているようにも見える姿勢だった。いつも、すっきりとした堅実さを示している。まだ三十代で、引き締まった顔と形のいい剃頭《ていとう》、そして小柄な体型は、まさにぴりりとした味わいのある山椒《さんしょ》を連想させる。見かけどおり真面目な坊さんであるが、中身は現代社会の男性だ。蔭山は了雲と、女性ボーカルのCDシングルの歌詞や、修学旅行生達のルーズソックスを話題に盛りあがった覚えがある。

「そんな、わざわざけっこうですよ」

席を立ちながら蔭山は軽い辞退の仕草を返したが、やや間をあけてから了雲は、

「顔を合わせたいようなんですが……」

と重ねて低く言った。

その言葉の間合いに、床を離れられない人間の気持ちが代弁されているようで、蔭山はそれ以上拒めなかった。

「そうですか、では」

夫と、夫が運んで来た父親の気配に、一昨日の悲劇的な事件の別の面を改めて意識にのぼせたかのように、久保宏子は厳粛で沈んだ様子へと変わっていた。八年間の結婚生活で、何人も子供がいてもおかしくないような彼女が授かったのは、ただ一人。努夢だけだった。まさにお宝、一粒種である。その愛息が危難を乗り越えて無事でいるということが、どうしても宏子の表情を緩ませていたのだ。しかしこの件では現実に、泉繁竹が死亡している。

四年前にも同じような悲劇があった寺院ということで、世間からありがたくない注目を集めている時期でもあった。

「お礼を言うべき人に足を運ばせて、申し訳ないですね」

そう言って軽く頭をさげ、了雲は蔭山の前を歩いた。

お気になさらず、と応《こた》え、それから蔭山は尋ねてみた。

「努夢くんはやはり、犯人のことはなにも見てはいないのですか？」

「みたいですね。いきなり首を絞められたらしい。警察もあれ以上、三歳の子供からはなんの手掛かりも得られないでしょう」

「見ても聞いてもいない……」

だからこそ、その直後の目撃者である蔭山が、こうして再度の現場検証に呼ばれているわけだが。

——それにしても……。

蔭山には、若干気にかかることがあった。いかにも職人という、鋼の意志を感じさせていた老人、泉繁竹が最後に遺《のこ》した言葉。あの一言。

この子を、頼む……。

必死の思い、という感じだった。久保努夢は泉老人にとって、仕事で出入りしている家の子供、という存在にすぎないはずだ。庭は遊び場じゃないんだよと、両親から常にたしなめられているにもかかわらず、努夢少年はよく庭を歩き回っていたらしい。その関係で泉繁竹と多少言葉を交わしたりはしたようだが、元来人見知りをするタイプの少年だ、それ以上に親しい間柄になっていた様子はないという。

無論、子供が襲われていれば、身を挺《てい》して助けようとすることはあるだろう。赤の他人であろうと。しかしその結果として瀕死《ひんし》の傷を負った身で、さらにあのような言葉が出て来るのだろうか？　救急車を、ぐらいの言葉の強さ、内容であれば、蔭山も過剰なものは感じなかったと思う。だがあれでは、振り絞った遺志の焦点が、子供、というものに凝縮しすぎてはいないだろうか？　まるで、そう……、泉繁竹にとって、努夢という少年が特別な子供であるかのようなニュアンスだった……。

それは考えすぎなのだろうか？

少なくとも蔭山は、こうした疑問を人に話してはいなかった。一つの理由は、泉繁竹の今際《いまわ》のきわの、あの表情、あの語調を知っているのは自分だけだということだった。これは結局、個人の感じ方にすぎない。他の人間に話しても、リアルには伝わらないだろう。そしてもう一つ、そうした問いに対する答えの一つを、蔭山が恐れているという一面がある。他の大多数の人間にとって、泉繁竹の思いは当然のものなのかもしれない。襲われている子供を助けたなら、意識のないその子をなによりも案じ、最後まで気にして後を託すのは当然でしょう――そう言われる気がするのだ。あなたは違うって言うの、と、冷ややかな目で非難される。人間性を疑われるかのように……。

蔭山は、世間が言うほどには、子供というものが好きではなかった。視覚的に可愛いと感じる時はあるが、常時そばにいてほしいとは、正直思わないのだ。なぜか子供の近くだと、逆に気が張ってしまう。あなた、子供の前でもあまり笑わないのね、と、誰かに言われた覚えがある。自分の中にはどこか乾いた部分があるようだ、と蔭山は思う。

正直言えば、努夢少年に嫉妬《しっと》を感じている部分さえ蔭山の中にはあった。蔭山は、子供の頃、大人達から思いのこもった言葉をかけてもらったという覚えがない。一番はっきりと記憶に刻みつけられているのは、「犬なら駄賃もいらないのにな」という養父の言葉だった。類は友を呼ぶということか、公彦の子供時代、蔭山家には養父と似た薄汚れた気配の人間達がたむろし、淀《よど》んだ空気を作っていた。借金の話、賭博《とばく》の場、男と女の揉め事……。「いい子だから」の後には、必ず使役の内容が待っている。もう寝るべき時分の小学生に、タバコを買いにやらせる。電話に出させ、都合の悪い相手ならば居留守を使わせる。

「ここからも追い出されたくなかったら」という言葉は、蔭山は飽きるほど聞かされてきた。子供をびくつかせる大声、背を丸めるようにして横になっているその床にさえ伝わってくる、大人同士の罵詈《ばり》雑言《ぞうごん》……。

だが一方、久保努夢はどうだ？　他人からまで、命懸けの言葉を残してもらっている。誰もが微笑んで話しかけ、人としての温かさで包み込もうとするのだ。そうした大人達の思いを、彼らのような命は運命として取り込んでいく。幼い頃にかけられ続ける言葉は、それだけですでに呪術《じゅじゅつ》なのだ。

自分のような存在と彼ら……。進むべき道が最初から峻別《しゅんべつ》されているように、蔭山には感じられてならない……。それぞれの人生のルートには、最初の段階で違う記号の標識が立てられているのだ。

——いや、よせよせ

と、自らのひがみ根性に舌打ちした蔭山が、そもそも努夢少年が襲われなければならなかった理由というのはなんなのだろう、という設問に頭を切り換えた時、了雲が足を止めていた。

少しだけあいていた襖《ふすま》を、了雲がサラッと滑らせる。

和室だった。床が延べてあり、先代の住職、顕了《けんりょう》が横になっていた。

顕了は、呼び立てたことや、寝たままの格好であることを蔭山に詫《わ》びた。

大きく柔らかそうな枕を二つ重ねて、それである程度上体を起こしている。

「お客さんを迎える時は、開け放つぐらいのことをしませんとね」顕了が穏和な苦笑を交えて言った。「どうしても、病人臭くなる。宏子さんは良くしてくれるが」

縁側への襖が広くあいている。頬骨の目立つやつれた顔が、そちらへ向けられている。ちょうどそこに藤棚の一部が見え、午後の日差しと穏やかな日陰が、静かな調和を成していた。まぶしいものでも見るように、顕了は目を細めている。

六十五歳にしては老けた風貌だった。短く刈られたごま塩の頭髪はあまり生気がなく、こめかみのそばなど二、三ヶ所に、老人性のシミがある。目の周りに皺《しわ》が多かったが、眼光はまだ鈍くはなかった。

「改めて、お礼申しあげます、蔭山さん」顕了は蔭山のほうへ向き直っている。「孫の命を救うことに全力を注いでいただきまして」

頭は、さげるというよりも起こす形になるが、顕了は、光を吸っている白い布団の上にしっかりと両手を突いていた。

「誰でもしたことでしょう。結果が良くてなによりでした」

「……これから輝くべき命ですからね」

顕了は、糖尿病からくる幾つかの合併症を併発していた。数年前に脳梗塞《のうこうそく》を起こし、下半身に中程度の麻痺《まひ》が残ったため、歩くという行為がむずかしくなってしまった。もともと糖尿病性神経症で両足の知覚は鈍くなっていたのだ。臓器全体も弱っており、今では体調のいい時に、運動がてら、手を借りて短い距離を歩くことがある程度だった。

「努夢はこの世にとどまりましたが、他の命と引き替えに、とは、また難儀な宿運だ。あの子も、その周りも、重たいものを背負うことになりましたな……」

「……私は、泉さんの、この世での窓口になったつもりでいます」

そんな蔭山の言い回しがあまりピンとこず、顕了が問いかけの眼差《まなざ》しを送った。

「いえね、私、皆さんから過分なお礼を言われるではありませんか。ですがそれはすべて、泉さんの代わりに言ってもらっていることですからね」蔭山は薄く微笑した。「ですから私は、皆さんの言葉や思いを何倍にもして、冥土《めいど》の泉さんに届けている役割なのだろうと……」

なるほど、という思いの微笑を、顕了は目蓋《まぶた》の辺りにわずかに浮かべた。

「ユニークな謙虚さですね」

そして顕了は、なだらかな起伏のある裏庭へと視線を投げかけた。その表情が、思い深げなものになる。「……泉繁竹さん。まさか、あの方までここで亡くなるとは」

蔭山の横に正座していた了雲が、その因縁を改めて意識したかのように、膝《ひざ》の上で軽くこぶしを握り締めていた。

泉繁竹の一人息子、真太郎も、四年前にこの龍遠寺の庭で死んでいるのだ。同じ東庭《ひがしてい》だった。

蔭山は、息子が殺された庭だからこそ、繁竹もこの庭で死ぬ運命になったのではないかと考えていた。四年前の悲劇と今回の事件は、根底の部分でつながりがあるのではないか、そう漠然と感じるのだ。

四年前——一九九五年の早春、死の庭園の夜を縁取っていたのは、紅蓮《ぐれん》の炎と黒煙だった。

＊

左京区《さきょう》、岩倉幡枝町《いわくらはたえだちょう》の住宅数軒に被害を及ぼした火災も、午後十時を回ってようやく鎮火へと向かっていた。ちょうど、左京区と北区の境目に位置する区域だ。主要道路の両側だけに民家が軒を並べているという規模の宅地である。細い道が何本も集まってきている地点で火災が発生したため、消防や救急の車両が満足な動きを取れず、避難した人間達も夜の住宅地に溢《あふ》れ出していた。そうした人達をその夜、龍遠寺は受け入れていたのだ。

北区上賀茂《かみがも》、その本山《もとやま》の東の麓《ふもと》に、浄土真宗妙見《みょうけん》派龍遠寺はある。

下火になるまでは、すぐ目の前で燃え盛る炎が、龍遠寺を黒々としたシルエットで浮かびあがらせていた。文化遺産を延焼させるわけにはいかない。住職夫妻を始め、龍遠寺関係者も消火活動に奔走した。そして龍遠寺内には、負傷者や焼き出された者が収容されるようになっていった。入り口から、使者の間《ま》、そして次《つぎ》の間《ま》辺りに至るまで、手当を受ける者や毛布にくるまる者が散らばっていた……。

だが、鎮火が確認されると、深刻な沈黙よりも、野次馬達や取材陣の話し声が、龍遠寺の入り口周辺を満たすようになっていった。家を失った者に対する同情のような脱力感も漂ってはいたが……。

もらい火とはならなかった点で、龍遠寺関係者の安堵《あんど》感は言葉に尽くせないほどのものがあった。重傷者もいないようだ。

避難して来ていた家の子供達にジュースを与えた後、久保宏子は周囲を見回して泉真太郎の姿を探した。水と煙に汚れながら、彼も救助活動や消火活動に力を貸していたが、火が治まってきてからは姿を見ていないような気がしたのだ。

宏子は中書院《ちゅうしょいん》や西の間を抜け、奥書院《おくしょいん》へと向かった。

奥書院には東庭がある。

龍遠寺ではその年から、東庭の夜間拝観を始めようとしていた。泉真太郎は庭師――庭園技師として、照明類の設置を行なっているところだったのだ。

また仕事場に戻ったのだろうと、宏子は思った。

作業用の明かりが灯《とも》っていたが、一見、東庭には誰の姿もなかった。東向きの広い縁側――広縁を進んで行って確認できたのは、その広縁の南端に置かれていた、真太郎の作業用バッグやビデオカメラだけだった。

しかしゆっくりと引き返しながら、十坪ほどの庭園を見渡すと、左手、薄闇の下に、見慣れない物体が転がっているのが判った。井戸の陰にあったので、先ほどは気がつかなかったのだ。そちらへ歩み寄ろうとしたが、宏子の足が止まった。気付いたのだ、それが人間の体だということに。

足をこちらに向け、仰向けに倒れている。

そこから先、久保宏子の記憶はあまりはっきりとはしていない。

倒れていたのは泉真太郎だった。当時二十五歳。独り身。死因は溺死《できし》。

胃や肺から、井戸の水が検出された。上体を井戸の中に突っ込まれたと推定できた。ある程度の争いがあったという痕跡《こんせき》は残っているが、不審な物音を耳にしたと証言する者はいなかった。なにしろ慌ただしい夜だった。混乱を極めた夜と言ってもいい。寺の奥で発生した物音が、庫裏《くり》にいた者も含め、誰の耳にも届かなかったとしても不思議ではなかった。

そして、有力な目撃者も現われなかった。龍遠寺の入り口周辺は半ば公共のスペースと化し、多数の人間が出入りしていた。まして非常事態の夜だ。呆然《ぼうぜん》としていたり興奮しすぎていたりして、冷静な観察眼は誰にも期待できなかった。結局、寺院の奥まで入り込んだ何者かの姿を覚えている者は皆無だったのだ。

動機も不明である。若き庭園技師が、なぜあの夜、あの場所で殺されなければならなかったのか、すべては憶測の域を出なかった。犯人の遺留品もなく、事件は今に至るも未解決のままである。

この惨事によって、龍遠寺のイメージは深刻なダメージを被ったと言えるだろう。神聖であるべき寺院の庭園で、こともあろうに最悪の犯罪が行なわれたのだ。由緒ある歴史に永遠の汚名を刻む、類例を見ない不祥事、大失態だった。むしろこのセンセーショナルな事件によって龍遠寺の名を知り、ひそひそと囁《ささや》き合いながら押しかける物見高い参観者も増えたようだが、了雲住職達にとってそれが嬉《うれ》しいはずもなかった。

泉繁竹は、息子のやり残した仕事を引き継ぐのは当然と、夜間照明などの設置を済ませ、その後、息子の死の現場を庭師として定期的に訪れるようになったのだ。

墓前の供花の手入れをするかのように、繁竹が東庭の庭木の剪定《せんてい》をし、いつしか四年の月日が流れていた。

＊

「もうじき私も浄土へゆく」顕了が淡々と言った。「繁竹さんには、その時に、満身からのお礼を申しあげますよ」

縁起でもないことを、などという言葉は、了雲からも蔭山からも出て来ることはなかった。蔭山は、型にはまった気休めは口にできないタイプだ。

「努夢の身代わりなら、私がなるべきだったのだが……」

そう呟《つぶや》き、顕了は天井に向けていた目を閉じた。

「お父さん」

涼しげとも感じられる声で、了雲が呼びかけていた。

「繁竹さんを供養するためにも、ここの庭がこうした痛手を完全に乗り越えて次の歴史を刻んでいくまでは、見届けてくださいよ」

今も龍遠寺の前では、テレビカメラが回っているかもしれなかった。外での騒動は、四年前の比ではない。二度までも殺人事件の発生した仏教寺院。しかも被害者が親子という因縁。扇情的な言辞を発するマスコミが、耳目を集中させているのも当然と言えるかもしれない。

蔭山も巡回保安員として、しばらくこの周辺から目が離せなくなりそうだ。塀を乗り越える人間も現われるかもしれない。近隣への騒音、交通障害……。

蔭山が今回の事件がもたらす影響をあれこれと考え始めたところで、廊下から宏子夫人の声がし、

「高階さん達がお着きですよ」

と、一昨夜のもう一人の証人の到着を知らせた。

2

高階さん達、の、達が誰を意味しているのか蔭山には判らなかったが、遠くから声を聞いただけでその正体は判明した。

「やあやあ、村野くん！　警察諸君の車はパンクでもしたのかい」

元気のいい声は、軍司《ぐんじ》安次郎《やすじろう》のものに違いない。

庫裏《くり》を出た蔭山は、奥書院の礼の間《れいのま》までやって来たところだった。奥書院は頭を北に向けたT字形で、その右袖《みぎそで》が、正面出入り口方向に近い礼の間となっている。

軍司の声に続いて西の間の襖《ふすま》がひらき、三人の姿が蔭山の前に現われた。

「おっ、えーと」軍司は蔭山の顔と名前を一致させようとする。「巡回探偵さんの、そう、蔭山さんだ。そうでしたな？　ああ、あなたも呼ばれていたわけだ。そりゃそうだ」

まくし立てる、蝶ネクタイをした男は六十歳代。しかしその髪は白い部分がなく、硬く奔放なエネルギーを象徴するかのように、パイナップルのへたをすぐに連想できる蓬髪《ほうはつ》となってい

る。浅黒い顔は、いたずら盛りの小猿を思わせて皺《しわ》深い。奇妙な雰囲気を持つ男だった。まずは、機敏に、そして神出鬼没に動き回っているという印象が与える、小柄な人間だというイメージ。その一方で、専門分野の論陣を張る時など、悠々とした大きな気配を発することもあり、大柄だったような記憶も残る。結果としては、中肉中背の初老の男にすぎないのだが。

軍司安次郎は郷土史家である。自由に研究できる時間を作りたいと、六年前に歴史事物保全財団を退職していた。悠々自適とはいかないので、ルート補充員だの駐車場の管理人だのといった、短期のパート的な仕事を必要に応じてこなし、研究にいそしめる時間と経済基盤とを作り出している、と蔭山は聞いていた。

中学の教師だったこともあるそうだが、それ以前の若かりし頃は、剛の者としての勇名を夜の町で馳《は》せていたらしい。今でも怒らせると怖いと、冗談交じりに聞く。清濁綾《あや》なす経歴の持ち主だ。

蝶ネクタイと共に、いつも背負っているアースカラーのデイパックもトレードマークで、取材道具や資料、そして時には弁当なども入っているらしい。デイパックの横には、ソフトビニール製の、天才バカボンのパパの人形がぶらさがっている。

蔭山の挨拶《あいさつ》に応《こた》えた後、

「外のあのマスコミを利用すれば、私の本も少しは売れるようになるんじゃないかな。な、村野くん？」

と、老郷土史家は隣に立つ男に向けて陽気に言葉を継ぐ。こうしたところにも、軍司安次郎の二面性は表われる。暴走的なほどに快活な時があるかと思うと、他のなにも見えないかのように、じっと暗く黙り込んでいる時もある。集中力の表われなのだろうが、近寄りがたい雰囲気となっていることも少なくない。今は、陽気な性格のほうにスイッチが入っているようだ。

「うちの庭園の謎に、とんでもない呪詛《じゅそ》の仮説なんかは書き、書き足さないでくださいね。も、もちろん、せんせいのご本、もっともっと売れればいいなと、お祈りしてますよ」

村野満夫《みちお》はまだ俗人であるが、僧侶《そうりょ》としての修行中の身で、寺男といった存在でもあった。奈良にあるお寺の次男坊で、大谷《おおたに》大学の卒業と前後して、二年前からここで実務の勉強をしている。二十四歳。かなりやせていて、ぬーっと背が高い。茄子《なすび》を思わせる面長で、髪は短く刈っている。頻繁に人の良さそうな笑みを浮かべる、その目元が印象的だった。気は弱そうなのだが、目と眉《まゆ》が揃って同じようなアーチを描く、その笑みの柔和さは一つの看板だった。悲しい話題の時でも、それを紛らすかのように、反射的に目をアーチ状に細めたりしている。

人前では常に緊張してしまうのか、言葉がつっかえることが多かった。

「で、では、奥書院で待たれますね？　奥書院で」村野はいつもどおりの笑顔だった。

「待つのはいいが、私は喉《のど》が渇いた。ぬるめの煎茶《せんちゃ》が所望だな」

遠慮のない軍司に、高階枝織《しおり》が微笑みかける。

「だめですよ、せんせい。村野さん、他のお仕事の途中のようではありませんか」

高階枝織——。

軍司と村野のやり取りに耳を傾けるふりをしていても、無論蔭山は、最初からその女を意識の中心にとらえていた。今日の彼女は、淡い紺色の付けさげだった。小花模様の群《むれ》を抽象化したようなデザインが帯状に所々入り、モダンな印象となっている。しかし、死者への礼を尽くす意味もあるだろう、装い全体は、しっとりと静かな色調にまとめられている。

「かまいませんよ、かまいません」村野は、雑巾《ぞうきん》を持っていないほうの手をあげて軽く振って見せる。目と眉がにっこりと笑う。「持ってまいりますよ、お茶。お茶――飲み頃の煎茶ですね」

「天の美禄《びろく》は酒だけにあらず」

三人は、現場である東庭を臨む奥書院で、警察の到着を待つことになった。


こぢんまりとした本山にある傾斜路を少しのぼって行くと、龍遠寺の東向きの正面玄関がある。玄関を入って右手に、拝観者用窓口。パートの主婦や学生が詰めていることが多いが、宏子や村野が拝観者の相手をすることも珍しくはない。拝観料は大人が八百円、子供は四百円だ。玄関の間の次、使者の間の左手には、パンフレットやおみやげ品が並べられている一角がある。何種類かの書物もあった。どこか謎めいた造りである龍遠寺やその庭園に、建築史学、あるいは空間史学的に迫る解説書だ。大胆な仮説を展開させる推理作家の本の横に、軍司安次郎の研究成果も肩を並べていた。

使者の間の右手奥、小さめの次の間では、希望者には抹茶のサービスも行なっている。屋外には、昭和に入ってから造られた炊事場があった。

本堂のほうは西側に伸びていく。東の間、中書院、西の間とつながっている。奥に向けて土地の傾斜がやや高くなるため、間と間のつなぎ部分が階段状になっている所もある。そして、西の間の次が奥書院だ。西の間の南西の角と、奥書院の北東の角が接している造りだった。T字形である奥書院の縦棒部分には三つの部屋が並び、北側から、上段の間、下段の間、三《さん》の間となっている。両袖は、東側が礼の間、西側が控えの間と呼ばれている。礼の間、下段の間、三の間に囲まれて、南北方向に長い東庭があった。

蔭山と軍司と高階枝織は、三の間の畳に座っていた。

軍司はデイパックをおろし、あぐらをかいている。蔭山は正座をし、泉繁竹の死んだ庭を見つめていた。庭の右手――南側を静かに流れる遣水《やりみず》のそば。そこが、硬骨の老庭師が最期を迎えた場所だった。滝石組《たきいしぐみ》の二、三メートル手前、〝夫婦灯籠《めおとどうろう》〟の右側近く……。

軍司は腰をおろす前に、その方向に手を合わせていた。枝織も、沈んだ肌の色になり、口を閉ざしている。

蔭山は庭の左手へと視線を振った。

北西の角近くに、円筒形の井戸があった。『星辰思源《せいしんしげん》』と、文字が陽刻してあり、〝思想の井戸〟と呼ばれている。井戸水の汲《く》みあげ口は四角く細工されているので、ちょうど、寛永通宝《かんえいつうほう》などの穴あき古銭を連想させるデザインになっている。これは銭型と呼ばれるタイプだった。その四角い水面の、奥、手前、左、右の円周部分上面に、それぞれ、星・辰・思・源と、文字が記されているわけである。

日、月、星など、天の動きの源を思え、という意味だろうが、これも様々な解釈が知識人の間で行なわれてきた。この銘を刻ませたのは水戸光圀《みとみつくに》であるとか、いや、寛永三筆《さんぴつ》の一人、本《ほん》阿弥光悦《あみこうえつ》であろうなどと、これはもう伝説としか言いようのない説話も幾とおりか残されている。

四年前、この由緒ある井戸の水によって、泉真太郎は殺害された。歴史への敬虔《けいけん》さも哲学もない、ただ野蛮なだけの激情が、思想の庭を穢《けが》したのだ。

ふと、蔭山の空想のスクリーンに、禍々《まがまが》しいその光景が突然弾《はじ》けた。音を立てて燃えあがる火柱。灼熱《しゃくねつ》の黒い煙は、闇の天蓋《てんがい》をさらに覆っていく。火の粉がこの庭にまで降り注ぐ。……無論、実際は、そこまで火災の脅威が接近していたわけではない。そして、泉真太郎の死亡時刻の推定からしても、殺害行為が行なわれたのは火災が鎮火した後だと判っている。しかし蔭山のイメージに浮かぶのは、迫り来る炎の最中での惨劇だった。炎の明るさと闇とが交錯する、庭園の一隅。恐怖、面罵《めんば》、抵抗、そうした泉真太郎の表情が赤く明滅する。そして、殺人者の後ろ姿も……。

力と力、肉体と肉体がぶつかり合い、殺人者は遂に、泉真太郎の体を〝思想の井戸〟へと押しつける。その上体を水の中へと押し込んでいく。真太郎の首根っこを絞めあげ、グイグイと押しつける。容赦のない腕力。凶暴なその表情。それを、炎が真っ赤に照らし出す。

跳ね散る水滴も赤く染まり、さながら湯気を放つ熱湯の有様だ。しかしその水しぶきも、じきに治まっていく。抵抗していた手足が動かなくなる。火災の立てる轟音《ごうおん》の中で、井戸の周辺だけが静寂に包まれる。何秒かの後、殺人者は被害者の体を井戸から引きあげる。死を確認するためか、被害者の体からなにかを手に入れるためか……。

井戸は自らの水を浴びて濡《ぬ》れている。そして、泉真太郎の体も、周囲の芝生も……。それらが、紅蓮《ぐれん》の炎の朱色を映す……。真太郎の体にかがみ込んでいた殺人者が、やがて立ちあがる。そして……、そして、いったいどこへ立ち去ったのだろう……。

今、親子二人の命を奪った庭に降り注いでいるのは、火の粉ではなく、うららかな日射しと小鳥のさえずりだった。

「鳥は鶯《うぐいす》、花は桜……」

そのようなことを軍司が口の中で言っていた。

現世の悲劇を夢の中へ溶け込ませようとするかのような、睡魔さえ誘う陽気だった。

龍遠寺の東庭は借景《しゃっけい》庭園だ。修学院離宮《しゅうがくいんりきゅう》はもとより、龍遠寺と同じ岩倉にある円通寺《えんつうじ》の石庭なども、比叡山《ひえいざん》を庭からの景観の一部として取り入れている借景の名庭として名高い。

そして、龍遠寺の東庭も、浄土真宗の霊山である比叡山を借景として仰いでいる。円通寺よりも高台にあるため、こちらの眺めのほうが美観であると評価する向きも多い。

庭の右側、庭木と塀の彼方に、遥《はる》かななだらかさを感じさせて比叡山の山容がある。左手には、塀の外に立つ杉の木立を透かして、上高野の西明寺山《さいみょうじやま》が見えている。塀の中の空間に視覚や精神を集中することもできるが、雄大な視野をもって大きな風景を楽しむことも可能だった。

——しかし、あの西明寺山も猟奇殺人の舞台になった……。

その事実を蔭山は思い出す。一週間近く前の惨殺事件……。あの山に祀《まつ》られている妙見菩薩《ぼさつ》のすぐそばに、その死体は遺棄された。上着を逆さまに着、左手首につなげるかのように、切断された右の手首から先が置かれていたという。そして、左の手首は発見されていないのだそうだ。被害者は、歴史事物保全財団の新人職員、川辺辰平《かわべしんぺい》。直接の死因は頭部打撲で、現場は財団ビルであったらしい。川辺辰平は、死体となってから山へと運ばれたのだ。この時から消息を絶っている、川辺の上司である五十嵐昌紀が、重要容疑者として全国手配されている。

その五十嵐がまだ岩倉近辺に潜伏していて、一昨夜はこの庭に忍び込んだのだろうか、そんなふうに蔭山は憶測した。そして努夢少年と遭遇、泉繁竹を殺害する経緯となった——こうした考えもさして不自然ではないはずだ。両方の事件には共通項も少なくないのだから。西明寺山は、龍遠寺庭園の借景地となっているだけではない、そのお堂に妙見菩薩を祀ったのが龍遠寺なのだ。四百年前、この寺の創建時のことだと、寺伝には記されている。この庭からは、その菩薩も拝むことができるということになる。直線距離にして三キロ弱か。

しかし借景の地というものも、近代化の波をかぶらないわけにはいかない。山が切り崩されることもあるし、寺社と借景地の間に高層建築物が立ち塞《ふさ》がることもある。西明寺山も例外ではなく、宅地としての開発が進もうとしていたのだ。これに対して、龍遠寺を中心とした反対派が動きだし、今は開発行政と建築業者の活動を凍結させているところだった。蔭山もその運動に携わったことがある。

そして、開発反対派の窓口になっているのが、他ならぬ歴史事物保全財団だった。

るらしい。

枝織から聞いた限りでは、警察も、川辺辰平と泉繁竹殺しを一つのものとして考え始めてい

——いったい、なにが動きだしたんだ？

かすかな戦慄《せんりつ》と共に、蔭山はそう自問した。人が、一人ならず殺された……。なにか、とんでもなく大きな災厄が、身近なところに現われた、そんな感じだった。

その中心に、龍遠寺が位置しているということはないだろうか……。

「今回は、弔意を示すという意味かもしれないが」軍司安次郎がそう口をひらいていた。「高階さん、あんたはこの花の季節に、けっこう地味めの装いをしているんじゃないかな？」

「ええ……場所柄によってはそうですね」

「ほうホ、場所柄、とは？」

枝織は微笑みながら答える。

「お花を愛《め》でることがはっきりしているような時、場所、ということですね。こちらへ越して来ました時に、婦人会の年輩の方々に教わったのです。お花見の前でした。花を立ててあげるような着物にするのがいいのですよ、と教えてくださって。競うのではなく、控えめに、と……」

「花の嫉妬《しっと》は恐ろしいからな」軍司は唇の端で面白そうに笑いながら、丸い鼻の頭をつまんだ。「しかし、あなたのような若い者が、それを素直に受け入れるとは奇特なことだ」

枝織は苦笑する。「もう、若くもありませんよ」

高階枝織は、蔭山より三歳年上の三十六だ。だが並んでみれば、絶対自分のほうが年上に見えるだろうと、蔭山は確信している。

「古都を讃《たた》える審美眼というのは、周りの景観に対する謙虚さの中にあるのかもしれないな」

言いつつ軍司は、左足の中指をグルグルと回し、マッサージしていた。

「この東庭もライトアップなぞして、夜間の客集め用に化粧させられたが……」

誰もがそう意識しているかのように事件のことには触れずにいたのだが、ここから、庭の管理を任されていた泉繁竹のほうへと話題が向かうのかと、蔭山は思った。しかし軍司は、畳の上で尻《しり》をクルッと滑らせ、奥書院の南側へと体を回転させた。

「この南庭《なんてい》に手を加えなかったのは、いや、当然でしょうな」

南庭は、書院と同じだけの幅でしつらえてある、小さくまとまった庭である。幅と同じだけ奥行きがあり、方形《ほうけい》を成している。

蔭山と枝織も、軍司に倣うようにそちらに体の向きを変えていたが、蔭山は庭よりも、視野に入ってきた枝織のほうに気持ちが集中してしまう。顎《あご》がやや尖《とが》り気味の小さな顔。長さよりも、くっきりとした色の濃さで目立つまつげ……。今は横顔しか見えないが、その肌の白さは無機質なものではなく、女としての淡い湿度で裏打ちされている。漆黒の髪は、艶《あで》やかに、そして若々しく結いあげられ、細いうなじと着物の襟が、柔らかな白さと硬い白さを競っている。

蔭山は、友人の妻に恋情《れんじょう》を懐《いだ》くようになっていた。いつしかそうなっていた。二人でいる時、蔭山はそれを無理に隠そうとはしていない。三割ほどの軽口に紛らせて、思いを言葉にしたこともある。当然、枝織は、軽口の後ろの蔭山の真の気持ちに気付いているだろう。しかし彼女は、紛れもなく、高階憲伸の妻だった。穏やかながら、しっかりとしたスタンスが表明されている。柳というものに、毅然《きぜん》としたという形容が当てはまるのなら、彼女はまさに、そうした感じで揺るぎがなかった。蔭山を避けることもなく、嫌悪することもなく、迷惑がることも——いや、多少はそうした素振りを示すこともあったが、高階枝織は気の置けない友人同士としての微笑みを、まずは絶やすことがなかった。そしてその関係から、一歩も踏み出そうとはしていない。まして彼女は今、子を宿している。女としてふらつく余地などなかった。

枝織の唇が動いた。

「月と一体になって美しい庭園は、照明とは馴染《なじ》みませんよね」

南庭は、ほとんど枯山水《かれさんすい》に近い。白砂が敷かれ、周辺部には低いハンノキが植えられている。左手奥から枯滝《かれだき》の石組《いわぐみ》が組まれ、川の流れを表わして蛇行する一対の石の並びには、優美なアーチ型の石橋も架けられている。蓬萊山《ほうらいさん》を象徴する背の高いその岩の上に月が差しかかった時が、最も明媚《めいび》な景色と趣を楽しめると言われている。奥書院南端の三の間は、別名を月の間という。

「京は、月の都……」

と、軍司が話し始めた。

「え、そうでしょうが。ご存じでしょうな、当然。奈良時代、まだ原野にすぎなかった京の葛《かど》野《の》平野を、桂《かつら》と名付けた辺りから運命づけられているような案配だ」

「帰化人である秦氏《はた》が――」

「そうそう。彼らが名付けた」軍司は枝織に最後まで言わせなかった。その両目が熱を帯びている。どうやら多弁になりそうな気配だ。「桂とはもちろん、月には桂の木が生えているという、中国の伝説からきている。古くからここが、信仰としてすでに月を崇《あが》める土地であったための命名でもあったんだろうな。月の神、月読尊《つきよみのみこと》が、天照大神《あまてらすおおみかみ》に命じられてここに降り立ったという由来を持つ、月読神社……」

「そして」蔭山にも、この辺りの素養はあった。「藤原道長《ふじわらのみちなが》の別荘、桂《かつら》の院《いん》のあった地には、やがて桂離宮《かつらりきゅう》が……」

「そう、桂離宮！」

感に堪えないとばかりに軍司はかぶりを振る。そして、自分の愛する美術品を鑑賞しようとするかのように目を細めた。老郷土史家がとうとうとまくし立てるのは、観月《かんげつ》の場が様々に設計されている桂離宮の構造だ。

桂離宮にはその名も月波楼《げっぱろう》があり、古書院に造られている月見台もよく知られている。松琴亭《しょうきんてい》の茶室には月見窓、笑意軒《しょういけん》には浮月《うきづき》の手水鉢《ちょうずばち》。

蔭山は思い出す。江戸時代、桂離宮の池で使用していた舟は歩月《あゆみづき》と名付けられていた。そのような名前を与えることができる雅《みやび》なセンスが好きだと、枝織が言っていたのも覚えている。月を映す池の水面を、ゆっくりと歩んでいく小さな舟……。確かに、嫌でも歌を一首ひねりたくなる情景だろう。

無論、月の形を取り込んだ装飾も味わい深いからな、と軍司はしゃべり続けていた。襖《ふすま》の引き手にも月の字型があり、月の形にくり貫《ぬ》いた灯籠《とうろう》もある。月の字型を象徴的に崩した意匠の欄間《らんま》なども特筆に値する——そう語る軍司は再び、無論、と言葉を継いだ——ほとんどの歴史的建築物に観月の要素はあるが。

桂離宮の月波楼は、池に映り込んだ月影を眺めることを主目的にしているが、銀閣寺にも、同種のダイナミックで典雅な構造がある。銀沙灘《ぎんさだん》と呼ばれる白砂を敷き詰めた庭は、銀閣に向かってわずかに傾斜しており、月の光が銀閣の二階に反射するようになっている。その反射光をさらに床に向かって反射させるため、二階の天井には銀箔《ぎんぱく》を貼った部分がある。

修学院離宮にも、寿月観《じゅげつかん》と呼ばれる観月のための建物が建ち、かつては二階建ての隣月亭《りんげってい》も存在していた。大覚寺《だいかくじ》の大沢の池には、橋で渡ることができる堂島《どうじま》が築かれ、そこの観月台では今なお、月見の宴をひらくことが恒例になっている。

月殿《つきどの》、月台《つきだい》、観月、望月《ぼうげつ》、月楼《つきろう》、月待ち、月見の……、月の景観を取り込み、それを名としている地所というものは、それこそ枚挙にいとまがない。

言うまでもなく、これらはただの観賞目的やデザイン的な趣旨だけで造形されたものではない。それはすでに、一つの思想だった。古《いにしえ》の人々も、月や星の運行、宇宙の理《ことわり》を、一種科学的に生活の中に取り入れていたのだ。

「うちの庭も、名月を生かせるなかなかの庭園でしょう?」

煎茶《せんちゃ》を運んで来た村野満夫が、膝《ひざ》を突きながら言っていた。

「うーん」軍司は、そう簡単には評価を与えないという視線を南庭に注いでいる。「いささか、情緒だけに頼りすぎのきらいがある。なにかもう一つ、合理的な工夫でもあれば、滅法面白くなるだろうがな。ええ、村野くん、あんたもそう思わんか？　桂離宮の敷地全体に施された方向性の妙までは要求しないが、それにしても……」

と、老郷土史家は、またしても桂離宮論を展開し始めた。

いつものことだ、とばかりに、村野はニコニコと笑っている。

蔭山は軍司のおしゃべりに耳で付き合いながら、煎茶に口をつけた。飲み頃の温度だった。しかも、すぐに飲み干してしまわないように、大きめの湯飲みが選ばれている。

桂離宮の書院群が向いている、南東二十九度の方角などというのは、実に精妙な謎掛けではないか、と軍司は勢いに乗って言う。当時の書院造りの典型は、南を正面としていたのだ。なぜ桂離宮は、そうした角度からずらされているのか。桂離宮が建築されたのは、一説では一六一五年と考えられている。コンピューター分析の結果、その年の中秋の名月、それがのぼってくる方位こそが、南東二十九度なのだった。

また、桂離宮の建築物や庭園は、それぞれ四季の性格で色分けできる。梅《うめ》の馬場《ばば》や賞花亭《しょうかてい》は、その名のとおり春の性格。春の歌の言葉から命名したと言われる笑意軒は、農夫が田植えをしている姿を眺める窓もあり、これも春の性格を持っている。そしてもちろん、観月施設を始め、紅葉《もみじ》の馬場など、秋の性格を持つ場所もある。このこと自体は珍しいことではない。中国の陰《おん》陽五行説《みょうごぎょうせつ》を元にした、四季の庭園という考え方は、寝殿造りにおける一つの様式だった。ただ、桂離宮の場合、これに方位がからんでいる。

　春の性格を持つ建物群の配置は、それぞれを縦横の升目状に結ぶことができ、その升目の軸線が一定の方位を示すという。夏の性格の建物群も、秋の性格の建物群も、そして冬の性格の建物群も同様で、それぞれの方位を持っている。しかも、春の建物群の向いている南東九度は、一六一五年の春分の日の、月の出の方角と一致しているという。夏の建物群は夏至の日、秋の建物群は秋分の日、冬の建物群は冬至の日の月の出の方角だ。それぞれの建物は、その季節の月を最も明瞭《めいりよう》に楽しめる角度で設計建築されたことになる。

　桂離宮は数度に及ぶ増築を繰り返してきたのだが、建築当初の基本理念は守られ続けてきたというわけだろう。

　そうした、緻密《ちみつ》で大胆な配慮などが、この龍遠寺の南庭にもあればな、と軍司はいかにも残念そうに顎を撫《な》でている。

「わたしはこのお庭、好きですよ」

　軽く微笑みながら、枝織がそう言っていた。あまり他の建築物の美点ばかり並べ立てられているので、村野と龍遠寺が気を悪くするとでも考えたかのようだった。

「月の角度によっては、枯滝の下の流れに、本当に水が流れているような光が浮かぶじゃありませんか。それに、この奥書院そのものには、素晴らしい視覚的トリックが施されているんですし」

「ああ、こっちはそうだな。こっちと一体になれば、そりゃあ、見事な部類だろう」

と、あぐらをかく軍司は大きく頷《うなず》きながら湯飲みを傾けていた。彼の手が威勢よく扱うと、湯飲みが猪口《ちょこ》のように見える。

軍司の視線が、天井を伝い、奥書院の西側へと向けられた。

「等差数列によるパースペクティブだからな、この奥書院の三つの間は。知っとるだろう、高階さん、西洋建築の等差数列様式だぞ」

もちろん彼女は知ってますよ、軍司せんせい、と、蔭山は胸中で応じていた。

枝織は市内の寺社のガイドを務めているのだ。専門的に踏み込むことはないにしても、たいていのことは記憶している。また、彼女の、気持ちの行き届いた案内ぶりは評判が良く、次の機会にも高階枝織を指名する者が多かった。そうしたリピーターだけでも、彼女はかなりの数の旅行者を相手にしなければならない。妊娠中ということもあり、仕事量は減らそうとしているようだが。

教会堂など西洋建築物では、建物の奥へ行くほど柱の間隔が狭まるなどして、視覚効果としての奥行き感を演出するような試みが多く為されている。こうした手法は、南蛮貿易が盛んだった安土桃山《あづちももやま》時代、キリスト教思想などと共に日本にも浸透し始めていた。新しもの好きだった豊臣秀吉が造らせた醍醐寺三宝院《だいごじさんぽういん》の表書院《おもてしょいん》は、三の間、上段二の間、上段一の間と、奥へ向かうにつれて一間《いっけん》ずつ奥行きが減じる典型的な遠近法工法が採られている。厳島《いつくしま》神社などは、そうした工法を縦横に駆使している建築物だ。本社社殿《しゃでん》と大鳥居《おおとりい》を結ぶ軸線方向の柱は、やはり大鳥居に近付くにつれて等差数列方式で間隔を狭めている。従って、青い海に浮かぶ朱色の大鳥居を、社殿奥から眺めるパノラマ効果は格別のものとなる。天井もまた、社殿奥へ向けて低くなり、先細りの空間が作り出されている。さらには光による錯覚までが組み込まれているのだ。一番奥に位置する本殿は二重の壁や引き戸で囲まれていて外光はほとんど入らず、その手前、拝殿《はいでん》では、壁や引き戸を一層にして、本殿よりはやや明るい程度の薄暗い空間が作られている。それは外部の高舞台《たかぶたい》に向かって、屋根さえ設けない、外光に満ちた解放空間へと変貌《へんぼう》していく。明と暗による、遠近法的錯視効果だ。

他にも、西本願寺《にしほんがんじ》の白書院《しろしょいん》や飛雲閣《ひうんかく》など、等差数列的パースペクティブ工法が利用されている建物は複数存在する。

龍遠寺の奥書院もその一つだ。三の間、下段の間、上段の間と、奥へ進むにつれてその奥行きが浅く設計されている。それぞれの間を仕切る欄間は透かし彫りになっているし、天井との間に広く隙間が取られていて、頭上の空間にも一連のつながりと広がりを作り出していた。そうした造りを持つ書院の最深部に、床の間が設《しつら》えてある。

今はそこに、滝をのぼる鯉と龍の描かれた水墨の掛け軸がさがっている。

「この『登鯉昇龍《とうりしょうりゅう》』よりも、やはり、秋の掛け軸が秀逸だろう」

軍司はガブガブと煎茶を飲んだ。

龍遠寺には創建時から四枚の掛け軸が伝えられてきている。四季を表わす四枚だ。巡る季節ごとに、それを掛け替えることになっている。

掛け軸の銘まで覚えているとはさすがだなと、蔭山は多少、軍司に感心した。

これらの掛け軸の作者、石州《せきしゅう》は、大和絵《やまとえ》の土佐《とさ》派に属していたがやや変わり種で、南蛮画も学ぶようになってからは特に大胆な試みを行なうようになった、と軍司は説明していた。

秋の掛け軸には満月が描かれている。そしてその周囲には、まさに龍遠寺南庭の庭石が描き込まれているのだが、それが左右反転しているのだった。つまり、その掛け軸は、一枚の鏡と見なすこともできるのだ。床の間の鏡に、反対側の南庭が映っている。南の月が、北の鏡に映っている……。

しかしそこには同時に、もう一つの錯視画としての描写が加えられている。そう、龍遠寺奥書院の秋の掛け軸『寝間《ねま》弦月《げんげつ》』は、明らかにだまし絵としても成立しているのだった。この掛け軸は、鏡ではなく、窓のように壁にあいている空間としても見ることができるようになっている。四角くくり貫かれた空間だ。

床の間の天井近くには、落とし掛けと呼ばれる壁面がある。正面の、通常の壁の一部ではあるが、その下方に床の間の空間が作られていると考えてもいい。龍遠寺奥書院の落とし掛けの壁面は、天井の板組がそのまま続いて見えるような、枝材を組んだ透視図的模様になっているのだ。現代感覚で目にすれば、さほど精緻に効果的と言えるものではないが、パースペクティブを意識した造りになっているのは明らかだった。そこには落とし掛けという仕切り壁はなく、そのまま天井が続いているように見えるというデザインになっているわけだった。こうした錯視効果は、西本願寺の対面所の、その天井と床の間でも活用されていると、軍司が蘊蓄《うんちく》を披露している。

しかし龍遠寺で特筆すべきは、そうした錯視効果が掛け軸の中にまで及んでいるという点だ。満月の描かれた画面の上縁には、軒先が描き込まれている。つまり、窓の内側から見る軒先といった構図だ。言い換えれば、この奥書院は床の間で終わりではなく、天井はそのまま続いて、軒として戸外にまで張り出していると演出されているわけだった。

掛け軸は従って、一つの仮設の窓でもあった。南庭とは反転した北の庭が、そこから見えているのだ。奥書院の北側は、視覚的にはさらに外部が存在している。

『寝間弦月』という銘がすでに、人を食っているとも言えるだろう。弦月とはつまり、半月のことである。満月を描いていながら、どうして弦月なのか？　また、寝間とは当然ながら寝室のことである。仏間に掛ける掛け軸に、なぜ寝間なのか？　これらの疑問に対しても、様々な解釈が施されている。

いわく、満ちた後は欠けるしかないのだから、信心においても慢心せず、常に半月ほどの心構えでいろ、という教えである。いわく、寝間の縁側で月を待つ時ぐらいの心の余裕がなければ、仏道の満月も見えてこないというたとえである。等々、それぞれが自分なりの読解を楽しめる銘だとも言えるだろう。

「秋になると……」蔭山はその光景を思い出していた。「上段の間のあの所定の位置に、交代交代お客さんが座るんだよね」

上段の間の中央、掛け軸から二メートルほど離れた位置で見る時、床の間と掛け軸は、錯視の効果を最大限に発揮する。

「もちろん」枝織が軽快に声を出す。「事前に手続きを踏んでいれば、いつの季節でも『寝間弦月』を掛けてくれますけどね。ねえ、村野さん？」

「も、もちろん」サービスを自負する首席営業マンさながらに、村野満夫はニッコリと笑っている。「もちろん。そ、それが目当てで、はるばる来てくださる参拝者の方も多いわけですから」

「架空の奥書院が架空の北庭に張り出しているその距離が、どれぐらいなのかは知ってるかね？」軍司安次郎は、観光客達がなにを楽しもうと興味がないらしい。

「距離、が判っているんですか？」枝織が聞き返す。

「ああ」軍司は大きく頷いた。「もう二十年も前に割り出されているさ。東京芸術大学の元宮《もとみや》教授らの研究だ。床の間に本当に窓があいていて、軒先があのように見える距離を仮想的に測量する。床の間の壁から軒先までは、三間あることになるそうだ」

「五メートル半ほどですか……」

「そして、画面の中の庭石までの距離も同様に割り出すと、軒先と庭石の間隔は南庭のそれと一致する。つまり原寸大の、だまし絵としての描写になっているということなんだな。まあ、ここに、さらに例の一対一・六一八の黄金分割の手法でも利用されていればな。桂離宮の御輿《おこし》寄《よせ》前庭や、大徳寺《だいとくじ》の孤蓬庵《こほうあん》、龍安寺石庭のように——、あれっ、村野くんはどうした？」

「もう行っちゃいましたよ、せんせい」蔭山が告げる。

「なんなんだ。せっかく講釈してやっているのに」老郷土史家はやや憤然としている。「寺社関係者としての素養が身につかんぞ」

軍司はデイパックをつかんで立ちあがった。

「どちらへ？」枝織が尋ねる。

「雪隠《せっちん》だ」

軍司安次郎はノシノシと歩いて行った。

急に静かな気配が訪れた畳の上で、蔭山公彦と高階枝織は、どちらからともなく東庭に向き直った。

何百年も昔の庭園や建築物にも、言うまでもなく、侮れない先人達の思想や美意識、工夫が込められている。庭園というものは、洋の東西を問わず、その時代時代の哲学や宗教、宇宙観を映し込んできた。枯山水式の初期の庭園で大きな岩が配置されていれば、それはたいてい、仏や菩薩《ぼさつ》が住むと言われる普陀落山《ふだらくせん》や須弥山《しゅみせん》を表わしている。中世以降、禅宗や日蓮宗《にちれん》が盛んになると、悟りをひらいた十六人の僧にあやかった十六羅漢石《じゅうろくらかんせき》が配置される。築山《つきやま》は山や谷を、平庭《ひらにわ》は海や島を主に象《かたど》る。そして、川の流れを象徴する庭は、同時に人生訓を意味していたりもする。

古《いにしえ》の作庭家《さくていか》の意図は、様々に読み解かれてきた。しかし中には、謎として残るものもある。解釈が錯綜《さくそう》し、決め手に欠け、想像の域の中で可能性が膨らむ。

京都右京《うきょう》区にある禅寺、龍安寺の石庭などは、その最たるものだ。

その庭に、禅的に深遠な意味が付加されているのかどうかが、すでに謎と言っていいのかもしれない。石と砂だけの枯山水だ。しかしそこに得体の知れない美しさがあり、その趣が、それにふさわしい造園意図を、見る者に要求してしまうとも言えるだろう。確かに、謎めいた要素はある。庭に配置されている十五の石が、十四にしか見えないというのがそれだった。広縁を歩いて石庭を眺めても、十五の庭石を一度に見渡すことはむずかしくなっているのだ。それぞれの角度によって見えなくなる石が、禅的な意味を秘めているとも解釈される。十五の石をすべて同時に観賞できるのは、方丈《ほうじょう》（禅寺の居所・客殿の間）の中央の一点だけだ、とされている。

そもそもこの石庭の庭石は十五と数えるべきなのかと疑義を呈する向きもある中、配置そのものにも、様々な仮説が生み出されている。〝七五三の配石〟説、心という文字を表わしているとする〝心の配石〟説、中国の説話に基づく奇妙な〝虎の子渡し〟説、あるいは〝カシオペア星座配石〟説……。

誰がいつ造った庭園なのかということ自体、謎となっている。

そして、龍遠寺の書院造り式庭園、この東庭は……。

四百年前の、この寺の開祖の死そのものが謎を秘めており、東庭のミステリアスな造りは、寺全体の造作へと照応して壮大な謎解き物語を多数生み出している。

枝織が、帯に挟んであった、組み紐《ひも》付きの小さな時計を覗《のぞ》いた時、西の間のほうから大勢の人間達の足音が近付いて来た。それは、普通の参拝客などとは明らかに違う気配を伴っている。男達の集団だった。

高階憲伸を先頭に、刑事達がやって来た。

「わざわざご足労をかけるな」高階憲伸警部が言った。「それというのも、不可解な状況が生まれたからだ。興味深い。どこか示唆的でもあるし」短く言葉を重ねるのはいつものことだ。「慎重な確認が必要だ」

高階憲伸は、ウエイトリフティング選手さながらの上半身を持っている。その厚い胸板に合わせて買うスーツは、枝織が繕い直してスタイルを整えている。浅黒く男性的な顔立ちの上で、髪は整髪料を使って艶《つや》やかにまとめられていた。

「枝織とお前さんが駆けつけた。その時、泉さんが刺されてから間がなかったはずだ」高階は蔭山に、持ち前の強い眼光を向けていた。「違うか？」

「印象ではそうだが、正確なところは警察が判断すべきことだろう」

けっこうな返答だ、と認めるかのように、高階は太い首でわずかに頷《うなず》いた。「お前さんの供述どおりなら、犯行は発見の直前だ。出血の具合。普通ではない物音」

高階憲伸と蔭山公彦は、中学と高校時代を通しての馴染《なじ》みだった。

どうやって耳に入れるものか、蔭山が施設育ちだということを、子供らまでが知ってしまうことは多かった。中学生になっていても、そのような家庭環境を揶揄《やゆ》や差別の対象にする人間が少なからずいたものだ。しかし、そのようなことにまったく頓着《とんちゃく》せずにおおらかに接してくる者も当然おり、その中の一人が高階憲伸だった。

高階は大学卒業後、心身を甘やかさない硬派な生活環境を求めて自衛隊に入隊。二年任期を満了して退職。閉鎖的な組織の中に身を置くよりも、変化に富んだ人間関係を体験したいというのが退職の理由だった。退職後、国家公務員上級試験にストレート合格。今度は警察学校に入校し、いわゆる有資格者《キャリア》であったため、実習勤務を経ながら卒業して世田谷《せたがや》署に配属された時には、彼の階級はすでに警部だった。

そして二年前からは、京都府警本部捜査第一課の係長に任ぜられている。キャリアの身柄を預かっている部署としては、当たり障りなく管理職業務をこなしていてほしいところだが、この高階憲伸はとにかく現場へ出たがった。今では周囲もすっかりあきらめている。

キャリアにしてはやや出世が遅いかもしれないが、それはたまたまであって、高階係長の経歴に傷はなく、彼が、評価の高い熱心な刑事であることは間違いなかった。そろそろ警視庁に呼び戻される時期であり、そうなれば高階憲伸は警視であろう。

高階と蔭山の生活圏が京都で重なり合ったのは、期せずしての偶然だった。蔭山が、憲伸の妻、枝織とよく口をきくようになったのは、京都へ来てからだった。今、彼ら以上に親しくしている人間は、蔭山には存在しなかった。蔭山にとって仕事場の仲間は、あくまでも仕事場での関係者というにすぎない。

蔭山も、高階憲伸はいい奴だと思う。真っ直ぐで気持ちが良く、頼りになる。結婚した相手も、幸せな生活を送れるだろう。しかし蔭山にとっては、高階は少し、精神も身体も頑健すぎた。それが、恵まれた強さに思え、斜めに目を逸《そ》らしたくなる。たぶん高階も、子供時分、周りの人間から祝福や賛辞の言葉を浴び続けた人間なのだろう……。

「まずあなた達の注意を引いたのは」と、高階の横に立つ中山手《なかやまて》巡査部長が口をひらいた。

「得体の知れない、やや大きめの物音だったわけですよね？」蔭山と枝織に確認する。

枝織は一昨日、まだ正式には始まっていない龍遠寺の夜間における拝観を市会議員に頼まれ、その便宜を図ったのだ。しかし土壇場で、政治的な用向きができたとして相手側がキャンセル、彼女はその尻拭《しりぬぐ》いに、龍遠寺に事情説明と挨拶《あいさつ》に来ようとしていた。蔭山のほうは、円通寺での仕事を終えて駅に向かっているところだった。そしてばったり、高階枝織と出くわした。彼と枝織は、不思議と、そんなふうに思いもかけず出くわすことが多かった。京都もかなり広いと思うが、そんな偶然が何度もあった。そしてそのまま、おしゃべりをしながら時間を過ごすことになる。枝織はあくまで、友人として……。

一昨夜も、蔭山は、枝織と話を交わしながら、表向きは夜間視察ということにしようと、龍遠寺へ足を踏み入れたのだった。八時半という時分だ。

そして、西の間の濡《ぬ》れ縁《えん》に差しかかった時、人の大きな声と重なるようにして、一種複雑なざわめきのような音が聞こえてきた。ざわめきとはいっても、大勢の人の気配というものではない。なにか、鋭いような、小石を跳ね散らかしているような、そんな感じの物音だった。

しかし、距離がまだ遠かったこともあり、二人はさほど荒々しい様子を感じ取ったわけではなかった。なんだろう、と思った程度だ。西の間から礼の間へと進み、そこで二人は立ち止まった。音の発生源が判りはしないかと、奥書院と東庭の南へと目を向けた。拝観用の照明は入っていなかったので、庭は暗かった。しかも、視界を閉ざすような霧雨……。それでも二人は様子を窺《うかが》っていたのだが、これといって異変はない。二、三度、誰かいるのですか、などと声もかけてみた。それから、ちょっと行ってみましょうか、という枝織の意見に従って、蔭山も広縁を進んだ。広縁の途中からは、男の呻《うめ》き声が聞こえてきた。そして、血塗《ちまみ》れで倒れている泉繁竹を発見した、といういきさつである。

「やはりお二人は、犯行の音を聞いたのだ、と考えるのが自然でしょう」

と、中山手が言うと、所轄署の二人の刑事も細かく頷いて同意を示していた。

蔭山は、中山手の顔は府警本部内で何度か目にしていた。防犯課へ出向く機会が多いからだ。中山手という名前は、今回の事件での事情聴取の折に初めて知ったが。穏やかに間延びした顔立ちで、堅実な親爺《おやじ》といった印象を与える中年刑事だった。年季の入った薄手のコートを着て、これもかなり使い込んでいる黒い手提げ鞄《かばん》をぶらりとさげている。

「つまり、犯人はごく近くにいた。その可能性は高い」

高階はちらりと、妻の顔を見やった。危険なめに合わなかったのは幸運だったのかもしれないぞ、という眼差《まなざ》しだった。そして高階は刑事として続ける。

「なにも見てはいないのか、本当に？　人影かなにか？」

じっくり回想してみても、枝織と蔭山は首を横に振るしかなかった。東庭で犯行を犯した人間が、ごく常識的に玄関口へ逃げようとしたのなら、礼の間を通り抜けるしかコースはない。

礼の間からは、西の間に続く濡れ縁を使わず、西の間沿いの南の敷地に飛びおりて玄関に向かう方法と、西の間の西側の敷地を北の庭へと進む方法があるだろうが、どちらも完全に、西の間の濡れ縁を歩いていた蔭山と枝織の視界に入る。

「立ち去る足音などは？」

「……それもだめよ」枝織がすまなそうに言う。「ごめんなさい」

「謝ることはありませんよ、奥さん」中山手が気さくに微笑んでみせた。

「よし」高階は広縁の縁《へり》で、泉繁竹の死亡現場へと向き直った。「とにかく二人はここまで来た、と。そして蔭山が、まずは飛びおりた。庭にな」

その言葉どおり高階は庭におり、蔭山と枝織も、村野が持って来てくれていた靴を履いて後に続いた。立ち入り禁止用のロープがはずされ、白砂の上を進む。最短距離を選ぶと、芝と苔《こけ》を踏むことになり、傷めてしまう。

サクッ、サクッ、と、白砂が鳴る。

高階憲伸が足を止めた。

細く流れる遣水《やりみず》の左側は、苔むした一列の石で縁取られ、そこからすぐに白砂となっている。その白砂の上が、泉繁竹と久保努夢が倒れていた場所だ。

「白砂があれだけ乱れていたんやから」所轄署の刑事が言った。「争いの最中の、そうした物音をお二人は耳にしたんやと思いますよ」

そうなのかもしれないと、蔭山は思う。恐らく、そうなのだろう。この辺りの白砂は、かなり遠くまで飛び散っていたという。白砂の下の地面が、一部剝《む》き出しになっていたことは覚えている。

「こうして……」高階がその場にしゃがみ込んだ。「二人の様子を見た。そうだな？」

蔭山も、高階の左側にしゃがんだ。あの夜のように。「そうだ」

　少し背中を丸めているだけで、高階のスーツは窮屈そうに見えた。縫い目が悲鳴をあげているのではないのか。彼は集中するかのように、いくぶん顔をしかめていた。そして小声で、

「やはりなにも思い出さないか、ペー？」

「同じさ」

　ペーというのが、旧友達の間での蔭山のニックネームだった。蔭山は、やり場のない鬱積《うっせき》を晴らすかのように、腕白というよりは、無謀に荒っぽいことをする少年だった。そのために生傷も絶えない。左の二の腕には、消えずに残っている〝へ〟の字形の傷があるのだが、その右上の大きなホクロと一緒にすると〝ぺ〟の字に見えると面白がられ、ペーがあだ名となったのだ。あまりありがたくはない。

　高階憲伸のあだ名はベーヤンだった。もともとはベーで、これは憲伸の産まれた静岡の一地方の方言であり、子牛のことだった。ベーとペー、二人は、呼び名としては締まらない調子の友人同士だった。

「あの夜も、聞こえていたのは、その滝と小さな流れの音だけだ」蔭山は、すぐ前にある石組《いわぐみ》の滝口に目をやっていた。「他は、しんとした静寂だったという気がする。そして明かりは……

……」

蔭山は、滝石組の右手に視線を移す。滝の小山を構成する一つの大きな石の上に、こぢんまりとした滝見灯籠《たきみどうろう》がある。滝の高さの中程の位置だ。地上一メートル弱といったところか。

「その灯籠の明かりだけだったが、その限りではなにも見えなかった。犯人がまだ潜んでいるのではないかと神経を尖《とが》らせた時もあったが、人の気配というものは感じなかった」

倒れていた泉繁竹の、左の肩口の方向には、〝夫婦《めおと》灯籠〟と呼ばれる灯籠もあった。二基一対の灯籠である。

〝夫婦灯籠〟は、両方とも、袖形《そでがた》灯籠と呼ばれるタイプの物だった。鰐口《わにぐち》型灯籠とも呼ばれる。四角柱型の、直線的デザインの灯籠だ。茶道織部《おりべ》流の祖で、当時の総合建築プロデューサーでもあった古田《ふるた》織部が好んだ意匠と言われ、この珍しい様式の灯籠は修学院離宮や山科《やましな》区の勧修寺《かじゅうじ》でも見ることができる。この灯籠の竿（胴体部分）の片側は、前後方向に矩形《くけい》にくり貫《ぬ》かれた形になっている。正面から見るとコの字型の竿になっているわけだ。そしてその上に、すぐに笠《かさ》が載っているのが基本型だ。

明かりを灯《とも》す火袋は、そのへこみ部分なのだ。明かりをぶらさげるための小さな金具もある。

寄り添って立つこの庭の袖形灯籠は、どちらも、へこみ部分が左側を向いている。その火袋部分の大きさはほとんど変わらないが、右側の灯籠のほうが、全体的に少し大振りのため、〝雄《おす》灯籠〟と呼ばれている。左側の〝雌《めす》灯籠〟は、四角い笠の前方の角が落とされており、それが女性的な柔らかみともなっている。

この〝夫婦灯籠〟の後ろには、〝斜め石〟と呼ばれる石が立っている。この黒々とした石の一面はほぼ平らに近く、それが滑らかに磨かれていた。そしてその一面は、正面ではなく、四十五度ほど右側へ向けられている。それは、〝夫婦灯籠〟の明かりを反射し、滝を朧《おぼろ》に照らす演出に寄与していると考えられている。その磨かれた面には碑文が刻まれるはずだったのに、それが中止になったのだ、という説。また、その面がやや上を向いていることから、月の光も関係しているのだとする説など、これも甲論乙駁《こうろんおつばく》して論争の余地は多い。

四月一日――明日からこの庭は夜間拝観を始める予定だった。そして夜間は、滝見灯籠に明かりを灯すことになっていた。泉繁竹は、毎年少しずつ違う東庭を演出しようと心がけていたのだ。評判の良かったところはなるべく残しながら、新しさも求める。去年は〝雌灯籠〟と滝見灯籠に明かりを入れたが、今年は滝見灯籠だけにしようかと思案していたらしい。泉繁竹はあの夜、準備作業の一環として、滝見灯籠に百目蠟燭《ひゃくめろうそく》を灯していたのだ。

凶行のあった夜の記憶をじっと探っていた蔭山は、一つのことを思い出した。

「そういえば、泉さんのそばに、大振りのカッターナイフが落ちていたな。あれは泉さんの仕事道具なんだろう?」

「そうだな。切り出しナイフ代わりだ。ロープを切る。挿し木を作る」

「それで犯人に立ち向かったのか」蔭山は少し小声になった。「その刃先に、犯人の血痕《けっこん》なんかついたりしてなかったのか?」

「ない」余計なものの一切ない返答だ。

蔭山は、現場に落ちていたロープのことも思い浮かべていた。真新しそうな荷造り用の綿ロープだった。太さは九ミリのタイプか。一端が小さな輪になっていて、そこにもう一方の端が通っていた。つまり、その部分は、引き絞ることができる輪になっているということだ。そこで久保努夢の首を絞めたのに違いない。泉繁竹が振りほどいたのだろう、蔭山が目にした時の輪は比較的大きかった。その輪から先のロープは五、六十センチほどの長さだった。

「ベーヤン」さらに声を低くして蔭山は言った。「あのロープや凶器から、犯人の手掛かりは得られないのかい？」

新聞発表などで、凶器がノギスであることは蔭山も知っていた。物の直径や厚さを測る、あの器具だ。曲尺《かねじゃく》と横向きのスパナを合体させたようなイメージか。スパナではボルトの頭の大きさに合わせるために動かす部分が、ノギスでは物の測定に使われるわけだ。蔭山の見たところ、泉繁竹の首に刺さっていたノギスは、その測定部分が三センチほどひらいていたはずだ。ノギス柄になっている曲尺のような先端部が、頸動脈《けいどうみゃく》近くに深々と刺さっていたことになる。ノギス全体の長さは十一センチだというワイドショーの情報を、蔭山は同僚から聞いている。

一度ぐっと結ばれた高階の唇が、ほどなく動いた。

「ロープには、これといった特徴なし。凶器のノギスもまず新品の物と考えていい。大量生産品だ。追跡の成果は期待薄だな」

「首に刺さっていたほうは、研がれていたとかいうわけではないんだろう？　刃物みたいに」

「そんな形跡はまったくない。通常どおりの道具だ。尖ってはいなくても、薄くて丈夫な金属

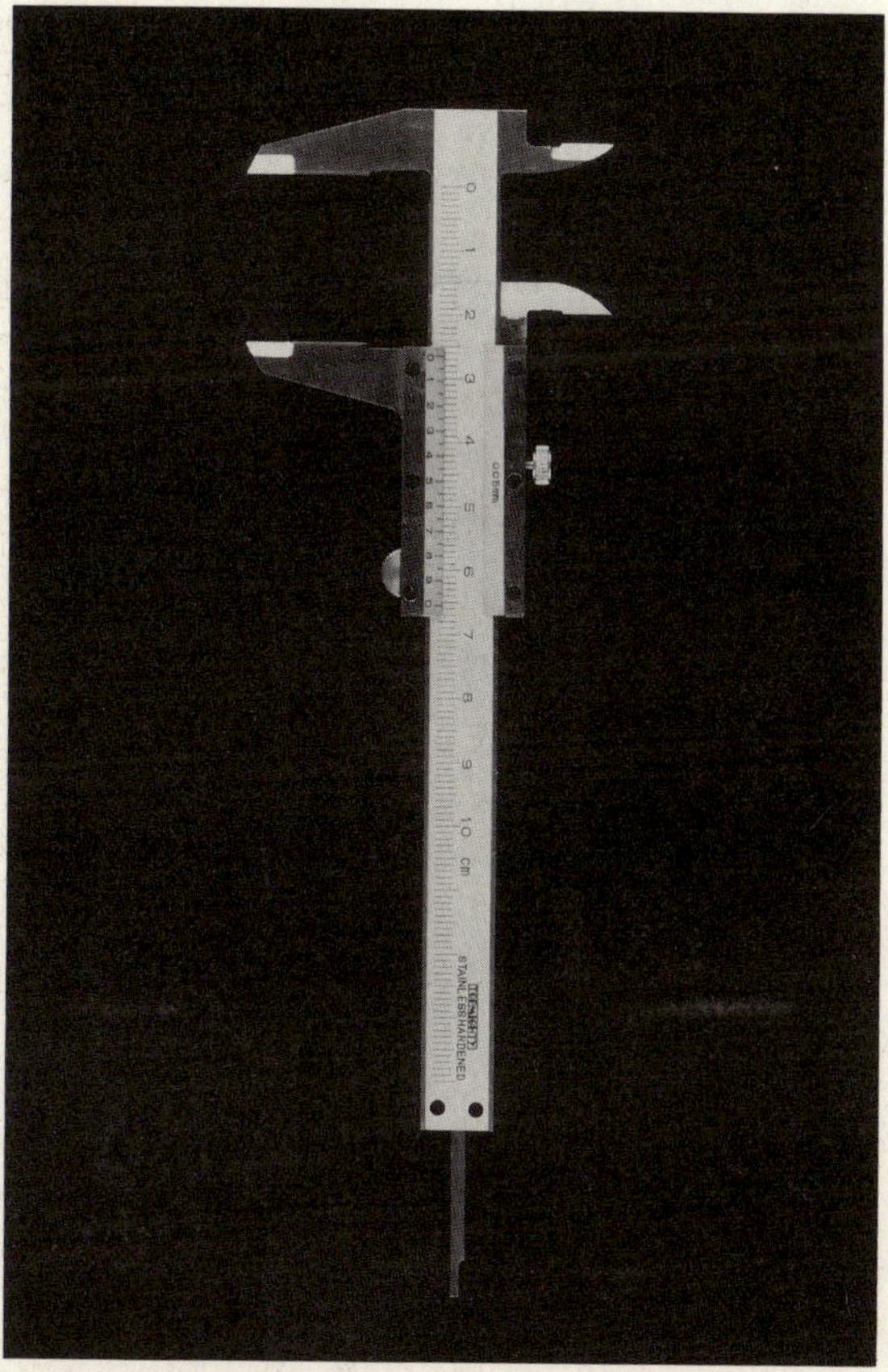

ノギス

だ、力さえあれば人体にも突き刺さるさ、無論」

凶器として用意されていた物ではないという点は明らかだろう。するとそのような、一般的には身の回りにない器具を、犯人はたまたま所持していたということになるのか……。

「めぼしい指紋、遺留品、ともになし」

言いつつ、高階はゆっくりと立ちあがった。それに続きながら、蔭山は声の大きさを元に戻して訊《き》いた。

「それで、なにが不可解なんだ？」

「……どこへ消えたかだ」高階の黒々とした眉《まゆ》は、わずかに歪《ゆが》められていた。「犯人が」

「それは……」

蔭山は状況を振り返った。塀に囲まれ、南北に長い、こぢんまりとした庭園。その北側から、二人の目撃者が近付いた。

「あの夜は霧雨だった」高階が言う。「忘れているはずもないだろうが。そして、縁側や奥書院などに、濡《ぬ》れた様子はなかった。皆無だ。もっとも、その縁側は――」

と、高階の太い指は、東庭と接する広縁を指し示した。

「被害者達を介抱、救助する段階で濡れてしまった。だが、お前さん達が駆けつける時、ここも濡れていなかったことは、確かなのだろう？」

確かにそうだ。はっきり覚えているというように、枝織も強く頷《うなず》いていた。

「つまりこうなる。庭で犯行を行なった者が、建物の中へ逃げ込んだ、とは考えられない。そういうことだ」

「だとすれば」蔭山は高階の情報を受けて応《こた》えた。「まず可能性としては、庭の東側へ回って、塀際を北へと向かった、というのが考えられるんじゃないのか。我々が広縁を南へ向かっている時に、すれ違うようにして、こっそりと」

「それはまず、無理なんですわ」すぐ後ろに来ていた中山手が言った。「その場合の逃走経路は、庭木や茂みのある、ごく狭い範囲ということになりますよね。塀際の」

これもまた、確かにそうだった。そうした経路は、幅の広い部分でも二、三メートルほどだろう。他はすべて白砂になる。いかに夜間で霧雨まで降っていたにしても、そこを移動するのは目立ちすぎる。姿を隠すことはできない。

「茂みが途切れていて、完全に姿をさらしてしまう箇所もありますが、それ以前にすでに、注目点がありましてね」

中山手は、東側の塀の手前、真ん中より右側辺りを指差した。

「庭木が三本並んでいるでしょう」

「ツバキだ」高階が短く言う。

「そう、ツバキなんです」中山手が説明を続けた。「満開で、そして、散り際です。犯行の夜も、触れなば落ちん、という状態でしてね。そうですよね、村野さん？」

少し離れた場所に立っている村野満夫に、中山手は顔を振り向ける。

「え、ええ……」目鼻が柔和な弧を描く村野の笑顔も、犯罪捜査に臨んでいる今は、さすがに多少緊張の強張《こわば》りを含んでいた。「庭の手入れとして、花を、ツバキを拾うことは、お、多くなっていました。もちろん、泉さんに——泉さんです、に、おまかせすることも多いですけど」

「触ると落ちる、そういう感じなのですよ」再確認するように中山手が言う。「しかし駆けつけた直後の検証の時、ツバキは一つも落ちていませんでした。あの狭い茂みを抜けようとしたら、まず絶対、ツバキの木の枝を掻《か》き分けることになります。花を落とさずに通過することは不可能ですな」

話の内容を聞いていたかのように、真っ赤なツバキが一輪、彼らの目の前で落ちた。

「……なるほど」蔭山が認めて言った。「枝葉を掻き分ける音もするでしょうしね。つまり、庭を北側へ向かうのは、どのコースを採ったとしても無理だ、と。では犯人は、塀を乗り越えたんじゃないですか？」

「それも無理らしい。鑑識報告ではな」高階が言っていた。「雨によって、どこもかしこも濡れていた」
二、三秒考えると、高階の言わんとしていることが蔭山にも理解できた。
「こういうことか。塀をよじ登ったような痕跡はどこにも残ってない、と。犯人の靴も当然、泥や土で汚れていたはずなのに、そうしたものが塀にこすりつけられている形跡がない。泉さんと争ったのなら、服まで汚れている可能性もあるのにな」

あの時の現場は、白砂の下の土も剝《む》き出しになっていた。

「でも……」遠慮がちに枝織が意見を出した。「犯人が靴を脱いだとか、たまたま土汚れがつかなかった、ということはどうなの？」

「奥さん」

中山手と同時に所轄署の若い刑事もなにか話しかけようとしたが、それを結局、中年の巡査部長が押し切っていた。

「塀の外側に、足跡などはなかったんですよ。柔らかな土質ばかりなのに」

「それに」高階が補足する。「脚立や梯子《はしご》の跡もな」

蔭山は、高さ一・八メートルほどの塀を見渡した。小瓦《こがわら》で葺《ふ》いた築地塀《ついじべい》である。東側の塀の外は借景のために木々が間引きされてもいるが、南側の竹林から裏の雑木林にかけてはほとんど自然のままだった。龍遠寺は、塀でぐるりと囲まれている。

――しかし。

蔭山は思う。ツバキに霧雨……、この日本庭園は、いかにも庭園らしい趣《おもむき》で、犯人への道筋を示そうとしているのかもしれない。

「だとしたら、犯人の逃走経路は一つだろう」蔭山は言った。「南庭を抜けて、裏へと回った。どの庭も、軒下《のきした》の地面には砌石《みぎりいし》がつながっていて、足跡がつきそうもない通り道があることになる。犯人はその後、裏門から出たとか、ぐるっと建物を回り、正門から……」

「きちっと施錠されていた。裏門は」高階が断言する。「内側から」

「正門近くには、村野さんがいました」

と、中山手が目線で村野に尋ねた。

「はい。い、いました。えー、玄関口に」

「あなた達を通した後」中山手が蔭山と枝織に言う。「彼は、玄関回りの清掃を続けていたわけで」

「しかし、隙ぐらいはあるでしょう」反論するという意識ではなく、蔭山は推論の展開として言っていた。「少し奥に入っていたり、背中を向けていたり。こっそり通り抜けることぐらいはできるのでは？　それに、救急車や警察を呼ぶという騒ぎになってからは、村野さんも走り回っていた。あの混乱の時なら、正門から脱出するのも容易でしょう？」

「それ以前に問題があるのさ」高階は、がっしりとした顎《あご》を一撫《ひとな》でした。「裏には誰も逃げて来なかった。そう、顕了さんが証言している」

「顕了さんが？」蔭山はなぜか、意外な気がした。

「襖《ふすま》も雨戸も、半分ほどあけておいたのだそうだ。気分が良かったので、体を起こしていた。布団に座っていた。そして、霧雨の庭を観賞していたのだそうだ。明かりは点《つ》けていなかった」

「…………」

「暗闇の中に座っていたのだ」高階は淡々と、しかしその点は強調した。「騒ぎを知らされた後も、彼はその場所を動けなかった。気を揉《も》んだが、体を無理に動かすのは、面倒を増やすだけのことになるしな。彼は動かなかった。しかしその間、ずっと、誰も裏庭は通らなかったと言う」

南庭から奥書院の裏へ回れば、確かにその北側に庫裏《くり》がある。顕了の部屋の縁側は、南の裏庭に向いている。

「しかし、明かりは……？」

そんな疑問が、蔭山の口を衝《つ》いて出ていた。部屋も暗かったというなら、裏庭を見渡せるほどの照明はあったのか。

「夜間拝観用にライトが一つ設置されている」

「ああ……」

「あの辺りは木も疎《まば》らだ。あの照明だけで充分だ。全体が視界に入る」

「……そして肝心なのは、顕了さんが明かりを点けていなかった、という点だな。部屋の中から明かりが漏れていれば、誰かがいる、と見当をつけることができる。犯人のほうも警戒するだろう。しかし窓もなにも暗いだけなら……。急いで犯行現場を立ち去ろうとする犯人は、顕了さんの視野に飛び込んで行ってしまっていたはずだ。……いや、待てよ、縁の下はどうだ？犯人は縁側の下から潜り込み、建物の床下を抜けて行ったとしたら？」

「調べたよ」微塵《みじん》も揺るがない口調で高階が言う。「ここの床下は梁《はり》が太い。隙間が狭く、非常に通り抜けづらい。梁の埃《ほこり》や地面に痕跡《こんせき》を残さずに動くことはできない。誰も潜り込んではいないのさ」

「ここしばらく、猫も通り抜けてはいないようですよ」中山手がそんな表現を加えた。

「では、やはり……」裏庭に抜けたとしか考えられないではないか、と蔭山は思う。「顕了さんが、見逃したか、なにか勘違いしているんだろう」

犯人は偶然かなにかに恵まれて顕了の目を逃れ、やはり裏門辺りから逃走したのではないのか。裏門の外は、人などまれにしか利用しない山道へとつながっている。裏門周辺は、多少は踏み固められているから、足跡も残りづらいはずだ。どうやって門や塀を越えたのかは判然としないが、なんらかの方法で脱出したのだ。あるいは犯人は裏門から出ず、龍遠寺の周りをぐるりと回り、正門から、人の目を盗んで逃走したとも考えられるが。いずれにしろ、顕了が見ていたという裏庭は通ったはずだ。

「それ以外に有り得ないんだから」

蔭山の言葉に、高階は短く、

「あるいは……」

と呟《つぶや》いたが、彼はそれ以上、声にしなかった。

蔭山の記憶によれば、あの夜龍遠寺にいたのは、他には、了雲、宏子の住職夫妻だけで、それぞれ庫裏の別の部屋におり、なにも目撃してはいないと供述しているはずだ。

「でも、そういえば……」蔭山は思いついて言った。「逃走経路もそうだが、犯人はどこから現われたんだ？　努夢くんは、いきなり襲われたという話を変えていないんだろう？」

「そうですね……」考え込む表情で、中山手がコートのポケットに両手を入れた。「あの子の話からは、何者かが近付いて来たという情報は得られない」

久保努夢の供述はこのようなものだったらしい。彼は白砂の上に腹這《はらば》いになり、滝口辺りの水の中に手を入れ、水中の石をいじって遊んでいた。その時、『なにをしている⁉』と、やや厳しい声が後ろから飛んで来た。それが泉繁竹の声だった。努夢は右側から振り返った。方向としては、泉は努夢の左側後方にいたわけだが、その時とっていた姿勢から、少年はたまたま右側から体をひねることになった。

泉繁竹が、広縁からおりて来るところだった。努夢は、怒られると思ったそうだ。繁竹はなにか声を出していたが、なにを言われたのか努夢は覚えていない。動くこともできずにいた努夢は、なにか鋭い音を聞いた瞬間、首の後ろ辺りを鞭《むち》で叩《たた》かれるような衝撃を感じたと言う。足音もなにも聞いていない。誰かに引きずられたようだが、はっきりとした記憶はそこまでだった。

蔭山は、現場周辺を見回した。

「犯人がじっと身を潜めていたとすると、可能な場所は滝石組の後ろぐらいか……」

枝織が言った。「でも、音も立てずに近付くのは無理みたい」

「確かにね……」

滝の音はあるが、犯人は白砂の上を歩かなければならない。その足音を完全に消せたとは思えないのだ。

「それに」蔭山は言葉を足した。「犯人の、犯行のタイミングも不可解だ。努夢くんの話によれば、泉さんが声をかけてきてから、この犯人は努夢くんの首を絞めにかかっている。どうして、目撃者がいると判っているのに凶行を行なったんだろう？　しかも泉さんは近付いて来ている。邪魔されることも明らかだ」

「まあ……」高階が口をつぐんでいる横で、中山手刑事が地味な口調で言っていた。「ショックで、少年の記憶が消えているということもあるでしょうがね。混乱ということも有り得る……」

「だから、泉繁竹が実は——」

所轄署の若手のその言葉を、「それはいい」と、高階の鋭い声が遮っていた。

今のはなんだ、と、蔭山は気になり、神経を働かせた。若い刑事はなにを言おうとしたのだろう？　蔭山は出揃っている情報を組み立て、刑事達の心理を推し量ってみた。

——まさか。……そんな考えもあるのか？

いささかショッキングな仮説が浮かんだ。泉繁竹が、久保努夢少年を襲った犯人だ、とする仮説だ。これならば、犯人の逃走経路の矛盾などは問題ではなくなる。少年が首を絞められた時、泉繁竹がまだ少し離れた場所にいたというのは、少年の記憶の混乱なのかもしれない。またば、襲われたことの恐怖心から、泉を犯人として指摘できないでいるのかもしれない。

だが、殺されたのは泉だ。あれは事故だったとでもいうのか？　だが、泉の首に刺さっていたノギスは、庭仕事の道具ですらない。それに、

——そうだ。

この刑事達は、泉の遺《のこ》した最期の言葉を耳にしてはいない、と蔭山は思う。まさに少年を救

おうとするあの表情、あの、真摯《しんし》に研ぎ澄まされた言葉……。

――それともあれは？

蔭山の中に、ふと混乱が生じた。自分が殺そうとした子供だからこそ、なんらかの理由で気持ちが変わった時、必死になって救おうとしたのだろうか？　殺してはいけないのだと、泉の中で、動機が反転したのか？　泉は、殺人者にはなりたくなかった……。

このほうが、蔭山個人の感覚の中では収まりがいいようではあった。よその子を救うために凶行の場に飛び込み、自ら死にかけながら、なおかつあれだけの滅私的な思いを貫けるものだろうか、というのが、蔭山のもともとの疑念だったからだ。

――しかし。

あの時の、泉繁竹の目の中にあったもの……。あれは、純粋な善ではなかったろうか？

あの男が少年を襲っていた……？

高階がじっと自分を見つめていることに蔭山は気が付いた。蔭山が、彼らの一つの仮説に思い至っていることにも高階は気付いている。そしてその目が、お前の判断は？　と訊《き》いてきている。

蔭山は、ゆっくりと横にかぶりを振った。

結局、選んでいた答えはそれだった。

高階達の容疑者リストから一人削ったような気持ちになっていたからというわけでもなかっ

たが、蔭山は最有力容疑者の名前を挙げてみた。

「五十嵐昌紀とかいう男が侵入して来たとも考えているんだろう？　歴史事物保全財団の事件のほうの」

「山狩りも検討してはいる」高階が答える。「この近辺の。しかし、労力に見合った成果が得られるとも思えない。まだ、範囲が漠然としすぎている」

「……しかし、あれもすごい事件だよな」ベーヤンと呼びかけそうになって、蔭山はその声を呑《の》み込んだ。「死体を運んでいた車……、犯人が運転していたその車を、私立探偵社の人間が尾行していたんだからな」

　中山手が苦笑する。「どうせなら、もっと早くに異変に気が付いて、野郎を取り押さえてくれればよかったんや。——あ、すみません、奥さん。がさつさが出まして」

「だがなんだって、五十嵐って人は尾行されたりしていたんだい」蔭山は高階に訊いた。「身辺調査されるような理由があったんだろう？　そのへんからなにかつかめていないのか？」

「それが、不思議なほどにつかめていないのさ」

「……守秘義務ってやつかい？」

「そんなものは取るに足りない。依頼主が匿名なんだよ」

「え？」

　依頼主のことは知りようがないと聞かされた時、高階達は蔭山と同じような軽い驚きを示したものだった。

彼ら、高階達主要捜査官が山科プライベート探偵興社の社長室を訪れたのは、五日前の正午近くだった。

＊

山科プライベート探偵興社は、京都山科区にあるだけではなく、代表取締役社長の名字も山科といった。

山科覚《さとる》は、あと一、二年で五十という年齢。髪は黒々として精気があり、左側で分けられている。パーマなのかもともとの性質なのか、その髪は軽くウェーブを打っている。横長楕円形《よこながだえんけい》のメガネを掛けていて、留学経験を積んだ学者のようにも見えた。

女性社長を前面に押し出す企業イメージで売っている大手探偵会社から十二年前に独立、山科プライベート探偵興社も今では、中堅どころの成長株だった。

高階と中山手は、デスクを挟んで山科と向き合った。配属されて一年の若手、平石《ひらいし》刑事が、高階達の後ろに立っていた。

「昨夜からなにかとご協力いただきっぱなしで、申し訳ありませんね」

如才なく口をきったのは中山手だった。事前に電話を入れた時とはずいぶん違う調子だった。あなた達の守秘義務など、法的根拠はないのですよ、弁護士や医師ではないのですから、と強面《こわもて》に出ておくのが電話での中山手の役回りとなっていたからだ。

「いえ、まあ……」山科は、どっちつかずの愛想を浮かべる。「石崎くんはようやく解放されたようで、今頃は自宅でバッタリでしょうね」

「それで、依頼人の件ですが」高階は単刀直入だった。「五十嵐昌紀を監視させた依頼人です、無論。そちらの統一見解は出たということでしたので」

「ええ。まあ、私としましては、当初からある程度肚《はら》を決めていましたけどね」

少し身を乗り出した山科は、肘《ひじ》をデスクに乗せて指を組んだ。

「事件も事件ですから、そちらの捜査には全面的に協力しようということでして」

「それはけっこう」中山手が、相手の努力に配慮を示すような笑みを見せた。

「物的情報込みで、でしょうな？」高階の表情は大きくは変わらない。むしろ、平坦《へいたん》な顔つきには、慎重さを滲《にじ》ませている。「五十嵐昌紀をマークしてからの、調査報告内容も？」

「こちらがそうです」

頷《うなず》きつつ、山科はデスクの上の左脇を手で示した。そこにはカセットテープや書類が積まれていた。

「我々の調査結果のすべてです。ただ、依頼人の身元は、そちらで独自に捜してもらわなければならないのですがね」

五十嵐の調査資料に歩み寄ろうとしていた平石の足が止まった。

中山手も眉間《みけん》に皺《しわ》を寄せる。「どういう意味です」

「まあまあ、感情的にならず」

山科は、両手を胸の前にあげてクールに微笑むという、西洋人的なポーズを見せた。

「協力を拒んでいるわけではありません。事情は説明しますよ。この件の依頼人は、匿名チャンネルを利用なさっていたのです」

「匿名チャンネル？」うさん臭げに、中山手はさらに眉間を曇らせる。

「チャンネルという言葉には、さして意味はありません」わずかに照れを含ませる微笑が山科の顔に浮かんでいる。「我が社のシステムで、まあ、依頼者《クライアント》への営業イメージでそう名付けたのですよ」

高階が口をひらく。

「依頼人は、匿名のままで、こちらと契約関係を結べると？」

「そうです」山科はまた指を組む。「クライアントが匿名ですと、こちらもリスクを負うというケースもありますので表立っての広告はうっていないのですが、最初のコンタクトで自分の素性を明かすことに強い躊躇《ちゅうちょ》を感じているらしいクライアントには、このやり方を提案させてもらっているのです。これでかなり契約が取れましてね。口コミで多少広まっているようですよ」

「それで」中山手は上体を前へ乗り出した。「この件の依頼人は、最初はここへやって来たのかい？」

「いいえ、電話でした」

山科が語ったところによると、事情はこうだ。

この件のクライアントは、第一回めの電話で、そちらは匿名で仕事を依頼できるそうですね、と尋ねてきたという。男で、ある程度の年輩者と思われた。この声は録音されていない。当クライアントには、その時あいていた〝C〟という呼び名が与えられた。依頼内容は、五十嵐昌紀の二十四時間リサーチだ。私生活よりも、仕事関係の動きを教えてほしいと言う。会社内での会話も知りたいという要求だった。さらに、経費がかなりかさむことを承知で、発信器を利用した追尾形態を希望、とにかく勘付かれることだけは絶対に避けてくれ、ということだった。現金書留で一週間分の費用が前納され、追跡調査が開始された。五十嵐の所在に関しては、三時間ごとに連絡を入れてほしいということで、携帯電話のナンバーが伝えられた。そこに文字メッセージを入れておくというやり方だ。

　五十嵐のオフィスと自宅、その両方で盗聴は行なわれていた。オフィスのほうの盗聴器は、招き猫の形をしたメモパッドの中に仕込まれていた。アンケートに協力してくれたことへのお礼の粗品という名目だった。この役割を担当した探偵社の社員は、いつもと同様、探偵社の中にある一つのプロジェクトチームの名前を会社名であるかのように名乗っていた。盗聴器は電話機の横に置くことができた。招き猫の形というのは、縁起物、そして動物の姿をした物というのは心理的に捨てづらいという傾向から採用されている。もっと小型でスマートな盗聴器はいくらでもあるが、法律に明確に抵触する家宅侵入などの設置方法を採らず、しかも長時間交換しないで済む電源を確保するためには、ある程度の大きさは必要だった。その盗聴器は、拾った音を外部へ発信するようになっている。その無線を受信する装置は、歴史事物保全財団の正面から少し逸《そ》れた所にある、ガードレールの支柱の陰に取りつけられていた。それは音声感応型で、音を受信した時だけ録音テープが回るようになっている。そのテープは一日ごと、夜間になってから、探偵社メンバーが回収していた。

自宅のほうの盗聴にはガンマイクを使った。五十嵐の自宅の居間や寝室の窓は、狭い敷地を隔てて商店街路地と接しているので、駐車した車から音を拾うことができた。車はそのつど、車種を変えたりと、様々にカムフラージュされたが。

そうした一日の成果である録音テープや報告書のやり取りでも、依頼者と探偵社側が顔を合わせない方法が採られていた。そうした手段のいくつかのパターンを探偵社側は提示したが、このやり方は依頼者のほうから指示してきた。ある古ぼけた中古アパートの集合郵便受けの一つに投げ入れておけばいい、というものだった。

そして尾行調査に入って五日め、依頼者は、五十嵐が帰宅してからの追跡班は最低限に縮小してくれていいと連絡をしてきた。少しでも費用を浮かせるためだろう。五十嵐は一度帰宅すると、そのまま家を出ることがないという生活パターンがつかめたためのようだ。五十嵐が就寝した後の盗聴も必要ないということだった。

そして七日めの夜だった、あの凄惨《せいさん》な殺人事件が起こってしまったのは。

契約期間が切れる矢先だった。

「それでその後、〝C〟からの連絡はないわけですね？」

中山手の確認に、山科は頷《うなず》いた。

「こちらからの呼び出しにも、なんら応答がありません」

そして彼は、引き出しから取り出した物をデスクの上に載せた。

「これが、〝C〟の携帯電話の番号。指定してきた郵便ボックスの番号とそのアパートの住所。そしてこれが……」

山科は、ビニール袋に収まった封書を指先で動かした。

「〝C〟が経費を送って来た現金書留の封筒です。すでに社員の指紋がベタベタでしょうが、一応、保全に心がけました」

「恐縮です」いたって真面目に高階が応じていた。

「これらをお渡しすることを決定してから、一応私どもでその住所に当たってみたのですが、やはり架空のものでした」

中山手は、上司高階にも見える位置に封筒を置き、その宛名《あてな》書き部分を凝視していた。無理に楷書《かいしょ》で書こうとしたような筆づかいで——ボールペン書きだが——送り主は筆跡を隠そうとしている。窓口ないし郵便局内では記入せず、現金書留封筒を買って帰れば、指紋や筆跡を残さないための方法をいかようにも行なえる。消印は三月十六日。西京《にしきょう》区内にある郵便局のものだった。

「匿名の契約を希望しているのですから、当然のことです」山科が、差出人の架空の住所に関して言葉を重ねていた。「こちらは所得申告上の都合があるものですから、書留で送るようお願いしているのですが。まあ、筆跡までごまかそうとするのは、そうはありませんがね」

それから山科は、ところで刑事さん、と尋ねてきた。

「提出したあの録音テープは、かなり役に立ちましたか？」

提出したというよりも、あれは警察が領取したものだった。なにしろ、歴史事物保全財団の社屋内で犯行が行なわれていた間も、盗聴装置は作動していたのだ。重要な手掛かりとなる音声が録音されている可能性があった。その時間帯が録音されているテープを、捜査当局は有無を言わせずに提出させたのだ。

虫のいい期待ほどには、ことはうまく運ばなかったが、そのテープには貴重な物音が録音されていた。無人であるはずのオフィス内を、何者かが動き回っているのだ。パソコンを立ちあげたり、引き出しやファイルキャビネットをあけたりしている。そして、施錠されていた書類棚をこじあけようとする音。そのガラスを叩《たた》き割る音……。それ以上特徴的な物音はとらえられていないようではあったが、そのテープは府警科学捜査研究所の音声分析班へと回されることになっている。

そして、当夜五十嵐昌紀を張っていた石崎正人が、五十嵐の自宅で盗聴・録音した音声のほうには、五十嵐が会社へ駆けつけた理由を想像させる声がとらえられていた。

午後十時四十分すぎ、居間の電話が鳴った。それに五十嵐が、名乗って応《こた》える。そして、『あ、君か。どうした？』そこから五十嵐の声は不穏な緊張を帯びる。『明かりが？……うん。よし、判った。行ってみる』

こうして彼は、勤務先へと向かうのだ。

この電話内容と、周囲の証言をつなぎ合わせていくと、次のような推測ができあがってくる。

まず、被害者川辺辰平の当夜の動きだ。彼は、歴史事物保全財団の資料室に半月前に採用されたばかりの二十六歳で、母親との二人暮らしだった。自宅と会社は目と鼻の先である。川辺宅から五十嵐宅へ、午後十時四十三分に電話が掛けられたことは通話記録で判明している。そしてその直後、川辺辰平は『ちょっと会社へ行って来る』と母親に言って自宅を飛び出している。硬い表情だったらしい。

そして、五十嵐と川辺の仕事場である二階の資料室に設置されていた盗聴器が、怪しげな人物の行動を拾い始めたのが、午後十時四十分頃だ。当然、この物音の主は五十嵐ではない。するとこの事件には第三の人物が介在していたことになる。それは事務所荒らしなのだろうと捜査当局は踏んでいる。歴史事物保全財団社屋の裏口の錠には、こじあけられた形跡が残っていた。建物内のオフィスは、金銭のある事務室や貴重な品を保管してある展示室以外、施錠はされていない。そして、資料室から紛失している物が数点あることが確認されている。

つまり、こういうことではないか。傾斜地に建つ川辺宅からは、歴史事物保全財団社屋の窓もよく見える。そこにあの夜、川辺辰平は不審な明かりを見たのではないのか。懐中電灯の明かりか、電子機器が漏らす明かりか。暗闇の中で、それは明らかに異状だった。残業などであるはずがない。そこで川辺は、上司である五十嵐昌紀にその発見を伝えた。そして、自分でも会社へと向かったのだ。川辺という男は、その小柄な体になかなかの正義感を秘めた行動派だったという。

そして、十一時少しすぎに会社へ到着した五十嵐との間になにがあったのか。二階廊下の、階段への曲がり角付近に、川辺辰平の相当量の血痕《けっこん》が残されていた。頭部陥没骨折が死因だが、凶器は今のところ不明。川辺の手首を切断した凶器、小型の鉈《なた》は、裏口脇にある物置から持ち出された物だった。彼の体（目撃者石崎は仏像だと思っていた）をくるんだと推定される防水シートも同じ物置にあった物だ。両方とも、遺体発見場所近くに放置されていた。

川辺の遺体には、意味不明の凌虐《りょうぎゃく》が加えられていたわけだが、少なくとも今のところ、五十嵐昌紀という男には、そのような奇矯《ききょう》な行ないをする性格や理由は見いだされていない。

五十嵐昌紀、四十二歳。五年前に離婚した妻と娘は愛知県に住んでいるため、現在は独り暮らし。そしてこの時点では高階達捜査陣もさして注目していなかったが、五十嵐の勤める資料室は、十日ほど前に、龍遠寺の謎などを勉強していたという泉真太郎の遺品を受け取っているのだった。それが、紛失物の中に含まれていた。

五十嵐の自宅には彼の財布が残されていたが、カード類は持ち出されていた。五十嵐は、クレジットカード類は運転免許証と一緒にカードケースに入れて持ち歩くのが常だった。今のところ、関連口座から金がおろされた形跡は見当たらない。

しかし財団社屋内に物取りの形跡が残っている以上、捜査本部は、五十嵐だけを容疑者としているわけではなかった。当然、夜盗が殺人を犯したとも考えられる。その場合でも五十嵐が重要参考人であることに変わりはなく、死体遺棄容疑の上からも、指名手配は必要な措置だった。

「しかし、〝C〟ってのは、五十嵐のなにを探ろうとしていたんですかね、係長？」山科の探偵社を一歩離れると、中山手はまずそれを言った。「同僚達の話でも、五十嵐が特別な仕事をしていたわけではない」

「それを教えてくれるかもしれない。あの資料が」

手提げ紙バッグに入れたテープ類を、平石が車両の助手席に積み込んでいた。

「常識的にはやはり、五十嵐の身近な人間ということになりますね、〝C〟は？」

続いて中山手は、三時間ごとに携帯電話で情報を受けていたのなら、けっこう目立つのではないでしょうか、と意見を述べた。しかしその点には期待はかけられない。着信シグナルをバイブレーション機能にし、後でメッセージを読めば済むことだ。

その後の捜査結果では、問題の携帯電話は架空の名義で購入されたことが突き止められた。ほとんどプレゼントのようにして新品の携帯電話がやり取りされるご時世だ、〝C〟も楽だったろう。現金書留封筒には、探偵社職員の指紋を除外していった結果、二種類の男性指紋が残された。前科者リストにはなく、現時点では、郵便局職員のものと推定されている。

〝C〟が報告書類やテープの受け取りに利用していた郵便受けは、空き部屋のものだった。なんらかの理由によって〝C〟がその郵便受けの鍵《かぎ》を持っているのだと思われるが、該当アパート周辺から手掛かりは得られていない。

高階警部とその妻、そして蔭山公彦は、龍遠寺の広縁に腰掛けていた。蔭山は高階から、川辺辰平殺しの、話しても差し障りのない部分をかいつまんで聞かされていた。やはり、泉繁竹親子とこの龍遠寺を通して、二つの事件は関連しているようだった。五十嵐の尾行調査の依頼人は、五十嵐個人のことではなく、あのオフィスで泉真太郎にまつわるなにかが語られるのではないのかといったことに神経を尖《とが》らせていたのではないだろうか、と蔭山は想像する。

——それにしても、盗聴か……。

仕事の上で私立探偵社を利用した経験が、蔭山にもあった。

寺社関係者や好事家《こうずか》は時に、入手した古美術品や仏具などの素性の確認を迫られることがある。そしてそうした場合、警察の介入を望まないケースがままあるのだ。こうした時に蔭山は、仲介の労を執ったりした。あるいは、もっと一般的な事例もある。貴重品と思われる、観光客の忘れ物などが発見された場合だ。それも、簡単には落とし主が見つけ出せそうもない場合。警察はこの程度のことで本気にはなってくれない。そこで、探偵社の出番だ。もっとも、イメージアップを念頭に置いて、落とし物のあった寺社が調査費の一部を負担してくれるぐらいでなければ観光協会も動かないが。

しかしいずれの場合も、依頼した探偵会社は、良心的な、評判のいい仕事ぶりを示した。蔭山は、自分が扱っている会報に取りあげたりしたものだ。しかしあの探偵社も、盗聴という行為を日常的な業務にしているのだろうかと思うと、蔭山は、やや複雑な感慨を懐《いだ》いた。

「いやあ……」

庭に立っている中山手刑事が、奥書院三の間に正座している村野満夫に声をかけている。

「また白砂を乱してしまって申し訳ないですな」

「い、いえ」いつもと同じ、やや緊張感を伴った愛想のいい破顔。「ごく当然の仕事です。仕事ですから。好きですし」

レーキを使って白砂を均《なら》すのは、主に村野の仕事だった。白砂庭園ではお馴染《なじ》みの、あの筋目模様の砂紋を形作る……。しかし、住職の了雲が自ら行なうこともあり、それは中小の寺社としては珍しいことではなかった。

「村野さん、ビタミン剤、あげましょか?」細かな皺《しわ》に覆われた、はげた所も多い黒い鞄《かばん》から、中山手は薬瓶を取り出して一錠を口に放り込んでいる。「元気の元、タウリン錠剤ってのもあるけど」

「い、いえ、お気持ちだけで」

「奥さんも、カルシウムや鉄分、しっかり摂《と》ってね」

中山手に言われ、高階枝織は微笑を返した。

広縁を礼の間のほうからやって来た、所轄・上鴨《かみがも》警察署の刑事が声をかけてくる。

「軍司さん、見えられましたよ」

デイパックを片手にぶらさげた軍司安次郎は、皺深い顔を気短げにしかめる。

「見えられたって、私は早くから来ている。あんたらが遅いから、うろうろしていただけだ」

「いや、申し訳ない」高階はこだわりなく謝罪して広縁に立ちあがった。「それで、お持ちいただきましたか？　さっそくですが」

老郷土史家は、デイパックの中にあったフォルダーから二枚の用紙を取り出し、それを高階に差し出した。高階はそれに目を通す。

「なるほど。途中から、例の、妙見菩薩《ぼさつ》の配置にまつわる考察が書かれているわけですね」

蔭山は枝織から、軍司がここへ呼ばれた理由を聞いていた。川辺辰平が殺された夜、軍司は依頼されていた原稿をファックスで歴史事物保全財団の資料室に送ったのだそうだ。九時頃だ。当夜使用された財団のファックスの回線は、これ一本であることは確認されている。そして資料室のファックスは、用紙がトイレットペーパー状につながって出てくる形式だった。あの夜押し入った窃盗犯は、泉真太郎が残した龍遠寺関連の資料と一緒に、そのファックス紙もちぎって持ち去っているのだ。その音も、盗聴器を通して録音されている。軍司は、その送った原稿を持参してほしいと、警察から依頼されたのだ。そんな話を、枝織は、道々軍司から聞かされたという。

「ここへご足労願ったのは……」中山手が軍司に話しかけていた。「この龍遠寺のどのへんが研究対象になっているか、教えてもらいたいってこともあったからなのですよ。いろいろと、謎があるそうですね」

「ああ、それはもう、お話しする内容はたっぷりある」軍司は目を輝かせたが、一瞬後にはわずかに眉《まゆ》を寄せた。「やはりそのへんが、事件に関係していると？」

「泉真太郎さんも、素人なりに手を出していたわけですしね。それに……」

中山手は、高階が短く頷《うなず》くのを受けて先を続けた。

「私達が、ここへ来るのに遅れたことにも理由がありましてね。奇妙なことが起こっているのです。事件関係者の中の歴史的知識がある人達だけではなく、一般の神社仏閣研究家にまで、ある資料が送りつけられているのです」

「ある資料？」

「二十四日の夜、歴史事物保全財団から盗まれた資料の一部ですよ。泉真太郎が遺《のこ》した覚え書きのようなものです」

蔭山同様、軍司も、えっ？　という顔になる。「誰がそんなことを？　また、なんだって……？」

「窃盗犯がやっているのではないですかね」

奇妙な話に、蔭山も口をひらいていた。「じゃあ、この犯人は、盗んで手に入れた資料を、わざわざ大勢にばらまいているっていうんですか？」

「可能性だ」高階が答える。「軍司さん、あなたの所にも、たぶん届いているでしょう。今頃は。ファックスが多いようですが、郵送もある」

「出がけに、そんな情報があちこちから集まってきたのです」中山手がそう言った。

「その資料っていうのは……」枝織も声を出す。「龍遠寺関係の謎に関する部分なのですね？」

「そういうことです、奥さん。そこで、軍司さん、こうしたことに詳しいあなたのような方達の協力も願えれば、ということでして。私は以前の捜査で、この庭園の謎の大筋は聞いていますがね……」

中山手は鞄から、数枚の用紙を取り出した。

「送られて来たファックスの写しがこれですが、送り主の手によって強調されたりしている部分もありまして……」

しかし軍司はそちらへは目を向けようともせず、熱に浮かされたような顔で、龍遠寺の東庭を眺め回しながらあぐらをかいた。

「いいですとも。龍遠寺の庭園の謎ね。話しましょう。この庭と寺が秘めているものを」

4

同時刻、龍遠寺庭園の謎に関する説明は、歴史事物保全財団の中でも行なわれていた。

場所は、二階資料室。話を聞いているのは、府警捜査一課の若手、平石修《おさむ》で、解説役は、広報企画課の伊東龍作《いとうりゅうさく》だった。

資料室には、他に三人、杜圭一《もりけいいち》、杜美里《みさと》、東海林浩史《しょうじひろし》がいる。現在の資料室の陣容は、これですべてである。入ったばかりだった川辺辰平は不慮の死を遂げ、室長の五十嵐昌紀は失踪《しっそう》中の身。今は杜圭一が室長代理を務めている。年齢的には東海林のほうが十歳も上だが、東海林は公私にわたって地味な存在で、責任者といった地位には不向きだった。

伊東はよく資料室に出入りするポジションにおり、話し好きである。この役には打ってつけだろうということで、杜は解説を彼にまかせていた。それに、伊東は、かつてここに勤めていたことがある泉真太郎とは、最も仲のいい同僚だった。捜査には、むしろ積極的に協力したいという態度を見せている。

伊東は、今回殺された川辺辰平とも、同じ会社の人間という以上のつながりがないわけではなかった。川辺は、伊東の大学時代の後輩の友人で、伊東が、就職先としてこの財団を紹介したのだった。しかし伊東は、川辺の死にはさして心を動かされていないように見える。

伊東龍作にはそういうところがあるかもしれないな、というのが杜の率直な感じ方だった。報道される現実の殺人事件でも、伊東は嬉々《きき》として推理ゲームのネタにしている。いつぞや、資料として借り受けた貴重な鎌倉時代のミイラに、脳器質を調べるためのメスを入れるべきだと、かなり真剣に申し立てたりしていた。餓死入滅というのも一種の自殺だから、脳に自殺傾向者特有の物質や変質が見られるかもしれないということだった。

伊東と平石刑事は、ホワイトボードの前に立っている。ホワイトボードには、龍遠寺の見取り図や周辺地図が貼られていた。

百八十センチを超える長身の伊東龍作は、三十の誕生日を迎えたばかり。くせ毛を少し短めに刈っており、眉同様に濃いまつげが、表情豊かで大きな目を取り巻いている。身振り手振りも大きい。

「もちろん、当時すでに、北極星や北斗七星を崇拝する思想はありましたよ」

伊東龍作の口調はひどく熱心だ。

「たとえば、徳川家康が太一《たいち》信仰と結びついていたのも有名でしょう。太一というのは、北極星の、古代中国での呼び名です。たいいつ、たいつ、とも呼びますけど。天の中央にあって動かざる明星は、天帝の星で、たとえば家康のような権力者は、まず必ずこの星を自らに擬しますね。江戸城のほぼ真北に日光東照宮を設営し、そこに家康を改葬したのも、家康に、たとえば北辰《ほくしん》の神となってもらって幕府を永遠に守護してもらいたいという意味が大きかったと言われています」

たとえば、という言葉を多用するのが伊東龍作の口癖だった。話に夢中になって興奮の度が高まるほど、その傾向が強まるようだ。杜圭一は、資料の大口贈呈家への礼状のチェックという仕事をしながら、伊東の話しぶりに半分耳を傾けていた。

「正確には、日光東照宮と江戸城の位置は、南北軸で六度ほどのずれがありますが、東照宮が造営されていた一六一六年頃の磁石の示す方位、偏角《へんかく》は、ちょうど六度近くのずれを持っていたそうですから。たとえば、東照宮の中に現存する画像には、家康の両側に山王神《さんのうしん》と摩多羅神《またらしん》が描かれていますが、これはどちらも北斗七星にかかわる神様で、この図の上のほうにははっきりと、北斗七星も描かれています。たとえば、神事の中で太一と書かれた扇や旗を使うところから、たとえば伊勢神宮にも、太一思想があったことは間違いないでしょう。庭園にもこうした思想は取り入れられ、桂離宮の灯籠《とうろう》などを北斗七星配置と見る人も多いです」

他にも——と、続けそうになる伊東を、平石は、

「で、龍遠寺の庭にも、北斗七星配置があるわけですね？」

という質問で遮った。

「東庭の庭石ですね」

伊東は力強く頷く。そして、龍遠寺東庭の見取り図の、中央よりやや南側を指差した。

「ここの庭石の一塊を、亀石《かめいし》、対する北側の一塊を鶴石《つるいし》と言いますが、こうした配置は多くの庭園で見られることで、特異なのは、ここから先なのです。亀石のほうは五つの石で構成されていますが、鶴石は六つなのです。庭石というのは奇数で配置するのがセオリーです。そこで、この六つの庭石に注目すると、鶴石全体は、たとえば、北斗七星に似た形になっていることが判ります」

その庭石のイラストに目を凝らした平石刑事は、「なるほど」と受けたが、「でも、一番それらしいところが欠けているようにも思えますが」と、正直な不審も口にした。

「そう。ひしゃくの先端部分でしょう」

見取り図は北を上にして掲げられているので、東庭は縦長に描かれている。鶴石は中央のやや上側にあり、北斗七星の柄の先端に当たる部分が上側——北北東を向いている。ひしゃくの升が、左斜め上に口をひらいている形だった。しかしその、升の突端部分の星が——石が存在していない。おおぐま座のα《アルファ》が。

「ところが、その石が存在していることを読み取った人がいるのですよ。たとえば、明治初期

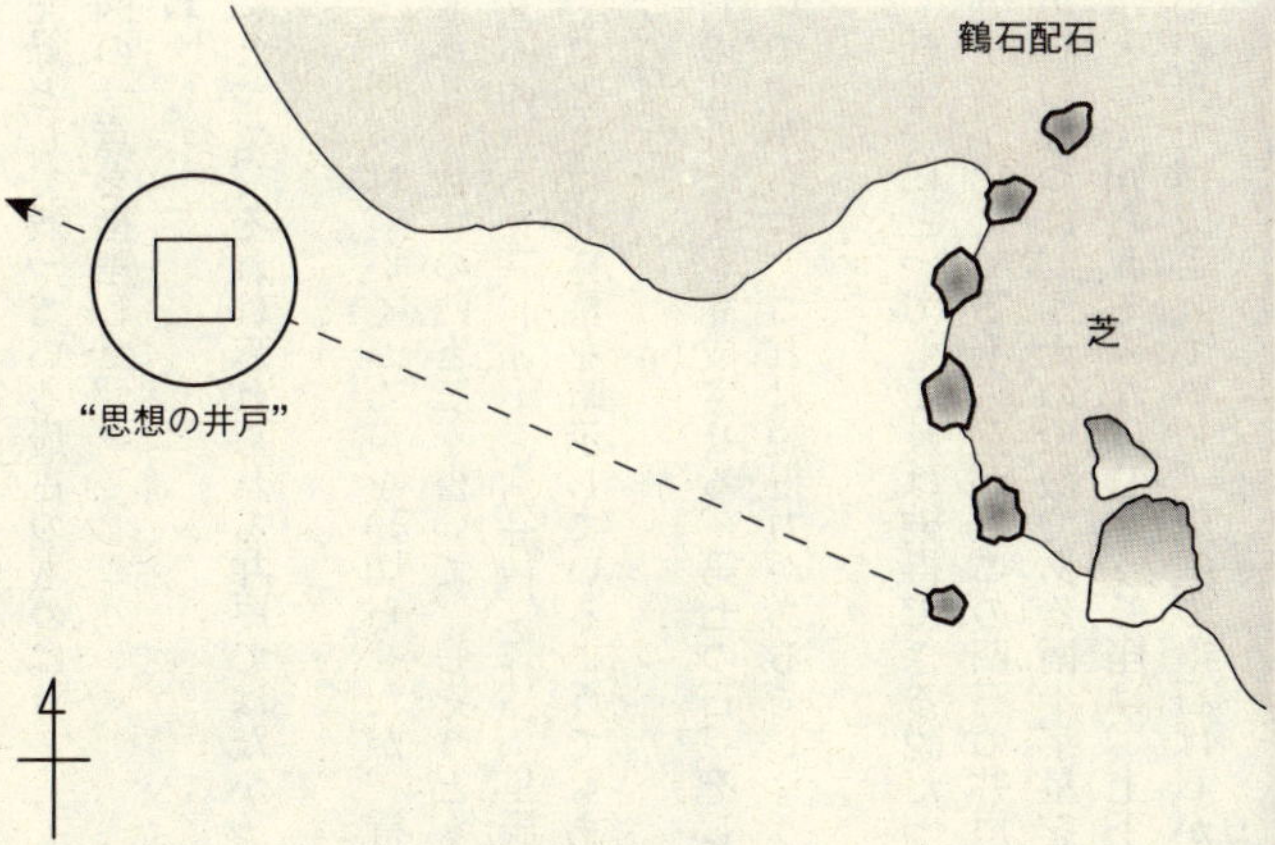
鶴石配石
芝
“思想の井戸”

の『作庭類考《さくているいこう》』ですか、記録として残っている最古のものは」

　そして伊東は、見取り図の一点を指差した。

「ここに井戸がありますね」

　四年前の事件を知る者にとって、それは忘れられる井戸ではなかった。泉真太郎が溺死《できし》させられた井戸だ。

「無論、あの井戸です……」伊東は、いくぶん声を途切らせたが、言葉を継いだ。「〝思想の井戸〟と呼ばれています。しかし、数字の四と三を書いて、しそうとも読むのです。ですから北斗七星は、たとえば、別名が四《し》三《そう》の星。しかもこの井戸には、『星辰思源《せいしんしげん》』と文字が彫られている。北半球の星空の元、たとえば北極星を暗示しているようでもあるでしょう」

　平石は軽く唸《うな》った。「なるほど」

「つまりこの井戸が、鶴石の北斗七星を完成させる、第七の石、そして、おおぐま座のαだというわけです。四三の井戸ですからね。これは説得力があるでしょう?」

「確かに」

　と、平石は首肯したし、杜圭一にとってもこれは納得できる説だった。とかく、こうした謎解きにはこじつけめいた強引さが出てくるものだが、この四三の井戸説は大方が受け入れるものだった。鶴石に対する亀石の五つは、南天の象徴である南十字星を表わしているのでは、と考えられている。南十字星として知られるみなみじゅうじ座は、上下左右の四つの星と、右斜め下の、やや小さな五つめの星で構成されている。東庭の亀石はしかし、そうした配置にはなっていない。本当の亀のように、頭と四肢を連想させる位置に石は置かれているのだ。頭は鶴石のほう、北側を向いている。ただ、形が違うといえば、鶴石も北斗七星として見た場合――

「ただ」やはり平石もその言葉を口にした。「この井戸だけが離れすぎていて、形としていびつになってしまっていますが、それは？」

「もちろん、意味があってのことなのです。興味深い、大きな意味がね」

伊東の声は、得意そうな響きさえ帯びる。

「平石さんは、たとえば、星座を利用した北極星の見つけ方を覚えていますか？」

「え……」

「ほら、北斗七星の、β《ベータ》とαを結び、その線分を五倍延ばすと、そこに北極星があるってやつですよ」

「ああ……。じゃあ、まさか、この庭の北斗七星も？」

「そうなんです」

嬉《うれ》しそうに破顔する伊東は、舌で唇を湿らせてから、見取り図に指を当てる。

「この第六の鶴石、つまり北斗七星のβと、この井戸――α星を結びます。αだけずいぶん大きいですが、井戸の中心点を、正確なαの位置としましょう。そして、この線分を、この方向に五倍する……」

第六の鶴石の左側、浅い角度の上方に〝思想の井戸〟がある。それを延長していくと……。

（巻頭・奥書院見取り図参照）

「その先は、奥書院の西翼、控えの間の一角にぴたりと一致します。控えの間の西南の角で、ここには、〝子《ね》の柱〟と名付けられた柱が立っています。他にもたとえば、方位を示す、辰《たつ》や巳《み》と名付けられた柱がありますから、こうした命名には、なんらかの方位が関係しているのだろうと推測されていたのです。しかしそれではどうも理屈が合わなかったのですね。あるいは、子《ね》の年や辰の年に削り出された柱なのだろう、などとも、たとえば考えられました。ですが、建物の柱のことでしたので、庭園様式の不可解さと関連づけてみることがなく、あまり重視されてこなかったのです。

ところが、第六の鶴石と〝思想の井戸〟で示されている北極星が、その〝子の柱〟であるなら、当然、俄然《がぜん》、その意味は大きなものになるでしょう。考えてみれば、北極星の別名が、たとえば、子《ね》の星なのですからね。子の方角、つまり、真北に位置する星という意味です。四三の星配石が示唆する北極星の位置に、まさに、子の星を暗示する柱……。そしてこの龍遠寺には、〝子の柱〟が複数存在しているのです。そしてある時、その柱を結んでいくと、驚くべき図形が現われると判明するのです」

ほう、と平石は声をあげる。「いったい、なにが？」

黒々とした眉《まゆ》とまつげの下、伊東は歓喜に似た興奮で目を輝かせる。赤いサインペンを手にし、龍遠寺見取り図の一点にペン先を当てる。

「まずこの、庫裏《くり》の東の壁の真ん中に、〝子の柱〟があります。そして次が、奥書院、控えの間の南西端ですね」

伊東は、点から点へと赤い線を引っ張っていく。

「次は、〝子の柱〟を発見させる起点となった、おおぐま座αでもある〝思想の井戸〟。第四が、西の間の南東の角にある〝子の柱〟。第五が、御座《ござ》の間の南東端の〝子の柱〟」

キューッとペン先が音を立て、一筆書きの線形ができあがっていく。

「そして最後が、玄関の間の北東の角にある〝子の柱〟、と、こうなります」

「この形は……」平石は、赤い線で描かれたその図形をまじまじと見つめる。「北斗七星……」

「見事でしょう?」我がことの自慢のように、伊東は満足げだ。「たとえば、先ほど申しあげた日光東照宮の建築群も、北斗七星配置になっているとする説がありますが、この龍遠寺は、柱に、天の星座の配置を写し取ったのですね。ただ、これは、北斗七星ではありませんね」

「あ、そうだ。ひしゃくの柄のほうが、一つ足りない」

「そうです。これは、西洋の星座である北斗七星ではありません。星が六つですから。中国の星座で、勾陳《こうちん》と言います。勾陳というのは、たとえば、天にある天帝の宮殿、紫微垣《しびえん》を守るための、かぎ形になった護衛の陣だそうです」

言いつつ伊東は、古代中国の星座を判りやすく図示した紙を、ホワイトボードの余白にマグネットで留めた。

「これが北極星。そしてこれが、勾陳です」

その星図では、大きく描かれた北極星を中心に、ひしゃくの形が線書きされている。だが、説明するためには、まずは西洋のこぐま座から見たほうが判りやすいようだった。こぐま座は、

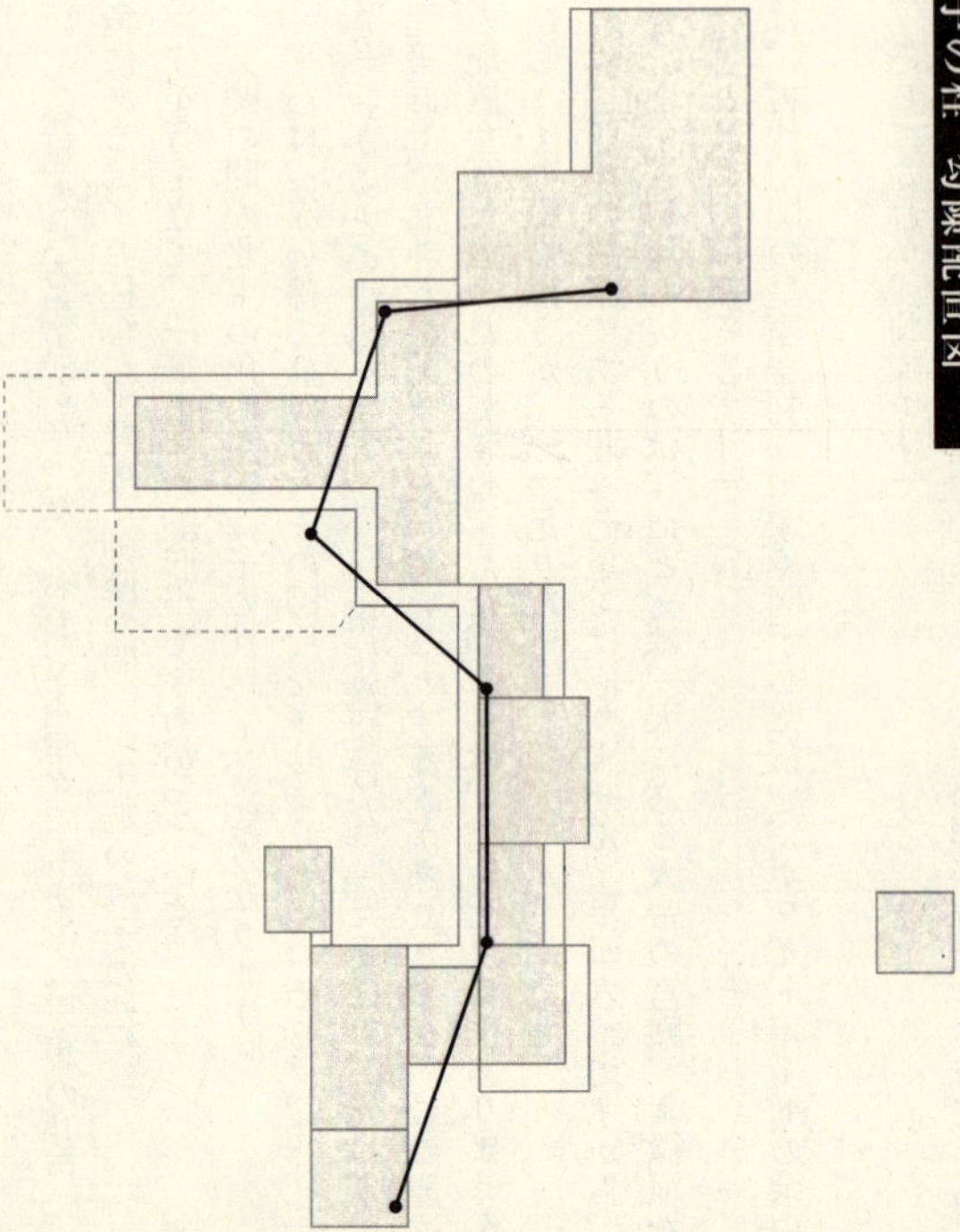

“子の柱”幻陣配置図

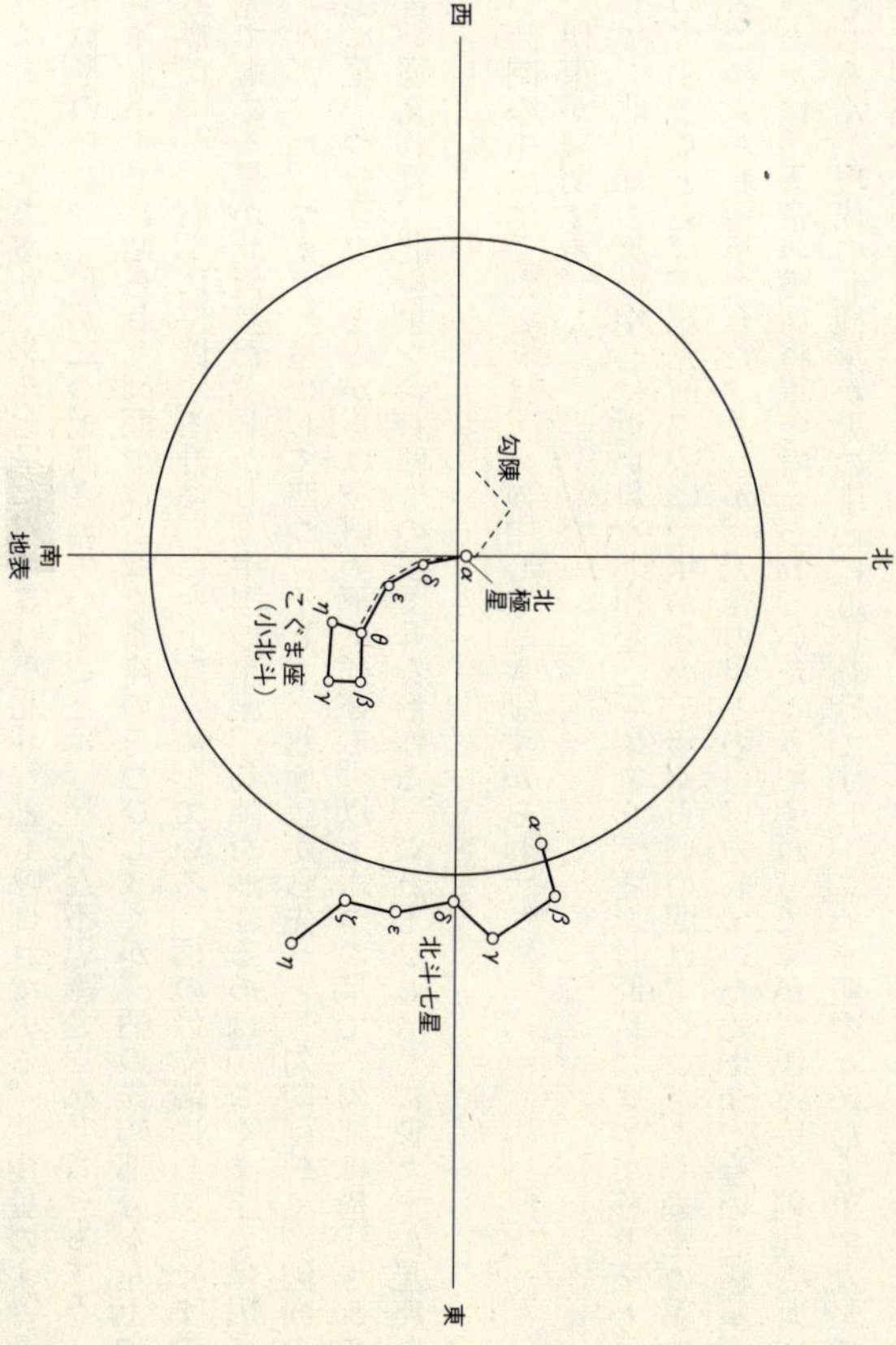
西
北
南
地表
東
勾陳
北極星
こぐま座
(小北斗)
北斗七星

こぐまの尻尾《しっぽ》の先端に北極星を持つ星座だ。七つの星で構成されている。これがまた、ひしゃくの形にそっくりであり、北斗七星に対する〝小北斗〟とも呼ばれている。北極星のすぐそばに、相似形のひしゃく星が二つ配置されていることは、壮大な不思議さを感じさせもする。

ホワイトボードに貼られた図面では、こぐま座のそのひしゃくが、柄の先端部分を左上にしている形だった。右下に位置する升は、口を上向きにしている。柄の最先端にしてこぐまの尻尾の先でもある星が北極星だ。しかし、中国の星座、勾陳を形作るのは、こぐま座では尻尾の部分だけだった。つまり、星にして四つ。そして、北極星から先へと、勾陳は続く。図面の左斜め上に星一つ分延び、そこからは左斜め下に延びる。以上六つの星で、勾陳は構成されている。言い換えれば、北極星を含む四つの星で升を形作る、これもひしゃくに似た形の星座だった。

「長い時間の中では、たとえば、天の中心も動きますからね」

と、伊東が説明する。

「そして、北半球の天の中心に近い星を北極星と呼ぶなら、それは時代によって移り変わってきたのです。たとえば、紀元前二〇〇〇年からの千年ぐらいの間は、ここ、こぐま座の顔に位置するこのβが北極星でした。これが、天帝の星と名付けられていたんです。今の北極星、こぐま座のαは、天帝の護衛将軍と考えられていたようですね。ですが、龍遠寺が創建された頃は、もちろん、現代の北極星が天の中心に近いわけですし、こぐま座のαが最も重要な星であったのは間違いないでしょう」

そこで伊東は、図面に描かれている北斗七星も指差し、

「つまりこういうことになるんですよ」

と言った。

「北極星のすぐそばには、西洋東洋合わせれば、三つのひしゃく星があるのです。そしてこの龍遠寺も、ひしゃく星を象《かたど》った」

「ひしゃく星の中の、勾陳ですね」平石が再確認する。「星が六つの」

「そうなのですが、奇妙なこともあります。三つのひしゃく星は、北極星のすぐ近くにある天の北極を中心にした回転図形として見た場合、どれも同じ方向に升の口を向けていますよね。星は、天の北極を中心に、反時計回りに回転するだけですから、どう回転したところで、当然ながら、升の向きは常に一定です」

つまりどのひしゃくも、反時計回りで水面に接していけば水がすくえるという向きである。

「ところが、平石さん、ほら、見てください。龍遠寺のひしゃく形は、勾陳も四三配石の北斗七星も、逆向きになっているでしょう。反転されたひしゃく形なのですよ」

そこで平石はハッとなり、手にしていた用紙に視線を飛ばした。「反転……！　そうか、ここで泉真太郎さんが記述しているのは、そういうことなのですね？」

平石が手にしているのは、正体不明の人物が送りつけてきたファックスの中の一枚だった。

杜圭一も、仕事から気持ちを一時離し、同じページのコピーを手に取っていた。正午すぎに、ここにファックスされてきたものの一枚である。資料室ではなく、代表ファックスに送信され

たものだ。盗まれた、泉真太郎の遺品資料の中の一部である。覚え書きのようにして、泉真太郎は、自分なりの龍遠寺庭園考をまとめていたのだ。そして、その一部に、ファックスの送り主が強調用のアンダーラインを引いて送り返してきたのである。蛍光ペンでも使ったのだろう、灰色に見えるラインが引かれている。

『龍遠寺の〝子の柱〞が示す星の形は、反転すべき思想に従って見るべきなのだろう』と泉真太郎が記した一文の下に、アンダーラインが引かれているのだ。

なんのために、こんなことをして送り返してくるのか、杜には理解不能だった。刑事の話からすると、この送り主は方々に同じような文章を送りつけているらしい。

杜は、ファックスの送信先を改めて見てみた。松ヶ崎《まつがさき》橋近くのコンビニのファックスである。他には、電話会社のサービスコーナーなども利用されているらしい。言うまでもなく、発信元を突きとめられなくするための方策だろう。

そして、これを送りつけてきたのは誰なのだろう、と杜は考える。窃盗犯なのか、それとも、姿を消している五十嵐昌紀資料室長なのか……。

それにしても、一度盗み出した物を、一部とはいえこうして戻してくるとは、いったい……

…？

「泉くんはその考えを採用していたということです」

と、伊東は平石への解説を続けている。

「ひしゃく形が反転していることに、やはり大きな意味があると推測する研究者は多いですが、それほど深い意味はないだろうとする向きもあります。もっと昔の星図などは、よく裏焼き状態で書かれていたことがありましたからね。そうしたことをロマンチックに表現すれば、たとえば、地面をキャンバスにして、地面の下から筆を使って星を写し取れば、地表に現われる形は結果として裏焼きになる、となりますか。たとえば。東西反転の天体図はよくあります」

「そうか……」平石は、東庭の図面に見入っている。「この鶴石の北斗七星はなにかちょっと違うと思ってましたが、裏焼きなんですね」

「そうです」

「で、泉真太郎は、中でも〝子の柱〟が描くひしゃく形の反転構造を重要視している一人だったわけですね」

「それも、北斗七星派ではなく、勾陳派のほうですね」

「勾陳派？」

「ええ。〝子の柱〟で描かれるひしゃく形は六つの星でできていますが、これは勾陳であると確定しているわけではありません。庭石が北斗七星なら、これも北斗七星なのだろうという考えも成立します。つまり、北斗七星の柄の部分の先端が、たとえば、欠けているのだ、とする説です。これが北斗七星派ですね」

「欠けている……」

「その欠けている理由が、さらなる謎、というわけです。七つめの星が、あるのか、ないのか。〝子の柱〟の、柄の先端部分は、玄関の間の北東端ですよね」伊東はその一点を指し示す。「この先を北斗七星の形に延長すると、表門の右側、塀のぎりぎり外へ出てしまうのですよ。実に即物的な場所です。ただの、山としての地面、というだけの場所です。意味のありそうな石も灯籠《とうろう》もない。そして、この塀は、龍遠寺創建当時から移動していないものですしね」

「移動していない……？」

その表現に平石が不思議そうにしたので、伊東が説明を添える。

「京都の寺も、戦乱の被害を受けて、焼けたり壊されたりしてきましたから。たとえば、改築も多いですよ」

「ああ……」平石は納得の面持ちだ。

「龍遠寺は幸い、どのような被害にも遭っていません。ほぼ創建当時のままなのです」

「七つめの星がないらしいってことは、伊東さん、やはり勾陳説も有力なわけですね？」

「そうですね。考えてもみてください、勾陳は、升の先端から三つめが北極星ですよね。そして、龍遠寺のひしゃく形の、升の三つめが、四三《しそう》の配石の要《かなめ》とも言える〝思想の井戸〟ではないですか。これが天の北極星に対応していると考えれば、まさに勾陳星座の写し絵です」

「なるほどぉ」平石の目にも、それなりの興味の感情が光を持ち始めている。

ちょうど仕事が一段落した杜圭一は、その郵送物を机上で整えた。妻の美里が腰をあげかけたが、それを目で柔らかく制し、杜は椅子から立ちあがった。資料室は全面禁煙だ。そろそろ一服つけたくなっている。

サンダル履きの自分の足元に目がいった。正式に室長にでもなれば、服装に関しても細かく指図がくることになるかもしれない。杜はいつも、ざっくりとした服装だ。四十にしては白髪が多い髪の毛も長く伸ばし、後ろでポニーテール状にまとめている。

入り口近くのデスクの上に、杜の視線がチラリと向かう。電話機のすぐ横だ。そこは、盗聴器が置かれていた場所だった。室長のデスクにも近い。

日常生活の裏側でなにが進行しているのか、知れたものではなかった……。

廊下へ出た杜は階段に向かったが、そこに、誰も口にはしないが禁域となった場所がある。川辺辰平の血がべっとりと残されていた廊下だ。警察に呼ばれた会社上層部の人間だけが目撃したはずだが、噂《うわさ》というのはどこからともなく広まる。もうすぐ階段という辺りに、真っ赤な血が流れていた、とか。それが少し、階段のほうへ引きずられた跡を残していた、とか……。

月日が経過すれば、その廊下の上を、平気で歩ける時がまたくるのだろうか……。

川辺辰平は好青年だった。無惨な死に方をしなければならないような人間では決してない。両手首を切断されて……。杜には、そんな蛮行のできる精神が想像できなかった。

無論、五十嵐室長がそのような残酷な暴挙をしたとは思えない。窃盗犯がやったのだろう。だとしたらなぜ、室長は川辺の遺体を運ぶような真似をしたのか？……いや——と杜圭一は自身をたしなめるように思考する——室長がそんなことをしたという証拠はない。室長が車に運び込んだのは、仏像か人形のようだった、という供述があるだけだ。

郵送物の手配を済ませた後、杜は一階廊下奥の喫煙スペースへと向かった。

一応、細い柱で囲まれた一角だが、素通しであり、ただ、上下幅一メートルほどで帯状に巡らされている曇りガラスが内と外の視線を遮っている。

杜は、窓から裏庭を眺めた。そこは会社の裏庭という印象ではなく、ちょっとした日本庭園といった趣になっている。もともとは、さる大名の別邸が建っていた場所だった。その家屋は今も一部が残り、役員の保養施設や、来客の接待所として利用されている。財団創設者の一人が担保として押さえていた物件だった。淀《よど》んだ小さな池にそれなりに手を加えれば、もっと景観として映えるのだろうが、手つかずの由緒も維持しなければならないということで、それもままならないようだった。

当初から、景色を愛《め》でるためだけの別邸ではなく、防備なども充分に配慮した屋敷だったのかもしれないと杜は想像していた。この敷地は、切り立った斜面に囲まれているのだ。表道路──といっても田舎道だが、そこに面した駐車場と表玄関しか出入り口がない地形となっている。しかも今では、裏庭周辺はすべて高い金網でも囲まれている。つまり、あの夜の窃盗犯も、表の道路へ逃げ出すしかなかったわけである。

だとすれば、その人物の取った行動は、次のいずれかということになる。五十嵐室長と尾行の探偵がやって来る前に川辺辰平を殺害して逃走していたか、あるいは、室長と探偵がこのビルを離れるまでは身を潜めていて、その後に立ち去ったかだ。室長が到着してからは探偵の張り込みの目があり、それを逃れて逃走することは、現実的に不可能だと考えられる。

──それにしても。

杜は納得がいかない。なぜ、室長が逃げ隠れしなければならない羽目に陥っているのか。どれほどの罪を背負うことになったというのか……。

警察には、五十嵐昌紀の立ち回りそうな場所を問い詰められた。すでに両親もいない山梨の故郷か、別れた妻の実家ぐらいしか思いつけず、杜はそう答えておいた。当然、警察としてはすでに押さえている場所だったろう。他には、釣りが好きで出向いていた琵琶湖《びわこ》周辺か。大学時代には徒歩で一周したと、楽しそうに言っていた。上司のなにかを売っているようで気が滅入《めい》ったが、やはりそうした情報は捜査当局に伝えないわけにもいくまい……。

せめてできるのは、五十嵐昌紀という男は冷酷な犯罪を行なえる人間ではないと、繰り返し訴えることとぐらいだ。

杜は紫煙をくゆらし、いつからこんなことになってしまったのかと、記憶をたどった。最も深い根は、やはり四年前の泉真太郎殺害事件だろう。しかし、それを今回のような混乱した悲劇を招くほどに再生してしまったのは、三月十三日の、あの集まりだったのではないだろうか。

泉繁竹が呼びかけた、あの集まりだ。

自分ももう歳だと、あの一徹な庭師が弱気な口をきくようになっていた。彼が経営していた小さな造園会社を譲る手続きも済ませ、息子の〝四回忌〟を行なっておきたいと言いだしたのだ。正式には〝五回忌〟ということになるのかもしれないが、正式もなにも、〝四回忌〟や〝五回忌〟という用語はないのだから、繁竹の好みで〝四回忌〟という呼び方が選ばれたらしい。自分のことより、息子のことを忘れてほしくないし、形見分けをしておきたい、と繁竹は言っていた。老妻・末乃《すえの》はあのとおりなので、皆さんしかお願いする人がいない、ということだった。末乃は、息子真太郎の死以降、断続的な痴呆《ちほう》状態が続いている。

そしてあの土曜日、泉繁竹の呼びかけに応じた者達が、彼の造園会社に集まった。その時はすでに彼は社長ではなく、一庭師ということになっていたが。

歴史事物保全財団からは、五十嵐昌紀、伊東龍作、そして泉真太郎の先輩の一人である人事部係長が出席した。杜も、妻の美里を伴って参列した。

定時制高校卒業後の四年間、泉真太郎は歴史事物保全財団で働いていた。そして、大げさに言えば、袂《たもと》を分かつようにして退職していったのだ。彼は、京都を支える観光産業に多大な影響力を持つ大規模寺社の組織に、うさん臭いものを感じ取り始めていたらしい。実際京都には、宮内庁管轄の御所や離宮があり、全国の末寺《まつじ》・末社《まつしゃ》に号令を発せられる各宗派の総本山がある。それは確かに一つの権力を持ち得るものだろう。庶民とは隔絶した階層社会の中で、麗々しい総師達が実権を握っている。税制も優遇され、財閥組織のような門徒達に囲まれ、中には、観光客や参拝者さえ軽視して傲岸《ごうがん》に思いあがる寺社も出てくる。

拝観料の値上げ要求の寺社ストライキが行なわれた折など、理解を示す者がいる一方、市民の反応は総じて冷ややかだった。

勉強会と称して交わる議員達とも結びつきを強め、いつしか、大規模寺社を中心にした京都〝宗教界〟は、都市計画にまで口を出せる一大ロビー組織となっている。

泉真太郎にとっては歴史事物保全財団も、そうした寺社勢力におもね、その意向に添った活動をしているだけの天下り企業に思えてきたのだ。

そしてそうした最中、真太郎の知人が市会議員に立候補することになった。彼は将来的に、寺社ロビイストを政財界から切り離し、神社仏閣を純粋な宗教団体にしたいというスローガンを掲げていた。

今までの政治や行政の人間で、寺社ロビー勢力と改めて刃を交えようとした者はまずいなかった。観光という財源と宗教活動、そして何千年もの歴史を背景にしている団体を敵に回してプラスになることなどはない。自分の任期を棒に振るだけである。

しかしそうした動きもしていこうと主張していた市会議員候補を応援するために、泉真太郎は歴史事物保全財団を辞めていった。杜が見るところでは、取り立てて警戒しなければならないほどにあこぎな寺社団体があるとも思えず、泉真太郎達の主張や行動は若すぎる血気の表われのようにしか見えなかったが……。そして結局、その候補者は選挙に勝てず、真太郎は父の造園会社で庭師として働きだした。そうした経緯の二年め、泉真太郎は龍遠寺の東庭で命を絶たれたのだ。

その彼の〝四回忌〟に、市会議員立候補者は来ていなかった。顔を見せていたのは、学生時代の友人が数人、庭の仕事でよしみのあった人間が二、三人……。龍遠寺の住職、了雲が、略式で弔いを行なった。

息子真太郎の面影を偲《しの》んでほしいと、泉繁竹が見せた映像は、ある意味ショッキングなものだった。真太郎の、最後の姿が映っている8ミリホームビデオの映像なのだ。

あの夜、真太郎は、仕事にビデオを利用していたらしい。真太郎は、夜間拝観用のライティングなどの調整を行なっていた。カメラを通しての見栄えを比較したかったし、そうした仕事は初めてだったので、後の参考のために記録するつもりもあったらしい。

〝四回忌〟に映し出されたのは、泉真太郎が龍遠寺近辺の火災が治まって東庭に戻って来たところからだった。ビデオはずっと回っていたわけだが、真太郎はそんなことは完全に忘れてしまっている様子だった。真っ直ぐに滝口に向かう。ビデオカメラは、広縁の南端の上にあり、東側にレンズを向けている。

灯籠《とうろう》の明かりだけならば心許《こころもと》なかったろうが、柔らかくはあっても庭園に照明が入っているので、真太郎の姿はよく見えた。滝石組の左側で膝《ひざ》を突いて何事かしているその背中が見えている。真太郎が着ているのは、黒に近い濃紺の、トレーナーかジャージに似ている作業着だった。七分の袖《そで》はゆったりとし、和服のようでもあった。

そして数十秒後、不意になにかに驚かされたかのように、真太郎が画面の左手へ顔を振り向ける。北側、奥書院の礼の間の方向だ。

この時、真太郎の唇が動いているが、声までは録音されていない。明らかに、なにかに驚いている表情だ。真太郎はゆっくりと立ちあがり、北側へ向かう。〝夫婦《めおと》灯籠〟の〝雄灯籠〟が半分だけ映っているが、その向こうを通り、真太郎の姿は画面からはずれていく。そしてまた何十秒かしてから、今度は真太郎の声だけが記録されている。

とんでもない発見ですよ。

そう、真太郎の声が言う。

この庭には、暗示的な暗号だけではなく……。

声は徐々に小さくなり、それ以上は判別できなくなる。ビデオが真太郎の声を拾えたということは、彼はまだ近くにいたということなのだろう。それから誰かに話しかけながら、その人物に近付いて行った。その誰かは、声が拾えない遠い場所にいるのだ。そして恐らく、その人物が殺人者に違いない。

一分ほどすると、ほんのかすかに、怒鳴り合うような、言い争うような声が聞こえてくる。だがその後は、沈黙と静寂だ。そしてフィルムは、十分ほどしておしまいとなる。

このビデオカメラは、真太郎の作業道具袋の陰になっていたので、犯人は気付くこともなく立ち去ったらしい。

四年前、警察は当然この重要な証拠品を分析したが、犯人に迫れるような情報を引き出すことはできなかった。

そして泉繁竹は、このビデオも、他のお寺の庭での真太郎の仕事ぶりを収めたビデオと一緒に、息子の古巣である歴史事物保全財団に置いてほしいと希望した。寺院での庭仕事のビデオは資料としての寄付、真太郎の最後の姿が映っているビデオは、遺影としての形見分けとして、という申し出だった。泉老夫婦は民間の介護老人施設で暮らしており、自宅はない。そのため、自分たちが死んでしまえば捨てられるだけだから、ぜひ、と繁竹は言った。真太郎が勉強していた寺社の庭園に関する原稿ももらってくれ、というわけだった。その中に、龍遠寺の庭園にかかわる考察もあったわけだ。

だが、そうしたものはしょせん素人の覚え書きであるし、特別に新しい視点があるわけでもなく、また、庭園での作業風景といっても、それが歴史事物保全財団で扱うような資料になるとは思えなかった。とはいえしかし、無下に断われる性質のものでもない。そうした次第で、泉真太郎の死の周辺にあった龍遠寺庭園関連資料は、歴史事物保全財団資料室の、五十嵐昌紀の個人棚に収まることになったのだ。泉真太郎の最期の姿が映っているビデオなどは特に、自宅に持って帰るという気持ちには、誰もならない。

そうした資料が一切、あの夜に盗まれたのだ。棚には鍵《かぎ》も掛かっていたのだが、ガラスが割られていた。資料室に盗聴器を仕掛けさせたのは、もしかすると泉真太郎を殺した犯人なのではないかと杜は想像していた。ああしたビデオや資料が外に出回ったことに、なにか新たな脅威を感じる理由が生じていたのかもしれないではないか。私立探偵社に依頼が持ち込まれたのは、〝四回忌〟の直後だと聞いている。ビデオ類がどこに保管されているのか、犯人は知りたかった。そして、四年前の事件が見直されてなにが話されることになるのかと、警戒感を懐《いだ》いていた。

——そして、実際……。

杜は、自分達が交わした推理を思い出す。

『遺影ビデオの中で泉くんが急に左側を向いたのは、犯人に声をかけられたからではないかと思っていたけど、それにしては彼の視線が低すぎないか』と言いだしたのは五十嵐室長だった。資料室の昼休みでの話題で、資料室メンバーは改めてそのビデオのシーンを観察し直したりした。確かに室長の言うとおりだった。しゃがんだ状態の泉真太郎の視線は、そのままほぼ水平に左側へ向けられているだけに思える。見あげるという角度ではない。もし犯人が、礼の間辺りの建物内にいたのなら、当然、庭で低い姿勢になっていた真太郎は、視線を上に向けることになっていたはずだ。距離があるので上向きの角度は大きくはならないだろうが、低い姿勢のままで水平というのは不自然だ。とすると、相手は庭におりていたことになる。そしてその場所は、真太郎の近くではないだろう。近くにいたのなら、真太郎は当然、顔を上に向けなければならない。まさか、相手もしゃがんでいたわけではあるまい。真太郎の視線の焦点がどこに合わさっているのかまでは、ビデオからは見て取れない。

それに、声をかけた者が近くにいたのなら、ビデオにその声が録音されているはずだ。遠くで発せられた声ならば、真太郎の耳には聞こえても、ビデオの録音性能では拾えなかったということも起こり得るだろう。

いや、『誰かに声をかけられたから泉は振り返ったというわけではないのでは』と言ったのは――そう、伊東龍作だった。彼はあの時、資料室に顔を出していたのだ。それを聞いて室長が、『私も気になっていた』として、真太郎の視線の問題を持ち出したのだ。

伊東の推理はこうだ。

真太郎が最後に残した言葉からしても、彼を驚かせたのは、龍遠寺の庭園に関するなんらかの発見だったのだろう。突然の閃《ひらめ》き。あるいは、具体的な手掛かり。彼はそれに目を瞠《みは》ったのだ。その発見したなにかに向けて、彼は歩み寄った。そしてしばらくは、そのなにかを調べていた。そこへ、どこか離れた場所から声がかかる。

なにか興奮しているようだが。

とでも。

真太郎は答える。

とんでもない発見ですよ。この庭には、暗示的な暗号だけではなく……。

彼はその人物のもとに歩み寄って行き、やがてなにかが起こった……。二人は、〝思想の井戸〟近くで向き合っていたのだろう。

そんな推理話を、盗聴器を通して聞いていた者がいる。その人物は、行動しなければならない必要を感じる。

思えば、この資料室でいつも最後まで残っていたのが五十嵐室長だったのだ。いや、この会社の中での最後と言ってもいい。仕事に追われて、ということでは決してない。独りの家に帰るよりはましだから、といった性質の残業だった。時間外労働の短縮などと、うるさく言う者はいなかった。

つまり、財団での窃盗ということを考えるような人間がいたとしたら、五十嵐昌紀の帰宅さえ確認できれば、盗みに入るタイミングを知ることができるというわけだ。盗聴犯はそうした状況を把握したあの夜、資料室に盗みに入った。

そうであるなら、窃盗犯が盗聴犯であり、泉真太郎殺しの真犯人でもあるということになる。

まあ、泉真太郎を殺害した犯人であるという確率は、それほど高いわけではないが。

遺影ビデオは盗み出されてしまったが、四年前の捜査本部がそのコピーを保管しており、情報としては残っている。

――それにしても。

杜は思う。泉真太郎は本当に、龍遠寺のあの東庭で、なにか重要なものを発見していたのだろうか？　まだ誰も気付いていない、意味か事物を……。謎めいた歴史の中に秘められてきた未発見のなにかが、あの庭には本当に残されているのか？

杜圭一は、タバコを消して立ちあがった。

この一連の事件の根底に、龍遠寺東庭の謎が横たわっているとしたら……？

資料室で伊東龍作の熱弁を聞いている平石刑事の顔は、杜の見るところ、熱心な様子をさらに強めていた。

ホワイトボードの余白には、伊東による書き込みが増えている。それによるとどうやら、北斗菩薩《ぼさつ》とも呼ばれる妙見菩薩信仰と、龍遠寺がかつてその仏像を周辺に祀《まつ》ったことが説明されたらしい。

「その中で、龍遠寺が伝承として正統に認めているのが」平石が確認として尋ねている。「この、西明寺山《さいみょうじやま》にある妙見菩薩ですね」

龍遠寺東庭が借景としている山だ。そして、そのお堂の横に、川辺辰平の遺体は遺棄されていた。

「いえ、もう一つありますよ。二ノ瀬《にのせ》町の山です」貼られている、地図のコピーの上の一点を、伊東は指差した。「叡山《えいざん》電鉄鞍馬《くらま》線の、二ノ瀬駅から少し南西の森ですね。たとえば、こうした配置に、風水としての龍脈《りゅうみゃく》思想を加味してみれば、地勢学的な図形も描けるのです」

「風水……、と言えば、あれですよね」戸惑いがちながらも、平石は言った。「長安を模して造られた平安京も、方位的にそうなっているとか……」

「そうです、そうです」伊東は白い歯を見せる。

「玄武《げんぶ》だとか、白虎《びゃっこ》なんかが、山や川なんですよね？」

「はいはい。四神砂《しじんさ》ですね。四匹の聖獣《せいじゅう》――神に守られている土地は繁栄を約束される、というわけです。玄武が北、朱雀《すざく》が南、青龍《せいりゅう》が東、白虎が西。どっしりとした亀と蛇が合わさった聖獣である玄武が、平安京の北に位置する貴船山《きぶねやま》。水を司《つかさど》る南の朱雀が、合流する鴨川と桂川《かつらがわ》。昔は巨椋《おぐら》池もありました」伊東の指先が、地図の上を走っている。「たとえば、主山貴船山から流れる、陰陽五行説《おんみょうごぎょうせつ》的な陽《よう》の地勢、龍脈は、東は大文字《だいもんじ》山《やま》、西は嵐山《あらしやま》などの四神《しじん》を通って、京都盆地の北を守護しているわけです。ほぼ完璧《かんぺき》な、風水の理《り》ですよ」

「だからね、刑事さん」お茶をすすっていた東海林浩史が、しわがれた声をかけた。「お江戸は三百年で潰《つい》えたが、古都京都は、千二百年を超えてなお、繁栄を続けているわけですな」

「なるほど……」

「それで、この龍遠寺周辺ですが」伊東が自分のほうへと注目を引き戻す。「ここを、たとえば、風水的なミニ京都とする思想もあったのです」

「ミニ京都?」

「平安京のすぐ北の、風水的な小京都ですね。たとえば、日本の地方ではよく、小京都という呼び名が使われますが、果たして風水的にもちゃんとした……、いや、これは余談でした。えーと、この上賀茂や松ヶ崎一帯にも、四神がいたわけですね。玄武はここも、貴船山です。鞍馬山としてもいいですが。そして、東は岩倉の山から比叡山へ、西は十三石山《じゅうさんごくやま》や船山《ふなやま》へと地脈が走っている。たとえば、長代川《ながしろ》の西には、低山とはいえ、神山《こうやま》の名を持つ山もあります。そしてこの一帯には、真ん中に龍が走っているんです。この、南へ向から鞍馬川ですね。途中から長代川と名前を変えますが」

「この川がね……」

「今でこそただの側溝のような流れになってしまっている所もありますが、四百年前には、龍神様としての象徴になりうる流れだったのですね。たとえば、この龍の流れの頭を見てください」

と、伊東は地図を指差した。鞍馬山の頂上より少し南の地点だった。

「この山は、その名も竜王岳《りゅうおうたけ》です。そして、長代川の終着地点のそばには宝ヶ池《たからがいけ》。南の朱雀にはふさわしい名前かもしれません。宝ヶ池のすぐ西には、深泥池《みどろがいけ》。深泥池を御菩薩池とも書くのは、弥勒《みろく》菩薩が現われたという伝説があるからで、地蔵信仰も厚く、池の水を入れた一升瓶を家の大黒柱の上に置いて防火の風習としたのは、龍神や水神を崇《あが》めていたからだそうです。ただ、こうした湿地帯めいた湖沼が存在していることからも判るとおり、水《すい》としての龍脈の流れが滞ってしまっているのです。たとえば、血の流れが鈍って、新陳代謝が陰《いん》となり、気《き》が濁っているのと同じですね。もし長代川の流れが勢いを増し、清流となっていれば、この一帯が陽の気に満ちていたことは間違いないんですよ。たとえば。せっかくの龍神も、残念なことです」

「しかし……」平石は言った。「竜王岳からの流れが龍であったのは確かなのでしょう。そしてその流れのそばに、龍遠寺がある」

「そう、龍ですよ」

伊東龍作はそう応《こた》えると、にやりと笑った。額の上にかかるくせ毛の一房をつまみ、それを引っ張って伸ばす指先を、上目づかいに見つめている。時々やる仕草だった。そんな奇妙な目つきをしたまま、どこか自己満足げな表情をして伊東は続けた。

「そこで、先ほどの妙見菩薩のお堂の配置です。鞍馬山から始まるこの龍神の流れに沿って、四つの点が並んでいると思いませんか？」

「四つ？」

「まず、鞍馬山山頂、そして次が、二ノ瀬町のお堂、次が龍遠寺そのもの、そして四つめが、西明寺山のお堂。長代川という龍が、たとえば、そのままもう少し東に尻尾《しっぽ》を伸ばしていれば、西明寺山のこの地点に達するでしょう？」

伊東は赤いサインペンでその四点を結ぶ。

「しかもこの四点は、同じ距離、等間隔になっているのです」

「おお……」平石は、眉《まゆ》を寄せるような真剣な面持ちだった。

「直線距離にして、二千九百数十メートル。さらに、もう二つ、関連する地点があるとも言われているのです。鞍馬山山頂の西北西方向にまず一ヶ所ですね。そこに、石地蔵が祀られているというのです」

「三キロ弱離れて、ですね」

「そうです。そしてもう一ヶ所が、五つめから南西方向に向かう山の中に。どちらもほとんど人の入らない山中ですから、確かに見たとか、そんな物はないとかいった意見が混在しています。場所も存在自体もはっきりしてはいないのですが、その二つの石の仏は、龍遠寺が昔祀った妙見様だと主張する地元の人間がいるのは確かなのです。それとは異なる伝承も残っていますけどね。しかしたとえば、どうです、その二ヶ所も龍遠寺の菩薩様だとしたら？　その全体の形は……」

マジックで赤く描かれたその線図に、平石はおおっと声をあげた。

「ひしゃく形じゃないですか。星座・勾陳《こうちん》だ」

杜も改めてその図を見てみた。最後の柄の部分の角度が多少きついのだが、それは確かに勾陳の写しを思わせる。龍遠寺の敷地を遥《はる》かに飛び出して、大地にも壮大な星図が描かれているのだった。

「つまりですね」伊東が全体像をまとめるように言う。「たとえば、龍遠寺にまつわるひしゃく形は、三つあるのですよ、三つ。東庭の四三《しそう》の配石である北斗七星。そして、龍遠寺本殿の〝子《ね》の柱〟が描く勾陳。最後がこの、龍脈の姿と重なる大地の勾陳です。巨大な空間から庭園までが段階的に重なる、意味ありげな相似形ですね。そして、たとえば、お気付きかと思いますが、大地の勾陳は、天の勾陳である星座と同じ向きの升を持っています」

「そうですね……」

「つまり、三つの相似形の中で、龍遠寺の敷地内の二つのひしゃく形だけが、表裏反転しているのです。こうした相似形同士の関連が複雑にからみ合って、様々な仮説が作られては壊されていったわけですよ。研究者や作家は未《いま》だに楽しめます。たとえば泉くんは、大地の勾陳と〝子の柱〟の勾陳のどちらかを反転させることに意味があり、その二つの図形のどこかに、裏返す時の基準を示すヒントがあるはずだと考えていたようですね」

「そのようですね」

平石は、手にしているファックス用紙に目をやった。

「それは、この送り主も同じらしい。『反転させる軸線を決める手掛かり。けっこうはっきりと見えているのでは』のところにアンダーラインが引いてありますからね。そして、大地の勾陳で重要なのが……」

と、平石は地図へと視線を移した。

「西明寺山の妙見菩薩と考えていいわけでしょう?」

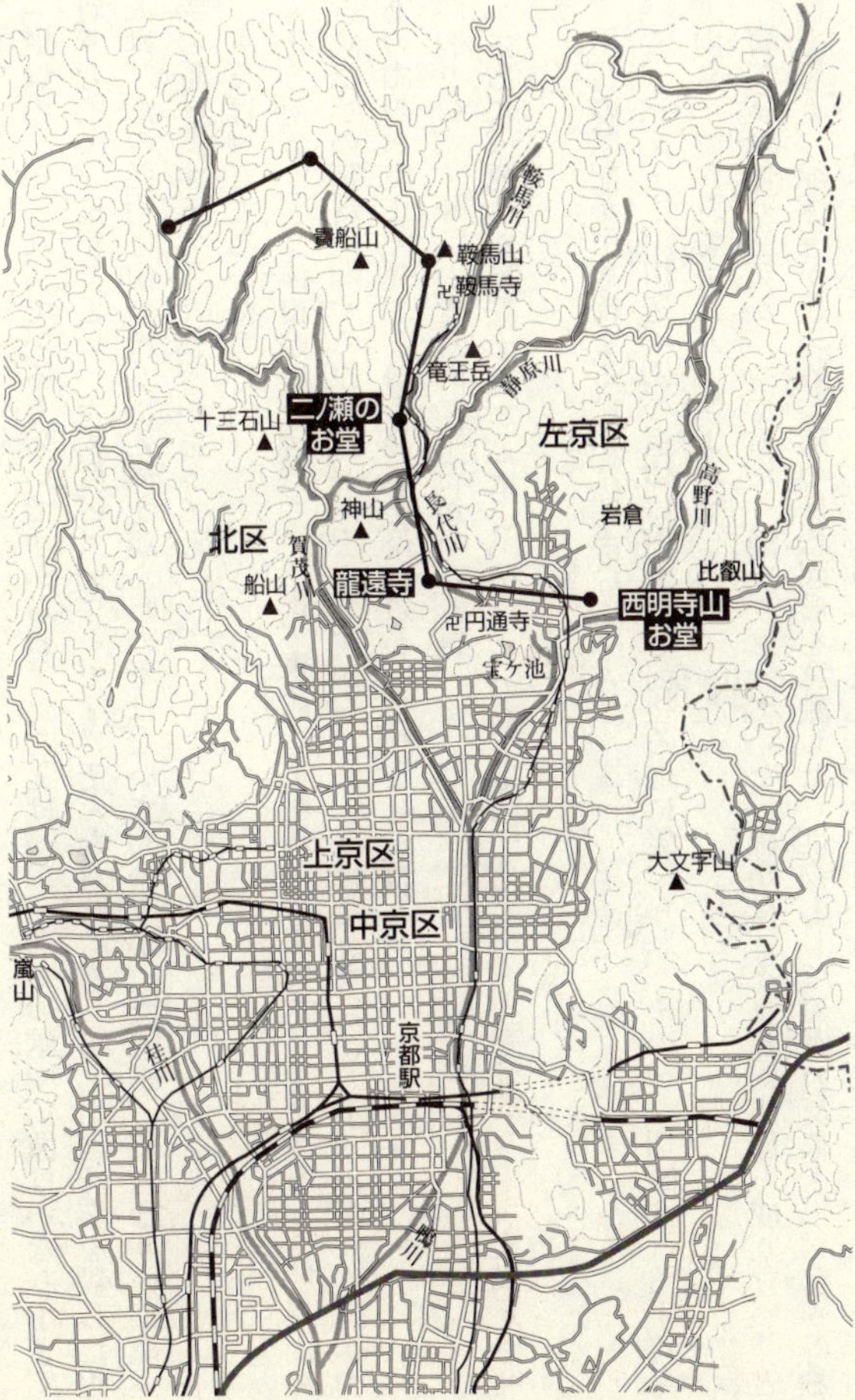
貴船山
鞍馬山
鞍馬寺
鞍馬川
竜王岳
静原川
二ノ瀬のお堂
十三石山
左京区
神山
長代川
岩倉
高野川
北区
賀茂川
船山
龍遠寺
比叡山
西明寺山お堂
円通寺
宝ケ池
上京区
中京区
大文字山
嵐山
桂川
京都駅

伊東は頷《うなず》き、

「借景の一部となっているぐらいですからね。たとえば、二ノ瀬のお堂や仏像はかなり小さく質素な物で、道祖神《どうそじん》といった程度のイメージです。そんな意味もあって、川辺くんを殺した犯人は、あの西明寺山のほうに死体を運んだのではないでしょうか。なにか、犯人なりの、龍遠寺の謎に関する大きな執着があって」

平石は無言で頷いた。

「そうそう」と、伊東が続ける。「あの夜、軍司さんが送って来たファックスも、西明寺山の菩薩伝承の資料に関する原稿だったそうですから、たとえばそれを目にして、犯人は、死体をあの山のお堂まで運ぶという発想を得たのかもしれませんね」

「有り得ますね」お愛想的に平石が小さく言った。

「さらに、死体を反転することによって、この殺人者はなにかの偏執狂的な表現を満足させた」

平石の気配が引き締まる。「死体を反転……!?」

「え、ええ……。川辺くんの遺体は、上着を前後ろ逆に着せられ、そのぅ、切断された手首も、逆向きに置かれていたんですよね」

資料室全体の空気が、やや重たく静まり返っていた。確かに、そうした想像も成り立つ、と杜も思う。龍遠寺が秘める勾陳の反転図形を意識した、供物としての贄《にえ》の反転……。有り得るが、それを本当に現実のものとできるのは、狂人の行動原理を通した時だけだろう。もっとも、心理状態が普通ではないからこそ、殺した人間の体を切断するようなこともできるのだろうが。……川辺辰平の左手首は、まだ発見されていない。

「面白い。面白い見方ですね」平石の声は張りが良かった。「あれにも、犯人なりの歪《ゆが》んだ合理があった、というわけだ。それも、龍遠寺の謎めいた歴史の研究に直結する理由が」

伊東は満足げに、厚めの唇に薄い笑みを載せ、前髪をしごき始めた。

「具体的な意味までは判りませんけどね。何者かに向けて発せられたメッセージなのか、龍神相手になにかを仕掛けたつもりなのか……。龍神といえば、刑事さん、龍遠寺の謎めいた言い伝えの部分は、もう読みましたか？　その、ファックスで送られて来た中にも書かれていたはずですが。龍遠寺庭園が表わそうとしている本当の姿を知りたいのなら、『龍の尾を振らせよ』というものです」

平石は手の中の用紙を入れ替え、その一文を見つけた。

「なるほど。泉真太郎もこのことは明記している『四三の配置に関係すると思われる伝承で、龍遠寺に伝わっている思わせぶりな文言《もんごん》といえば、唯一、これだけ』なわけですね。しかし、龍の尾を振らせる、っていうのはいったい……？」

「当然、その龍の解釈が、まずはいろいろと出てくるわけですよね。たとえば……」

伊東は熱のこもった目で地図を見つめる。

「龍神である鞍馬川・長代川の流れに勾陳配置が重ねられていますから、たとえば、このひしゃく形そのものが龍と表現されている、とも考えられますよね。ですから、東庭の四三の配石も龍、〝子の柱〟のひしゃく形配置も龍、そしてもちろん、大地の勾陳配置も龍。このどれかの龍の尻尾を振らせればいい、ということかもしれませんね。たとえば──そう、さっきの、六本しかない〝子の柱〟に七つめを見つけようとしても、敷地の外へ出てしまうというのがあったでしょう?」

伊東は、舌先を素早く走らせて唇を湿らせた。

「たとえば、その七つめへの延長部分が龍の尻尾だとすれば、それが消えてしまっている、隠されてしまっているということが、龍の尾を振らせる、という言い方とどこかでつながっているのかもしれないとも考えられるわけですよ。たとえば。これが、〝子の柱〟北斗七星派を主張する人達の見方ですね」

平石は、ふむ、と短く唸《うな》った。

「泉くんは、大地の勾陳図形を龍の見立てと考えていたくちでしたよ。この、たとえば、龍遠寺から西明寺山のお堂までの線分を龍の尻尾ととらえるわけです。この三キロ弱の長さの尻尾を、なんらかの規則に従って振らせた先、その地点に、たとえば秘められた埋蔵物などがあるのかもしれない」

「埋蔵……」わずかに視線を揺らめかせた後、平石は、独り合点といった様子で細かく頷いた。

「なるほどね。お宝伝説か」

伊東は語調を和らげて苦笑する。「まあ、そのての伝説は付き物ですからね」

「あちこちにありますよね。そうか、龍遠寺にもね。なるほど……抽象的な研究テーマとしてではなく、そんな目的で龍遠寺の庭園の謎に取り組んでいる人間達もいるということなんだ」

そこで平石の顔つきには、考え深げな様子が戻ってきた。それを目にした杜は、平石が刑事として、財宝などが幻想にすぎなくても、それが実際に幾つもの犯罪を人間達に犯させてきたことを認識し直したのだろうと思った。

「……そのお宝伝説っていうのは、いくらか信憑性《しんぴょうせい》のあるものなんですか？」

「信憑性……」

伊東は一瞬だけ言葉を途切らせ、喉《のど》の肉をつまんだ。

「まあそれは、どの財宝伝説にも、ある程度のものはあるでしょうからね。その程度にはありますよ、龍遠寺にも」

そして伊東は、平石に目を合わせた。

「刑事さんは、龍遠寺の開祖――初代住職の事件は知っていますか？」

「ああ、それぐらいは知っていますよ」京都府民の一人として平石は表情を緩めた。「切腹事件ですよね」

考えてみれば、と杜は思う。あの龍遠寺には、四百年前から謎があったのだ。創建当時から、悲劇と不思議をはらんでいた……。

伊東龍作が、正確を期す意味で、四百年前の事件の概要を語り始めた。

浄土真宗妙見派龍遠寺は、一五九七年、慶長二年の秋に、当時九州を三分していた肥前国《ひぜんのくに》の領主・有馬《ありま》晴信《はるのぶ》の命によって創建が開始される。初代住持《じゅうじ》として義渓了導《ぎけいりょうどう》が、新興宗派であった妙見派から招かれた。しかしその翌年、龍遠寺が完成した年には、その了導が、太閤《たいこう》秀吉によって切腹命令を受ける。まさに、秀吉の薨去《こうきょ》寸前のことであった。

だがそもそも、寺院の主への切腹命令などは異例のことだ。切腹とは本来、武士にのみ許された作法である。武人《ぶじん》以外で切腹命令を受けたのは、他にはあの、千利休《せんのりきゅう》ぐらいのものであろう。龍遠寺開祖、了導への切腹命令が、当時・現代を問わず様々な揣摩《しま》憶測《おくそく》を沸き立たせたのは、ある意味必然であったろう。

利休断罪の理由としては、例の大徳寺山門に安置した自像の件や、秀吉の朝鮮出兵を諌《いさ》めたことなどが挙げられているが、他にもいろいろな説が論じられている。利休が、当代の美意識の代表者として発言権を強めすぎたことも一因だろう。必ずしもその美意識が為政者周辺の勢力と一致するものではなくなってきていた反面、利休は富裕町民に祭りあげられる存在でもあった。利休が、当代の茶器の値段を決定してさえいたのだ。その辺り、増長とも取られたのだろう。そうした財界人としての利休には茶器売買を巡る不正容疑もかけられる。

切腹を命じられた了導にも、そうした財政上の背景があったのではないかと推測されている。創建者有馬晴信だけではなく、この了導も、九州の名門の生まれだったらしい。そして了導は、檀家《だんか》筋《すじ》である、大阪、堺《さかい》の商人を通して、南蛮貿易への窓口を持っていた。その彼は、宗教人という立場で堺の商人達の代弁者となり、秀吉側近《そっきん》へのパイプ役も務めていた。

だが、了導の檀家達の一部の経済基盤には、秀吉が独占しようとしていた南蛮貿易の要《かなめ》、生糸を裏で扱っていた可能性もあると疑われている。了導がそうした利権組織の首魁《しゅかい》であったとは思えないが、そのようなことよりもむしろ、権力者が恐れたのは、南蛮から入ってくる新しい思想や武器弾薬と、日本宗教界の結びつきであったろう。了導は、その三者の結節点にいたとも考えられる。三者とはつまり、経済力と、宗教門徒と、そして、有馬晴信だ。

浄土真宗と言えば当時は一向一揆《いっこういっき》。そして、本願寺と織田信長の十年にわたる戦いなどを通し、僧兵が侮れないことは秀吉も骨身に染みて承知していたろう。加えて、イエズス会などの援助を受けた有馬晴信には、秀吉に重用された鍋島直茂《なべしまなおしげ》らと干戈《かんか》を交えたという経緯もある。なんらかの理由によって了導は、謀反《むほん》の疑いをかけられたのではないだろうか。そうした三者の中央にいた了導を処断したことには、一応は秀吉に臣下の礼を取っていた晴信に改めて真意を問う意味もあったのだろう。

ただ、利休や了導には、太閤の疑いと怒りを招くだけの理由があったのだろうが、切腹を命じられたことの説明にはなっていない。打ち首や流罪ではなく、なぜ腹を切らなければならなかったのか……。

謎めいているといえば、了導の死の場面そのものにもミステリーがあった。型どおりに自刃した千利休とはこの辺りに違いがある。

賜死《しし》の命を携えて来た使者には、了導ははっきりとした応諾をせず、数日間の猶予をもらう。その間、介錯役《かいしゃく》を申し出る者もいたが、彼らにも了導は、ただ沈黙を返す。しかし、命を受けてから三日めの晩、了導は一人、自刃して果てていたという。場所はあの、龍遠寺の東庭だ。満月の夜だったと伝えられる。

龍遠寺の東庭は、歴史の初めから、不可解な死の影にまといつかれていたのだ。

了導は確かに、短剣で腹を真一文字に裂いていた。〝夫婦灯籠《めおとどうろう》〟の近く、白砂部分の上でだった。と言っても当時は、白砂などは敷かれていなかった。小砂利のような物が敷かれていたのだろうと考えられている。寺社の多くの庭園が白砂を敷くようになったのは、近年になってからの傾向だ。

了導の自刃には、理由が定かでない部分が幾つもある。まず、なぜ、人の目を拒むかのような夜間に、一人きりで割腹しなければならなかったのか。潔さを示すにしろ、死をもって抗議するにしろ、それを見届ける者がいなければ意味をなさない。彼は、辞世の句すら残していない。ことごとく定法《じょうほう》に背き、彼はたった一人で死んだ。介錯を断わり、尋常ではない苦痛を長引かせる結果になってまで……。了導は、武将が戦場などで使用する床几《しょうぎ》に腰をおろしていたと言われる。

この、一種異様な死は、無論のこと、人々の想像を刺激した。謀殺説というのはすぐに思い浮かぶところだろう。自刃ではなく、他殺というわけだ。しかし了導の死体の周辺を覆う小砂利などには、余計な足跡や乱れた痕跡はなかったとされる。謀殺説支持者にとっては、その程度はなんとでも細工がきくだろうということになるが。死を命じた太閤側に殺害の必要があったとは思えないが、了導と通じていた者の中に、彼の口を封じなければ、と震えあがった者がいたとしても不思議ではない。無論、切腹命令には従いそうもないと判断した太閤側に、自刃を装って殺害する理由があったという可能性も捨てきれないが。

こうして考えると龍遠寺は、様々な論争を呼ぶ運命を背負っているのかもしれなかった。

――いや、それとも逆か。

と杜は考えた。すべては、たった一つの明快な論拠に行き着くのかもしれない。その、なにか肝心の構図が隠されているため、四百年間にわたる一連の揺らぎが生じているだけなのかもしれなかった。

「つまり、その、南蛮貿易や堺の商人達を通して集めていた財物が、まだどこかに眠っているのかもしれない、というわけですね」平石はじっと、地図と龍遠寺見取り図の上に視線を注いでいた。「秀吉が警戒するぐらいの資金なら、確かに馬鹿にはならないお宝だ」

「でも、それはあくまで空想混じりの伝説ですからね」聞き手の傾倒ぶりに満足そうな笑みを漏らしながらも、伊東は言葉の上では抑制をかけた。「大方の研究者は、そんな金銀財宝などを当てにしているわけではありませんよ。埋蔵物、ないし秘匿物というのは、たとえば歴史的な事物という意味です。了導の周辺に、本当に反乱を企てていた者がいたという資料とか、たとえば、他には大量の鉄砲とか」

「そうか。それはありそうだ」

「龍遠寺庭園の謎に終止符を打つ決定的な資料などを発見できれば、庭園史に名を残せますしね。そう、たとえば、お宝の隠し場所としてはこの〝思想の井戸〟など、いかにも怪しげじゃありませんか。四三《しそう》の配石の中で最も際立っているポイントですしね。でも、一度、江戸の文《ぶん》政《せい》時代に、当時の住職が許可したことがあって、水をすっかり抜いて調べたことがあるそうなんですよ」

「結果は、残念ながら、ですか？」

「そう。秘匿物を収められるような余地など、まったくなかったそうです」

電話が鳴り、杜美里がそれに応対した。その電話の呼び出し音や人声がきっかけになったわけでもないのだろうが、平石がふと、一度瞬《まばた》きをして、違う見方に目覚めたような顔つきになった。

「でも、このお寺の謎って言いますけど、住職さん達は答えを知っているんじゃないですか？　寺や庭の創建意図や代々の記録を受け継いでいるわけでしょう？」

伊東が明るく苦笑する。「それで答えが出るのなら誰も苦労はしていませんよ」

「そりゃそうですね」平石は自嘲《じちょう》的に苦笑した。

「龍遠寺の歴史には、断ち切られた空白時代がないとはいえ、不慮の事態による伝承の消失ということは、四百年もの間に幾たびも起こってしまいます」

ああ、と平石は頷《うなず》く。「そうですよね」

「たとえば、伝承者の急死。記録の紛失。記憶の錯誤や欠落、変質……。明確に伝わっているのは、四三の配石というのが、確かに意図的なものだという点だそうです。鶴石と〝思想の井戸〟による北斗七星配置は、まったくそのとおりだということですね。それを研究者側から指摘されるまでは、あえて自分達から外部に言い出すようなことはしなかったわけです、歴代住職は。そして、たとえば、〝子《ね》の柱〟も確かに、星座配置を意図したもののようなのですが、その星座は勾陳《こうちん》であるらしい、となっているだけで、どうもこの辺りから詳細は不明になるようです。らしい、ですから、北斗七星派も存続してきたわけです。

たとえば、現住職も前住職も、埋蔵財宝の話などまったく伝わっていないと、完全に否定しています。龍遠寺とお堂の配置が一定の形を描きそうだというのは、まったくの偶然かこじつけでしょう、というのが見解でしてね。少なくとも、鞍馬山の奥の、二つの菩薩《ぼさつ》の設置はどの記録にもないそうです」

「だからといって」平石の唇の半分に、やや皮肉めいた微笑が浮かんだ。「学者せんせい達の推論が否定されたり、その幅が狭まったりするわけではありませんね。逆に言えば、住職達が真相のすべてを知っているわけではないのですから」

「いや、まったく」伊東も判ったような笑みを鼻の先に乗せ、ちょっと前髪をしごく。「このへんが、解答が必ずたった一つだけ用意されている数学などとは違う学問の面白いところです」

「僕なんか、龍遠寺とお堂の等間隔の配置を、とても偶然の産物とは思えませんけどね」

「同感です。龍遠寺の建てられている場所も、真北に鞍馬山の山頂があるという地点ですからね」

平石はそうした位置関係を地図で確かめ、「ほんとだ」と、さらに感嘆を新たにした。

「意図的ですよね」

そう言って白い歯を見せる伊東に、

「いや、ありがとうございました。泉真太郎さんの残した資料の意味とその背景は、おおよそ理解できましたよ」

と、平石は礼を述べた。さらに、聞き知った内容をまとめるかのように、ファックス用紙に目を配り、

「泉真太郎は、どれかのひしゃく形を反転させることに隠された意味があるはずだと考えていた、と。そして、龍の尾の先端である西明寺山のお堂の横に、表裏反転させられた遺体が遺棄された……」

そこで平石は、伊東以外の資料室のメンバーにも向き直った。

「そういえば、あの西明寺山の宅地開発問題」と、刑事は何気なく口にする。「今のところ造成作業を凍結させていますね。龍遠寺とその檀家衆《だんかしゅう》、そしてこの歴史事物保全財団が中心になって運動を進めている。今後は計画全体の見直しを迫るんでしたよね？」

「確かに表立った窓口はこの財団ですが」室長代理という立場になってしまっているから、自分が返答をするべきなのだろうと、杜圭一は口をひらいた。「寺院仏閣の研究者や、歴史的な景観の保護に尽力している人達や組織は多数ありましてね。そうした大勢の総意に基づく運動ですよ」

平石は、軽く一つ頷き、

「この中でどなたか、あのお堂まで出向いたことのある人はいますか？」

「私と妻が、この部署を代表して花を供えに行きましたが」

「ああ、そうでしたね。他には、どなたか？」

「……子供時分」なにかをちまちまと書類に書き込みつつ、顔もあげずに東海林が言っていた。

「私は、子供時分に登った記憶があるだけですな」

それ以上は反応らしい反応も出ないので、伊東が言った。

「ここは、あの宅地開発問題とは直接かかわりのないセクションですからね。僕もまだ、足を運んだことはない。担当は、総務部調整課の面々ですよ」

「五十嵐さんはどうです？」平石が訊《き》く。「興味の持ち方などは、どんなものでしたかね？」

杜は腕を組んだ。「取り立てて注目していたようには見えませんでしたが。通常の仕事の一部だという……」

「龍遠寺やお堂の勾陳配置に関する興味はどうでしょう？　その方面には日頃からよく頭を使っていた、とか？」

「いえ。室長は、そのへんにはさほど好奇心を寄せるタイプではありませんでした。〝四回忌〟以降は、話題の中心にせざるを得ないという状況でしたけど」

杜が答えると、美里も、

「室長は、平安時代辺りを個人的な趣味の範囲にしていましたし」

と告げていた。

「そうですか。で、西明寺山のお堂の周りですが、宅地計画では、あそこはなにかを建設するというのではなく、整地をするだけなのですよね？」

応じたのは東海林だった。

「道も整備して、駐車場にでもするだけや思いますよ。車でたやすく行けるようになれば、それだけで周りの環境は変わってしまう」

頷くことで一拍の間をあけた平石が、

「えー、では次に、皆さんのアリバイを確認しておきたいのですが」

と言った。その言葉の間に、平石がポケットから短い鉛筆をそれとなく取り出し、それをファックス用紙の陰に持っていったように杜には見えた。

「龍遠寺の、泉繁竹さんの事件のほうです。三月二十九日の、午後八時半前後のことですね。杜さんご夫婦は、日用品をスーパーで買っていた、と。六時に揃って退社した後は、娘さんとファミリーレストランで食事をした。七時五十分頃まででですね。それ以降は、お二人きりで、スーパーを歩き、散歩をしながら帰宅した。それを第三者的に証明できるのは、あのレシートぐらいのもの、という点に変更はありませんね？」

変更の余地はなく、杜は頷いて見せた。娘は結婚しているが、父親っ子で、暇を見つけては訪ねて来る。あの晩一緒に利用したファミリーレストランも杜の自宅も、北区の京都植物園近くであり、龍遠寺には車で十分ほどの距離か。スーパーは八時半閉店で、見切り品のサービス価格が狙い目だ。

しかし警察は本気で我々を疑っているのか、と杜は内心で首をひねる。財団関係の誰かが、龍遠寺の塀を越えて忍び込むシーンなど、杜には想像もできないが。

それとも警察は、五十嵐室長をかくまっている可能性のある人間を洗い出すこともしようとしているのだろうか……。

二十四日の夜の、殺人と窃盗の事件に関してもそうだ。当初は警察も窃盗犯のリストに的を絞っていたらしいが、ほどなく、社内の主立った人間のアリバイを訊き始めた。杜からすれば、自分達はどこから見ても被害者だと思われるが、警察というのは違う見方をするらしい。自分の会社に盗みに入る人間もいるだろう、ということか。

二十四日夜の十一時から十二時までは、自宅で二人きりでいたので、互いに、連れ合い以外の証人などいるはずもない。たいていそんなものだろう。独り暮らしの伊東龍作も、自宅にいたということを証明するのはむずかしそうだった。しかしあの夜は、十時半頃まで、女友達と電話で長話をしていたという。伊東はあの日まで、一泊二日の海外出張に出かけていたので、そのへんの体験談が豊富な話題になったらしい。

聞いたところでは、資料室に仕掛けられていた盗聴器が、窃盗犯の音を拾い始めたのが十時四十分ぐらい。伊東のアリバイは成立するだろう。彼の部屋は山科区の東野《ひがしの》にあり、財団社屋にも龍遠寺にもかなりの距離がある。

「刑事さん」伊東が自分のほうから声をかけていた。「二十四日の夜の電話の記録は調べてくれたんでしょう?」

「ええ。通話記録では、午後十時三十六分までの使用となっています、あなたの部屋の電話は」

「……なんか、刑事さん」伊東は、やや陰のある、薄い笑みを浮かべた。「それでもまだ、アリバイとしては足りないって顔してますね。僕のほうから電話したってことに、作為みたいなものを感じるんですか、たとえば？　でも刑事さん、繁竹さんの事件のほうの僕のアリバイは完璧《かんぺき》でしょう？」

「ま、そのようですね」平石は右手の中指で、ゆっくりと頭を掻《か》いた。「しっかりしたものだったので楽でしたよ」

伊東は二十九日の夜は、広報企画課の同僚達と呑《の》みに出かけているのだ。九時すぎまで一緒に呑み、その後は、友人がマスターをやっているバーへ足を運んだという。

「そうそう」平石が言った。「伊東さん、二件めの居酒屋で、携帯電話に着信があったそうですね。八時四十分ぐらいです。いつもは人前でも話すのに、この時は席を離れたとか。なにか特別の用件だったのですか？」

「特別、なんてことはありません」ごく普通の表情で、躊躇《ちゅうちょ》なく伊東は答えた。わずかに苦笑がのぼる。「相手が母親だったというだけのことでして。どうも押され気味になるので、あまり仲間の前ではね……」

次に平石は、東海林浩史のほうに顔を向けた。まだ嫁に行っていない姉妹を頭に、四人の子持ちである五十男にも刑事は質問を発する。

「二十九日の夜ですが、午後八時五十分頃に、町内の古紙回収活動の件で電話があって応対したというのは、やはり記憶違いだったということでいいのですね？」

「え、ええ……。あれは、その前の晩でした」

平石はもっともらしく頷《うなず》いているが、警察でも当然裏付けを取ってそれを確かめているはずだと、杜は思う。それにしても、家族五人の証言があれば充分ではないのか。川辺殺しのあった夜は、午後十一時を挟んだ二十分ほどの間、東海林は家の表で車を洗っていたと申し立てている。そんな晩《おそ》くに洗車しなければならないような理由でもあったのかといぶかしい気持ちにもなったが、ここ一、二年は夜もあまり眠くならないので、いろいろと仕事を見つけては時間をつぶしているのだそうだ。

右京区太秦《うずまさ》にある東海林の家からこのビルまでは、二十分もあれば往復はできるだろうが、そんなことに意味があるとは思えなかった。

「ご協力、ありがとうございました」

平石は言い、デスクの一つに載せておいたソフトタイプの書類鞄《かばん》にファックス用紙を仕舞った。

「これから、総務部の調整課のほうにも回ってみますわ」

刑事が出て行った後の静けさは、他人行儀な吐息を思わせた。

それぞれが仕事だけに気を奪われているというふりをする静寂の中、伊東龍作がホワイトボードからはがす図面の音だけが耳についた。

5

同僚が珍しく声をかけてくれた飲み会を断わって帰宅した蔭山公彦は、岩倉上蔵町《いわくらあぐらちょう》の自宅コーポの宵闇の下で、落とし物を見つけた。ケーキの箱に入った三匹の子猫だった。割り箸《ばし》のように細い四肢を震わせ、役割分担しているかのように、交互にミーミーと鳴く。目があいているのか、いないのか……。

「もうちょっと、ましな奴に拾ってもらえ」

蔭山はその箱を、靴の爪先《つまさき》でもう少しだけ街灯の下へ押しやった。

三階の最上階が蔭山の部屋だ。こぢんまりとし、素っ気ない、古びた建物だった。終戦後間もなく、オランダの建築家が建てていったという歴史だけが取り柄といったところか。階段に小さく足音を響かせながら、蔭山は事件のことを思い返していた。

龍遠寺での聴取の後、次の仕事場まで車で送ってもらえたので、世間話のような形で情報が入ってくることになった。

歴史事物保全財団から盗まれた情報の一部は複写されてあちこちに送りつけられているが、泉真太郎の最後の姿を映したビデオフィルムのコピーが送りつけられたというケースは今のところないそうだ。真太郎は、『この庭には、暗示的な暗号だけではなく……』という言葉を残しているが、府警刑事部の科学捜査研究所は、その先の音声もわずかに再生することに成功しているらしい。真太郎はその言葉の後、『たら』か『から』に類する言葉を発しているという。その先は不明だ。かすかに録音されている言い争いのような声からは、参考となり得るような声紋は分離できなかったらしい。

二十四日夜の、川辺殺しに結びついた窃盗事件に関して、警察は第二の事件の被害者、泉繁竹のアリバイまで調べたそうだ。しかし、夜も十一時すぎという深夜に近い時刻だ。老夫婦に、確たるアリバイは成立しにくいらしい。泉夫妻が入居している介護老人施設——ケアハウスは、清水寺《きよみずでら》の近くにある。現場である財団とは、京都市中心部を挟んで八キロほどの距離だった。そのケアハウスの管理状況では、こっそりと、長時間抜け出すことも可能ではあるという。

しかし、川辺殺害の夜に犯罪にかかわってしまったため、泉繁竹は第二の事件で殺されなければならなかったとでもいうのだろうか。

東庭からの犯人の逃走経路があやふやになったということもあって、泉繁竹への風当たりが強くなったわけかな、と蔭山は高階憲伸に声をかけたが、相手は無言だった。ただ、東庭での事件の直前、泉繁竹が二度、二十万、三十万といった単位の金をおろしているのだとは話してくれた。その使途が不明だという。

蔭山は車中で、もう一つ高階に訊《き》いてみた。事件関係者——第一発見者として身内がかかわっているのに、その件を担当できたりするのかい、と。大したかかわり方じゃない、と憲伸は答えた。それに、川辺辰平殺しのほうをそのまま引き継いで合同捜査本部が設置されている。しかし指揮を執っていた自分がいきなり抜けるわけにもいかないだろう、ということだった。しかし案外——と、蔭山は憶測する——高階はけっこう強引に、自分の続投を押し通したのかもしれない。彼はクールな表情の下で血を熱くする現場好きであるし、しかもキャリアだ。

部屋に入ると明かりは点《つ》けず、蔭山はまず北向きの窓をあけた。

花曇りの空のどこかに、清明《せいめい》な月の光が潜んでいるような、そんな青白い宵だった。

すぐ近くに、浄念寺《じょうねんじ》が見える。住宅街と病院の窓明かり……。その先左手には、昼間であれば、実相院《じっそういん》が見えるはずだ。大きな寺院や屋敷、そして町といったものが塀で囲われていたように、京都という町は、どこに住んでも、歴史という外堀に囲まれることになるのかもしれないと、蔭山は思う。清水寺から京都タワーの立つ都会を遠く眺めながら、清水寺庶務部の僧侶《そうりょ》の一人が言っていた。京都ほど、過去と現代、伝統と革新が重なり合っている都市はないだろう、と。両本願寺のすぐ西にハイテク産業地帯があるように、西洋で言う旧市街と新市街が、隣り合い、あるいは取り囲み合って存在している。過去と近代が、バームクーヘン状に折り重なっているのだ。

それは、西洋と東洋という感覚に置き換えても同じかもしれない。千二百年の都の伝統という誇りの内側に、西洋的な近代都市がある。そしてその内側には、生活に身近な旦那寺《だんなでら》などに象徴される、和風としての空間がやはりある。さらにその中で、人はアメリカナイズされた生活を営んでいるが、そこにさえ、坪庭を造ったりするのだ。

寺院の庭園が、作庭家《さくていか》達の美意識や哲学を映すように、人は自分だけの中庭に、自分だけの謎と美を作り出す。

蔭山の部屋のささやかな出窓にも、万年青《おもと》とベゴニアの鉢があった。こんな物を置いた自分の気持ちが判らなかったが、それもやっぱり坪庭なのよ、と言ったのは、高階枝織だった。

窓とカーテンを閉め、蔭山は照明のスイッチを入れた。

服を着替え、冷蔵庫からの明かりに照らされながら、白ワインと、まだ一食分残っているカレーを取り出した。生玉子《なまたまご》をかけるか、と思ったところで、ちょっと目先を変えてみることにした。玉子はあと二つなので、使い切ってしまうのも悪くない。ゆで玉子にし、ブイヨンを加えたカレー風味エッグシチューにするのも面白そうだ。

さほど手間をかけずに、残り物料理にバリエーションを持ち込むコツを、蔭山は大学時代に付き合っていた女から吸収した。彼女は六歳年上で、あくまでプレイとしての男女関係にすぎないといつも口にし、その言葉どおり、適当な結婚相手を見つけるとさっさとくら替えをした。蔭山さんは年上の女に弱いのね、と微笑《わら》ったのは枝織だった。確かに、その後の傾向を見ても相手はいつも年上だった。中には人妻もおり、ごたついたこともあった。

枝織も三つ年上だ。しかし、あの高階枝織に、年長の女に対するなにかを感じているとは蔭山は思えなかった。年下という感じでもないが、かといって、枝織が分析するような、擬似的な母性を嗅《か》ぎ取ろうとしているとも思えない。彼女は、あえて自分を年長者と意識させることで、蔭山の気持ちをはぐらかそうとしているのかもしれないが……。

蔭山は絨毯《じゅうたん》に座り込み、ワインをグラスについだ。

グラスを持った手――その人差し指と中指の第二関節には、かさぶたのような胼胝《たこ》があった。子供時分、物を殴っては、まだ傷が治らないうちにさらに傷付けたりしていた、そんなことの名残《なごり》である。

……養母は優しい女だったのだと思う。彼女と六歳の蔭山少年がうまく機能すれば、ろくでなし寸前だった養父も家庭という影絵の中になんとか収まることになったのかもしれない。養母もそれを期待して男の子をもらい受けたのだろう。しかし、もともと病弱だった養母は、まだなにも始めないうちに入院生活を送るようになった。自分で自分の世話をみようとしない養父の生活は、急速に荒れていった。養母は、すぐにでも家に帰らなければと気を揉《も》んでいたが、それは病状が許さなかった。長期入院ということになった。

少年にとって家は苦痛の場でしかなく、学校帰りには毎日母を見舞い、病室で時間をつぶした。養父は病院に足を運ぶこともめったにない。しまいには家に女を引っ張り込むようになり、お定まりの、アルコールと借金に埋まっていく生活が始まる。

どうしたわけか、図鑑のように写真の多い『ファーブル昆虫記』という伝記物の児童書が、そんな家の本棚にもあった。厚く重たい本だった。蔭山はそれを持って養母の病室に通った。まだ読めない漢字も出てきたが、とにかく蔭山はその本を読みながら養母の傍らで過ごした。言葉らしい言葉を交わしたという記憶はない。ただ、じっと、近くにいて共通の時間を過ごした。こんな大きな本は一生かかっても読めないのだろうと思っていたが、それを読み終わる日が来た。そしてそれから間もなく、養母は他界した。

無論、養母を責める気持ちなど微塵《みじん》もないが、蔭山はこの時、やっぱり自分はまたなにかに捨てられたのだな、という思いを実感した。なにか、人間の力ではどうしようもないものに……。

小さな本棚に並んでいた本も、あの頃どんどん姿を消していった。売っていたのだろう、そんな物まで。大した金になるとも思えないが。本棚の隙間には、空いた酒瓶が並んでいった。最初は縦に並んでいた瓶が、横に重なって空間を埋めていくようになる。瓶の底がこちらを向いていた。四角い酒瓶が多かったはずだ。だから、その本棚を埋める酒瓶の山は、ガラスブロックで作られた壁にも見えた。畳さえ酒が染みて腐っているような、隔離された安っぽい施設を囲う壁だった。

その施設の中で、脂汗を流していた女の姿を蔭山は覚えている。シュミーズ一枚の女だった。這《は》って逃げ回り、仰向けにされては顔を歪《ゆが》めて呻《うめ》いていた。額で珠《たま》になる脂汗と、夕日色の、汗くさい湿気、そして悲鳴……。あの女の顔と、テレビかなにかで見たのだろう、妊婦の出産シーンが少年の意識の底でつながったような気がする。人間の誕生というものは、さして美しくもないし、感動的でもないと、目を背ける感覚があの頃に生まれたのではないのか……。

ガラス壁のあの施設にいた女は、老人から預託されていた金を使い込んだ民生委員の男と姿を消したはずだ。

養父の気分しだいで、蔭山も殴られたり蹴《け》られたりした。傷の消毒にはアルコールがいいと知り、酒瓶の中身を使った。酒の量には敏感だった養父に、呑《の》みやがったな、と怒鳴られ、また殴られた。そんなことを蔭山は、顔には出ない、心の内だけの苦笑と共に思い出す。

養父が仕事を馘《くび》になったり、借金を踏み倒したりするので、住処《すみか》は転々と変わった。人並みに家庭が安定したのは、蔭山が中学二年の頃、何人めかの女が母親を名乗っている時だった。大学への進学が決まると同時に蔭山はその家を出、二年後には養父が病没した。

蔭山への愛のために、誰かが泣いたり叫んだりしてくれたという記憶が、彼にはなかった。家族愛というものも、ドラマのような空虚さでしか見えてこない。

久保努夢を抱きしめて死んでいった泉繁竹のことが、ちらりと蔭山の脳裏をかすめていった。

グラスを置くと蔭山は腰をあげ、夕食の支度にかかった。


高階憲伸らが府警本部二階の捜査第一課に戻ったのは、十九時近くになってからだった。西明寺山の宅地化計画に強硬に反対している、龍遠寺の檀家《だんか》の一人である町会議員への聞き込みを終えてきたところだった。

歴史事物保全財団事件の所轄である太秦署、そして泉繁竹殺人事件の所轄である上鴨署などの活動も統合する合同捜査本部が、六階大会議室に設置されている。

なかなか的を絞らせない事件だと、高階は思っていた。

どこかに、歴史事物保全財団を軸にした行政的な対立がかかわっているようでもあるし、龍遠寺庭園の謎に取り憑《つ》かれた人間が常軌を逸して暴走してしまった犯罪のようでもある。川辺辰平の遺体が奇態な様子にさせられていた点からすると、後者に分類される犯人像に思えるわけだが……。

三月二十四日に忍び込んだ窃盗犯は、宅地化反対運動に関する内部データなどを盗み出し、そのカムフラージュとして龍遠寺関係の資料を持ち出していったのではないかとの仮説も立てられていた。しかしその辺りを再度尋ねても、財団側はそうした被害はないと否定した。盗むのではなく、複写などしてデータを持ち出すという手段もあるだろうが……。

無論、四年前の泉真太郎殺しに端を発した事件との見方も有力である。

一課室の戸口をくぐり、自席へ向かいながら、高階は川辺辰平の遺体のことを思い返していた。

切断された両手首には、針金かなにかで縛られていたらしい痕跡《こんせき》が残っていた。そして、かなり乱暴に針金を扱ったらしい傷もついていた。それは、死後につけられた傷だと判断されている。ただ、針金類で縛られた時に生きていたのかどうかは、微妙なところらしい。

そのために、彼がどの時点で殺害されたのか、あるいは死亡したのかといった点が議論されたことがある。川辺が財団の二階の廊下で襲われて大量の出血をしたことは間違いないだろう。ほとんど不意打ち的な凶行だったはずだ。もしこの時点で川辺が死亡していたなら、厳重に縛りあげる必要などなかったのではないのか。川辺はもしかすると、生きたまま連れ出されたのかもしれない。五十嵐の車に乗せられた時も……。

車での移動中に死亡したか、そうでないならば、西明寺山のお堂に到着してからとどめを刺されたのか……。

尾行の記録によると、五十嵐昌紀は何度か車を停めている。もう死んでしまったか、まだ生きているかも判らない川辺を乗せて、五十嵐はなにかを探していたのか？　街の中を通り抜けているのだ、死体の放置場所を物色していたわけではあるまい。病院を探していたというのも理屈に合わない。そもそもなぜ、都心部を走る必要があったのか。そのリスクをしのぐだけの、なんらかの強い理由があったはずなのだが……。

解剖所見による死亡推定時刻は、西明寺山で川辺が発見された一時十五分よりも、五十嵐が財団にいた十一時のほうに近く、また、針金に類する物は、お堂周辺から発見されていないという状況になってはいる。

「ちょっと苛《いら》ついたのは、カルシウム不足かな」

席に鞄《かばん》を置いた中山手は、その中からさっそく薬瓶を取り出し、錠剤を一つ口に放り込んだ。

「警部もどうです、一つ？」

「いや」

中山手はポケットや鞄から出した薬瓶を、デスクの脇に並べていった。他の刑事達のデスクの上にも、薬瓶というのはけっこう置かれている。胃腸薬、頭痛薬、栄養剤などの瓶が、書類や備品の陰から覗《のぞ》いているのだ。しかし、中山手巡査部長の薬瓶の多さは、中でも群を抜いていた。眼精疲労用のブルーベリー剤やら、とても貧血体質とは思えないが、ヘム鉄剤などまでが揃っている。

疲労感はほとんど感じていない筋肉質の体を、高階は椅子に収めた。

デスクに一枚の小さな用紙が載っている。伝言を書きとめたメモだった。高階はそれを黙読した。

16《いちろく》時40《よんまる》分着。科捜研より。歴史事物保全財団資料室の盗聴器録音の分。ノイズに切れめがあるとか？　現場で録音実験がしたいとのこと。課長たちが協議中。

高階は、そのメモに記してある書き手の名前を確かめた。

「小関《おぜき》くん」

スチール棚に向かっていた、四十前の巡査長が、「はい」と振り向く。

「ノイズに切れめ。これ、どういうこと？　録音実験？」

「いや、私もよくは判りませんで」

四角い顔に苦笑が浮かぶ。比較的誰にでもぞんざいな態度を示すが、極端に卑屈な物腰にもなれる男だった。

「なんでも、背景にあるわずかなノイズが、ふっと質を変える部分があるそうです。これは、録音されているものを編集したりした時に現われるとか。つなぎめですね。ただ、他のなんらかの条件によって生じたかもしれないので、実際にあの現場で録音してみたい、と」

高階は確認した。「窃盗犯が動き回っていた時。その物音だね？」

「そうです。資料室を荒らしている時の」

「編集されていた録音……」

「まだ可能性の段階だそうですが」

高階は電話をしてみたが、科学捜査研究所に、すでに職員はいなかった。

録音されていた音？

奇妙な話だった。

盗聴器の不備が、そのようなノイズの乱れを生んだのではないのか？　しかし、彼ら科捜研の技官は、そうした基本的なことは重々承知しているから、録音実験を希望しているのだろう。証拠物件である、あの盗聴器を使って。

窃盗犯が立てていたはずの物音が、カセットかなにかから流れていたものだとしたら……。もし本当にそうなら、あまりにも根本的な論拠を考え直さなければならなくなるのではないのか……？

顔をしかめた高階が体重をかけると、椅子が甲高く軋《きし》んだ。

とんでもない錯誤を犯していたのだろうか、と高階は不安を覚える。

あるいは、とんでもない罠《わな》に惑わされていたのか……。

蔭山はフィリップモリスをくゆらせていた。寝煙草だ。カレー風味のエッグシチューで夕食を済ませ、ベッドに転がって一息ついていた。

ぼんやりと、泉繁竹のことを考えたりしていた。

何ヶ月かに一度、仕事場がたまたま重なって顔を合わせることがあるだけだった庭師の老人……。ただ、彼が死ぬことになったあの日の少し前には、ちょっと変わった場所で出くわしていた。九条《くじょう》駅近くのサウナでだった。月曜日……。三月二十二日か。その時も言葉など交わさなかったが、あのような所で出会ったりすると、相手も生身の一個人なのだな、という親しみが湧く。

――最期の時、泉繁竹は俺の顔を見てすぐに誰だか判ったのだろうか？

仕事場としての庭などでの出会いより、サウナで顔を合わせた男だという記憶が鮮やかだったのではないのか。だから彼は、相手を不審な人物かもしれないとは警戒しなかった。この男になら託してもいいのではないかと判断したのではないのか……。

蔭山は、どうしてもあの一言にこだわってしまう。

少年の命を託されたあの言葉、あの時……。託された思いに対する義務感、などという体裁のいいものではない。人はもっと利己的なものではないのか、という問いだった。赤の他人の子供、言い換えれば匿名の一個人としての子供の命を救うことに、人はあれほど死力を注げるものなのか……。

——そんな人間だけが、俺を育ててくれた施設の職員などになったりするのだろうか？

我ながら屈折した理由だとは思いつつも、蔭山はその辺りの人間の姿を知りたかった。蔭山にとって、『この子を、頼む……』の一言、その響きは、美しすぎるものだった。

事件の解決は警察にまかせればいい。龍遠寺庭園の謎の考察は歴史家達がやるだろう。蔭山は、あの一言を発することのできる人間というものを確かめたかった。あの表情を見、あの声を聞いた者だけが、心に懐《いだ》くことのできる設問だ。

——それも、俺のような性根の持ち主だけが感じ取れる……。

ごく平均的な人間性の持ち主にとっては、違和感を感じることもない、真っ直ぐな情景——人としての当然の言動なのだろうから。

泉繁竹には、他にも心を占める思いがあったはずだ。妻のことを思わなかったはずがない……。痴呆症《ちほうしよう》で介護を受けている、人生の連れ合い。身寄りはなく、夫婦二人きりと言っていい生活だったと聞く。彼女のその後《ご》をみる者がいるのだろうか……？

――泉さんの葬儀、行ってみようか。

殺人者に息子を奪われてしまった夫妻……。泉繁竹は、仕事からも離れようとしていた。龍遠寺の夜間拝観用の整備を最後の仕事にすると、周囲に言っていた。しかし同時に、真太郎殺し事件をもう一度調べ直したいと思っているかのような言動も見せていたという。〝四回忌〟も、そうした思惑の一環だったのかもしれない……。人生の総まとめに、息子を殺した者を白日の下に引っ張り出したいと考えていたとしても不思議ではない。思いのほか、切実に。それが息子の本当の供養であり、それをしなければ――。

そこで蔭山は、勢い良く上体を跳ね起こした。閃《ひらめ》いたことがあった。

泉繁竹は施主の子供を必死に救ったのではない、事件の証人を守り抜いたのではないのか――そんな発想だ。泉繁竹は独自に調査を進め、一つの可能性にたどり着いていた。そして彼にとっては、久保努夢は貴重な情報源だったのではないだろうか。もう少しで真相を暴けそうだった自分に代わり、この証人と、そこから導き出せる事実を託すと……。

しかし――と、蔭山は冷静に反証を挙げる。

久保努夢は三歳だ。泉真太郎事件の時は目撃者にもなれない。……では、今回の事件ではどうだ？　努夢を襲った犯人。繁竹にすれば、努夢は当然、その相手のことを目撃して覚えていると思ったのではないのか。そしてその犯人とは、繁竹が確信し始めていた、四年前の殺害犯と同一人物だった。努夢が襲われたこと、そして自分達に振るわれた暴力的な意図などで、繁竹はこの相手こそが息子を殺した犯人だと確信した。だからこそ、この証人を頼む、と、あれほど熱い声を出せたのではないのか……？

蔭山はタバコを揉《も》み消した。

想像が走りすぎか。しかし、あの瞬間の泉繁竹の声の真実には、少し近いような気もする。

頭の後ろで手を組み、蔭山はベッドに仰向けになった。

——だが、努夢に証人としての価値がまったくなかったとしても、泉繁竹という男は同じ重みで少年の命を救うのかもしれない。

価値のあるなしではないか、とも蔭山は思う。しかし証人としての価値もあるなら、その証言を埋もれさせてしまうのは寝覚めが悪い。

努夢少年もやがては成長する。その時の彼に、しっかりと伝えるべきことがあるのかもしれない。彼の命を救った泉繁竹という男に関する、美化するだけではない、本当の思いのようなもの……。

——自分はあまり、養母のことを覚えていないな……。

表にいた捨て猫のことをちらりと思いながら、蔭山公彦は、ゆっくりと両目を閉じた。

6

四月は、各寺社が花まつりや観桜《かんおう》の会を行なう。風や青空が、まさにその頃合いというものを告げていたが、龍遠寺の庭園はしばらく、喪の空気を維持していかなければならない。

長身を多少猫背のようにして、伊東龍作が龍遠寺南庭を見つめていた。総務部調整課の人間と一緒に、西明寺山宅地化計画の阻止に関する意見調節に来たのだが、少し庭園を観察していこうと、一人だけ時間をもらっていた。

サングラスをかけて東庭の広縁へ出ると、その広縁の北側の端に、寺男、村野満夫の姿が見えた。じっと、〝思想の井戸〟を眺めているようだ。

サングラスをはずして、伊東はそちらへと歩を運んだ。途中で村野のほうでも気付き、その茄子形《なすびがた》の顔に、やや気弱そうではあるが親近感も滲《にじ》ませる微笑を乗せて一礼した。

「大した仕掛けだよね、その井戸も」

伊東のほうから声をかけた。舌の滑りが滑らかな割には、彼の声は、いくぶんかすれた低めのものだった。

「はあ」偉大な先人達という敬意の対象が存在することを喜ぶかのように、村野の笑顔が大きくなる。「サイフォンですね。いかにも、美しい水の国です。み、見事です」

液面の高さと大気圧を利用して水位の安定を保つサイフォンの原理は、日本建築にも古くから用いられている。大徳寺孤蓬庵《だいとくじこほうあん》の茶室にある物を始め、手水鉢《ちょうずばち》の類《たぐい》は有名であるし、寛永度《かんえいど》仙洞御所《せんとうごしょ》には噴水までがある。日光東照宮の西浄と呼ばれる水洗式トイレもサイフォンの原理を利用している。

龍遠寺東庭〝思想の井戸〟も、常にいっぱいに透明な水が張られていて、涸れることがない。

井戸上面の平面図は丸で、その中に四角い汲《く》み出し口がある。そこにはいつも、外周の石の表面よりは少し低い位置で、水面が静かに漲《みなぎ》っている。そして、井戸と水面のそうした造りからも、創建者の意図がいろいろな説で読み取られている。なにしろ上面には、〝星辰思源《せいしんしげん》〟という銘が陽刻されているのだ。深い思想を汲み取りたくなってくる。いわく、知識や思想というものも、分を超えて蓄えても溢《あふ》れ出るだけだ、足りなくてもままならないが、身の丈に合った知識の水準こそが美しい。そのような意味だという解釈が最も支持を受けている。

井戸とはいっても、この〝思想の井戸〟には、釣瓶《つるべ》やそれを支える外枠の類は一切ない。明らかに実用の物ではなく、様式の美として、しっとりとした重みをたたえてそこにある。当然ながら、湧き出ている地下水で満たしているわけではない。井戸の内部は、完全に石で覆われた円筒形になっているという。その上のほうにある吸水口を通して、サイフォン原理で水面が保たれているのだ。

「見た感じは、たとえば銭型の手水鉢と言ったほうが近いけど……」伊東が言った。「確かに、規格はずれの井戸だよね。こんなふうに井戸のある寺院の庭園なんて、他にないんじゃないかな」

「……この井戸がなければ」村野の笑みがスッと消えていた。

「ああ……」伊東も表情を暗くし、サングラスのつるの先で顎《あご》を一つつついた。「泉も死ぬことはなかったかもしれない……」

この井戸の前で合掌したり、花を供えたりした日々のことを、伊東は思い返していた。

「村野さんもショックだったでしょう、仏様の庭で死体を見たりしたら」

「私は、直接には……。その頃はまだ、ここのお世話にはなっていませんでしたから」

「ああ、そうか。そうですね。あの頃も、ちょうど今と同じ時期で、ここは、春の拝観の季節の出鼻をくじかれたんですよ。周りも、あることないことうるさくて、なかなか落ち着かなかった」

「いつ頃から、参拝者を迎えられるんですかね？　い、一般参拝者を？　犯人がすぐに逮捕されればいいんでしょうけど」

「逮捕されても、この庭も、証拠というのか、犯罪の現場ですからね。裁判になるまでとか……。そうだ、たとえば、泉の時は四十九日までは庭園を閉鎖していたんじゃなかったかな、了雲住職は。警察もそのへんで折り合いをつけたような」

「そうですか……」

「でも、その喪が明けたら、大変な人出になるかもしれないよ。大勢の人がこの庭に興味を示すようになるかもしれない。泉の残した資料のコピーがあちこちに送られたりしたから、マスコミも庭園の謎のことを大々的に報じたりした」

「え、ええ……」村野は、頰の辺りの筋肉の動きがぎこちない微笑を浮かべた。「大変なんですよ。住職も、奥さんも、取材や問い合わせの応対に大変なんです」

「まあ、全国規模で有名になったことの代償だとでも思って、もう少し辛抱するんですね」伊東の目は、まばゆい物を見回すかのように細められた。「それも、こんな魅力的な神秘を持つ庭を預かる者の責務でしょう。四三《しそう》配石の井戸と鶴石。それに、あの灯籠《とうろう》も……」

伊東が広縁を戻り始めると、村野は口の中で曖昧《あいまい》に、

「じゃあ、私はこれで……」

と呟《つぶな》き、挨拶《あいさつ》としての軽い笑みを残して離れて行った。

伊東龍作は、〝夫婦《めおと》灯籠〟近くの広縁にあぐらをかいた。

二基並んですぐそばに立つこの灯籠も、定型を破るものだった。同じ方向に四角い凹面を向けて立つ、四角柱の袖形《そでがた》灯籠。この灯籠に関しては奇妙な言い伝えが残り、それが守られてきていた。この二基の灯籠には常に磨きの手を加え、苔《こけ》など生えさせてはならない、というものだ。だからこの灯籠は、苔色に黒ずんではいない。古びているとはいえ、花崗岩《かこうがん》特有の艶《つや》を渋く保っている。それはそれで、白砂の庭にはマッチしていると、伊東の目には映る。

しかし、この言い伝えはなにを告げようとしているのだろうか？　創建当時にかかわりのあった者が代々継承させようとした、ただの美観の問題なのか？　そうではあるまい、という見解のほうが当然多数派だ。この解釈も多岐に分かれ、中には、第一世住職である了導が切腹した時の血がかかったので、それを洗い流し続けなければ仏罰が訪れるからだという怪談まがいの憶測までが取りざたされている。

奇妙なのはその言い伝えだけではない。

左側の〝雌灯籠〟の笠《かさ》の部分は、手前の左右二ヶ所の角が、面取りされたように斜めに欠落した形状をしているのだ。つまり、上から見るとこの笠は、後ろは四角形の半分として尖《とが》って

いるが、前面は滑らかな台形状なのだった。しかしこれは、作庭家か施主の個人的な美意識の表われと考えられなくもない。袖形灯籠自体が、当時のデザインとしては個性的なのだし。

それにしても——と、伊東は思う。この灯籠は、意外なほど多くのことを知っているのではないかという気がしてくるのだ。四百年前、義渓了導はこの灯籠のそばで自刃した。四年前、泉真太郎はこの灯籠の近くで作業をしていてなにかに気付き、そして死の場所へと歩いて行った。その父繁竹もやはり、灯籠の近くに倒れていたのだ。

これらがすべて偶然なのだろうか？

せめて、偶然と必然を分けるための手掛かりぐらいは発見したい、と伊東は熱望する。

泉真太郎は本当になにかを見つけていたのか？

それは、世に問うほどの発見だったのか？

自分が暮らしているこの時代に、庭園史の大きな謎に解答がもたらされるなどということが起こり得るだろうか——興奮を誘うそんな想像を膨らませている伊東は、サングラスを握りつぶしそうになっている。ツタンカーメンの王墓発掘を知らされた時、あるいはトロイの遺跡が発掘された時の、世界の人々の驚きはどれほどのものだったろうと、伊東はよく想像する。彼にとって、龍遠寺庭園の謎も、それに匹敵するほどの魅力を持っていた。

四世紀もの間、あまたの探求者達が挑み続けても解き明かせなかった一つの庭園史の真実。それが明るみに出るのなら、なにがなんでもその瞬間には立ち会っていたい。無論、自分自身でそれを為《な》し遂げられたなら……。

伊東は武者震いを抑え、腰をあげた。あまり夢想にふけっていると、仕事に戻れなくなる。サングラスをかけ、本堂を出口へと向かう。

御座の間の縁側通路を南に折れた時だった。脇の敷地に村野満夫の姿が現われた。玄関の方向から不意に現われた感じだった。よろよろと、奇妙な走り方をしている。さらに奇妙なのは、ほとんど常に穏やかな彼の顔付きが一変していることだった。喉《のど》になにか詰まらせているかのように、首筋を緊張させ、目玉を剝《む》いている。青ざめた顔だ。

伊東の姿に気付くと、村野はびくっとして立ち止まった。

「どうしたんです、村野さん？」

伊東としても、そう声をかけざるを得なかった。

村野は、なにかに追われているかのように後ろを振り返る。そして、玄関と思える方向を、震える指で指差した。

「て、て……」

そのようにしか聞こえない言葉が漏れてくる。

伊東はもう一度尋ねた。

「どうしたっていうんです？」

唇を閉じると、村野は来た方向へ引き返し始めた。無言で誘っている気配だった。足取りにはまだ、怯《おび》えがあったが。

村野の姿は建物の陰に消えてしまったが、ここには靴がない。ためらった後、伊東は本堂内を玄関へと急いだ。そして靴を履き、外へ出、南側敷地へと回ってみた。

その露地《ろじ》ふうの庭に、村野満夫がいた。呆然《ぼうぜん》とした様子で立ち尽くしている。

彼が指差すそこには、庭仕事用の移植ベラが転がっていた。小さな苔のマットが置かれ、真新しい土も顔を覗かせている。苔の張り替えをしていたのだろう。

「ほ、掘っていたら……」村野がかろうじて声を出す。「苔がおかしくなっていたので……。じ、地面の形もおかしくなっていたので……。邪魔な物があるみたいだから、掘ったんです。そ、そしたら……」

伊東は少しずつ接近し、目を凝らした。掘り返されたばかりの浅い場所に、灰色のなにかが見えていた。

眉間《みけん》に皺《しわ》を寄せていた伊東の顔がハッと変わる。姿勢も反射的に起きて、一歩後ずさる。愕《がく》然《ぜん》とした面持ちのその唇から、心もとない声がこぼれる。

「あ、あれはまさか、人間の手じゃ……」

村野はコクッと頷《うなず》いた。その様は、ごくありきたりのものであったために、かえって非現実的な印象を漂わせた。やっぱりそうですよね、と同意を求めるつもりもあったのか、村野のアーチ形の細い目はさらにぎこちなく細められた。それは、怯えに歪《ゆが》められた、奇妙な憫笑《びんしょう》のようにも見えた。

土にまみれていても、その物の形ははっきりと確認できた。形容しがたい灰色をしている。親指、薬指、小指……。人差し指と中指が見えないような気がする。

だが確かに、それは人間の左手首だった。

7

車椅子に乗った喪主は、なにかに遠慮するかのように肩を丸め、軽くすぼめた形になっている口に静かな微笑をたたえていた。

泉繁竹の妻、末乃《すえの》だった。

まだ六十そこそこだが、年齢よりずっと老けて見える。和装の喪服姿だ。小柄で、穏やかで、半白の髪を後ろで質素にまとめている。

「奥さん、ご主人の亡くなった庭のすぐ近くで、第一の被害者の体の一部、見つかったそうですよ」

記者の一人が、身をかがめ、老女の耳元に声を吹き込むようにして言っている。

「おやめなさい」車椅子を押している介助の女がしっかりとした声を返す。「この人はもう、俗世にはいないんだから、無駄よ」

お別れ会、と称された泉繁竹の葬儀は、彼らの生活の場であったケアハウスの広間で執り行なわれたところだった。身近な者だけの集まりになるはずであったが、世間の耳目を集める事件の渦中にある人間の葬儀であってみれば、やはり、そう希望どおりにはならなかった。川辺辰平の左手首が発見されたというショッキングな情報の広まったタイミングが、報道関係者の動きにまた拍車をかけた感がある。取材記者などとはとても言えそうにない、物見高いだけという品性のマスコミ関係者も、施設の内や外に溢《あふ》れていた。

「ご主人は、ザクロの木の根切りをしたばかりだから様子をよく見るようにしていてほしいと言っていたそうですが、そのザクロの木の下から見つかったんですよ」

なかなか細かく情報を集めているな、と蔭山は思った。そして、ザクロというのはたしか、他人の子供の肉を食べる鬼子母神を戒めるために、仏陀《ぶつだ》が与えた実だったな、と連想したりする。そこに埋められていた人の肉、その手首……。ただ、人差し指と中指が切断されていて、それはまだ所在不明なのだった。

「なぜそんな所に埋められていたんだと思います？」

末乃はどんな質問に対しても、「そうですか、それは申し訳ありません」とか、「よろしくお願いします」などと、意味のない受け答えをして恐縮したように微笑んでいるだけだ。

もう一人、テレコを持った取材関係者が末乃に近寄って声をかけ始めると、そのしつこさに、車椅子を押しながら介添え者が前へ出た。

「あなた達ね——」

その時、彼女のエプロンが車椅子の車輪にからんだ。「あ……」車椅子の動きが止まる。すると、目標が停止しているので狙いやすいとばかりに、カメラのフラッシュが焚《た》かれた。

ハッと驚いた末乃が、怯えた様子で瞬《まばた》きしながら辺りを見回す。他のカメラマンも集まり、車椅子を取り囲んだ。

蔭山は気が付くと、その男達を押し分けていた。そして、末乃を抱きかかえた。

「部屋は？」

近くにいたもう一人の付添婦に蔭山は尋ねていた。こちらです、という身振りをし、その女性が階段をのぼっていく。末乃の体は、奇妙な言い方だが、末端部分が特に軽いように感じられた。やせた腕だった。最初は小動物のような警戒感も見せていたが、抱きかかえられて運ばれることに慣れていることもあるのだろう、やがて目を閉じて身をまかせてきた。

重くはないとはいえ、それでもさすがに腕が疲れてきた頃、二階奥にある泉夫妻の個室にたどり着いていた。付き添いの女性がドアを押さえていてくれたので、蔭山は室内履きを脱いで部屋に入った。しかし、奥に二、三歩進んだところで、その足が止まった。

広いベランダが、引き違いのガラス戸を通して見えている。そこに一人の男の姿があったのだ。得体の知れない落ち着きを持って、ベランダの上を観察している様子だった。

「あれは……？」

その男から目を離さずに、後ろにいるはずの女に蔭山は訊《き》いていた。

ベランダの男が、蔭山達の気配に気が付いた。表情の乏しい目をしたまま、ゆっくりと立ちあがる。身なりは背広にネクタイだが、寡黙でくすんだ雰囲気が、並のサラリーマンのものではない。

「刑事さん……」

蔭山の後ろで女が言った。

――刑事？

男は室内に入って来ると、一言も口をひらかず、蔭山と女の横を通りすぎ、そして廊下へと出て行った。

蔭山は付添婦の指示に従い、窓際にある籐《とう》製の揺り椅子に泉末乃を座らせた。

「刑事がベランダに?」

今度は声に出して訊いてみる。しかし、女は曖昧《あいまい》な声を出しただけで、末乃の着物を整えたりしている。その顔が入り口へ向けられ、

「里村さん」

見ると、下で末乃の車椅子を押していた中年婦人が立っていた。その車椅子も傍らにある。

「後はいいわ」

その女が言い、付添婦は一礼して去って行った。

「ありがとうございました。わたしはここの副寮長、里村です」

引き締まった感じで程良く肉がつき、泰然とした自信のようものが、人当たりのいい威厳となっている。かすかに顎《あご》を上向きにし、しっかりと前を見ている。かといって堅苦しい印象ではなく、穏やかな表情が、ゆとりのようにそこにあった。耳元にさがる髪は艶《つや》やかに波打ち、それが、彼女がそれとなく持っている女っぽい雰囲気にも気付かせる。

「私は蔭山です」

蔭山は一礼しておく。

「お別れ会に関係された方ですか?」

ええ、と応じたが、まだ真っ直ぐに里村の視線が送られて来ているので、蔭山は言葉を足した。

「……あの庭で、泉さんを見送ったのが私ですよ」

彼女はかすかに息を呑《の》んだが、すぐにまた静かな目になり、二、三秒、蔭山を見つめた。そして不意に滋味のある笑みを見せると、その顔を末乃のほうに向けた。

「末乃さん、この方、ご主人のお知り合いですってよ」

「まあ、さようですか」揺り椅子の上で満面の笑みになり、老婦人は深々と頭をさげる。「それはそれは。では、とし子さん、あのほうじ茶をお出しして。ね。胃腸に優しいのよ」

「そうですね。さ、蔭山さん、そちらに座って」

いや、けっこうですよ、と蔭山は遠慮する。「これで失礼しますから」

そもそも泉末乃は、正確な状況を把握してもいないだろう。

「お礼ぐらいはさせてくださいよ」

蔭山の目を見つめたまま、里村はくつろいだ気配で身を寄せた。そして、耳元で小さく、

「わたし、とし子という名前じゃないんですよ」

え？　と聞き返す感覚になった時、蔭山の体からは力が抜けていた。そして、ああ、痴呆症《ちほうしょう》ではよくあることか、と思っている間に、蔭山は椅子に座らされていた。旅館やホテルでのスタイルとしてお馴染みの、椅子が一脚ずつ向かい合っている、窓辺の席だった。泉末乃の椅子は、戸外を眺めやすいように少し斜めにベランダに向けられている。

彼女の細い指が、喪服の膝《ひざ》の上で、なにかを探ろうとするかのように揺れている。ごくわずかに目蓋《まぶた》をおろしたその目は、これから微笑もうとしているかのようだった。ふと、心細そうな物腰になって辺りを窺《うかが》う時もあるが、それが一段落すると、満足すべきなにかをじっと鑑賞し続けているような穏和さになる。彼女が感じている満足すべきものとは、庭先に来ていた小鳥の様子だったり、口の中に残る高級おかきの味だったりするのかもしれないが。

清潔に整えられた室内だった。ベッドが二つ。機能や効率としてのモダンさと、和風家具の調和。持ち込みらしい収納家具には、書物類が多数詰まっている。

茶ダンスの向こうのキッチンにいる里村の姿も見える。喪服としての黒いワンピースの上に、ある意味のユニフォームらしいエプロンを最初からかけている。ちぐはぐといえばちぐはぐだが、まったく気にしていない様子だった。

他人の部屋をあまりじろじろと観察したくないので、蔭山は窓の外へ目を向けた。見晴らしが良さそうだった。蔭山は立ちあがり、刑事が完全には閉めていかなかったガラス戸からベランダへと出た。

南向きのベランダだった。胸より少し低い手すりに肘《ひじ》を乗せる。左手には、清水寺へと続く山の木々が繁り、桜の花が随所で桃色をけぶらせている。正面には、清水山の山裾《やますそ》がなだらかな山容で横たわっている。気持ちのいい景色だが、しかし蔭山は、それらとは少し毛色の違うものを見つけていた。深く落ち込んだ地形の向こうは小高い山になっているが、そこの塀越しに見えているのは墓石だった。墓が密集するように立ち並んでいるらしい。

──そうか、ここは鳥辺野《とりべの》か。

京都でも最も古い墓地の一つだった。大谷《おおたに》墓地と呼ばれるのが今では一般的だが。和歌や歌舞伎の舞台としても選ばれたという由緒のある広大な葬送地で、無数とも思える墓石が、山の起伏を高い所から低い所まで覆い尽くしている。

「老人ホームにしてはふさわしくない物が見えている、と思っているでしょうね」

里村が、ベランダへ出て来ていた。

「でも、ありのままの現実でしょう。ウームからツームへ、とでもいったところね」

蔭山はちょっと驚いてその副寮長を見返した。

──ウームと言えば子宮だろう。そして、ツームは墓……。

そのような単語を、こうした場所で聞くとは思わなかった。

いけない、という感じで、里村が自嘲《じちょう》的な笑みを口の端に漂わせる。「ごめんなさい。つい、口にしちゃうフレーズなのよ。なかなか気に入っていて」

確かに、彼女の体に馴染《なじ》んでいる言葉という感じだった。受け売りや、ただの引用というニュアンスではなかった。里村には、知的な咀嚼《そしゃく》力の厚みが感じられる。彼女は看護士であると同時に、雰囲気が、どこかの大学の講師のようでもあった。そういえば先ほど、陛下でもマスコミ人種相手に気のきいた言い回しを使っていたな、と蔭山は思い返していた。

里村は蔭山の横へ来て、同じように春先の景色を眺めた。

「ここに入っている人達は、それぐらいの現実は見据えているから。見てきた人達だから」

なるほど、と思いつつも、蔭山は気になったことへ話題を振った。

「では、泥棒や警察といった現実はどうです。このベランダにいましてね。空き巣かと思ったら刑事だとか」

「ああ、所轄の人ね。まだ興味を持ってくれている人がいたとは」

「まだ？　繁竹さん殺しの捜査は始まったばかりでしょう」

「それとは別件」

里村は体を反転させると背中を手すりに凭《もた》れさせ、室内へと目を向けた。そして小さく言った。

「あの末乃さんはね、自殺しようとしたことがあるのよ」

ガラス戸の向こうで、泉末乃はおとなしくお茶を飲んでいる。

「こうしている時は、それなりに幸せそうな表情でしょう」里村が言う。「満足して眠りにつこうとしている時の子供のような」

その表現は、蔭山にはぴんとこないものだった。

「彼女の頭の配線は、時々元どおりにつながることがあるの。でも、それは彼女にとって必ずしも幸福なことではない……。まだお若いのに痴呆症的になったのも、息子さんを殺されたショックだったのですしね……」

死によって狂われるほど愛されるというのはどういうものなのだろう……。それを蔭山は想像してみるが、その想像の触手は、空虚な空間をさまようだけだった。親は子供のためにそこまでなれると、よく見聞きはする。しかしそれは、道徳教育や人情話嗜好《しこう》が求める美談であり、ほとんどの現実はそうではないのだろう。

動物もそうだが、人の女の母性といったものも、本当に存在している生理なのか、と疑われる。幻想ではないのだろうか？　ひどく曖昧で、不確かなもののように思える。それは後天的な、教育と慣習によってイメージ作られた、思考のコントロールにすぎないのではないのか？　都市型生活者の孤立性が高い現代では、育児放棄《ネグレクト》や幼児虐待といった事例が爆発的に増大しているが、それは、親と子の関係の、本質的な脆《もろ》さといった一面が表に出始めているからなのだろう。手本や教育がなければ、親心を持った親などにはなれないのだ。

しょせん、人の子の親といっても、人格者など少ない、俗念にまみれた人間達だ。当たりはずれがずいぶんある籤《くじ》のようなもの。その出だしの賭《かけ》に負ける命、勝つ命がある。

ダイスを自分で握ることもできない、負の目の多い賭だ……。

「たぶん、あの時もそうだったのでしょうね……」

里村はそう言いながら、体をまた外へと向けた。末乃が自殺しようとした時も、頭はむしろ正常だったのだろう、ということだろう。現実を認識した脳髄が、泉末乃を哀しみで衝《つ》き動かした——そういうことだ。

「そんな兆候など、全然ない方だったんですけどね……」

少なくとも末乃は、そうした哀しみの衝動を生んでしまう脳と心を持つ母親だったのだろう。

それはそれで、不憫《ふびん》なことだ。

——このベランダに刑事がいたということは……。

蔭山は訊《き》いた。

「ここで？」

「……ええ」静かに、里村が語る。「車椅子からおりて、車椅子の腕の所に帯締めを結びつけてね。ベランダに横たわるようにして首を絞めていた」

全体重をかけないそのような方法でも充分首を吊れると、蔭山も聞いたことがあった。

——しかし。

蔭山のもの問いたげな視線に、里村は薄く笑った。

「うちは昔から情報公開制度が進んでいるのよ。法律で強制されても腰が重いお役所組織とは違って」

こちらの言いたいことがよく正確に判るものだと感心しつつ、蔭山は尋ねてみた。

「でも、自殺ではなく、事故の可能性もあるのでは？」

「そのへんを警察も調べたわけね。でも、事故とは思えない。帯締めだけをわざわざベランダへ持って出る理由はないでしょう。洗濯物が干してあったわけでもない。雨が降っていたんだから。三月五日のことよ。帯締めはからまったものではなく、しっかりと結びつけられたものだった。……それに、ベランダに末乃さんのアルバムが置かれていたし」

「アルバム……」

「小型のサイズの。頭の調子がいい時は、よく眺めていたのよ。……ただ、理由がよく判らないことといえば、そのアルバムだけが離れて落ちていたというところね。末乃さんは窓近くにいたから、雨にも濡《ぬ》れていなかったけれど、そのアルバムはこの手すりの壁際に置かれていた。……捜査の結論としては、アルバムを見ているうちの、発作的な自殺、ということになったんだけど」

「未遂で済んだのは幸いでしたが、あなた達にもつらいものがあったでしょうね……」

「そうね……、どうしようもない力不足を感じるもの。でも、その人自身にしかどうしようもない部分がある。そこには結局、手を差し伸べられない。わたし達は、安全管理も含めて、他人としては精一杯やっているつもりよ」

そのことを責めるつもりなどなかったのだと蔭山は言いかけたが、それよりも先に、里村が柔らかく打ち明ける口調で続けていた。

「警察は当然、わたし達の管理責任などは厳しく調べたけれど、事件そのものはひっそりと扱ってくれた。自殺未遂事件だとむやみに騒ぎ立てて、こうした施設に打撃を与えることがプラスになるわけではないと判断しているみたいで」

山の匂いのする風が通りすぎた後、蔭山は微苦笑を浮かべて里村を見た。

「あなたが、入居者のプライバシーもざっくばらんに話してくれる人で助かった感じです。実は、泉繁竹さんのことをもう少し知ることができないかな、とも思って来たものですから」

「失礼ね」笑いながら里村は髪を手櫛《てぐし》で梳《す》きあげた。「口が軽いわけじゃないの。相手ぐらい選んでるのよ」

その笑みに優美さを感じ、蔭山は内心で苦く笑った。

――そういえば、この女《ひと》も年上か。

「繁竹さんのことを知りたいですって？」

「ええ。……本当に私は、あの人の最期の言葉を正しく聞いているのかと、そんな疑問も感じましてね」

すると里村は真顔に戻りつつも、穏やかに、

「ね？」

と言った。

「末乃さんに伝えたほうが良さそうなことがあり、末乃さん達から伝えたほうがいいこともある。末乃さん、そして泉夫妻のことを、誰かに伝えてもいいでしょう。誰かに記憶してもらっていても……」

確かに……、と蔭山は思う。子供も身寄りもいないのなら、泉夫妻、泉親子の深いところを知る者は、この施設内に細々と残るだけになってしまうわけだ……。

「繁竹さんの最期の言葉って、守った子供のことを、後の人――つまり蔭山さんに引き継がせるようなものだったんでしょう？」

「そうです。そうなんですが――」

その言葉を里村は身振りで止め、手すりを離れた。

「それは、末乃さんに伝えなきゃね」

蔭山は肘掛《ひじか》け椅子に、末乃は車椅子に座り、二人は窓際のテーブルを挟んで向き合っていた。末乃は揺り椅子でお茶を飲んでいたのだが、椅子の上でいつの間にか正座をしていた。その姿勢のまま、なにか言われる度にお辞儀をしようとするので、前のめりに転げ落ちそうになる。蔭山と里村で手を貸して、車椅子に移動してもらっていた。里村は、リビングスペースの椅子に腰掛けている。

ご主人の最期の時に出会ったのが私なのだと蔭山は伝えたが、末乃には、旅の途中で出会った、という程度の意味でしか伝わっていない様子だった。

「そうでございますか」

と、なつかしいものでも見るかのように微笑み、夫に面識のある客人を歓待しようとする。

結局蔭山は、泉繁竹が勇敢に、そして毅然《きぜん》として男の生をまっとうしたという表面的な出来事を口にできただけだった。それ以上深く話せなかった理由の一つは、今の末乃には理解力がないということ。そしてもう一つは、自分が微妙に違和感を感じる繁竹の言動も、末乃にとっては疑問など介入しない、当然のことなのだろうな、と感じたためだった。泉夫妻はむしろ、蔭山の問いかけのほうにこそ首を傾《かし》げる人間達だったのだろう。命を終える最期の瞬間、身内や自分のことではなく、自ら救った目の前の命のことに余力のすべてを振り絞ったとしても、それは当たり前ではないか、というのが泉夫妻の生き方、考え方なのに違いない。まして相手は、ぐったりとしてしまっている幼子だったのだから……。

蔭山は、自分の心のひずみを感じた。羞恥《しゅうち》と気後れを感じ、繁竹にとっての久保努夢の価値というものが具体的になにかあったのではないか、などとは言い出せなくなっていた。

「主人も息子も、あいにく外に出ておりますが……」

車椅子を動かして書棚に向かう泉末乃は、蔭山を旧友扱いし始めていた。

「わざわざ遠いところ、ご苦労様でした」

末乃が手にしたのは、一冊の冊子だった。B5判より少し小さめ。和紙を織りあげたという感じの表紙が、最近水に濡れたかのように細かく波打っている。印刷されている文字は、思ひ出の歳時記・アルバム、と読める。

蔭山が視線を送ると、里村が小さく頷《うなず》いた。末乃がいつも見ているアルバム……、そして自殺未遂の時、ベランダに落ちていたアルバムがこれなのだ。

「真太郎も大きくなりましたでしょう？」

蔭山のほうに向けた写真の一枚を末乃が指差す。その指は、陽に焼かれた色を意外に残し、やせて節くれだっていた。使い込んだ麻雀《マージャン》パイのような色艶《いろつや》をした爪は、思いのほか大きい。

当たり障りなく応じる蔭山に、末乃は話を続ける。

「夫とお会いになったのは、この後ですか？」

泉繁竹と真太郎が、どこかの庭で並んで写っている。共に庭仕事用の身なりで、微笑んでいる。二人揃っての初めての仕事、と、日付と共に記されている。鉛筆や油性インク以外の書き込みは、滲《にじ》んでしまっているものも多かった。その上にもう一度、記録を書き加えているものもある。

泉真太郎は髪を短く刈り、頬や顎《あご》の引き締まった顔立ちで、まさに、板前などの職人が似合いそうな容貌《ようぼう》だった。凹凸のある顔は、エネルギッシュな感情を秘めているようにも見える。

たわんでいる部分もあるページを末乃は繰っていき、写真の思い出を語る。繁竹が顔をほころばせているのは、先ほどの一枚だけのようにも蔭山には思えた。その質実な庭師は、写真に写ること自体が少ないようだが。

蔭山は、他の筆跡とは異なる書き込みを見つけた。温泉場を旅行しているらしい和服姿の末乃が写っている写真。その横にその文字があった。草書体をかなり個性的にくずしてあり、蔭山はそれを思わず読みあげていた。

「老妻、喜ぶ、なによりだ」

末乃はハッと眉《まゆ》をあげ、表情を明るくする。「お読みになれるのですか？」

「え？……ええ、なんとか」

「わたし、読めませんのです……」末乃が恥じ入るようにして言う。

「わたし達の中にもいなかったわ」里村が小さく声をかけてくる。

「まあ、変形させちゃいけないところまで変形させていますしね」

繁竹は、意識してそのようなくずし字を使う時があるそうだ。自分の感情を表に出すことを嫌う男が、そんなふうにして内面を隠したのだろう。記述はしておきたいが、心理をあからさまに読まれたくはない、というような時に。

「では、末乃さん」里村が呼びかける。「ご主人の日記、読んでもらってはどうです?」

「あ……」いい思いつきだと感じたようだが、迷いも見せる。「でも、無断で……」

「あら、読みたいのなら読んでいいと言われているのでしょう? 読みたいって、いつもおっしゃってるじゃありませんか、末乃さん。もう……」

里村は言葉を探した。

「知りたいことは、機会のあるうちに知っておくべきですよ……」

もう、日記を書いた当人はいないのだ。独特の草書体で書かれているらしいその日記は、確かに、読める人間に巡り合わなければ、もはや誰の目にも——末乃の目にも永遠に意味を残さないことになる。末乃自身、心身がさらに老境へと向かう。

「……そうですね」末乃がそっと言った。「もしよろしければ、えー、あら……」

「蔭山です」

「失礼しました、蔭山さんさえよろしければ、ちょっと読んでもらえないでしょうか?」

末乃はその日記を取りに行ったが、蔭山としては落ち着かない心境だった。身内ならともかく赤の他人が、故人のプライベートな書面に目を通してもいいものなのかと、やはり思う。

「この日のことなのですけれど……」

気持ちが定まらないうちに、蔭山の前で泉繁竹の日記がひらかれていた。それは縦書きで、そして五年用の日記だった。一ページが五段に分かれ、同じ日の、年ごとの記述内容を見比べることができるタイプだ。三年前から使い始めたらしい。

見た感じは日記というものではなかった。サインペンが使われていたが、流れるような書体で書かれたそれは、印象として古文書を思わせた。そのせいもあり、蔭山は多少気分を変えることができた。文字の判読という方向に神経を傾けることができたのだ。蔭山は大学時代、日本文学史の古代を専攻し、万葉の文献を卒論に選んだ。

泉末乃が指定したのは、三年前の三月一日のページだった。その日は、繁竹の母の十三回忌だったという。癌で亡くなった母親だった。告知はしないことにしていたのだが、ある時、末乃がふと漏らしてしまった言葉から、母親がそれを察し、本当のことを言っていいのよ、と末乃を諭したという。末乃も、理由はともかく嘘を演じることに割り切れないものを感じていたので、結局は本当の病状を伝えたという。それから十日で母親は他界した。

癌であると母親に告げたことに対して、繁竹はなにも言わなかったという。しかし末乃にすれば、夫が心のどこかで自分を責めているのではないかと、ずっと気になっていたのだ。お前が教えたりするから、母親の気力が長く保《も》たなかったのだ、と……。十三回忌の時、それを話題にしてみたが、答えは聞けそうで聞けなかった。でももしかすると、日記には夫の本音が残っているかもしれない、と思い続けていたわけだ。

——大したものだ。

さすが夫婦というべきか、その年の三月一日の記述内容は、母親への癌告知の問題だった。蔭山はまず全文に目を通し、手こずる文字を判読していった。虞《うれい》？……違う、虚《うそ》だ。漠……ではない、演技。

「母、十三回忌、無事済む、と、まずは書かれています」

蔭山は読みあげた。

「最後の時は、隠し立てなく向き合えていた。母、知っていたのかもしれない。そして、こちらの虚にだまされているふり。苦しい中での演技。そんな緊張感から解放されて、ようやく、息を抜くようにして旅立てたのかもしれない。……以上です」

末乃は目を閉じていた。膝《ひざ》の上で、指先を揃えて両手を重ねている。そして、小さな肩が、長く溜《た》まっていた吐息が抜けていくかのように揺れた。その表情が、静かな穏やかさに満ちていた。

その老女の姿を見て、蔭山も少し気を軽くした。内容を読みあげることで、やはり、他人の日記に立ち入っているのだという落ち着かない感覚を意識していたからだ。

それとなく見ると、里村も目を閉じていた。微笑みながら末乃の背中をさすっているような雰囲気が、その横顔の気配にあった。

「ありがとうございました」

末乃が、薄暮のような笑みを浮かべて頭をさげていた。

「あの、もう一つよろしいでしょうかしら？」

末乃は、七夕の日の願い事の言葉に関しての、他愛《たわい》ない揉《も》め事について夫がなにか書いていないか知りたいと言った。去年の七夕だ、と末乃は言ったが、それは二年前――一九九七年の七月のことだった。彼女の記憶は、時に、痴呆《ちほう》状態だった時期を飛ばしてつながっている。今日のことも、長く維持される記憶になるかどうか、判らない。

蔭山は日記の内容を読んで聞かせたが、ページを繰っていた時に、龍遠寺という表記が目の隅に入ったようで、それが気になっていた。

次に末乃は、夫が北欧へ庭園の技術指導で出かけていた時のことを知りたいと言い、でもそれは六年前のことだから、その日記には書かれていませんよ、と里村が思い出させていた。その間に蔭山は、先ほど龍遠寺という文字を見かけたページを探していた。今年の三月のページに、確かにそうした記述がある。真太郎と読める文字も目に入る。蔭山の気持ちが高揚した。この日記はもしかすると、龍遠寺事件の周辺部分を探るための格好の手掛かりであるかもしれなかった。久保努夢の名はないだろうか？

末乃の求めに応じて他にも二、三、日記の内容を読んでいるうちに、末乃の目蓋《まぶた》が重たそうになってきた。

「では、末乃さん、昼寝でも始まりそうな様子である。このへんにしておきましょうか」

里村が歩いて来ていた。

「あ、はい……」末乃が目をひらいて瞬《まばた》きしている。「そうですね」

「蔭山さん、もしよろしければ、また末乃さんを訪ねてやってくれませんか。こうして繁竹さんの言葉を伝えていただければ、なによりなのですが」

「え、まあ……」

「そうだ。それより蔭山さん、アルバイトなさいますか?」

「アルバイト?」

「お運びいただくのも大変でしょうから、この日記を、末乃さんでも読める状態に書き直してもらうのです。そうすれば、末乃さんは、いつでも好きな時に目を通すことができます。ね、末乃さん、そういうのはどう?」

「はあ、それはぜひ」末乃の表情はパッと明るくなっている。「そういうことができるのでしたら……」

「蔭山さんは、録音テープに起こしてくだされば、後の文書化はわたしどもでやりますけど」

里村のペースだった。そして彼女の真意が、

「そういうことでしたら、末乃さん、この日記お預けしてもいいですね?」

という言葉でおおよそはっきりとした。

「はい。もう、よろしくお願いいたします」末乃は丁寧に頭をさげる。

蔭山は席から立って日記を手にしていたが、

「しかし……」

と、ためらいを見せた。今ので当人の了承をもらったとするのは、うまくあしらった結果のようにも思える。泉末乃は、半ば心神耗弱《しんしんこうじゃく》状態とも言えるのではないのか。

里村が蔭山の目を見て言った。

「あなた、繁竹さんのことを知りたいのでしょう? なにか、捜査の進展に役立つ発見もある

かもしれない。供養になるわ」

里村はもう一冊別の冊子を持って来て、これも同じ書き方をしている日記なの、と、それも蔭山に手渡した。

「でも、どうしてここまで……？」

自分の言葉や人品を、里村がここまで思い切って信じる理由などあるのだろうかと、むしろ蔭山自身が戸惑いを感じるほどだった。里村副寮長は、決して、日頃はこれほど要領よく入居者のプライバシーを扱う人間ではないだろう……。

「縁、よ」

それが、里村の答えだった。

まあ確かに、死にゆく——それも暴力に見舞われて死につつある人間に最後の声をかけられるなどというのは、まずめったに体験することではないだろう。奇縁ではあるはずだ。

しかしそれが、なにかを懸《か》けてみるほどに意味のあることなのだろうかと、蔭山が思いを巡らせていると、入り口にノックの音がし、男の声が聞こえてきた。

「失礼します。こちらにおられると伺ったもので」

「葬儀屋さんだわ」里村が言う。

蔭山は結局、二冊の日記を手に部屋を離れることになった。泉末乃に別れの挨拶《あいさつ》をする。

ふと目をやった先に、仏壇があった。位牌《いはい》があり、どういう宗派なのか、仏飯《ぶっぱん》が二つ供えてある。

「水子《みずこ》さんの分って聞いてるけど」ひっそりと里村が言った。「繁竹さんが亡くなった後は、わたしが供えています」

蔭山は別れ際に、泉末乃の入居費用の今後はどうなっているのかと里村に訊《き》いた。十月分までは支払われているし、管理費も足が出ないはずだけれど、その先は未定だということだった。

ケアハウス正面の人混みの中、軍司安次郎は案内窓口に預けておいたディパックを受け取り、外へと出たところだった。古巣である歴史事物保全財団の職員の顔を見つけて声をかけようとした時、逆に背後から、

「焼香はお済みになったようですね」

と声をかけられた。

振り返った軍司の皺深《しわぶか》い顔に、苦々しげな色が浮かぶ。相手は、寺社周辺事業の業界をターゲットに業界紙を発行している出版社の人間だった。副編集長にして記者。西木《にしき》という。もう二十年もその業界にいる男だ。

小猿のような印象で風采《ふうさい》のあがらない軍司安次郎とは対照的に、ロマンスグレーの西木には、一見すると、〝リベラルな文化人〟といったラベルを貼りたくなるようなスマートな雰囲気があった。しかし、笑っていても薄暗く沈んでいるようなその目に気付くことができる人間には、尊大でありながら、その一方でどこか野卑な小狡《こずる》さを、この男から感じ取ることもできるはずだった。

「龍遠寺関係の書物、急速に売れることになるかもしれませんね」目鼻に微笑を張りつけて、西木が言った。

「私の本も、ということかな?」軍司は相手を冷ややかに見据えながら、声の上では、ほっほ、と意識的に笑った。「残念ながら、増版の話などきていないがね」

「まだ早いでしょう、さすがに。ですが、せんせい方が経済的に安定してご研究に専念できることを、私どもは本当に願っておりますからね」

「ははあ、経済と精神の安定を与えてくださろうとしているようですからな、いや、本当にありがたい」軍司は西木を拝《おが》むかのように、両手を合わせてせっせとこする。「ありがたい、ありがたい」

もう、七、八年も前になるか、教師という肩書きも持っていた軍司が中学校教師を辞めたのは、生徒相手の暴力事件が発覚したからだ、という記事を、西木が業界紙に掲載したことがあった。業界で活躍している人間を紹介するというコーナーだった。職歴紹介のように淡々と、西木らは発見した過去のスキャンダルを紙面に載せる。決して扇情的な扱いはせず、我々は事実を伝えることを職業倫理としております、という態度を装っている。

行きすぎた体罰と称される事件に関しては、軍司は弁明しなかった。子供を殴ってでもしつけるという親が減ってしまったことが、まともな若年層の育たない根本原因だと、今でも軍司は信じている。軍司はただ、西木の会社の小さな紙材倉庫を水浸しにするという幼稚な報復手段をこっそりと取っていた。あの記事が書かれたからといって、軍司に実害はほとんどなかったのだから、バランスシートのマイナスは、業界紙側に大きく傾くことになったわけだ。

「いえ、ほんとに、うちに原稿をお寄せくださってもいいのですよ」

軍司の皮肉な態度にやや鼻白みながらも、西木はペースを崩さずに話を続けた。

「せんせいのところにも送られて来たのでしょう、謎の送り主からのコピー？　あの犯人が、庭園の謎にどのような見解を持っているつもりなのか、そのへんの分析などできましたら……、どうです、文章にまとめてみるというのは？」

「まあ、興味がなくはないですがな」

正直なところ、そんな表現以上の興味を軍司は持っていた。今も、犯人がアンダーラインを引いてファックスで送って来ていた用紙をデイパックから引っ張り出して目を通そうかとしていたところだった。

表情を生き生きとさせて西木が身を寄せる。

「被害者の手首が龍遠寺に埋められていたことと、関連づけられますかね？」

関連づけない限り、どちらの意味も不明に終わるだろうと、軍司は予想していた。手首が埋められていた地点には意味がある。それをまだ誰もはっきりと指摘していないとは、頭のいい人間というのは意外と少ないのかもしれない、そんなふうに軍司は思う。

ザクロがそばに植えられているなどということは関係ない。無論、手首の位置は、〝子《ね》の柱〟の勾陳《こうちん》配置図形と結びつけるべきなのだ。あちこちに送りつけられている文章の強調部分を重視していけば、それは明らかなはずだった。泉真太郎もファックスの送り主も、〝子の柱〟の勾陣図形を、天の勾陣と同じ向きにするための反転のキーポイントを意識している。そのキーポイントを示す物として、川辺辰平の手首が利用されたのは間違いない。

そして、手首と、川辺辰平の遺体本体とが、相関づけて考えられているのも明らかだろう。

つまりあの文面は、大地の勾陣を手本として、〝子の柱〟勾陣を反転せよ、とメッセージを放っているのだ。言い換えれば、遺体のあった場所が西明寺山のお堂の位置――つまり大地の勾陣の尻尾《しっぽ》であったように、手首のあった場所が、〝子の柱〟勾陣の尻尾の位置になるように、元の〝子の柱〟勾陣を反転せよ、ということだろう。

しかしこれだけでは、もうひとつ曖昧《あいまい》さが残る。そこでさらにファックスの資料を読み込んでみると、泉真太郎らが子の方角というものを意識していることも判ってくる。つまりこれが、もう一つの反転の基準だと読み解けるのだ。

子の方角――北という方角を意識すると、大地の勾陣の大きな特徴の一つが思い出される。すなわち、龍遠寺の真北に鞍馬山が位置している、という配置の関係だ。こうした位置関係を、〝子の柱〟勾陣にも応用する。大地の勾陣における龍遠寺の位置に対応するのは、〝子の柱〟勾陣の場合、御座の間の南東の角に位置する〝子の柱〟である。その真北に、大地の勾陣の鞍馬山に対応する、〝思想の井戸〟で示される地点が来るように、〝子の柱〟勾陣を反転させるのだ。こうして作られる新たな勾陣図形の尻尾の先端地点は、まさに、川辺辰平の手首が埋められていた地点に重なるはずだった。この二つの基準が、偶然で一致したとは考えにくい。

ここで注目すべきは、その結果として現われるひしゃく形が、柄の先端部分を、元の図形よ

“子の柱”勾陳反転図

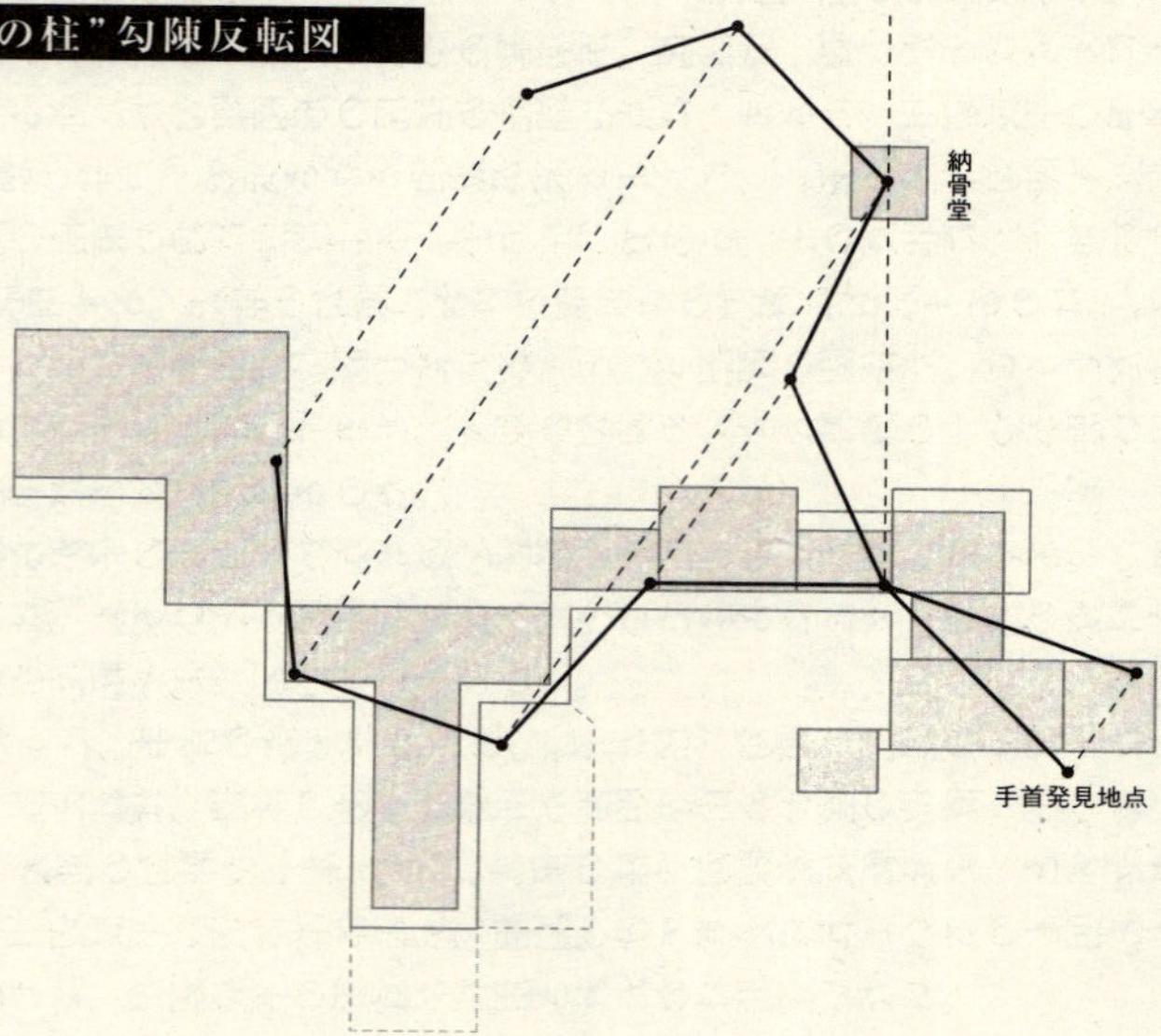

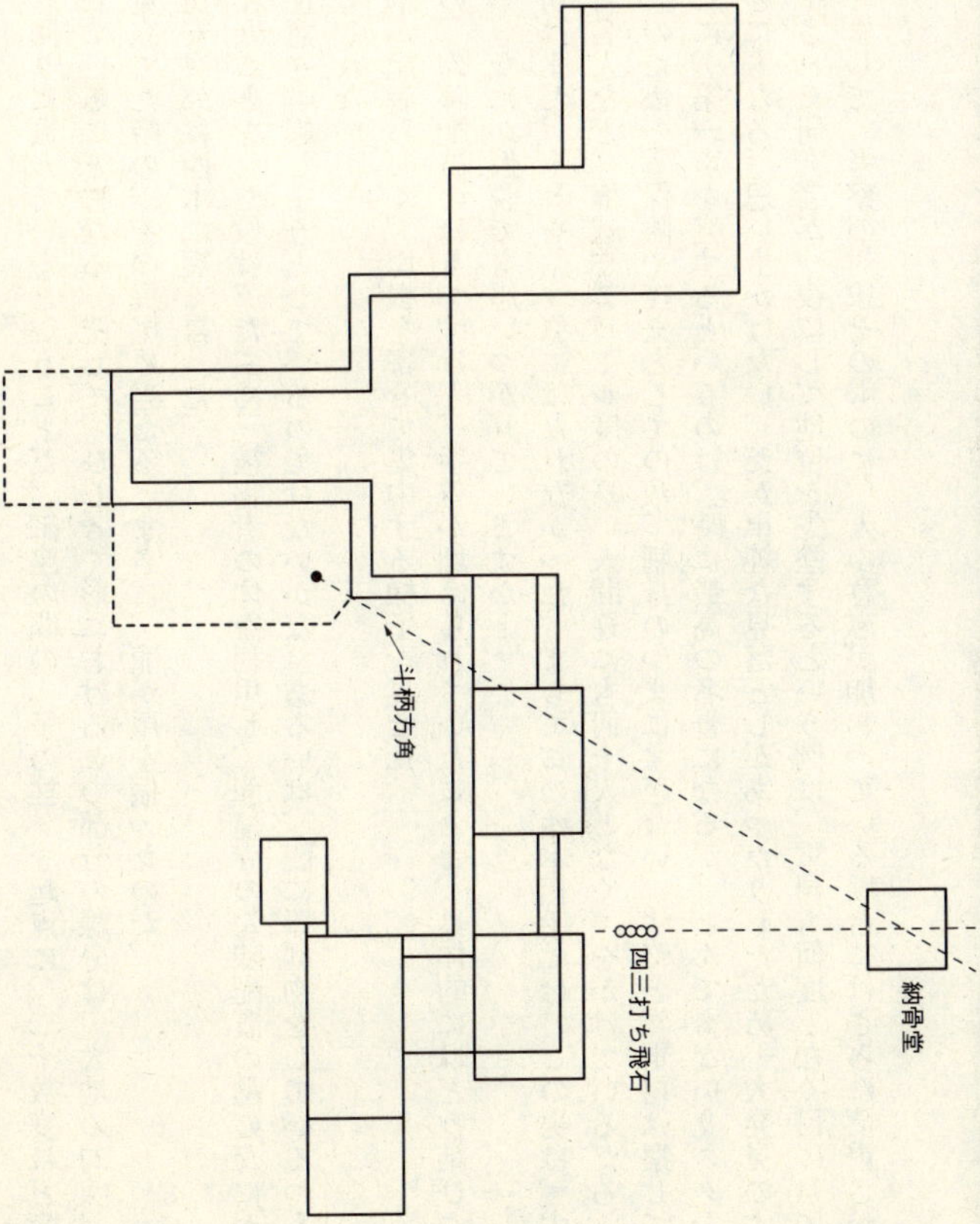
斗柄方角
四三打ち飛石
納骨堂

り時計回りに振っているということだ。御座の間の〝子の柱〟を起点に、二十数度ほど南西へ振られていることになる。そして、ひしゃく形におけるこの部分の線分は、大地の勾陳図形を龍と見立てた時の、その尻尾に当たる。まさに、龍が尾を振ったのだ。

　軍司安次郎は西木に短く言った。

「こんなことをした奴は、たぶん、被害者の体を利用し、龍遠寺の勾陳配置の謎のなにかに周囲の注意を喚起しようとしているのではないかな。あるいは、龍に捧《ささ》げ物をしているつもりなのかもしれない」

　西木が記者らしく、眉根《まゆね》を寄せて集中する様子を見せた。

「その、勾陳配置のほうですけど、手首が埋められていたことと、具体的にはどう結びつくのです？　なにか仮説でも思いつかれていますか？」

　軍司はまだ、それを話す気にはなれなかった。ましてこの西木相手には。この男は、大学教授や著名人など、権威やアピール度の高い人間達にも何十人となく声をかけているだろう。自分は念のための、保険や控えとしての数、刺身のつまにすぎないはずだと、軍司は察している。

　それに、第一声を発するというのは、時に最高の名誉になるが、とんでもないリスクを背負うことにもなる。思いもかけない、だが単純な見落としがあったりしたため、大発見の主ともてはやされた研究者が一夜にして地位を失墜するという例は、軍司も何度となく目にしてきていた。まして、考察の対象そのものに、人の意志が加わっている場合にはさらに慎重さが必要だ……。

軍司は、じっくりと推移を見守ろうとしていた。

「ほどなく、閃《ひらめ》きは得られるだろう。さほどむずかしい謎掛けとは思えない」

その言葉だけを残して立ち去ろうとする軍司を、西木は引き止めた。

「では、もう一つのほう、龍への捧げ物という考え方ですけど、この犯人には人間の遺体が必要だったのでしょうかね？　龍への餌として」

「判らんね」

西木は考え込む様子になった。

「もしかすると、川辺辰平という男の資質も、もっと調べるべきなのか……。たまたま窃盗事件に巻き込まれた被害者と考えられていたけど……。ねえ、軍司さん、川辺には、龍への捧げ物となるにふさわしいなにかがあったんでしょうか？」

「自分で調べたまえ、自分で」

軍司は、手にしていたデイパックをかつぎあげる時の勢いを利用する形で、そのまま西木に背を向けた。

「西木さん、君ね、靴はブランドではなく、履きやすさと、靴底の耐久性で選ばなくては。……汗ばむ我が身、共に垢《あか》出す靴の底かな」

そうして軍司はその場を離れた。

歩きながら軍司は、やはり川辺の手首の位置が暗示する反転構造のことを考えていた。先ほどのやり方で〝子の柱〟勾陳を反転させると、〝思想の井戸〟に対応する地点には、龍遠寺の納骨堂が存在しているのだ。

軍司はこの納骨堂に、人一倍興味を懐《いだ》いていた。

実のところ軍司は、別の謎解きで、納骨堂を炙《あぶ》り出したことがあるのだ。納骨堂を指し示す基準となるのは、東庭の、鶴石による北斗七星だった。北斗七星は、天の大時計の指針とも呼ばれている。天の北極を中心に一日に一周する北斗の柄は、まさに時計の針であったし、同じく一年を通しても天を一周するその北斗の柄は、季節の目安でもあった。北斗七星の柄の部分を斗柄《とひょう》と呼ぶが、『斗柄、東を指せば、天下みな春、斗柄、南を向けば、天下みな夏』と詠《うた》われてもいる。北斗七星は升の部分を利用して北極星を探し当てる照準器となっており、同時に、柄のほうも、季節を指し示す指示器となっているのだ。

日没直後の北斗七星。その柄の最先端の第七星と第六星を結んだ線分を延ばしていき、それが地表の真東と一致した日を秋分の日、真南と一致した日を夏至と定めていた時がかつてある。現代も、そうした星の配置と大きく異なっているわけではない。そのような背景があって、軍司は、龍遠寺東庭の四三《しそう》の石が、柄のほうでもなにかを指し示しているのではないかと考えたのだ。

それともう一つ。龍遠寺の敷地には、鶴石以外の、第二の四三配置がある。本堂御座の間の北側、そこの敷地に敷かれている飛石《とびいし》である。飛石にも、千鳥打ちという基本以外に、二三連《にさんれん》打ちや雁《かり》打ちといった、様々な配石の形式が存在する。その形式の中に、四三《よんさん》打ちというものがあるのだ。四つの飛石の並びから斜めに続く三つの飛石、それが四三打ちだ。そうした打ち方が、御座の間の脇で東西方向に並んでいる飛石の中に見いだせる。しかも、その四つの石の並びが南北方向に一直線となっているため、飛石全体の美的調和を乱しているのだ。

そして四三打ちの四三は、今さら言うまでもなくしそうという読み方に直結する。

この四三配石に着目した研究者は少なくないが、斗柄の指示と結びつけた案というのは、軍司は今まで見たことがなかった。この飛石の四三配置は、四三の星、すなわち北斗七星とは直接関係なく、子午線を表わしているのだろう、というのが軍司の説の骨格だった。四三打ちが利用されている理由は、名称の類似によって東庭四三配石との連想を高め、後代での伝承に曖昧さを生じさせないようにしたという配慮なのではないかと考えられる。

そして、北辰《ほくしん》思想というのは、そのまま子午線思想と言い換えられるものである。北を示唆する子《ね》は、時刻の子でもあり、これを季節に当てはめれば、冬至を含む旧暦の十一月を意味している。そしてこれは、陰陽五行思想における、陰が極まって陽へと満ちていく季節でもある。

子午線の、午《うま》とは南。そして、季節としては、夏至を含む旧暦の五月。この時期の陰陽は、子の季節とは当然反転している。

子から午は、無から有への軌道、午から子は、有から無への変換。こうして万物は流転輪廻《るてんりんね》し、永遠の変容を形作る。これがすなわち、東洋古代思想から見る場合の子午線の意味合いだ。

そこで、四三の飛石の四つの石の並びが南北方向を向いているというなら、それをそのまま南北に延長し、子午線に見立てればいいと軍司は発想した。この飛石はつまり、御座の間の〝子の柱〟とも、南北方向での一直線上にあることになる。納骨堂はその南北の軸線——子午線上にあるだけではなく、東庭の北斗七星の斗柄が向けられている方角との交点に存在しているのだ。

軍司はこの仮説を持って、半年ほど前、納骨堂周辺を調べさせてほしいと掛け合ったが、龍遠寺側はこれを了承しなかった。その納骨堂は一般檀家《だんか》のためのものではなく、龍遠寺住職などの菩提《ぼだい》を弔う場所だった。みだりに人目に触れさせてはならないという習わしになっているという。周辺への立ち入りも許可するわけにはいかないという返答だった。

しかしこうして、あちこちに配られた泉真太郎の手記から読み取れるとおりに新たな納骨堂示唆説も組み立てられるのなら、やはりあの納骨堂にはなにかがあるのではないかと思えてくるではないか……。

なにやら鋭い視線を感じ、軍司が目をやると、顔を逸《そ》らしてはいたが、そこに見覚えのある刑事の姿があった。関係者が顔を揃えることが多いので、こうした場には刑事も様子を見に現われるという話を軍司は思い出していた。

そして、あくまでも参考だという態度でアリバイを質《ただ》された時のことも頭に浮かんでくる。龍遠寺の庭で泉繁竹が殺された時のアリバイなどは、独り暮らしの身では立証させようもなかった。あの晩も、早くから、二十四日の歴史事物保全財団の事件の時のように呑《の》みに繰り出していればよかったかと軍司は思う。呑み友達がいるわけでもないので、店の人間の記憶に頼るしかないが、二十四日の真夜中辺りの、北大路《きたおおじ》駅近くの呑み屋では確認が取られているようだった。

龍遠寺の住職達までが、二十四日夜のアリバイは訊《き》かれたらしい。彼ら自身がそう言っていた。住職了雲は、四月八日の花まつりが龍遠寺で行なえなくなったという事態に伴う周辺行事の調整のため、寺からは一キロほど離れた町民会館の話し合いに出かけていたそうだ。十一時近くまで時間を取られたという。

当夜は、十時四十分頃に窃盗犯の音が盗聴器に録音され、十一時すぎに五十嵐が財団に到着、その三十分後に五十嵐が財団を出、一時十五分頃に川辺の死体が探偵に発見された、と軍司は聞いている。龍遠寺の住み込みの寺男である村野満夫は、十一時少し前に就寝していたと言い、顕了、宏子らはそれよりも早く床に就いていたそうだ。互いの姿が最終的に確認されているのは、午後十時ぐらいのことらしい。村野は夜間の見回りを終えて宏子まで報告しに行き、そのしばらく後に、宏子は顕了に就寝の挨拶《あいさつ》に行った。

了雲がいつ帰宅したかを確認できる者はいないそうだが……。

警察にかかれば、やはり疑われないで済む関係者などいないのだろうな、と軍司は思う。

人込みを見回してみたが、刑事らしい人間の姿はもう発見できなかった。

ケアハウス正面の喧噪《けんそう》を避けるかのように、蔭山は脇の通路に入っていた。歩きながら読んでいた泉繁竹の日記に目を引かれる箇所があり、気持ちを集中したかったためだ。

それは、三月十五日の記述にあった。例の〝四回忌〟の二日後のことだ。

一行めには、仕事にはいい日和、と書かれてある。これは朝のうちに書いたものなのかもしれない。次の一行は筆づかいが激しく変わっている。書き手も興奮しているのだろう。筆に勢いがあり、それだけにくずしも強く、読み取りづらい。しかし、そこにこう書かれていることは間違いないはずだった。

あれが龍か。尻尾《しっぽ》か。確かに、龍が住むにはふさわしいが。何気ない描写にも、意味はあったわけか。


そして末尾に、やや冷静に、龍遠寺、と書き加えられている。

龍の尾を振らせよ……。

それが可能であるなら、龍遠寺庭園の真の姿が判ると言われてきた。

泉繁竹は、その龍の尻尾を発見していたのか?

蔭山は、ほうっと息をつき、里村が渡してくれていた紙袋にその日記を戻した。

やはり被害者の個人的な手記というものには、外にいるだけでは容易に判らない情報が潜んでいるものだと、蔭山は思う。事件が発生する直前までの、被害者の心情、興味の対象、関係者への感情なども記されているのではないか……。これは重要な手掛かりだ。

そんなことを考えながら蔭山は、通路突き当たりのガラス戸まで二、三歩近付いていた。中庭に出ることができるガラス戸だった。そしてその中庭に、見知った顔を認めた。

中山手巡査部長だ。

表玄関のほうを窺《うかが》っているようだが、一人でふらりと立ち、タバコをくゆらせている。今日も黒革のくたびれた手提げ鞄《かばん》を持ち、薄手の、ラクダ色のコートを着ている。ボタンはとめていない。どう見ても、成績に伸び悩みながらも、要領よくさぼっているセールスマンだ。

警察が、日記類という手掛かりを見過ごしているのかどうか、確かめる必要があるのではないかと思った蔭山の手は、ガラス戸のノブに伸びていた。ノブが回り、ドアがあいた。蔭山に気がついた中山手は、タバコを投げ捨て、表情を和らげると足を運んで来た。

「いらしてましたか、蔭山さん」

上司の友人ということもあるのか、物言いは常に丁寧だった。

――しかしこの人……

と、蔭山は思う。薬の効用を神経質に吟味するほど健康に気をつかっていながら、タバコは喫っているわけだ。

「喪主の末乃さんとも顔を合わせて来ましたよ」蔭山は言った。「それで、刑事さん、泉繁竹さんの日記があるのはご存じですか？」

「ああ」一瞬記憶を探ってから中山手は頷《うなず》いた。「あの日記でしょう。書をたしなんでいるような人でないと読めない字で書かれている日記。読める者が読んで、参考になりそうなところはコピーを取ってありますよ。そこに翻訳を書き込んでね」

――ああ、そういうことか……。

「それがなにか？」

「え、いや、そうですよね。見落としているはずがない。いや、手掛かりになるんじゃないかと老婆心を起こしたんですよ」

中山手は軽く苦笑した。「手掛かりといっても、庭造りのヒントがほとんどじゃないんですか？　五十嵐昌紀のことも財団のことも、ほとんど書かれていないそうで。まあ、龍遠寺の庭の謎に関しては、繁竹さん、なにかつかんだようなニュアンスで書いているみたいですが、だからといって、それで捜査がどうこうということにはならないでしょうし……。四年前の事件のきっかけとはなったのかもしれませんが」

確かに警察が、龍遠寺の謎自体に興味を持つことはないだろうと蔭山は思う。庭園の謎にこだわって労力を割いても、それで犯人の正体や居所が判明するわけではない。ただ、泉真太郎の手記がばらまかれたために、犯人の意図をたぐる意味合いで、庭園の謎についての知識が必要になったというだけのことだ。

もっとも、捜査官としての中山手の言葉をそのまま鵜《う》呑《の》みにはできないが、と思いつつ、蔭山は小さな紙袋をそれとなく体の後ろへ回した。せっかくの機会だから、この日記には目を通しておきたいと蔭山は思っている。龍遠寺の庭の真実に少しでも泉繁竹が接近していたのだとしたら、それはそれで知っておきたいが、蔭山にとって本当に興味があるのは、泉繁竹の人となりだった。そして、それを多少は知ることができるであろう手掛かりが、手の中にある。

里村が後で手渡してくれた日記は、正確には日記ではなく、回顧録のようなものだった。泉繁竹は、自らの人生を振り返ってそれを記録し始めていたのだ。センチメンタルな要素などなく、無骨なまでの表記が並んではいても、それはやはり追憶の書だった。

「私はこの男に殺されそうだ、なんて書き込みでもあれば楽ですがね」

中山手はそう言いつつ、薬瓶から手の平に振り出した錠剤を口の中に放り込んだ。

「繁竹さんの事件はそのタイプじゃないですものね」蔭山が言う。「たまたま、まずいところへ出くわしてしまったという災難でしょう。あの夜、五十嵐昌紀か誰かが、手首を埋めに忍び込んでいたのかもしれない」

「考えられることです」

「その姿を、努夢少年か繁竹さんが目撃した」

「あるいは犯人が、見られたと思い込んだ」

「危険を冒してまで、龍遠寺に手首を持ち込む理由とはなんでしょう……」

「ま、そのへんの意図を探るためにも、庭園の謎とやらの再検討は意味を増したかもしれませんけどね。……いりませんか、これ？」

中山手が錠剤入りの瓶を差し出す。

蔭山は小さな笑みで遠慮を示し、

「高階には筋肉増強剤などを勧めてるんですか？」

「あの人は服《の》まなくてねぇ。鉄剤なんかはほしがる時もありますが、だめなんですわ、あの人。薬をお茶やコーヒーで服むんですから。鉄剤は特に、コーヒーなんかで服んだら吸収率が激減ですわ」

顔をほころばせて聞かざるを得ない。「そうですか」

「奥さんは子宮筋腫《しきゅうきんしゅ》でお子さんを産もうとしてるんやから、やっぱり、鉄剤やカルシウム剤で体を造っていかないとね。牛乳を飲んでるそうやけど。良さそうな漢方薬、探してるんですわ」

蔭山の顔が笑みを凍りつかせていた。

――子宮筋腫？

蔭山にはよく判らない病気だったが、病気には違いないのだろうと思う。不意打ちだったせいか、不安感が鼓動を高める。

その後、中山手とは簡潔に話を済ませ、蔭山はその場を離れた。

歩いているうちに気持ちも落ち着く。

何気なく口にのぼってしまうくらいのものなのだから、大した病気ではないのだろう……。

蔭山はそう思うことにした。


「いやいや、すまん、すまん、ありがとね」

盛んに礼を言いながら、軍司安次郎は蔭山の後ろの席に乗り込んで来た。

ケアハウスを出て、車を停めてあるちゃわん坂の下へ歩いていると、蔭山は軍司に追いつく格好になり、向こうから声をかけられたのだ。そしてかなり強引に、乗せていってくれないかと懇願された。嘘か真《まこと》か、不景気だから車も手放したんだ、と言っている。

本来なら、仕事用の車に無関係の個人を同乗させるというのは芳しいことではないが、今の蔭山には、厳格に建前を押し通しにくいうしろめたさがあった。彼自身、仕事をはしょってこの葬儀に参列する時間を作っていたからだ。午前中に立ち寄るべき予定の、上京区の寺社三軒に足を運ばなかったのだ。電話で、なにか連絡事項や相談事項があるかと尋ね、それで済ませていた。どこも、いや、別にないから、という反応だった。もともと、巡回保安員といっても、その存在の必要性が認められるのは、いざという時だけだ。家庭用消火器みたいな物である。けっこう邪魔もの扱いだったり、顧みられることなく見過ごされたりしている。お寺側の電話の対応にも、時間がつぶされなくていいな、というかえって喜んでいるような気配があった。

蔭山は、日記の入った紙袋を助手席に置き、二つ折りの鞄に挟んでおいた腕章を腕にはめた。

「市役所までですね？」

「たのんますよ、運賃は払えんけどね。よろしく」

軍司は、茶色系統のチェック模様をした蝶ネクタイを取り出し、襟に巻き始める。

車が一列に停まっている路肩の最後尾からバックで出し――オーライオーライと、軍司が後方を確認する――蔭山は右へステアリングを切った。

直進し、エンジン音が滑らかに上昇した頃、軍司が言った。

「そうだ、やっぱり先に、南区役所のほうへ行ってもらおうかな」

「えっ」

車の速度がガクンと落ちる。ここから南へ向かうのでは、通り道というわけにはいかない。

それは困ると蔭山が言おうとした時、軍司がしわがれた笑い声をあげた。

「嘘、嘘。冗談だよ。この程度で動揺する運転手のタクシーには乗れやせんな」

軍司はシートにおろしていたデイパックに右手を乗せ、蓬髪《ほうはつ》を撫《な》でるようにしながら後ろを振り返っていたが、その目が、奇妙な動きをした車をとらえていた。右側の路地から鼻先を出して来ていた白のブルーバードが、なにかに驚くか躊躇《ちゅうちょ》するかのように、スッと速度を落としたのだ。辺りには、優先しなければならない車も歩行者もまったくいないのにだ。ただ、その動きは、こちらの車の動きとは連動していることになる。その路地の前を通りすぎてから、蔭山の車は急に速度を落としたのだから。

軍司は、そのブルーバードと、陶磁器会館の看板のあるその路地を思い出していた。つい先ほども、白のブルーバードが、同じ場所で、ぎこちない動きをしていた。ケアハウスを訪ねて行く時のことだ。蔭山の車がここへやって来た時、軍司も近くを歩いていたのだ。蔭山は駐車する場所を探していたわけだが、彼は、先ほどまで彼の車が停まっていた路地へと車を進めた。当然、頭からスムーズに入ったのだが、すぐにバックで引き返して来た。停める場所が最後尾にしかなかったためだ。そのバックする蔭山の車のテールがメイン道路から見えるようになった時、蔭山の車に続くように二、三十メートル後方から走って来ていた車が、不意に速度を緩めたのだ。ちょうど、今とそっくり同じような動きだった。そして、その車も、いま目前にいるのと同じ、少し古い形式の白のブルーバードだった。

軍司は表情を引き締め、頭に浮かんだその言葉を口にしていた。

「蔭山さん、あんた、誰かに尾行されたりしてないかね？」

「尾行!?」

再び速度をあげ始めていた蔭山に、軍司は自分の目撃した状況を説明した。

「脇から車が出て来たから速度を落としたという感じではなかったんだ、そのブルーバード。どこか慌てた感じの急停車だった。そして急いでバックして、左の、陶磁器会館の看板のある路地に入って行った。あの時は別に、それ以上考えることもしなかったが……」

そのブルーバードが適当な距離をあけてついて来ていることを、蔭山はルームミラーで確認していた。

「あんたに見られないように行動しているようじゃないか」軍司がそう言う。「これは四月馬鹿じゃないよ。私の印象では、尾行されているようだ」

「この車が……」

「この車に乗っているのは私とあんただが、私が尾行されているわけではない。尾《つ》けられているのは、あんただよ。……ま、よくあるブルーバードだし、私の思い過ごしかもしれないがね」

尾行されている……。

誰が、なぜそんなことを？

まるでぴんとこない話だったが、なぜか蔭山の脳裏には、高階枝織を透かすようにして、その夫の顔が浮かびあがっていた。

ノルマの寺社を回り終わり、あとは観光協会へ戻るだけだという黄昏《たそがれ》の時刻、蔭山公彦は龍遠寺の前へと車を走らせて来ていた。泉繁竹の日記から、これほどの刺激を受けるとは思ってもいなかった。昼休みの時間なども目いっぱい活用し、事件や龍遠寺に関係しそうなところを拾い読みした結果だった。

泉繁竹は、確かになにかをつかんでいる様子なのだった。

こんな描写まであった。

8

驚くべき機巧の庭。作り上げた者の技量。敬服。真太郎は知っていたのか。

これは、龍遠寺の庭園のなにかを語っているのではないのか？　繁竹が龍の尻尾《しっぽ》を発見したと書いている日の三日後、三月十八日の記述である。他のどこかの庭園の作庭ぶりへの評価なのかもしれないが、少なくともこの時期、繁竹は龍遠寺以外の仕事からは手を引いているはずだった。

そして、歴史事物保全財団で殺人事件が発生した夜の翌日には、このような記述がある。

四年前の事件の犯人、動いたか。可能性強し。その人物だけが知っている。真太郎の導き。

被害者への冥福《めいふく》。

龍の尻尾らしきものを見つけたという三月十五日以降は、龍遠寺関係と財団での事件のことで日記が埋まり、私的でありふれた日々の描写というものが見られなくなるが、さすがに〝四回忌〟周辺には、真太郎への思いに筆が費やされることが多いようだった。

他には、肉体の衰えが理由となって庭を去らなければならなくなったことへの寂寥感《せきりょうかん》が、所々に顔を覗かせたりしている。

たとえば二月半ばの、このような記述。

瓦斯《ガス》の火がつけっぱなし。末乃か私か、自信なし。昨日は青葉公園の坂、半ばで腰をおろす。無様な迷惑はかけられまい。

そして、蔭山は、泉末乃が自殺未遂事件を起こしたという日の記述にも目を向けていた。そこまで触れてはいけないという思いもあったが、やはりページをめくる手を抑えられなかった。

その日のスペースには、一言、

仏《ほとけ》。

とのみ記されていた。それがどれほどの意味を含むのか、その一言からどれほどの思いが発せられているのかは、他人には容易には窺《うかが》いしれなかった。この辺り、夫妻共に老いに枯れていく様が文字の隙間から滲《にじ》み出すような記述が多いのだが、龍遠寺のなにかと出合ってからは、泉繁竹の精神が上を向き始めていることが伝わってくる。

彼の最後の記述は、三月二十八日の欄にあり、

龍遠寺の夜間拝観、四月より始まるのだが。その夜の庭に、報告持って来られたら。

となっている。

蔭山は車をおり、周囲を見回した。白いブルーバードはあれからすぐ見えなくなったし、その後は、尾行されているという様子は感じられなかった。一般市民にすぎない自分が尾行されるなどということが、そもそも感覚として実感できない。警察に監視されるほど、自分が疑われているとも思えない。浮気調査……？　しかし誰とも——枝織とも無論——やましい関係など結んではいない。信用調査を受ける覚えもない。尾けられているように見えたのは、偶然の産物だったのだろうと、蔭山は思うことにしていた。

龍遠寺への、細いのぼりの傾斜を進んで行く。中年婦人二人連れの観光客とすれ違う。他に人影はない。取材陣もちょうどすべて引きあげているタイミングのようだ。

涼しい風と、木々の下に溜《た》まり始めた薄闇……。

龍遠寺の正門は閉じられていた。平穏な日々であれば、まだまだ一般に開放されている時刻だった。都合により、一般の拝観にはお応《こた》えできません、という貼り紙が出ている。しかし、門の下には、閂《かんぬき》が掛かっていて、やはりあかない。声をかけてみるが返事はない。門の下には、地面との間にかなり隙間があるのだ。蔭山はそこから潜り込み、ズボンの土汚れを払いながら玄関へと進んだ。

使者の間のほうから、タッタッタッという、元気そうな足音が聞こえて来る。婦人二人が雑《ぞう》巾《きん》がけをしている姿が見える。久保宏子と、通いのパート婦人だった。

ゆったりとした薄手の服の下で乳房を揺らしながら雑巾を押して来ていた宏子が、蔭山に気付いて顔をあげた。

「あら、公彦さん」

鼻の頭に細かな汗が滲み、ふくよかな頬が上気している。

「お仕事？」

「いや、東庭を見たくなって」靴を脱ぎながら蔭山は答えた。「あがらせてもらうよ」

「どうぞ。あら……、どうやって……？」

どこから入って来たか、という疑問だろう。

「門の下をくぐって来た」

「けっこう強引なのね」久保宏子は膝《ひざ》を突いたまま、通りすぎる蔭山を笑いながら見あげた。

「保安員のくせに。こそどろと間違われるわよ」

その言葉に、パート婦人が小さく笑う。

「僕は、けっこう壊れてるよ」

パートの婦人にも一礼し、蔭山はその場を離れようとした。離れようとして、その足を止めた。宏子に尋ねる。

「努夢くんはいるの？」

「いるけど。お義父《とう》さんにつかまってたから、まだ脱出はできてないかもしれない」

朗らかな表情を静かに翳《かげ》らせ、宏子は言い添えた。

「……今日は、泉さんの葬儀だったのよ」

「知ってる。行って来た」

「あ、そう。気が付かなかった」

「姿は見かけたよ。了雲さんと、努夢くんと」

「ええ。お義父さんももちろん行きたがったんだけど、この子の命の恩人なのだからって……、でも、そこまで無茶できる体ではないし……」

「君達親子で、顕了さんの分の思いも届けた、と」

「ええ……」

届いてくれていればいいけど、という思いを覗かせて宏子は表情を緩めた。

蔭山は奥へと足を向けた。歩きながら、いま聞いた言葉のなにかが頭に引っかかっているような気がしていた。

……この子？

そう、この子、だ。

蔭山は足を止めていた。

この子、というのは、この子供という意味しか成立しないわけではない。この孫、も、この子、として表現される。祖父祖母が、孫を指して、「この子」と言うことは自然なことだ。「この子を、頼む……」は、「この孫を、頼む……」という内容であってもいいわけではないか。

どうしてこんな、ある意味突飛な考えが閃《ひらめ》いたのか判らない。しかし、仮説としてはないがしろにできないものを感じるのも確かだった。久保努夢が、泉繁竹の孫か、それに近い縁者であったとしたら……。本当に血のつながった孫である可能性も、絶無ではないではないか……。

蔭山は、暴走気味に走り始めた自分の連想に奇矯《ききよう》なものを覚えたが、それでもその仄暗《ほのぐら》い思考に目を据え続けた。

久保努夢が繁竹の孫であったなら、繁竹の最期の様子には蔭山でも納得がいく。

赤の他人ではないのなら……。

そして――、泉真太郎は四年前に亡くなり、久保努夢は三歳だが、宏子が努夢を身ごもった時、真太郎は生きていた。生きて、龍遠寺には庭師として頻繁に出入りをしていた。

さらに――、一種男を誘うようなところがある久保宏子という女の肉感的なイメージが、蔭山の脳裏に渦巻く。たくましくて豊かな母体を連想させながら、長い間子供には恵まれなかった彼女……。その女性が、八年めにして突然受精した。

——馬鹿な。やめろ。

単純に組みあがってしまうその通俗的なストーリーを振り払うように、蔭山は自責の思いと共にかぶりを振った。

——久保宏子は、夫以外の男の子供を平然と産み育てられる女ではないだろう。

そう感じる一方で、

——女も、陰でなにをしているか判りはしないが。

という思いもあったが、さすがに久保宏子の不倫説は妄想だろうと、蔭山は一人、苦笑した。

それに、久保努夢が孫だというなら、繁竹の日記にはもっと努夢の存在が強く出て来ていたはずだ。繁竹が自分達夫婦の人生に秋を感じていたとしても、それならばこそ、孫という血筋は、明るい彩りとなって浮き立ってくるのではないのか。

それとももっと細かくあの手記を読めば、そうした記述も出て来るのだろうか……。

あるいは、まさか……、最期のあの日になって初めて、繁竹は久保努夢が自分の孫だと知ったとか……。

……いや
どれもみな、起こり得ない幻なのだろうと、蔭山は思う。

なにかからはぐれているような、そして、どこかいじけているらしい自分だけが見てしまう歪《ゆが》みなのに違いない。

蔭山は、本殿の奥へと足を向けた。

浄土真宗妙見派龍遠寺、東庭……。

この庭が歴史の闇に秘めるものが、今回の一連の事件に思ったより大きな影を落としていることを、蔭山は感じ始めていた。

——この庭のどこに、泉繁竹は龍の尾を見いだしたのだろう。

白砂。遣水《やりみず》の流れ。滝石。霊山を模す石組《いわぐみ》。ツバキ。サツキ。キリシマツツジ。〝夫婦灯籠《めおとどうろう》〟。鶴石。亀石。〝四三《しそう》の井戸〟……。

あるいは南庭のほうに……？

——それとも、庭の中ではないのか？

敷地のどこかか、それとも、西明寺山から見えるなにかか……。

驚くべき機巧、というのが龍遠寺の庭のことであるなら、やはり龍の尾もここにあるのではないのか？　とにかくそう想定して、蔭山は意識を集中させてみる。泉繁竹が知っていたというなら、それを自分でも知ってみたくなっていた。具体的な共通点が多くなれば、泉繁竹の記述の行間にある彼の心境も理解しやすくなるだろう。

なにかを知っていたといえば、泉真太郎もこの庭で大きな発見をしていたらしい。

真太郎は知っていたのか？

と、繁竹の記述にもある。老父と、すでに亡い息子が、同じ発見にたどり着いていたとしたら……。泉真太郎は、最期のあの夜、滝石付近にしゃがみ込んでなにかをしていたという……。そして繁竹も、その付近で殺された……。

龍の尾を振らせる……。

動き……。

機巧……。

からくり……。

「蔭山さん……？」

呼ばれて蔭山は振り返った。

広縁の上に、住職了雲と、その息子努夢がいた。そんな所でなにをしているのです、という軽くとがめる色が了雲の生真面目そうな目の中にあった。

蔭山はこの時になって、自分が東庭に入り込んでいたことに気が付いた。滝石組の右側まで歩いて来ていたのだ。警察が張った、立入禁止用ロープを越えている。

「……いや、申し訳ない。謎ってやつに、夢中になりすぎたようです」

了雲は、わずかな揶揄《やゆ》の笑みを目の端に載せた。「蔭山さんも、そこまでこの庭の歴史に興味を懐《いだ》かれるようになりましたか」

了雲の表情が、不思議な静けさをたたえているように蔭山には感じられた。遥《はる》かに年上の人間が、一種の諦念《ていねん》を見おろしているような……。やや下方から見ているためか、その目が、重たげな目蓋《まぶた》の下で半眼になっているように見える。形のいい、しっかりとしていて先の細い眉《まゆ》。

きれいに剃《そ》られた、玉子型の頭。太い首。……墨染《すみぞ》めの僧服を着ている。

努夢の首には、まだ包帯があった。

「歴史、というのとは、少し、的が違うかもしれません」蔭山は言った。「泉繁竹さんの日記に目を通す機会があったのです。繁竹さんと、この龍遠寺のつながりを知りたいのですよ」

「龍遠寺との？」

「庭師として、という以外の、個人的な範疇《はんちゅう》のことになるのかもしれません。……了雲さん」

蔭山は率直に訊《き》いてみることにした。何気ない描写にも意味はあったわけか。という繁竹の言葉が気になっていた。

「繁竹さんに、このお寺の伝承文献や絵巻を見せたりしたことがあるのですか？」

了雲は、意外そうな顔になる。「いえいえ、そのようなことは。そのような希望を申されたこともありませんよ、泉さんは」

――では、なんだ？

蔭山は思索を巡らす。描写……。泉繁竹は庭師だったのだ。では、庭になにかの描写があるということなのか？

そうしたことを考えながら、蔭山は努夢を目にしていたのだが、突然――まさに天啓のようにしてそれが閃いた。泉老人に抱かれていた努夢の右腕は濡《ぬ》れていた。あの夜の霧雨によるものではない。水に入れていたために濡れていたのだ。努夢自身、あの直前まで滝の中の石をいじって遊んでいたと供述している。――水。龍。繁竹の記述――龍が住むにはふさわしいか。

滝と龍。なにか強い結びつきがなかったか？

「努夢くん、君、怖いめに遭った夜、この水の中の石をいじって遊んでいたと言ったね？　なにか、特に、面白いことがあるからなの？」

少年は躊躇《ちゅうちょ》するような素振りを見せた。それはつまり、答えがないということではない。口にすることに迷いがあるということだろう。

「なにかあるんだね？」蔭山は重ねて訊いた。「教えてくれないかな」

努夢はちらりと、父親を見あげた。

了雲は黙したまま、蔭山に視線を注いでいる。そしてその体は、子供にでも感じられるだろう、圧力を伴うかのような重い気配を発散していた。蔭山はそれを静かに受け流し、見守るように少年に気持ちを向けていた。

口をひらいたのは了雲だった。

「ここは遊び場じゃないと、いつもしかっているものでね。口が重いのでしょう」それから了雲は、息子に声をかけた。「知っていることがあるなら言ってみなさい。言っていいんだよ」

半ズボンの裾《すそ》を握りながら、努夢は言った。

「動く石があるから……」

――動く石！

それは、庭に機巧を求める者にとってはなんとも魅力的な言葉だった。だが、なんの意味もないことなのかもしれない。置いてあるだけの石なら、誰でも持って動かせるだろう。

「どの石のこと？」蔭山は訊いた。

少年はちょっと背伸びをして滝を覗き込むようにし、

「真ん中の、水が落ちてくる所の石」

と言った。

それは、滝石組の中では水叩石《みずたたきいし》と呼ばれる石だった。まさに滝壺《たきつぼ》にあって、落下して来る水を受ける石だ。龍遠寺のその石は、滝面に向かって半分立ちあがっている格好で、頭のほうがやや丸い紡錘型と言えるものだった。大きさはあんパンほどだ。

蔭山は水の中に手を入れた。水が流れ落ちて来ているといっても、実際の滝ではない。静的な庭園の中の、いわゆるミニチュアである。高さは一メートルほど。穏やかな水音を立てる添景物であり、激しい勢いの水流などはない。それでも常に清水《せいすい》が流れているためだろう、水叩石に藻《も》などはほとんど生えていない。

落ちて来た水を左右に分けるその石を、蔭山は動かそうとしてみた。持ちあげようとするが、持ちあがらない。揺すってみるが、動きそうな感触はない。

「どういうふうに動くの？」蔭山は努夢に訊いてみる。

「右っかわに、下のほうを」

努夢の言葉が終わらないうちに、蔭山は「あっ」と声をあげていた。

水叩石が動いたのだ。紡錘型に尖《とが》っている下方が、右側へと滑った。するとその下が空洞になっているのが判った。しかしそこへ水が流れ込んだという様子も見えない。水の動きにこれという変化は見えないのだ。何事も起こらず、そして何かが起きそうだという様子もなかったが、蔭山にはハッと閃《ひらめ》くことがあった。

——鯉魚石《りぎょせき》だ！

滝をのぼる鯉を象徴させる石を鯉魚石と呼ぶ。この庭園の水叩石は、まさに鯉魚石ではないか。やや上方を向いているのは、鯉の滝のぼりを表わしているに違いない。

なにかが見えそうな興奮と共に立ちあがったその瞬間、またしても大きな連想が蔭山の頭の中に落ちて来た。頭というよりも、それは彼の五体を貫いた。一瞬震えるような、立ちすくむような、そんな思いで蔭山は息も忘れていた。

鯉魚石。描写。滝。龍。

——あの掛け軸だ！

蔭山の鋭い視線が、奥書院上段の間の、床の間の方向へと振り向けられる。

——あの、春の掛け軸！

——『登鯉昇龍《とうりしょうりゅう》』！

あの掛け軸には、鯉と龍が描かれている。滝をのぼる鯉が龍へと変じる様だ。鯉は、黄河《こうが》にある竜門の急流をさかのぼって龍になるという伝説。あまりにありきたりの題材であるために特に注目もされていなかった、あの掛け軸。しかし、昔から描き続けられてきた絵柄——描写で、あの掛け軸は東庭の龍がどこにいるかを伝えていたのではないのか。

滝をのぼろうとする鯉に擬せられている石。それはまさに、すでに龍なのだ。龍なのだと、掛け軸が告げている。その龍が、尾を右へと振った。

蔭山は泉繁竹の日記の記述を思い出していた。

——ああ！

あれが龍か。尻尾《しっぽ》か。確かに、龍が住むにはふさわしいが。何気ない描写にも、意味はあったわけか。

まさに、生まれるにふさわしい場所に、龍は住んでいたのだ。

しかし、蔭山を見舞った驚きはそれだけではなかった。

滝に視線を戻していた蔭山は、思わず口の中で、「うわっ」と声を漏らしていた。

鯉魚石が、ひとりでに元の位置に戻ったのだ。時計が振り子を戻すように、龍の尾は右から真ん中へと戻り、いつもどおりの姿となった。

——す、すごい！

石を右へと動かしてから、三十秒ほどが経過していたろうか。

その自動からくりの妙に蔭山が半ば呆然《ぼうぜん》としていると、後ろから了雲の声がかかった。

「蔭山さん、動く石があったのですか？」

蔭山は、ゆっくりと振り返った。左腕から、水滴を滴らせながら……。

「動くどころじゃありません」

蔭山の声は、今しがたまでの興奮とは裏腹な、感情を押し殺すような低いものだった。猜疑《さいぎ》さえこもっているような響き……。その声と視線は、了雲に向けられていた。

「水の取り入れ口らしきものまであります。しかも、自動的に蓋を戻す細工まで施されている」

「ほう……」

興味を感じ、驚いたような表情。しかしそうした了雲の反応を、蔭山は冷ややかに見ていた。素直に信じるわけにはいかない気分だった。鯉魚石の仕掛けは単純そうだが、何十年も何百年も放置されたままできて、それがスムーズに機能するということがあるだろうか？

「この庭と龍遠寺には、いったいなにがあるのです、了雲さん？　あなた方は知っているのでしょう？」

龍遠寺十二代住職、釈了雲は、無言でそこに立っていた。

蔭山は、自分が知っているつもりだった今までの住職とはまるで別の存在をそこに見ているような気がしていた。そこにいるのは、職業として僧籍を持っている三十代の男、久保祥一ではなかった。四百年という歴史の、たぶんその闇までも受け継ぎ、それを家伝として背負っている男だ。

了雲が静かに口をひらいた。

「私どもが承知しているこの寺の造形の意味というものは、天の太一《たいち》を地の仏道の中心として、四三《しそう》の星や勾陳《こうちん》に様式美を求めたということになりますが、その細部をここで話しましょうか？」

「いえ……」

「庭園や建築物の様式は、当時の思想を映しているだけ。象徴として造られているのです。それ以上のものではない。それ以上のなにかがあるとは思えませんが。警察のお尋ねにも、そのように答えるしかありませんでね」

「では、龍は？　この龍遠寺のどこに龍がいるのです？」

「この寺に、龍はいませんよ」辛抱強く、言い聞かせようとする口調だった。「龍遠寺には龍信仰などありません。それに類する伝承は、長代川などが龍神信仰の対象であった昔に、住民側が、龍遠寺という名前と建立場所の都合の良さを、地元信仰に取り込んで作りあげていったものですよ」

「妙見菩薩《ぼさつ》のお堂の位置の偶然性などもあり、ということですね？」

「そうです。龍の尾を振らせれば、などというのも、巷説《こうせつ》、風説の類《たぐい》です。龍遠寺に正統に伝わるものではありません。……蔭山さんは、その動いた石が龍だとお考えなのですか？」

蔭山は頷《うなず》き、その理由を説明した。日記のことは告げず、泉繁竹がそのようなことを言っていたらしい、と脚色を加えておいたが。

「鯉魚石のからくりですか……、どれ」

そう言うと了雲は、足袋裸足《たびはだし》のまま庭へとおりて来た。白砂の上は避け、遣水《やりみず》の周辺に足を運ぶ。苔《こけ》ではなく、芝の上を選ぶようにして。

了雲が横まで来ると、蔭山は再びしゃがんで水中に腕を入れた。

「これです」

石が右へと尾を振る。

「なるほど、明らかに人工的なものですね」そう認めた了雲は、しかしその声に疑問を滲《にじ》ませる。「ですが、これが龍ですか？」

確かに、龍と呼ぶほどのスケールはないと蔭山も思う。大地の勾陳とやらを龍と見立てている一派はがっかりするだろう。しかしあの壮大な仮説は、了雲も言ったとおり、周辺住民の龍神信仰が肥大させていった言い伝えという一面がある。この庭の中というスケールに限れば、なんらかの重要な趣向の要《かなめ》となる庭石に、龍という呼称を与えるということは充分有り得ることだろう。むしろ現実的と言える。それにまだ、この龍の尾と、他の大きな龍との結びつきが完全に絶たれたわけではないのだ。

「了雲さん」蔭山は言った。「この石は、スタートにすぎないのではないかと思いますよ」

なぜなら、泉繁竹の日記の記述に、時間差があるからだ。繁竹がこの鯉魚石の仕掛けに気付いたのは、三月十五日のことであったらしい。そして、驚くべき機巧の庭、と驚嘆しているのは、その三日後のことである。機巧の庭というのが龍遠寺東庭のことであるなら、当然、繁竹の驚きは、鯉魚石以外のものに向けられていることになる。鯉魚石以上のもの、と言い換えてもいい。繁竹は、この動く鯉魚石を発見した時には、十八日の発見ほどの驚愕《きょうがく》は感じていなかったということになる。この石の意味を調べるうちに、彼はさらなる大きな驚きに出合ったということにならないだろうか。

蔭山は龍遠寺の住職に言う。

「この庭には、サイフォンの井戸や口をひらく鯉魚石以上の、からくり技巧があるのではないのですか？」

了雲は苦笑する。

「ですから、私に訊《き》かれても答えはないのです。これは、あれではないですかね」

了雲は、水の中の開口部を見おろしている。

「水流を利用して遣水のどこかの汚れを洗い流す水の道、とか、そうした、水質の維持管理などの水利に必要なものなのかもしれませんね」

顎《あご》の先に指を当て、了雲は思案がちに言い添えた。

「発見といえばすごい発見ですが、果たして、意味となると……」

二人の目の前で、石のからくりは動き、元の水叩石《みずたたきいし》へと戻った。

蔭山は、広縁の上の努夢に顔を向けた。

「努夢くんは、この石のことを、庭師の泉さんに教えてもらったの？」

少年は微妙な身振りをした。違うことは違うらしいが、そう言い切るのもためらってしまう、とでもいうような。

「泉さんから教わったんじゃないのかい？」意外な思いに駆られ、蔭山は重ねて訊いていた。

「違う……」

小さく言い、少年はうつむいている。

「じゃあ、誰に教えてもらったの？」

蔭山のこの問いに、努夢は首を横に振った。教えてもらった、という問いを否定するとはどういうことだろうと、蔭山は考えた。話してはいけないと口止めされているので、答えられないという意味か……？

——いや——

「努夢くん、君、自分でこれを発見したのかい？」

発見という表現が嬉《うれ》しかったのか、少年は晴れやかに顔をあげ、そして頷く。

「驚いたな……」

蔭山は呟《つぶや》いた。まさか少年が発見者だったとは……。いや、では、泉繁竹の発見はどうなっているのか？

「君、努夢くん、このことを、泉さんに教えてあげたのかい？」

ここでまた、少年は微妙な身振りに戻る。答えにくいような、もじもじとした様子だ。

「どうしたんだい？」そう声をかけたのは了雲だった。「泉さんと、この庭で会ったことはあるんだね？　この石も少しは関係している？」

さすが父親の勘というべきか、努夢はようやく、うんうんと頷いた。そして、

「石を動かしている時、見つかったから、逃げたの、ボク」

「逃げた？」

聞き返しながら、蔭山は頭の中を整理した。石を動かしている時に繁竹に見つかったというのは、繁竹殺害事件が発生した夜のことではないのか？　背後から繁竹に、なにをしていると声をかけられ、努夢は振り返ったはずだ。まあ、逃げ出してはいないわけだが……。

「泉さんに見つかったのって」蔭山は努夢に確認する。「君がその首の怪我《けが》をした時じゃないの？　あの夜の」

少年はしっかりと頭を横に振る。

「じゃあ、いつのこと？」

考える素振りだが、日付の記憶というのは正確には浮かんでこない様子だった。

「桜が咲く前かな？」

蔭山はそのような季節感を持ち出して手助けをするつもりだったが、考えてみれば——考えてみるまでもなく、それは子供にきっかけを与えるものとしては適当を欠いている。しかし、それでもなにか、記憶をたぐるヒントを与えることはできたのかもしれない。

少年は蔭山に目を合わせ、

「トモちゃんのお誕生日。その次の日」

了雲が注釈を加える。

「お友達のトモ子ちゃんの誕生日は、三月十四日です」

その翌日、三月十五日は、まさに、泉繁竹が龍の尾に気付いた日時だ。

「夕方」

と、ぽつりと努夢少年が言った。その日の夕方に、そんな出来事があった、ということだろう。

「その時も君は、この石を動かしていたんだね？　そして、泉さんに声をかけられて、逃げた、と？」

少年はゆっくりと頷いた。

「どうして逃げたの？　泉さん、怒ったりしたのかい？」

少年は、具体的な質問の多さに怖《お》じけているかのように、少し後ずさっていた。

「いや、別にいいんだよ」蔭山はすかさず、和《やわ》らげた声をかけた。「泉さんも、怒ったりしたんじゃないんだろう？　そうか、努夢くん、びっくりしたんだね。庭で遊んじゃいけないと言われているのに、そこで遊んでいるところを見つかって」

ちょっと父親に遠慮するかのように、少年はほんの数センチ頷いた。掌《て》を握り締めるかのように、片方の爪先《つまさき》の上にもう一方の足の裏を乗せ、居心地は悪そうだった。

そうした言いつけは守れなくても無理はない、と蔭山は思う。研究者や宗教家、そして門徒達《ち》にとっては神秘的で幽玄な、聖域でもある歴史的な庭園も、三歳の男の子にとっては、自分家の遊び場にすぎないはずだ。庭師が仕事で入っている時は、場合によっては白砂も乱れているだろうし、庭に様々な道具が置かれたりもしていただろうから、心理的にも、少年なりに入り込みやすい状況になっていたのだろう。

「逃げた時……」蔭山は、ふと思いついたことを口にした。「努夢くんは、この石を動かして、下の口をあけたままにしておいたのかな？」

怒られることを心配するかのように、多少まごついてから少年は頷く。

――すると。

一つの想像が、蔭山の頭に浮かぶ。久保努夢が逃げ去った後、なにかいたずらされているのではないかと泉繁竹はこの滝石組の周りに注意を向けた。そして目にしたのではないのか。鯉《り》魚石《ぎょせき》が自動的に元に戻る様を。驚いたであろうことは想像に難くない。彼は自分でも動かしてみて、これが龍遠寺伝来の古くからの仕掛けであることを見て取り、尾を振るこの石が龍なのだと得心した。

そして当然、繁竹は、努夢少年がこの石を動かしたことを察していただろう。

やはり久保努夢は、泉繁竹にとって、特別な少年だったのだ――そう蔭山は思う。この庭の秘密の一端を知る少年。了雲の言葉を信じるならば、誰も知らなかったこの庭の機巧《からくり》を、こっそりと発見していた少年。もっとなにかを知っているかもしれない少年……。そしてその、知られざるこの庭園の姿は、泉真太郎の死にも関係しているかもしれないのだ。そして、犯人の姿にもつながると、泉繁竹は信じていた……。

だからこそ、自分の命が危ない時、象徴的には自分の遺志の伝言者として、具体的には推理の元となる情報源として、老庭師は少年を後の者に託したのではないのか……。

「努夢くん」蔭山は、やや性急に問い質《ただ》していた。「他になにか、この庭のこと、知ってるんじゃない？　なにか見つけてるんじゃ？」

少年は、戸惑いがちに瞬《まばた》きをしている。

「あ、いや……」気持ちが急《せ》きすぎたかと反省した蔭山は、物腰を柔らかく変えた。「この龍遠寺を探検して、なにか面白いものを見つけているなら、教えてもらいたいなと思ってね。なにかない？　動くものとか、面白いものが見えるとか？」

半分首を傾げる格好で、少年は残念そうにかぶりを横にする。

「なにかなかった？」

再び否定。

少年がこれ以上なにも知らないようだということには蔭山も多少失望したが、まだ尋ねることはある。

「泉さんに声をかけられてここから逃げた日ね。その後で、いつか、泉さんに話しかけられたりしたでしょう？」泉繁竹の気持ちを想像すれば、声をかけないはずがないと、蔭山は思う。自分がこうして、鯉魚石の発見だけではあきたらずに、そこから先のことを訊《き》いているのと同じように。「この石のことを訊かれたんじゃない？」

「あ、うん……」少年は頷《うなず》く。「訊かれた」

「どんなお話ししたの？」

答えようとする意志はあるようだが、少年の口から言葉が出てこない。蔭山は、質問の内容を絞ったほうがいいと判断した。子供を相手にするというのは、やはり疲れる。

「この石が動くことを知っているね、って確かめられたね？　そして、誰かから聞いたの、って訊かれたんじゃないかな?」

そうそう、という感じで、少年は首を縦に振る。「でも、自分で見つけたの」

「そうか。それで、この石のことを、他の誰かに話した?」少年が言葉を厳密にとらえて混乱しないように、蔭山はすぐに言い添えた。「泉さん以外に」

ううん、と、少年は強く首を振る。

「私も聞いていませんでした」了雲が平坦《へいたん》な声で言っていた。

蔭山は、努夢のほうを見たままで続けた。「泉さんが、他の人にはしゃべっちゃいけないって、そう言ったの?」

ごくわずかな時間、少年は首を傾げ、そして、「ううん」と否定した。

泉繁竹は、きつく口止めすることもしなかったというわけか。

蔭山はもう一度、久保努夢少年に確かめた。鯉魚石のような発見は他には知らないということ。そしてそのことは泉繁竹にも訊かれたが、やはり、なにも知らないと答えたこと。そうしたことを繁竹に尋ねられたのは、繁竹が鯉魚石のからくりを目にした翌日、三月十六日であったことなどを。

「もう一つだけ、努夢くん」

最後の最後に、蔭山は再確認した。

「その首を怪我した夜も、この石を動かしていたんだよね?　泉さんに声をかけられてびっくりした時は、この石は右側にずれていたの?」

記憶に集中しているかのように、少年の目は蔭山の目に向けられていた。「動かして、見ているところだったよ」

「石の下に、穴があいている状態――穴が見えていたんだね？」

少年は、見えていたと、しっかり答えた。

ここで蔭山は、了雲へと向き直った。

「……仏の道にいる人間が、嘘をつくのは良くありませんよね。この庭園の、秘められているなにか、本当にご存じないのですか？」

了雲の答えは揺るぎなかった。表情らしい表情を窺《うかが》わせない顔の中で、唇だけが動く。

「この庭に、他になにかがあるとしたら、それこそ、真宗の教義を見いだすような、象徴としての意味付けだけではないのですかね」

探るように見交わした、蔭山と了雲の目は、それ以上互いの内面へ、距離を縮めることはなかった。


府警本部の捜査一課では、課長のデスクを中心に、数人の男達が顔を揃えていた。高階達捜査員と、科学捜査研究所の音声分析班主任技官、西嶋だった。西嶋は、鬢《びん》に白いものが混じる五十年輩、上背はあるがやや細身の体をブルーの長袖《ながそで》の制服で包み、書類挟みを手にしていた。

「結局、あの資料室で採取した――録音した音と、証拠物件六のテープの内容は、背景ノイズが明らかに違うということです。あのようなノイズは、現場には存在しません」

それが、西嶋の報告のまとめだった。証拠物件六のテープというのが、盗聴器を通して、歴史事物保全財団の資料室を動き回っていた窃盗犯の音をとらえていたとされる録音テープだった。

「では、証拠物件のほうの物音は、あらかじめ録音されていたテープから流されていた音だった可能性が強まったということだね？」

杉沼《すぎぬま》捜査一課長がそう確認した。杉沼だけが席に着いているので、遠近両用メガネの奥から、部下達を見あげる格好になっている。

「少なくともその一部は、ということです」西嶋は答える。「証拠物件に記録されているノイズは、もともとの録音時に使った装置のヘッドやスピーカーの特徴が現われた結果だ、と考えるのが素直です。そうした録音再生された音と、実際に現場で発生していた音が混在しているようですね」

「テープの切り張りの痕跡《こんせき》。その特徴もあるし。ということか」

分析内容を復唱するように、高階は言った。少なからず、むずかしげな顔になっている。がっしりとした顎《あご》を喉《のど》に引き寄せるような姿勢のまま、高階は西嶋に訊いた。

「どの音が生《なま》の音ではないか、判りますか？」

「それは、基本的にはむずかしい。つまり、カセットかなにかから発生している録音再生時のノイズ音は、盗聴器に拾われている音すべてにかぶさっているわけですからね。いわゆる、音が割れていると感じるような、ある程度明瞭《めいりょう》な音のひずみが持つ録音再生装置が使用されたたならまだしも、このケースは違います」

「しかしさ」そんな言葉で小関が質問を始めていた。「実験で再現してみた音、たとえば引き出しをこじあける音が、証拠物件に録音されていた音と音質が違っていれば、それはつまり、偽装された音、と判断できるんじゃ？」

「単純にそう判断してもいいものも、場合によってはあります。しかし、そう——たとえば、窃盗犯が動き回っている音というのも、うちの係官を実際動かして再現しようとしました。出てきた結果は、証拠物件に録音されていた窃盗犯の物音とは微妙な違いを含んでいました。しかしそれは、着衣の質の違いによって生じた差異なのかもしれません。あるいは、たまたま広げていた大きなトレーシングペーパーがフィルターの役目を果たしていたためなのかもしれません。一つずつ、常識的に、可能性が否定されていけば、なんらかの結果も現われるでしょうけどね」

「なるほど……」

低い声で呟《つぶや》いた小関は、眉《まゆ》の間に皺《しわ》を寄せていた。なかなか複雑なものだな、という思いは、高階をはじめ、刑事達全員に共通するものだったろう。

西嶋が言葉を足す。

「分析用のマイクで直接拾った音というなら、音質での分離もある程度可能だったでしょうけどね」

「すると、こういうことも成り立つわけですね」中山手も眉間《みけん》に皺を寄せていた。「窃盗犯が動き回っている音は本物であり、他の、なんらかの物音だけがカセットから流されていた、とか」

「そうです」

「極端な場合」高階が言う。「なんの音も録音されていないテープが回されていた可能性もあるわけだ。ノイズ以外は無音のテープ」

「可能性としては、そうです」

若手の平石が首をひねる。「現場で聞かなければならない音声ってなんでしょうか。まあ、流さなければならない音ってことなのかもしれませんが。……まさか、そのテープのノイズって、映写機かなにかのテープじゃないでしょうね？　犯人はなにかを見ながら物取りをしていたとか」

「音に関するテープであることに間違いはないよ。音が編集されているんだ」そして西嶋は、年輩の刑事達に声を向けた。「ただ、生の音と録音との区別ができないかという問題ですが、証拠物件に残されている音と、現場に実在している音との一致はピックアップできます」

「それはそうだな」と、杉沼課長は分析報告書の先に目を進めた。「で、空調の音？」

「ええ。あの資料室は紙類の保存を第一にしているので、湿度を保つため、夜間でも空調が働いているのです。この音は、盗聴器を通した証拠物件テープにも録《と》られていますが、これが途中で消えているのです」

刑事達の表情がざわめいた。ちょっと驚いてあがる眉があり、聞き返すように前へ出る顔がありし、混乱気味に寄せられる眉根がある。中山手が、わずかに唇を突き出した後に口をひらいた。

「空調が切られた、ということではなしに、ということなんですね？」

「そのへんは刑事課の皆さんでも裏付けを取ってもらいたいですが、たぶん違いますね。空調か電源が切られた、などという事実は浮かんでこないでしょう。空調の音は、徐々に消えていっているのですから。これは、空調が止まったのではなく、音源と集音器の距離が離れたというパターンに完全に一致します」

「ちょ、ちょっと待ってくれ」杉沼は片手をあげ、そしてその人差し指で報告書を追った。「証拠物件六に録音されていた空調の音のレベルが低下するのが、二十二時四十一分頃から、と……」

「そうです。事件関係の物音であの盗聴器が最初に拾ったのが、資料室のドアがあけられる音です。これは実際の音と一致しています。次に、わずかな足音」

杉沼が、

「体重六十キロから六十数キロ、ウレタン系の靴底の靴。歩幅は平均的。この足音だな」

と、以前の報告を再確認的に挿入した。資料室内を動き回っている足音を分析した結果だが、その音そのものが、録音編集された偽装だとすれば、手掛かりとしての価値は一気に低下する。

短い頷《うなず》きを示し、西嶋は報告を続けた。

「次には、盗聴器近くにあった事務用椅子が動かされ、その時辺《あた》りから、空調機の音が弱くなっていきます。そして、聞き取り不能になります。ここからは、十秒ほど、なんの音も聞こえない状態ですね」

杉沼が口を挟む。

「問題のノイズというのも、後になってからテープに入ってきているものだったな」

「そうです。この後ですね。ノイズ音も、突然現われるのではなく、徐々にレベルを強めていったというタイプです。紙の資料を乱暴にめくるような音と重なるようにして、ノイズが発生してくるのです」

「その時、空調の音は？」短く、高階が訊《き》く。

「ありません。空調の音が、また徐々に可聴レベルに達して通常の状態に戻るのが、二十二時四十八分ぐらいですね。そして考えてみれば、問題のノイズが発生している時間帯は、資料室の空調の音は聞こえないのです。この二種類の音は、交代で存在している」

「まさか」平石が言った。「空調などの音を消すために、録音した音をカセットテープから——、いや、そんなふうにはなりませんよね」

「そう。音は重なるだけですからね。無論、音波に音波をぶつけて音量を相殺させてしまう方法はありますよ。同じ周波数の音を、半波長《はんはちよう》ずらしてぶつけてやる。波と波が打ち消し合って、平らな波形になってしまうというものですね。しかしこれは、日常レベルで簡単に起こせるものではありません。それ相応の、専門的な装置が必要になりますし、空調の音も、常に一定の周波数ノイズだけを出しているわけではありませんから。現場の状況を鑑《かんが》みても、とても現実的ではありませんね」

「まあ、そうだろうな」杉沼がメガネを押しあげる。「それほど大げさなことをするほどの動機も考えられないし」

「では」高階が西嶋に尋ねる。「そちらではどう考えているんです、この全体的な音の状況を?」

「はあ。単純に、証拠物件である盗聴器が、現場資料室から持ち出されたのではないかと推測しています」

また、様々な、複雑な表情が捜査官達の面を通りすぎていった。

「あの盗聴器が……」考え深げに口をひらいたのは、中山手だった。「持ち出された……。そして、また、資料室に戻された、と?」

西嶋は、堅実な様子で頷いた。

「それが、最も現実的な解釈に思えます」

「そうか……」平石が、独り言めいて言っている。「盗聴器が持ち出されたから、空調の音は徐々に聞こえなくなっていった、と……」

「そして」西嶋は、杉沼課長に目を合わせていた。「資料室の外のどこかに、偽装の音を発している音源があったのではないでしょうか。その場所を特定するために、もう一度、今度は資料室の周辺で、録音実験を行ないたいのです」

うむ、と頷く杉沼に、西嶋は続ける。

「今回の実験テープからの分析もまだ続けていますし、データが揃っていけば、偽装録音の音も炙《あぶ》り出せるかもしれません」

「同時に」高階が発言した。「山科の探偵社で、関係者に再聴取しておく必要もあるかもしれませんね。証拠物件そのものに、混乱が生じてしまう余地がなかったのか。そのへんのところを。意図的ななにかがあったと思っているわけではありません。が、念には念を入れて」

課長を始め、捜査官達に異存はなかった。

今度こそ基本を固めておかなければ、という思いが彼らの中にはあった。

思いがけない手掛かりであったはずの、盗聴器を通して拾われた窃盗犯の物音に、すでに何者かの詐術が加えられていたのだから、それも無理からぬことだった。

用意周到な計画を持ってあの現場に立ち入った者がいる。そのことが、刑事達の意識を引き締めていた。

夕食の食器を片付けた後、歯も磨いてすでに寝る格好になっている蔭山公彦は、ベッドに転がり、くずし字で書かれた泉繁竹の、日記ではなく半生記のほうのページを繰り始めた。学生時代に使っていた行草字典《ぎょうそう》があったので、それを枕元に置いてある。

もうとっくに絶版になっている古くさい思想小説の類《たぐい》や、ジャズ系のＬＰ盤はあっても、テレビは見当たらない部屋だった。前のテレビはＮＨＫの映りが悪くなって捨ててしまい、それ以来一年半、新しいテレビは買っていない。騒音の少ない住宅地で、夜は特に、この部屋は静かだった。

帰宅してからすぐ、蔭山は、泉末乃が入居しているケアハウスの副寮長、里村に電話を入れた。一冊は日記ではなく、回顧録みたいなものであり、内容は当然、末乃夫人も知っていることばかりだと思われるが、これも解読してテープに吹き込んだほうがいいのだろうか、と訊いたのだ。

里村は短く笑った後、
真面目なのね。音訳してくれるのは日記のほうだけでいいわ。録音テープ代なんかは領収書をもらっておいてね。

と言った。

バイト代が幾らになるのかは訊かなかった。

龍遠寺東庭で鯉魚石《りぎょせき》のからくりを発見したのは予想外の出来事、収穫だったが、あれ以上の発展はなにもなかった。やや怖くはあったが、鯉魚石の下にあいた穴の中に手を入れてもみたのだ。しかし、得るものはなかった。

蔭山の個人的な収穫はあった。泉繁竹にとって久保努夢は、一定の価値を持つ対象だった、ということが判明したというのがそれだ。無償の博愛が、泉繁竹の最期の言葉を生んだわけではなかったのだ。ある意味、蔭山が憶測していたとおりの実相が見えてきたわけだが、どうしたわけか、蔭山の胸の内には、奇妙な、あえて表現しようと思えば失望感のようなものが、わだかまっているようでもあるのだった。

だから、という意味もあるのか、蔭山の手は、泉繁竹の手記に積極的に伸びたりしているのかもしれなかった。まだわずかに、消化不良の部分があるような気がするのだ。

泉繁竹は、岡山県作東《さくとう》の、まだ少し北にある、山間の郡部に産まれた。家は、その地方では名の知られた醤油《しょうゆ》問屋であったらしい。その跡取りであった繁竹は、実にのびのびと育てられた。山野を駆け回っていた繁竹少年は、手製の釣り竿で釣りをし、罠《わな》を使って獣を捕らえ、鶏ぐらいは自分で絞めて調理していたという野生児だった。しかし、父親はもとより、家老的存在である店の男達もしつけに厳しく、男子の生き様というものを、折を見ては少年に吹き込んでいった。繁竹少年にとってそれは、抵抗感を覚えるものではなく、ごく自然なこととして受け入れていけるものだったらしい。

男子たるもの白い歯は見せず、恥辱を感じて威儀を正し、信義に殉じるべし、という、一種『葉隠《はがくれ》』的な性根《しょうね》を叩《たた》き込まれたと言えるだろう。

しかし、そうした泉家——㊇泉（いりやまいずみ）という屋号を持っていた——の男達の頑固な真っ当ぶりが、戦後混乱期や復興期の、結果だけを重視して生き馬の目を抜く経済活動の渦中にあって、急速に取り残されて商売が衰退していく要因となっていったのは皮肉だったかもしれない。あるいは当然の帰結なのか。昭和四十年、ちょうど繁竹の代の時に（この時すでに、末乃と結婚していた）、完全に家業は立ち行かなくなり、代々受け継がれてきた看板は畳まれることになった。

断腸の思いであったろうが、繁竹の筆に血が滲《にじ》むのは、従業員達を路頭に迷わせた結果によるものだった。繁竹と末乃も借金を抱え、過酷な貧困の時を生き抜かなければならなかったが、懸命に元従業員達の再就職の世話などをしようとしていた。しかし、失職後、どうしても生活の糧《かて》を得られなかったある一家が、五人、子供達も含めて心中《しんじゅう》したのである。

その文面で繁竹は、末乃、と妻に呼びかけている。


私たちは、困窮故《ゆえ》に泥をすすり、自分を棄て、しまいに罪を犯したが、背負った命に見せても恥ずかしくない生き方もしてきたのではないかな。


蔭山はそこで読むのを中断し、ベッドの縁《へり》を椅子代わりにして座り、肩や腰などの凝りをほぐした。タバコに火をつける。吸い殻が灰皿から溢《あふ》れそうだが、明日片付けよう……。

泉夫妻にとって、自分達の所で働いてくれていた者達のこの心中というのは、やはり大変な心の痛手だったのだろうと、蔭山も思う。救えなかった命のことが、頭から離れることはなかったのかもしれない。

——あの仏飯。

ケアハウスの、泉夫妻の部屋の仏壇には、仏飯が二つ供えられていた。あれはもしかすると、自分達の先祖だけではなく、心中してしまった一家の分も供養している、という意味なのかもしれない。

そして、久保努夢を守った時、泉繁竹の脳裏には、あの心中事件で死んでいった子供のことが甦《よみがえ》っていたのではないだろうか。死んだ子の中には、二歳ぐらいの幼児もいたという。性別までは書かれていないが。もう、救えなかった命を背負うのはごめんだ、という悲痛な思い、祈りが、繁竹の中にあったとしても不思議ではない。まして、自分の腕の中にある命が……。

――今度は救えたじゃないか、繁竹さん。

蔭山はぼんやりと、天井の隅を見つめていた。そこには上げ蓋《ぶた》があり、狭い屋根裏部屋空間へ出られるようになっている。しかしそのロフト空間を、蔭山は使う気になれずに放置してある。なぜか、と問われると、筋の通った答えは返せない。初めて入った時、奇妙な気配を感じたのだ。そこを自分の持ち物で埋めてはいけない、とでもいうような感覚。

古い、古い建物の、どういう意味があるのかも判らない、変則的な空間……。窓もなく、天井も低い。たぶんそこは、この建物の、目か鼻の穴なのだろうと蔭山は想像している。そこを、人間や人間の持ち物が塞《ふさ》いでしまうと、この建物は窒息してしまうに違いない。

タバコを消し、蔭山はベッドに寝そべった。

泉繁竹の手記を埋めるくずし字には、読み取るために神経をつかわなければならないところがかなりあり、目も疲れてしまう。

しかしだからといって、この回顧録と日記は、人に読まれることを峻拒《しゅんきょ》しているわけではなかった。そう、蔭山は感じる。妻への言葉は、繁竹の文章の中にとどまるものではなく、現実の妻への呼びかけになっていると思う。実際、読みたければ読んでもいいと、彼は妻に言っている。とても読めそうにない文字で書いておいて、それはやや意地悪だが、本心であることは間違いないだろう。屈折した、古武士《こぶし》の独白であり、置き手紙なのだ。あの里村という女性、かなり深く手筋を読み、将棋の駒を動かしているかもしれないな、と、蔭山は自分を桂馬《けいま》のように感じつつ思った。

枕の位置を調整し、回顧録を手にする。

旧姓竹川末乃は、鳥取の、土地のやせている農村地帯で産まれ育っていた。肉体を酷使する灌漑《かんがい》労働、容赦のない風水害、借入、集団就職……。過酷な環境であったようだ。〝嫁殺し〟の土地柄と言われ、その地方に腰の曲がっていない老人はいなかったという。末乃も物心ついた時から生きるために働いており、そして繁竹のところへ嫁いだのだが、少しは息がつけるかと思う間もなく、不運にも家の商売を失ってしまう。末乃は働いた。道路工事の現場、清掃員、スーパーの裏方、チラシ配り……。家でも、和裁、洋裁、籤《くじ》作り、宛名《あてな》書きなどをこなした。

蔭山は、ケアハウスで見た、泉末乃の指を思い出していた。もう細くなってしまっている指だが、決して華奢《きゃしゃ》なのではない。節くれ立ったような硬さがあったが、それは柔らかな部分が枯れてしまったからそう見えるのではない。その指先に残っていた、あの大きな爪《つめ》……。あれは、昭和という時代を生きてきた女の指なのだ。

泉夫妻の労働の苦労も報われだした頃、彼らは子供に恵まれる。泉真太郎の誕生だ。

幾度もの涙。末乃の号泣の意味、他人には分かるまい。

と記されている。号泣するほどの喜び……、それを蔭山は想像する。自分がそのようなものを味わったり、人に味わわせたりすることができるのだろうかと、懐疑的に思う。この先、自分の人生に、そのようなものがあるとは思えない。

泉夫妻の喜びの大きさ、それは判らないではない。人生のどん底を懸命に生きて、そして、ちょうど見え始めた希望と呼応するように子供を授かった……。

何人分も幸せにしなければ。しなければならない命だったのに。

真太郎の誕生が契機となったかのように、泉家は平穏へと向かう。そして、平穏であるだけに、これという特徴的な大事件もなく、筆は淡々と、かなり時間を圧縮して進む。その、泉家の時間の中心に、真太郎がいる。真太郎の七五三、真太郎の入学、真太郎の受験、真太郎の成人式、真太郎の就職……。

回顧録を読み始めて四時間あまり、真夜中すぎに、記述内容は現在へと差しかかっていた。蔭山はちょっと目を休め、首をほぐし、そして再びページに戻った。

泉真太郎の残酷なる急死は、記述者から言葉を奪っていた。繁竹にとっても、末乃にとっても、言葉などには置き換えられない思いが、その行間にあるのだろう。まして繁竹は、妻の精神の平安まで奪われたのだ。

彼らにとって大きな事件であるのにもかかわらず、記述量は少ない。

罪と罰か。葬儀の途中で豪雨が上がり、急に静けさが広がった。いやに耳につく読経。同じように、身をよじって慟哭《どうこく》していた末乃が、二、三日のうちに急に静かになっていった。恐ろしい静けさに思えた。神か仏は、私たちからどうしても命を奪うのか。

真太郎の死に寄せる私情が書き込まれている部分は、ここ二、三行ぐらいだった。その他には、事件そのものと捜査の展開などが、実に即物的に記されているだけだ。聴取記録のように。だからこれといって、目新しい細部の情報は発見できなかった。

捜査の足踏み状態と歩調を合わせるように、末乃の様子がおかしくなっていったことが、それとなく描写されている。

それから後は、俗世から解放されつつある妻と、現実の世界で孤独に年を重ねていく自分の姿を交差させての記述となる。一方は子供のような顔になり、一方は老人の肉体になっていく。そして、泉繁竹は、第一線を退くことを決意する。末乃の自殺未遂の件は書かれていない。

と、ここで、文章の感じが突然変わる。それまではいかにも、人生の終幕を書きとめようという、枯れた重みのある筆致だったのだが、次の行では感情が迸《ほとばし》っている。

泉繁竹はおそらく、退職などの身の処し方を決めてから、こうした半生の記録を書いてみようという気になったのだろうが、書きあげようとしていた矢先に、その時点での感情の勢いのままに書き記したくなることが発生したのに違いない。つまりこの部分は、日記と同じ性質を持っているということだ。
息子の〝四回忌〟を済ませたという前段の文脈とは無関係に、書きなぐったという勢いで、
　こんなことが。神か仏が、最後に見せようとしているのか。

と、書かれているのだ。日付は判らないが、機巧の庭として驚嘆できるなにかを発見したということなのだろうか。それは、龍どころか、神か仏さえ感じさせるものだとか……。ちょっと大げさな感じもするが、確かに、龍遠寺東庭は、仏の庭に違いない。

あるいは、神が彼ら夫妻から奪った命――泉真太郎――の、その殺人事件の解明に大いにかかわるなにかを発見したということかもしれない。

蔭山は、にわかに高まったそちらの方面の期待を胸に文字を追ったが、結局、具体的な情報は残されていなかった。

　この書き物の最後の頁に、もし本当にそのようなことが書けたら。しかし、期待し過ぎるのは、また罰を呼び寄せるだけかもしれず。

とにかく、知るべきこと、記すべきことが現われた。

という記述で、回顧録は終わっている。

泉繁竹を殺害した犯人が、もしも真太郎を殺していた者と同一人物なら、そいつはまたしても、姿を現わすことなく逃げのびることになるのだろうか……。

蔭山は、泉夫妻から息子を奪った犯人に、もやもやとした憤りを感じ始めていた。

そうそう何度も罪を免れていいはずがない。

しかし、これ以上は他人の感情を背負い込みたくないとばかりに、蔭山は泉繁竹の回顧録を、少し離れた机に置いた。

明かりを消し、ベッドのふとんに潜り込み、目の疲れを取るかのように、蔭山は目蓋を閉じていた。

9

翌、四月二日の午後六時十分、泉繁竹の日記は、高階家のリビングの、コーナーテーブルの上にあった。

高階枝織が、自分の分と子供の分、そして蔭山の分の冷えた飲み物を、センターテーブルに置いた。

「大丈夫だったわよね、この特製ドリンク？」ほころんだ表情で枝織が訊《き》く。

「カモミール・ティーをベースに、大豆やひじきや乾燥ワカメ、緑黄色野菜なんかの粉末、きなこ、そして牛乳に蜂蜜《はちみつ》……だっけ？」

「近い」枝織は小さく笑う。

「これ以上細かくは知らないことにしよう」

蔭山はソファーの上から、緑色の液体が入っているコップへと手を伸ばした。その中身は当然、高階憲仲がたどり着いた好みのブレンドなのだ。そしてその息子も、味に慣らされてしまってこれが好物だった。

「ほら、龍昇《りゆうしよう》、飲んでしまいなさい」

枝織に声をかけられ、ササッと五歳の長男がやって来る。物怖《ものお》じしない朗らかさが、表情にも身ごなしにも現われている。すでに女の子にもてているのではないかと思われる顔立ちで、がっしりとしていてなおかつ、伸びやかなスポーツマンに成長するということが容易に想像できるような身体的な気配を持っている。どんどん膨らんでいこうとしている芽といった潑剌《はつらつ》さを感じさせる男の子だった。

彼が振るダイスの目には、自分の肉体や人生を自ら傷付けるような記号は書かれていないのだろうと、蔭山は思う。

龍昇は、絨毯《じゆうたん》に正座すると、コップを両手で持ち、んぐんぐ、とドリンクを飲み始めた。

枝織は、蔭山の正面に腰をおろした。

知人が図書館で行なう読書会の準備を手伝い、ちょうど帰って来たところだったという枝織は、和服姿だった。春らしい若草色の付けさげで、裾《すそ》のほうに多い白藤の模様がさわやかだった。

照明は入れられているが、掃き出し窓のカーテンはまだ引かれていなかった。庭木のシルエットの上には、群青やバイオレットという色彩が入り交じる夕暮れの空が広がり、薄桃色の綿雲が浮かんでいた。少し先にある動物病院の広告塔が、くっきりと白く光っている。

「警戒しすぎているせいか、思いのほか美味に感じるんだよね」

枝織がにこやかに言葉を返すより早く、龍昇が、コップから口を離し、

「いただきます」

と遅ればせながら言った。そしてまた、一心不乱に飲み始める。それを枝織が、微笑みながら見ている。

瀟洒《しょうしゃ》なペンションのような造りの家だった。木材や木目調の素材が生かされた内装になっている。九十坪ほどの敷地に、空間的なゆとりを持って建つ平屋だが、南側の一角は、吹き抜けの二階建て構造だ。その二階には、子供部屋が二つと、バルコニーや物置がある。二階へあがるためには、吹き抜け空間の壁際で垂直に立つ、木製の梯子《はしご》をのぼっていかなければならない。子供の部屋へ行く時など、枝織もあの梯子をよじのぼっているのだろうが、蔭山にはその姿が簡単にはイメージできない。

二つめの子供部屋を使うはずの存在は、今はまだ枝織の体内にいる。性別チェックをしたわけでもないのに、憲伸は男の子であると決めつけており、虎月《こげつ》という名前で呼びかけていた。龍昇と虎月。ちょっとやりすぎの名前ではないかと、蔭山は思っている。

蔭山がこうして高階家に足を運んだのは、大泉繁竹の日記を憲伸に見せてみるか、と思い立ったのが理由の一つだった。

捜査本部でも、日記の記述内容を再評価し始めたらしい。それというのも、蔭山が、龍遠寺東庭の水叩石《みずたたきいし》にはからくりがあると、捜査本部に伝えたからだ。そして日記の文面には、確かに、繁竹が龍にかかわる造作か仕掛けに気付いたと解釈できる内容もある。だとすれば、繁竹がそのことにかなり興味を示していたことは予測できるし、犯人との交点もそこにある可能性は低くなくなってくる。こうした考え方は、当初からある程度は捜査官達の頭にもあったわけだが、実際にからくりが発見されると、他にも現実に存在しているのかもしれない、それに類する、庭の変化を知らないわけにはいかなくなってくる。未知の造作や動きがあるならば、それがどのような形で泉繁竹殺しの現場に影響を与えているか判らないという状況になるからだ。現に、水叩石の下に現われた空洞などは、当然ながら、今までは捜査の対象になっていなかったのだ。見逃していた事物があったことになる。

こうした事態の流れで捜査本部は、庭園の謎や、その核心に繁竹がどの程度接近していたのかを、正確に把握しようという方針を固めたのだ。そのためには、当時必要だと判断していたコピー部分だけではなく、日記全体に神経を使う必要もあるだろうということになる。

そして――蔭山は自分が日記を持っているとは伝えていなかったので、捜査本部は泉末乃が入居しているケアハウスに連絡を取った。その問い合わせに、里村が、日記なら蔭山公彦に預けてあると答えたわけだ。

蔭山が捜査本部へ電話を入れたのが、自分の仕事の昼休み。そして、捜査本部が、蔭山の手に日記があると知ったのが、午後五時半すぎで、高階憲伸係長が、直接蔭山に電話をかけようとした。しかし仕事を終えた蔭山は会社にはおらず、自宅にもいなかった。蔭山は、日記を手に、すでに高階家に向かっていたのだった。携帯電話を持っていない蔭山に、連絡はつかなかった。

蔭山もさすがに、この日記を個人で持っていてもいいのかと、時間と共に迷いを持つようになっていた。そこで憲伸に目を通してもらい、判断を仰ごうかと思ったのだ。……とはいえ、それも、高階家を訪ねるための口実の一つにすぎない面があった。蔭山は枝織に話があったのだ。だから、捜査本部ではなく、高階憲伸の家に足を向けた。

しかし勘が鋭いというべきか、ちょうど蔭山が高階家に到着した時、憲伸から枝織に電話が入った。この時点で、憲伸と蔭山は言葉を交わした。憲伸は、日記を捜査本部に持参しろ、とは言わなかった。出先から真っ直ぐ帰るから、待っていろ、というわけだった。

「ごちそうさま」

と、龍昇は、空にしたコップを置いた。その唇の両端に、ドリンクの緑色がついていた。

「龍昇ちゃん」枝織が微笑んで言う。「緑色の牙《きば》が生えてるわよ」

はにかむような笑みを残し、少年はサッと立って行った。

子供がいるといつ話す機会が得られるか判らないので、蔭山は端的に切りだすことにした。

「ひょんなことで知ったんだけど……」

「え？」

「立ち入ってすまない……。しかし、心配というか、知っておきたくてね……」

なにかしら、という顔だったが、枝織は、半分は察しているという目の色になっていた。

「子宮筋腫《しきゅうきんしゅ》だそうじゃないか。……それで調べてみたりしたんだけど、筋腫はものによったら、出産時に危険を伴うことがあるって……。手術とかするのかい？」

表情は穏やかなままながら、居住まいを正した枝織は、蔭山の思いとしっかり向き合っていた。

「ありがとう、心配してくれて」

そして、気休めに話を流すのではなく、枝織は正直に状態を話した。途中で差し挟まれる質問の仕方から、蔭山がちゃんと勉強しているということも判ったのだろう。正確で具体的な内容になった。筋腫はけっこう大きいこと。その発生した場所。

「核手術はしないことになったの。ま、それも、これからの様子しだいかもしれないけど」

筋腫は切除せずに、そのまま出産まで様子を見る、ということだ。しかし蔭山には、枝織の筋腫はなかなか深刻なもののように思えた。それに、妊娠に伴う卵胞ホルモン分泌によって、筋腫も大きくなり、時には急成長する、と蔭山は聞いている。

「手術できない、ということ？」蔭山は訊いた。

「できないことはないらしいけど、そのへんの考え方は、お医者さんそれぞれみたいよ。流産や早産を回避するために積極的に手術する人もいるし、手術の刺激がかえってまずいことを起こすと考える人もいる。わたしの主治医《せんせい》は、性急な手術は避けましょうという人なの。わたしは、まかせていいと思ってる」

「でも……」

蔭山の頭には、母体の危険を記していた参考書の文字が駆け巡っていた。筋腫のせいで産後の子宮の収縮が機敏に機能せず、大出血を起こすことがある。出産間近になってから流産することさえある……。時間経過と共に、胎児は大きくなり、筋腫も大きくなる。妊娠十一週という今ならまだしも、そんな大きくなった胎児が非常事態になったら、母体はどうなる？

血塗《ちまみ》れの枝織……。

そのような映像がわずかに頭をかすめただけで、蔭山の耳の奥では脈動が不穏なまでに高鳴った。

蔭山は枝織を見ていた。まるで……瑞々《みずみず》しい茎を持つ、水辺にすらりと立つ葦《あし》かなにかのようではないか。そんな生き物だ。黒い後れ毛は、風にそよぐ穂なのかもしれない。決して脆《ぜい》弱《じゃく》なのではなく、風雨にも耐える、発条《バネ》のような明朗さもあるのだが……。

蔭山には、枝織が時限爆弾を抱えているようにしか思えなかった。

そんな蔭山の懸念を押し返すかのように、枝織は微笑んだ。背筋を伸ばし、帯あげの上にスッと指を走らせる。

「大丈夫。帝王切開で切り抜けることになってるし」

「……そうまでして、産まなければならないのか？　早めに筋腫を処置して、次の機会にまかせるべき、とは考えなかったのかい？」

反省を示すかのように、枝織は視線をさげた。

「自覚が足りなかったのは確かね。無警戒だった。定期検診とかして、予防にも努めるべきだったのかもしれない。でも、身内に、こうした病気の人もいなかったし……」

「そういうことじゃない。今からでも、中止して処置したほうが安全なんじゃないのか？」

驚きの亀裂が走った枝織の表情は、ややあって厳しい翳《かげ》りを持った。

「蔭山さん、この子を堕《お》ろせと言ってるの？」

「君の命を危険にさらす必要などない」

枝織は蔭山の目を見返していたが、やがて徐々に、表情の強張《こわば》りを解いていった。

そして、その口から出てきた声音は、意図的にくだけたものだった。

それは明らかに、次の一歩は避けましょう、という思慮の表明だった。

「そりゃあ、確かに、わたしも健康にはもっと気を使わなくちゃね」枝織は笑みを作っていた。

「本当はもっと、安静にしていなくちゃいけないんだし。昨日も熱が出ちゃって、どうしても薬を服《の》まなければならなかった。中山手さんなら、服んでも心配のない特効薬を教えてくれたかもしれないけど」

そこへ、龍昇が可愛らしいモンスター達の描かれたたくさんのカードを持って来た。

「おじさん、強い？」

と、いきなり訊《き》く。抱えていたカードを、胸を差し出すようにしてテーブルの上にバラッと落とした。唇の端の緑色はすっかり消えている。

「やったことある？」

と、カードのモンスターがそれぞれの強弱の点数を持っていて、互いに闘えることを龍昇はしゃべりだす。本来なら枝織は、向こうで遊んでなさい、とたしなめたかもしれないが、今は子供の介入を歓迎している顔色ではあった。

「ちょっと着替えてきます」枝織は蔭山に言った。「ごめんなさい、付き合ってあげてて」

リビングの左手から奥へとフローリングの廊下が伸びている。そのすぐ左手に襖《ふすま》があり、そこが和室になっている。枝織の白い足袋はそこに消えた。

残っていたコップの中身を飲み干しながら少年の説明を聞き、それから蔭山は言った。

「でも、ここの点数が決まっているなら、出した時点で勝負がついちゃうんじゃないのかい？」

「ううん。だって——あっ、ルーレット忘れた」

テーブルに手を突いて立ちあがると、龍昇は、遊び部屋へと向かった。

子供の声が消えた空間では、奇妙な静けさが際立った。蔭山は、取り残されたような静寂の中にいた。

和室のほうからかすかな音が聞こえた。

帯が、しゅるっと滑るような音だ……。

すべてが息を潜めているような、奇妙な静けさ……。

足袋が畳とこすれるような音……。

蔭山は、指の節の、かさぶたのような胼胝《たこ》をこすっていた。

少年の足音が戻って来る。

「これ忘れちゃ、だめだよ」

自分自身に言って龍昇は笑っている。

「ほら、これで、バトル領域それぞれで、点数が二倍にも三倍にもなるんだよ」

と、龍昇は楽しそうに言い、ペタリと座った。

「……ん。ああ」

やり方をマスターし、二戦ほど蔭山が付き合った時、玄関チャイムが鳴った。

とたんに龍昇が、

「パパだ！」

と飛び出して行く。全身で歓喜を発散していた。

チャイムの音で父親を判別できるのか、と、蔭山は不思議だった。

——犬じゃあるまいしな。

玄関へ顔を向けると、リビングボードが目に入って来る。その奥のほうにはあまり目立たない感じで、高階憲伸が成人式を迎えた時の写真が飾ってある。成人式とはいっても、これは男子の通過儀礼であり、彼の育った静岡県南部にある村落の火祭りだった。昔で言う元服を迎えた男が、下帯一本で参加する火祭りである。手筒花火というものがある。藁束《わらたば》ほどの大きさ、形状の、噴水のように火花を出し続ける抱え花火だ。男達はこれを小脇に抱え、頭上から火花が降りしきる中、最後までその場に立ち続けていなくてはならない。最後には号砲一発、ひとしきり大きな炎の噴水があがって、男達が自らの胆力と肉体の耐久力を知らしめる儀式は終わる。憲仲はその儀式に、わざわざ故郷に帰って挑戦している。無論、彼はやり通した。

他には、釣り大会、マウンテンバイク競技会、カヌー競技会などのトロフィー、自衛隊時代の賞状、そして、TOEIC《トーイック》で八百点以上のスコアを取ったことのある彼には、英検一級の免状もあった。警察関係の任命証、賞状類は、別の場所に大事に飾られているらしい。ただ、リビングボードの一番前に大きく飾られているのは、高階一家、家族三人の写真だった。

龍昇に手を取られた、憲仲の大きな体が、「よお」という感じで、玄関方面の廊下の曲がり角に現われた。

枝織もちょうど着替え終わり、リビングに出て来ていた。花柄の、さっぱりとしたワンピースだった。蔭山の勝手な想像だったが、着物に押さえつけられていた枝織の胸元が、ゆったりとくつろいでホッと息をついているようでもあった。髪はアップのままだ。

「おかえりなさい」

という、温《ぬく》もりのある声……。

「それが、例の日記だな」

憲仲は、脱いだ背広を枝織に手渡しながら、すでにコーナーテーブルの上に目を向けていた。そこに置かれた、薄茶色の表紙の日記。

憲仲がネクタイをはずす間、枝織はそばで待っている。コーナーテーブルの椅子に座りながら、憲仲はネクタイを枝織に渡した。

「なにか、お飲み物は？」

という妻の問いかけには、憲仲は、いや、いい、と答えた。日記がらみの話のほうに気持ちが注がれているという様子だった。

父親のそばにいたがる龍昇に、「パパ達はお仕事だからね」と言い聞かせ、枝織は息子の手を引いて行った。

蔭山は憲仲の斜向《はすむ》かいに座った。

憲仲は、ワイシャツの第一ボタンとカフスボタンをはずしたが、それでもまだ、白いシャツの中で、堂々たる筋肉は窮屈そうだった。整髪料で薄く整えられた頭髪に、この男の鼻は軟骨ではなく硬骨でできているのではないかと思わせるがっしりとした顔立ち。それでいながら同時に、ホワイトカラーには不可欠とも思えるスマートさも充分に漂わせている容貌《ようぼう》だった。

憲仲の姿を見て、蔭山の中にはしかし、ふと疑念が兆したりしていた。ケアハウスからの帰りに感じた尾行の気配。そして、今さっきの、タイミングのいい憲仲からの電話……。

まさか、とは思うが、自分の行動はマークされているのだろうか？　この高階憲仲に。

それは、刑事としての、公的な活動なのか、それとも……。

友人と妻との間に、なにか気になるものを感じているとでも……？　そんなことにはまったく鈍感な男だと思ってきたが、やはりどの方面でも鋭敏な男ということか。

そんな想像をする一方、この高階憲仲という男が、公的にしろ私的にしろ、友人相手にこれほど見事に演技をできる男だとは、蔭山には思えないのだった。

十中八九、考えすぎだろう。

――少なくとも、憲伸
と、蔭山は胸のうちで、目の前の男に呼びかけた。

――あんたの奥さんは、あんたに完璧《かんぺき》に誠実な女性だよ。変な心配は無用だ。

変な空気を感じさせないように、自分の恋情は消し去るべきなんだろうなと、蔭山は思う。

憲伸が日記を手にしてページをめくり始めたので、蔭山は意識を目前のことに切り替えた。

そして、

「龍遠寺に関係しそうな表記は、三月十三日から始まる」

と注釈を加えた。

「ああ」

憲伸も承知していることではあったろう。コピーの資料に含まれていないはずがない箇所である。もっとも、憲伸にもくずし字の内容は読み取れないだろうが。

蔭山は、ことさらさりげない調子で言った。

「俺が行かなくても、現場検証はとどこおりなく進んだろう?」

水叩石《みずたたきいし》――鯉魚石《りぎょせき》のからくりの検証のことだった。

「住職と努夢少年の証言でな」そこで憲伸の目は、ギョロリと蔭山に向けられた。「しかし、ずいぶんと曖昧《あいまい》な言い方をしてくれたそうだな。日記を目にする機会があって、などと。それで興味を持った。閃《ひらめ》いた。日記の現物を持っているとは思わなかったそうだ、電話を受けた小関は」

「で、結局、この日記は押収かい？」

「押収は正確ではない。だが、ま、そういうことだ」

里村に、音訳のアルバイトは一時中止だと伝えなければならないな、と蔭山は思った。回顧録のほうは、捜査に役立ちそうな具体的記述はないと蔭山は判断したので、警察にはなにも話していなかった。末乃の手元に戻そうと考えている。

「お前」憲伸が言っていた。「あの石の下の空洞に手を突っ込んだそうだな。本当になにもなかったのか？」

「おいおい、なんで俺がそんなことで嘘をつく」ちらりと、尾行の影のことが頭をよぎる。

「そっちでも当然、調べてみたんだろ？」

「収穫はなし。採取用のいろいろな器具を入れてみたが。あの水路がどういう構造なのか、どこへ通じているのか、不明だ。それを調べるには、ファイバースコープを挿入させる手がある。しかし、そこまでする必要があるか……」

「あれがどういう仕掛けでああいうふうに動くのか、壊さないでそれを調べるには、専門家チームが必要だろうな」そこで蔭山は訊《き》いてみた。「了雲住職、あのからくりについて本当になにも知らないと思うか？」

一呼吸するほどの間。

「微妙なところだ」

「あれ以外に、龍の尻尾《しっぽ》があるのか……」

しかし憲伸は、それ自体にはあまり興味がないという様子で日記に目を通していた。庭園の謎とやらが明らかになっていくことで、犯人逮捕につながるなら別だが、という相変わらずの姿勢だった。五十嵐昌紀が不審尋問に引っかかるか、どこかの署に出頭してくれれば、それがなによりの前進だ、ということだろう。

蔭山は、少し身を乗り出し、もう一つの興味ある問題を訊いてみた。

「川辺という被害者の手首、なんだってあんな所に埋められていたんだろう？」

「その意味は不明だ。今のところ」

「指が二本切断されていた」

「人差し指と中指だな」

「未発見なんだろう？　この犯人、龍遠寺の妙見信仰に、独自の呪術性《じゅじゅつせい》なんかを見いだしてるわけかな。それとも、被害者への、ただならない憎悪とか……」

「そう印象づける欺瞞《ぎまん》工作かもしれん」

「欺瞞……。そんなことをして、どんな得があるんだ？」

「龍神信仰への偏執ぶり。しかもまともではないような。そんなものを前面に出してみろ。心神喪失で無罪ってことにもなりかねん。狂信……。一番やっかいなんだよ。だが実際は、極めて即物的な理由なのかもしれない。指を切断した理由はな」

「どんな？」

「人差し指と中指だ。犯人に傷をつけた可能性もある」

「……引っ掻《か》いた、ということか」

「爪の間には、皮膚片か血液成分が入り込んでいるのかもしれない。犯人にとっては致命的な物証だ」

「その指だけは、完全に消滅させてしまいたかった、か……」

こちらに来たがって顔を覗かせている龍昇に気付いた様子の憲伸は、場所を変えようということなのだろう、立ちあがって庭への掃き出し窓をあけた。

憲伸に続き、蔭山も木のサンダルを突っかけた。センサーが働き、自動的に庭園灯が灯《とも》った。コンクリートのテラスにカラカラと足音をさせ、庭土の上に二人は立った。

ここまで隠し立てなく捜査の内容を話すということは、容疑者としてマークされているわけではないのだろうと、蔭山は考えていた。警察職員としては高階憲伸の口は固くないように見えるが、それは、友人を完全に信頼しているという証《あかし》としての例外のはずだった。高階憲伸は本来、隙のない捜査官だが、こうした面も持っている男だった。

「無論……」憲伸が言った。「犯人の狂った頭にだけ見える図式に従って、二本の指も埋められている可能性はある。どこかに」

「……川辺辰平だからこんな扱いをされたのかな？　犯人にとっては、たまたま手に入った遺体だったというだけで、誰でもよかったのか……」

「そう言えば、歴史事物保全財団の伊東という職員が言っていたそうだ」

憲伸はそこで、ゆっくりとしゃがみ込んだ。シャクナゲの赤い花を、太い指で下からこすりあげる。猫か子犬の顎《あご》の下を撫《な》でるかのようだった。

蔭山も付き合い、膝《ひざ》を折っていた。赤い花に庭園灯の明かりが落ち、紫色の影ができていた。黒く小さな虫が、憲伸の前で方向転換して飛び去った。

「川辺の手首が埋められていたのは、犯人が起点としたなにかの、東南東に位置する場所なんじゃないか。そんな仮説だそうだ。北斗七星と西北西という方角は、深い結びつきがあるってことだ。つまり、戌《いぬ》の方角だな。旧暦九月、戌の月には、北斗七星が西北西の地平線近くに接近するんだな。午後八時頃。そこから先はいろいろと複雑らしいが、とにかく、その西北西と北斗七星を結びつけて信仰にしている所もあるらしい。その西北西が、方位として反転すれば、東南東になる」

「反転……」

「川辺の死体の様子は、反転を表わしているというわけさ。後ろ前の上着。左右逆の手首。ばらまかれた泉真太郎の手記のコピーでも、そうした考え方が強調されていた」

蔭山は、龍遠寺の全体像と手首が発見されたという場所を頭の中で再構成しながら口をひらいた。

「まあ、確かに……なるほど、龍遠寺の中央辺りから見れば東南東という方角かな」

「〝思想の井戸〟からだと、ほぼ東だが、正門を中心にした東西軸からは南だしな」

「それで、東南東だとどうだと言うんだ？」

「東南東は、十二支の名を使えば、辰《たつ》の方角だ。川辺辰平の、辰は、辰《たつ》と書く」

「ああ……」

そうは応《こた》えたが、その関連がそれから先、どう発展するのかが判らず、蔭山は訊いた。

「川辺辰平の名前を、犯人は、川辺の体に移し替えていたのかもしれない、というわけさ」

淡々と憲伸は答えた。「肉体の〝辰〟という部分がほしくて、遺体を切断したのかもしれない。犯人にとっては、左手首が〝辰〟だった。あるいは、反転させたりなんだりと、肉体を並べ替えることによって、龍神か勾陳《こうちん》信仰に関連する文字を作ろうとしていたのかもしれない。そんな仮説もお目見えした。辰というのは無論、龍のことだしな」

「……いずれにしても、普通の精神でできることではないな」

「まあ、仮説だ。一つの。犯人が用意した、誤答用のシナリオかもしれんし。ただ、川辺は不運な出会い頭で殺害されたのではない、という見方も必要ではあるだろうな。犯人に最初から目をつけられていたのかもしれない。だから、川辺辰平の周辺を、洗い直したりはしているんだ。世間にごろごろしている動機も含めて」

憲伸はしばらく、フリージアの茂みを見つめていたが、

「なあ、ペー」

と、蔭山に静かに呼びかけた。

「川辺辰平はな、母一人、子一人だったんだ。早くに夫を亡くした夫人は、細腕一本で息子を育てた。辰平は親孝行な息子でな。母親に恩返しをするように、よく働いた。大学の学費も自

分で稼いでな。仲良くやっていた、評判のいい母子《おやこ》さ。……街には、自分のことしか考えられない、浮ついたガキ共が大勢いるのにな」

「ああ……」

束の間の無言の時間、庭園灯から漏れる電子音だけが、夜の庭に流れていた。これでは虫の音も邪魔されるかもしれないな、と、蔭山はぼんやり考えたりしていた。

憲伸のほうが口をひらいた。

「あの日記。読んでみて、他にはなにか閃くことはなかったか？　庭のなにかに」

「それはないな。繁竹さんはなにかに気付いていたようではあるが……」

「あの石の細工は、まだ公式発表はしないつもりだ。学者せんせいにも知らせない。他言無用に願う」

「ああ」

あの東庭の殺人現場からの犯人の逃走経路はまだ明確になっていないのかと蔭山が訊こうとした時、リビングの中から、

「あなた」

と、枝織の声がかかった。

「課長さんからお電話」

憲伸は立ちあがり、屋内に戻った。蔭山もリビングに戻る。

電話を終えた憲伸が、枝織と蔭山に言った。

「やはり、捜査本部に顔を出したほうがいいようだ。行って来る」

龍昇にまとわりつかれながら、憲仲が泉繁竹の日記を小さな鞄《かばん》に入れ、その間に、枝織が夫の背広とネクタイを持って来た。

ネクタイを結びながら玄関へ向かう憲仲を、妻と息子が送っていく。蔭山はその場に取り残される形になった。

一言二言、言葉のやり取りが聞こえ、そして枝織だけが廊下に姿を現わした。龍昇は、庭先まで父親について行ったらしい。

廊下の中程をすぎた所で、

「慌ただしいでしょう……」

と言いかけた枝織の足取りが、調子を乱すようにして遅くなった。そして、その表情が歪《ゆが》んだ。蔭山が今まで見たこともない、枝織の生々しい表情だった。苦痛に歪んでいるのだ。

下腹を押さえ、廊下の壁に凭《もた》れかかる。

一瞬、蔭山は身動きが取れなかった。

枝織がうずくまると、ようやく一歩、足が進んだ。

「ど、どうした？」

気のきかない言葉しか出てこない。

「お、お腹が――」

懸命の声。苦悶《くもん》に震えている。両腕が、下腹の上でよじり合わされる。

何度か頭をよぎった考えが、今また刃物の切っ先を閃《ひらめ》かせるようにして蔭山の意識に浮上した。

しかし、ふと、蔭山の足が止まった。

蔭山の足が動く。電話はリビングの中央、庭とは反対側の壁際にある。

——救急車を！


——今ならまだ、母体への影響は少ない……！

そんな考えには、今は蔭山も身がすくむが、しかしそれでも思考は囁《ささや》き続ける。

こうした時期の流産は珍しいことではない。子供を失っても、体を落ち着けてから、大きくならないうちの筋腫を切除すればいい。

蔭山は振り返り、苦しげにうずくまる枝織に目をやる。

その額の脂汗に、遥《はる》か昔の記憶が重なる。酒瓶で壁が作られていた夕日に染まる汗臭い小部屋で、暴力に苦悶していた女の顔……。

今すぐにでも枝織を助けるべきだ——だから、馬鹿なことを考えているな、という怒声が蔭山の中にもある。だが一方——あの頃の小部屋、粗暴な子宮から逃げ出して行った女の姿が明滅する——枝織の苦しみは、母体がこの子を負担に感じていることの証ではないのか、とも思えるのだ。危険信号を発しているのではないのか。母体に合わない胎児というものがあり、それが排除されるのが自然流産だと聞いたことがある。意志とは別に、枝織の肉体が、自分の命を守ろうとしているのではないのか？

しかし手当が遅ければ、ここで枝織の命そのものが危うくなるのでは？

廊下と電話の間で蔭山が立ち尽くしている時、玄関のほうから憲伸が戻って来た。龍昇に手を貸している。少年は膝をすりむいて血を滲《にじ》ませ、ケンケンをしている。

「転ん——」

苦笑混じりに事情を説明しようとしていた憲伸が妻の様子に気付き、顔色を変える。愕然《がくぜん》と息を呑《の》んだ瞬間には、その肉体が一回り大きくなったかに見えた。大股《おおまた》で妻に駆け寄る。そして、そっと妻に手をかけるが、枝織は聞き取れない声を漏らすだけだった。

憲伸の顔が振りあげられ、「救急には？」と、蔭山に訊《き》いていた。

それは問いかけではなく、半ば以上は確認だった。救急車は呼んでくれたのだな、という語調だった。すぐ来る、という答えを予測している問いだった。

蔭山の口は動かない。

顔を枝織に戻しかけていた憲伸が、蔭山の無反応に奇矯《ききょう》なものを感じて再び顔を振り向けた。

「どうした？」と、蔭山に訊く。

「……まだ、掛けていない」

憲伸がゆっくりと立ちあがった。太く密生した眉《まゆ》が、不可解そうに変形している。

「では、掛けてくれ」

「……考え時ではないのか」

なんのことか判らないと、憲伸の顔は告げていた。どこかで、蔭山の正気を疑っているかのようでもある。しかし時間を無駄にするつもりはないと、足を踏み出していた。電話に向かおうとする憲伸の前に、蔭山は立ち塞《ふさ》がった。そして言った。

「今ならダメージは少ない。危険な出産になるんだぞ」

憲伸が、その言葉の内容、蔭山の心理の動きをとらえようとする。その一瞬の間に、蔭山は言葉を足していた。

「胎児が、そして筋腫《きんしゅ》までが大きくなってからああなったら、どうする。現代の出産でも、妊婦が死ぬことはある」

「俺達の問題だ」目には静けさがあったが、全身の筋肉からは、闘争の気配が燃え立っていた。自分達家族を守ろうとする、雄の肉体だった。「枝織が決めた。自分で。どけ」

「枝織さんを殺す気か。いや、そんな気などあるはずがないが、お前は彼女の命で賭《かけ》をしている。母親の命か、子供の命か」

憲伸は無言で足を進めていた。後ずさりながら、蔭山は電話への道筋を絶っていた。

「子供の命も、母親の命も、対等の命だ」蔭山は言った。「子供のために母親が命を捨てるなんてのは、間違った認識だ。年上の者が先に死ぬのが正当だ、などという順序はない」

そのような命の賭け方は、一種の狂気のように蔭山には思える。なぜそこまで思い込める母親がいるのか。それほど過剰な愛情などいらないのではないのか。その過剰な部分を、他の母親に分け与えてしまえばいい。子供を棄てる母親などに……。

憲伸は足を止めていた。蔭山は、電話機のすぐ前で立っている。

「子供が無事産まれたとしても」蔭山は言う。「その時は母親が死んでいるかもしれないんだ。子供二人から、母親を奪うのか？」

複雑な感情が憲伸の奥でせめぎ合っていたようだが、彼の肉体が発する気配は、焦慮と攻撃性を残しながらも、同時に、じっと足元を見つめ合うような温容さも滲ませていった。

「そうなったとしても……」

憲伸が続けた次の一言は、蔭山の心と体の不意を衝《つ》いた。

「子供を棄てるようなことはしないさ。心配するな。……さあ、どいてくれ」

憲伸の腕が蔭山の体を払った。そうした力には備えているつもりだったが、蔭山の体は軽々と飛ばされていた。大きくよろめいた蔭山の肘《ひじ》が、サイドボードにぶつかった。サイドボードの中では、龍昇が作ったらしい、折り紙の兜《かぶと》が揺れていた。

10

四月三日の土曜日、観光協会が京都駅駅前で展開したイベントに駆り出された蔭山は、テントハウス設営や通行人整理などをこなし、午後になってちゃわん坂のケアハウスを訪れていた。

窓の外は曇り空だった。

この前と同じく、窓辺の席で、蔭山と末乃は向かい合っていた。末乃は車椅子ではなく、客人と同じく肘掛け椅子に座っている。

二人の間のテーブルの上には、泉繁竹の回顧録があった。

「良かったわね、末乃さん」

ベランダに出ている里村が、ひらいているガラス戸の向こうからそう声をかけていた。亜麻色のブラウスに、ユニフォームである白いエプロン姿。相変わらず、活動力を秘めながらもしっとりとした落ち着きを漂わせている。表情や物腰に時々表われる知的な茶目っ気が、その全体像に女の色をとどめさせているのかもしれない。

ええ、さようです、と、末乃は両手を合わせる。「ありがたいことです」声に出して蔭山を拝みかねない様子だった。

蔭山は、回顧録とは別に、三枚のプリント用紙を持参して来ていた。そこには、回顧録の内容の一部がワープロ文字に移されていた。独断ではあったが、蔭山は、そうしてもいいような気になったのだ。翻訳したのは、繁竹の、妻への思いがそこはかとなく記されている場面だった。それはもちろん、繁竹からのはっきりとしたメッセージというわけではなかった。中には、末乃、と呼びかけている文章もあるが、総じて、文字の奥に夫としての情感が見え隠れしている、というようなページだった。

小さなメガネを掛けている末乃は、真太郎をお宮参りさせている時のことを書いた繁竹の文章に目を向け始めた。爪が大きく、節が目立つ細い指が、プリント用紙を持っている。

蔭山は抹茶ようかんを口に運び、ほうじ茶を飲んだ。

繁竹の日記は警察の手にあると、すでに末乃にも里村にも知らせてあった。末乃にとって蔭山は、初対面の客であるらしく、日記云々《うんぬん》の事情もはっきりと理解できていないようではあるが。

蔭山は静かに腰をあげ、サンダルを履いてベランダへ出てみた。亡き夫の文章と交流している老嬢の表情にまで立ち入ろうとは思わなかったからだ。

里村の姿はベランダの西側奥にあり、照明器具の点検をしていた。

蔭山は手すりに体を寄せ、西に広がる眼下の光景を眺めた。大谷墓地の裾野《すその》があり、五条通の向こうには、小さなビルが密集する京都の街並みが、灰色の空の下にうっそりとうずくまっていた。京都タワーも見えている。

「せめて、顔ぐらい覚えてくれれば、張り合いもあるでしょうけどね」

気を悪くしないようにとフォローする、柔らかな口調で、里村が蔭山にそう言っていた。そしてそれは同時に、ケアする者の立場として、末乃を弁護してもいた。

「そんなこと、かまいませんよ」

蔭山は背を向けたままで応《こた》えていた。本当に、そんなことはかまわなかった……。

高階枝織は大事に至らず、順調に回復しているということだった。母体も胎児も、まずは無事らしい……。

「そうした病気ですからね」里村がさらに言っていた。「でも、それも一つの自然な流れであるし、当人には、それは福音であるのかもしれない。彼女達は、新しい記憶の重荷から解放されているのかもしれないもの……」

「……病苦、不安、孤独……？」

「愉《たの》しいことは何度でも要求するの」クスッと、里村は笑った。「ごはんとかね」

そうした老人達の毎日の世話は、神経がまいるような苦役ではないかと蔭山は思うが、里村はその労働を微笑みで語ることができるらしい。

蔭山はさして意識することもなく、言葉の穂を継いでいた。

「昔のことはよく覚えているんですよね」

「そうでもないわよ。身内の顔さえ忘れてしまうんですもの。お子さんの年齢を間違えたり、すでに死んでいる友人と話しだしたり……。なにが記憶に残り、なにが残らないのか、それはただ、脳細胞や神経繊維の偶発的な破壊に支配されてしまうだけなのかしらね……。病変という爆撃を受けるか受けないか、そうした、運に……」

里村は蔭山の横に来ていた。そして、山裾の風景に視線を送ったままで言う。

「少し、元気がないようですけど？」

「いえ、まあ……」

蔭山は、繕うような、微々たる苦笑を浮かべていた。里村という女性に、それが通用するとは思えなかったが。

「ちょっと、考え事を」

さらに、見え透いたタイミングになるとは思ったが、蔭山は話題を変えていた。

「繁竹さんの日記、実はかなり役に立つことが判ってきたんですよ。繁竹さんが遺《のこ》したものが、真太郎さんと繁竹さんの事件のなにかを解決するかもしれません」

蔭山は、里村のほうへわずかに体をひねった。

「繁竹さん、他にもなにか、手掛かりを残していませんかね？」

蔭山は実際のところ、高階家での一件以来、現実に対しての気持ちが冷めている部分があった。もともと、世間一般と距離を取っている面はあったが、今はさらに、自分と社会空間の間には、ぼんやりとした膜があるように感じられていた。何事にも、気持ちがあまり動こうとしない。

だから事件の手掛かりに興味があるふりをしたのは、半分は、世間話のような感覚だった。

「手掛かり？」

里村の戸惑いには、すでに否定的な声質が滲《にじ》んでいたが、それも無理はないなと、蔭山も思う。そんな物があれば、警察がとっくにさらっていっているだろう。

「意識のはっきりしている時の末乃さんにも尋ねたことはありますけどねぇ」里村は残念そうに言う。「ここには、なにもないと思いますよ」

そうでしょうね、という仕草で、蔭山は一つ頷《うなず》いておいた。そして、単純すぎた質問だけでおしまいにすることに、若干の抵抗を感じていた。

「事件のことではなく、龍遠寺か、庭園か、そのへんの発見についてなにか言ってませんでしたか？」

里村が、軽く目を細めて考え込んだ。顎《あご》に指を当て、真剣な様子だった。真剣というより、熱心というか、親身というか、そうした、心の集中ぶりが見て取れる風情だった。

そんな様子を見せられただけで、尋ねた側には、結果に左右されない安定した心構えが生まれるだろう。そのような深みまで伴った応対ぶりだった。

そして、そうしたことが読み取れる程度には、蔭山の気持ちも動くようになっていた。

思い出せないわ、というように里村の体の気配がほぐれたので、蔭山は自分のほうから口をひらいた。

「日記によるとかなり興奮しているようだったので、あるいは、とも思ったのですが、仕方ありません。でも、あの一、二週間、繁竹さんは張り合いを持っているようではあったでしょう?」

「そう。それはそうね。繁竹さん、少し沈滞ムードだったけど、あの頃からは生き生きしていた」

言葉の途中から末乃に目を戻していた里村は、室内へと足を向けた。蔭山も部屋に戻った。里村は、

「末乃さん、あの頃旦那《だんな》さんは、なにかのやる気を感じさせていましたよね」

と、未亡人に声をかけている。

「え、ええ」どの頃の繁竹を思い浮かべているのか、末乃は満面の笑みだった。「あの人は元気が取り柄ですとも」

「そうよね。お茶、お代わりしましょうか?」

お願いします、ということだったので、里村はダイニングスペースに行き、ポットのお湯を

急須《きゅうす》に注いだ。戻って来た里村から急須を受け取ると、

「はいはい。後は自分でいたしますから」

と、末乃は丁寧に急須を扱った。里村は回顧録や翻訳してある三枚の用紙を、テーブルの反対側までずらしていた。

軽いノックに続いて里村より若い付添婦が顔を出したが、まだいいわよ、という身振りを里村は返した。

そしてそのわずか後、里村がふと表情を変えた。思い出したことがある、という顔だった。

「そう、本を——繁竹さんが本を買って来たのを覚えてます」里村は蔭山の目を見ていた。

「本を買って来たのは久しぶりでしたね。文房具店の紙袋は見たことがありますけど、本屋さんの紙袋は、本当に久しぶりだった」

「それ、いつのことです？」

里村の頭は、ちょっと斜めにひねられる。眉根《まゆね》が少し寄っている。

「あれは……。そうねぇ……、三月中頃の金曜日って、何日？」

蔭山は手帳を取り出してカレンダー部分を見た。

「十九日でしょうか？」

「そう、三月十九日だわ」里村の表情が晴れる。「わたし、その日、定時より早く帰らなければならなかったの。その時、玄関の外で繁竹さんとばったり会った。繁竹さんは仕事帰りで、書店の紙袋を手にしていた。そう、そうだわ——」

里村は、だんだん鮮明に思い出してきたという様子だった。

「本を買うのって久しぶりじゃないかしらと思ったので、『面白そうなご本が見つかったのですか？』と訊《き》いたの。そうしたら繁竹さん、『勉強です。素晴らしい勉強ができるかもしれません』って。そう、少し興奮している感じだった。わたしへの返事もそこそこに、きびきびと歩いて行ったもの」

興味深い情報なのかもしれないと、蔭山は思う。三月十九日といえば、繁竹が機巧の庭に驚嘆したと日記に書き記している日の翌日だ。

「あの頃、繁竹さんが本を買うというのは珍しいことだったのですね？」蔭山は確認した。

「そうです。泉さんご夫婦の担当者の話を聞いても、ここ数ヶ月以上、繁竹さんの本棚に新しい本は増えていないということでしたから。繁竹さんが購入してくるのは、たいてい庭の本で、いろいろと話してくれていたものです。『あいつはいい加減なことばかり書いている』とか。それが、ここしばらく、まったくなかった」

日記を書く筆にも勢いがあった頃、繁竹は急に思い立ったかのように書籍を買って来た。勉強だ、と言って。それは、龍遠寺とは関係ないものなのだろうか？

「その本、まだあると思いますか？」

蔭山は、ベッドの横に立つ和風本棚に目をやっていた。

「どうでしょうか……。どんな本でも捨てたりする方ではありませんけど。会社に置いてない限りは、あるんじゃないですか」

「その本、見てみたいな」

「ええ……」

里村も興味を感じ始めたらしい。

しかし、どうやって探せばいい？　最近買った本だからといって、その本の奥付が新しいわけではない。

どっしりとした、年代物の本棚は、隙間なく本を収めている。黒く見えるほどに磨かれた、飴《あめ》色の光沢を浮かべる、柘植《つげ》で作られた本棚だった。ガラス戸のガラスは、年月に感光した写真のように、セピア色を溶かしている。

里村が、本棚の観音開《かんのんびら》きのガラス戸をあけ、

「あの時の紙袋、厚かったんですよ。図鑑のような専門書か、二冊だったのか……」

びっしりと並んでいる背表紙を見ていくが、確かに作庭家のための書や庭園に関する随筆集などが多い。蔭山は、明らかに時間を経ている本以外のものの、その奥付に目を通し始めた。もしかすると、最近出版されたばかりの本なのかもしれない。そのことに賭《か》けてみる。今年三月半ばの奥付であれば、当然何ヶ月も前に買えるはずがなく、その本が、繁竹が意気込んで購入した書物ということになる。

「末乃さんが教えてくれるなら……」

里村はそこで言葉を切り、振り返って末乃に声をかけた。

「末乃さん、旦那さんが最近——一番最近買って来た本て、どれかしら？」

「……本、ですか？」

「そう。本です。ここ以外に、本はありませんよね？」

「ええ、そうですね。……本は……」末乃は考え始めた。そして、「ああ」と、満足そうな声を出す。「薬用効果のある庭木のことがいっぱい書いてある本じゃありませんか、里村さん、ほら、ね。ナンテンを庭に植えた時に話題にした」

里村は蔭山に小さくかぶりを振って見せ、小声で言った。

「それは、去年の夏か秋の話です」

もっと最近、三月半ばぐらいにご主人からなにか話を聞かなかった？　と里村は末乃の記憶をもう一押ししたが、はかばかしい反応は得られない。しかしそこで、蔭山に閃《ひらめ》くものがあった。

「そうか、逆だ。里村さん、逆をやってみましょう」

「逆？」

「ええ。お手数でしょうけど、末乃さんに、記憶にある本を除外していってもらうんです」

「そうね」里村の表情もほころんだ。「捜査対象がぐっと減るかもしれない」

末乃には車椅子に乗ってもらい、本棚の前まで来てもらった。そして、自分達の本だとはっきりしているものは教えてほしいと頼んだ。「ようございますよ」と、けっこうスラスラ、末乃は記憶にある本をピックアップしていく。時々思い出話が入り、時間が取られるが、一冊一冊、昔からの馴染《なじ》みだという本が判明していく。上段の棚から始めたのだが、中程まで差しかかっても、記憶にないという本は一冊も現われなかった。

が、遂に泉末乃の目と指が止まった。

「あら、これ……」

末乃のその反応と言葉だけで、蔭山は自分でも驚くほど気持ちが高ぶった。

末乃は首を傾《かし》げている。

「こんな本、あったかしらねぇ。ほら、これも。これは見たことがありませんけど。これと、これです」

その二冊は並んでいた。そしてどちらも、確かに、購入して間もないという印象である。

その二冊の背表紙を読んだ時、蔭山はぞくりとするものを感じた。

龍遠寺を包み込んでいる薄闇が、その古びた本棚の一角にも佇《たたず》んでいるように感じたのだ。

そしてその背後から、妖《あや》しい静けさで光が射している。

一冊目は、彰国社の本で、

『近世日本建築にひそむ西洋手法の謎』

そしてもう一冊は、別の著者、出版社で、

『千利休《せんのりきゅう》・自刃の真相』

というタイトルだった。

CDカセットで、マイルス・デイビスの『ステラ・バイ・スターライト』を窓から夜空へと流しながら、蔭山は万年青《おもと》とベゴニアに水をやっていた。

新しい観点を得て、頭の中では龍遠寺の謎を探っている。

あの後、念を入れて本棚の最後まで泉末乃に確認してもらったが、彼女の記憶にないのは、他には一冊だけだった。都市の中の庭園を論じた専門書である。しかしこれは、一年近くも前から本棚にあると、里村が記憶していた。従っておそらく、泉繁竹が三月十九日に買って来た本というのは、あの二冊なのだと思われる。

それは今、ベッドのヘッドボードに置かれている。

ざっと読んだだけでも、泉繁竹の残したその資料は示唆に富んでいる。ある意味、とんでもない規模で視点が揺れようとしているのかもしれない……。具体的な解答を与えてくれているわけではないが、見方の大きな転換が起こりかけていると、蔭山は自分の内面に感じる。

そうした見方の一つというのは、とにかく合理に徹して推考してみてはどうかというものだった。仏法的な意味なのであろう、とか、言い伝えとして変質しているのであろう、といった、鋭利な踏み込みを自分の論考の都合に合わせて回避してしまうような、可能性の曖昧《あいまい》さを排除するということだ。あの庭を機巧の庭としてとらえ、ただひたすら合理の目で考察していってはどうか、と蔭山は思い始めている。

そして、そうした目で蔭山がとらえだしている物の中心にあるのが、あの〝夫婦灯籠《めおとどうろう》〟だった。

苔《こけ》などを生やさないように手入れを怠ってはならない、という奇妙な伝承は、ただの戒めではないのではないか。そして、〝雌灯籠〟のほうの笠《かさ》の前面が、角が欠けた状態で造られているのはなぜなのか。

　現実的な意味合いで、そうしなければならなかったという理由があるのだとすれば、それを知ってみたいと蔭山は思う。

　なにか、それが見えそうな気がするので、なおさら興味を引かれるのだ。

　いつの間にか俺も、あの庭園の謎に取り憑《つ》かれたか、と蔭山は呆れつつ自嘲《じちょう》する。

　ブリキの玩具《おもちゃ》のような小さなジョウロを洗面台の下に戻した蔭山は、鏡の中の自分の顔に、ふと目をとめる。

　若白髪の混ざる、パサパサと脂っけのない髪……。倦怠《けんたい》の似合いそうな目尻《めじり》……。三十三にしては地味な風貌《ふうぼう》だが、三十三であることに違いはない。……この外見の下で、中身はそれより老けているのだろうか、それとも幼稚なのだろうかと、埒《らち》もない考えが蔭山の中で揺らめく。

　他の人間達はどうなのだろう？　実年齢と比べて、自分の内面の年齢を年上に見ているのだろうか、それとも年下か……。里村などは、若々しい面が自然な感じで表にも出て来ているのかもしれない。憲伸はどうだ？　そして、枝織は……？

　もっとも、産まれた時からの機械的な時間経過である実年齢と呼ばれる基準のほうにこそ、さしたる意味はないのかもしれないが……。

　そんなことを思いながら、蔭山は、顎骨《あごぼね》の脇のほうにある、一本だけ長い、細い髭《ひげ》をつまんで抜いた。高校時代から、ぽつんと離れたところにあるその一本は、成長が早かった。

気持ちを切り替えるように、蔭山は、泉夫妻の部屋から持って来た二冊の本へ視線を向けた。

それ以外にも実は、関連しそうな資料を買い集めてきてあるのだ。

泉繁竹は、素晴らしい勉強ができるかもしれない、と言っていたそうだが、蔭山にも同じ思いがあった。じっくりと、真剣に、龍遠寺関係、寺社建築関係の見識を深めようかと思っている。泉繁竹が、龍遠寺の秘蔵の資料などに手を出そうとしていたという様子は見られない。それにもかかわらず、彼は、龍以上の、驚嘆すべきなにかに到達している。ならば、自分にもできるのではないかと蔭山は考える。古文献などを解読しなくても、そこにたどり着ける道はあるということだろう。

龍遠寺やその庭園は深遠な仏教思想建築なのだという先入観で自分を素人扱いせず、一般的合理でもってその造形と取り組んでみる……。

開祖・了導住職の自害の場も、〝夫婦灯籠〟の近くであったそうだが、それにもなにか、必然性があったのかもしれないという想像は、考えすぎだろうか？　命を絶つ場所として、観念的にその場が選ばれたのではなく、その場でなければならない実際的な理由があったとか……。

とにかく、それぐらいの推考の姿勢で突きつめてみようと、蔭山は思っている。

ベッドに体を預け、まずはしっかりと、自分の中にある今までの龍遠寺のイメージを解体しようと、蔭山は両目を閉じた。

11

病院の中庭には、ガウン姿でくつろいでいる入院患者も少なからず見られた。高階枝織も、胸元にエンブレムのような金色の刺繍《ししゅう》のある、臙脂《えんじ》のガウンをまとっている。

何人かのそうしたガウン姿がなければ、その芝生の中庭は、日曜の午後にふさわしい、自然志向のレクリエーション空間に見えたろう。そして実際、この中庭は、病院内店舗が経営する喫茶コーナーになっている。

蔭山公彦と高階枝織は、丸テーブルに着いた。白く塗られた木製だ。

すぐそばに、満開のしだれ桜があった。そよぐ風にも、少しずつ目盛りをあげる四月の気温が感じられる。真っ直ぐに枝織を見ることができず、蔭山は、左肩の上で揺れる薄桃色の枝に目をやっていた……。

憲伸も見舞いに来ていると聞いたのでやって来たのだが、入れ違いになったということだった。枝織は素っ気なく対応するということもなく、むしろ時間を割くことに積極的だった。態度に変化は見られない。穏やかなままだった。

「本当に外に出ても大丈夫なのかい？」

また同じ質問をしながら蔭山は、枝織の顔に視線を移した。

「大丈夫だったら」

と、枝織は微笑む。

確かに、表情は柔らかい。顔色も悪くはない。

もう退院していいのだが、事務の問題などがあるので月曜までいるだけなのだ、と言っていた。

「わたしが悪いのよ」枝織が言った。「もっと慎重であるべきだった。これからは、仕事も外出のお誘いも、全部断わろうかと思ってる。家でじっとしてるの」

長くなるね、という言葉は、蔭山は呑《の》み込んだ。

蔭山はアメリカンを頼み、枝織はホットミルクを注文した。

三人で待ち合わせることは何度もあった。憲仲と枝織と、そして蔭山と……。そして、二人だけになってしまうことも少なくなかった。憲仲は仕事柄、予定変更を余儀なくされたり、急に呼び出されたりするからだ。哲学の道の脇にある洒落《しゃれ》た喫茶店、ホテル最上階の欧風料理店……。

「本当に、申し訳なかった」

改めて、蔭山はその言葉を口にした。頭はさげなかった。枝織の目を見たままで言いたかったからだ。

「もう、いいったら」

枝織は、運ばれて来た白いカップの内側に視線を落とす。

長い髪は解かれていて、ざっくばらんな、自然な乱れがそのまま残っている。蔭山にとっては、あまり目にしたことのない高階枝織の姿だった。

「正直……」

　ミルクを一口飲み、枝織が静かに言った。

「この子が駄目になっていたら、蔭山さんに、以前と同じ気持ちを持ち続けていられたかどうかは自信がない。でも、無事だったんだし……」

　カップを置き、枝織は両肘《りょうひじ》をテーブルに乗せた。

「蔭山さん、わたしのことを心配してくれたわけでしょう。心配しすぎての、迷いだった」

「迷い……。惑乱だね。許してほしい」

　枝織はほんのかすかに、微笑を浮かべているようだった。

　そしてそんな微笑みで、自分の内懐を、枝織に見据えられているようにも蔭山は感じていた。

「蔭山さん、わたしのことを好きだって言ってくれた」

　コーヒーカップの取っ手をつまむ蔭山の指に、わずかに余計な力がこもった。

「でも、わたしが思うに……、こんな生意気言ってごめんなさい、そう思ってくれる気持ちは本物なのかもしれませんけど、どこかで蔭山さんが、家庭というものに復讐《ふくしゅう》しようとしているようにも感じられたの」

　心の内で、蔭山は瞳を閉じた。今までも、目を閉じているようなものだったのかもしれないが……。枝織の見方を否定できるほど、自分の心の根っこを見つめていなかったことに蔭山は気付く。情理の底の、見えない腕が、自分の意志さえ動かしているのかもしれない……。蔭山は無言で、コーヒーカップを口へ運ぶ。

「だから、わたし、負けるわけにはいかなかった。逃げようとも思わない」

蔭山は、二口、コーヒーを飲んだ。

そして枝織は言葉を足す。

「――これからも。……そんなことも全部含めて、わたし、蔭山さんのことが、友人として好きだから」

……ありがとう、という言葉を、半分苦く、蔭山は胸の内で呟《つぶや》いた。

コーヒーが飲まれ、ミルクが飲まれた。

さわさわと、しだれ桜が揺れる。

枝織の唇に、打ち解けた微笑が載った。

「ここだけの生意気、もう少し言わせてもらえれば、蔭山さんにも、本当に愛すべき相手がきっと現われる。ありのままの愛情を、惜しみなく注げる対象が……」

「そうかな……」

蔭山は苦笑する。そのような愛情とは、自分は無縁だという気がしている。しかし、高階枝織がそう言うのなら、少しは期待してみるのも悪くはないか。

あの時、君の苦しみを長引かせたね、と、蔭山は謝罪した。

痛かったのよ、と、枝織は笑った。

そして、体調の管理などを話題にしているうちに、それぞれの飲み物はなくなった。

二人は席を立った。

憲伸も気持ちをこじらせるような人じゃないから、心配ないわよ、と枝織が言った。代金は蔭山が持つと言い、ちょっと躊躇《ちゅうちょ》してから、枝織は頷《うなず》いた。

「おおきに」

店の女の子がそう言った。

病院の正門を出たところで蔭山は、いかにもタクシーを探しているという素振りで道の左右を窺《うかが》った。閑静な地域なので、一目で車など走っていないことは判るのだが。

道を渡り、外観に個性を発揮している商店が並ぶ通りへと足を進める。長い通りだった。しばらく進み、車道際を歩いていた蔭山は、歩道のかなり内側へとコースを変えた。少し前方には理容室があり、その入り口の構造部分が、歩道側に張り出している。そしてその壁は、黒いハーフミラー張りになっている。鏡も同然のその面に映して、蔭山は後方の車影《しゃえい》をそれとなく確認した。間違いなかった。

尾行されている。

やや警戒気味に、低速でついて来ている車……。

病院へ来る途中、蔭山は尾行の気配というものに気がついたのだ。見舞いの品を買うつもりで当てにしていた店が休みだったため、別の店を探してタクシーに少しうろうろしてもらっていた時だった。ちらちらと、視界からはずれそうになる微妙な距離に、見え隠れする車があったのだ。それと同じ車種が、またしても背後に現われた。

白いブルーバードではない。濃紺のカローラFXだ。

ちょうど、店頭にサングラス類を並べている時計店があったので、蔭山は中の一つを買った。千九百八十円だった。ジャケットの胸ポケットに仕舞っておく。

変わらぬ歩調で歩き続け、表通りに出てからタクシーを拾った。

国道一六二号線を北上し、嵯峨野線沿いを東へ折れる。蔭山は、振り返りたくなる衝動と闘いながら、これからの手順を頭の中で練り、行動のイメージ映像を繰り返し脳裏に描いた。

もうすぐ勝負の場だった。

「あ、悪いね、運転手さん。花園駅でおりなきゃならなかったんだ」

蔭山は、まず味方からあざむいていた。最初からそこを終着地点としていたら、その予備知識が運転ぶりに現われるかもしれないと考えたのだ。尾行者の不意を衝《つ》きたかった。

「ええ、いいですけど、ちょっと待ってね。越えちゃってるけど――」

「このへんでかまいませんよ」

駐車場所を探し、タクシーは山陰本線の嵯峨野線、花園駅を東に百メートルほど越えた地点で停まった。タクシーをおりるとすぐ、蔭山は駅へと引き返す。この時点ではサングラスを掛けていた。

後続車と、一台一台すれ違うことになる。

来た。

濃紺のカローラだ。型式も一致している。蔭山は顔の位置は前方へ向けたまま、サングラスの奥で運転手の顔に視線を集中した。タイのキックボクサーをなぜかしら連想させる顔立ちの男だった。三十年輩だ。口元に拳《こぶし》を当てている。そして、進行方向以外のことにもなにかと神経をつかっているような気配をしていた。もっともそれは、蔭山の思いすごしかもしれないが……。

同乗者はいない。運転手が一人だけだ。

カローラが横を通りすぎて行く。四、五秒待ち、蔭山は振り返った。あまりやりたいことではなかったが、これはどうしても、しないわけにはいかなかった。タイミングは悪くなかった。速度を落としたカローラが、左の脇道へと入って行くところだった。それ以上は目で確認できないので、蔭山は駅へと向かった。ゆっくりと。

入場券を買い、右側の階段をのぼってホームへと向かう。

嵯峨嵐山《さがあらしやま》方面へ向かう電車が来ていたが、駆け込み乗車などは、もちろんしない。電車が発車するのにまかせ、蔭山は反対ホームに位置を変えた。利用客の数はそこそこだ。

蔭山は柱の一本に凭《もた》れ、体を斜めにして改札口への階段を視野に入れていた。一分もすると、あの男がやって来た。カローラの運転手だ。蔭山と同じ階段ののぼり口から現われた。ホームを視野に入れたとたん、男の歩調が緩やかになっている。視線が飛ばされて来たことをサングラスの陰でとらえ、それから蔭山は男から目を離した。

やがて電車が入って来る。蔭山は乗り込んだ。席を探す素振りで車内を見回し、相手の様子を探った。男は隣の乗車口から乗って来て、監視しやすい位置を確保しようと、少しずつ移動していた。構内アナウンスが流れ、ドアが閉じようとする。素早く乗降口に足を進めていた蔭山は、ドアが閉じる寸前、ホームへと戻っていた。プシューと音を立て、電車のドアは閉まっていた。

尾行者は車両《ハコ》に取り残されていた。口を半開きにしている。

蔭山は階段をおり、改札口に向かった。駅出口のゴミ箱にサングラスを捨て、丸太町通りを東へと歩く。

先ほどカローラが進入した路地が見える。そこへ入り込む。濃紺のカローラFXは路肩に停まっていた。小学生が三人、その横を通りすぎて行く。通りの向こうに、犬を散歩させている中年婦人の後ろ姿が見えるだけで、これという人影はなかった。

蔭山は車道へ出て、運転席のドアがロックされていることを確認する。その場で身を低くすると、蔭山は車体の下の路面を覗き込んだ。タバコのパッケージなどのゴミは転がっていない。そこで、車体の底そのものを探り始める。手探りしていくのだ。比較的汚れの少ないシャーシーだったが、手の平が土埃《つちぼこり》でザラザラとしていく。心臓も鼓動を早める。不審な奴だ、ということで、いつ声がかかるか判らない。腋の下と頭髪の生え際に汗が滲《にじ》む。助手席のほうだろうかと迷い始めた時、それが指に触れた。四角い、名刺ケースほどの箱だった。それを見つけるまで、実際は五秒もかかってはいないのだろう。

マグネットで車体に取りつけてあるので、ちょっと力を入れればはずすことができる。黒い箱で、マッチ箱のように内箱を押し出して中身を見ることができた。鍵《かぎ》が入っている。この車の鍵のはずだった。

使ってみる。車のドアはあいた。

蔭山は仕事で何度か私立探偵社を利用したことをきっかけに、こうした情報を仕入れていたのだ。車で尾行している場合、その車を適当に放置して対象者を追わなければならなくなるケースがある。先ほどの蔭山のような場合だ。つまり、サポートする同僚も近くにいないという状況である。しかし、連絡を受けて車を回収にやって来る仲間には車のキーを渡さなければならない。どの探偵社も、車両を何時間も無為に放置しておけるような余裕はない。職務遂行上、先を読んで車を移動させておく必要もある。また、保有している車両すべての合鍵を全員に渡すようなことをしては安全管理上かえって問題が生じやすくなる。大量の鍵というのも、持って歩くには不便だ。従って、ドライバーが所持していた鍵を、次の担当者に引き渡す手段が構じられる。

鍵を入れたタバコのパッケージを、ひねりつぶして車体の下に投げ捨てておくという方法もあるそうですね、と、蔭山は懇意になった探偵社の担当者に話したことがあった。その時、担当者は、うちではマグネットつきのケースを使っていますが、と言っていた。

おそらく長時間尾行を行なっていながらほとんどそれを蔭山に感じさせなかった高度なテクニック。そして、尾行車両の種類を変えるような経済的背景。その辺りから蔭山は、尾行している相手はプロの組織、探偵社の一員であろうと当たりをつけたのだ。

探偵社の人間であったとしても、どのような方法をカローラの尾行者が採用しているのかは判らなかった。そもそも、車の鍵を置いて行くような手段を使ったかどうかも疑わしい。しかし、賭《か》けてみて悪い可能性ではなかった。鍵がなければ、この車を回収しに現われる人物を待つというてもあった。

幸い、車のロックをはずすことはできた。

蔭山は運転席に乗り込み、ドアを閉めた。助手席に、ルーズリーフ式になっている住宅地図があった。上京区、などと記されている。パラパラとめくってみると、一部に白紙のページが見えた。何枚かそうなっている。ノートのような紙質だった。表紙側へ繰っていくと、ボールペンで書き込みがされているページが現われた。

◎の中のタ、という記号で表わされた対象が自宅を出た時刻などが書かれているのだ。その行動表に蔭山は目を通していった。それは間違いなく、蔭山自身の今日の行動だった。

蔭山は、住宅地図に偽装された記入簿を閉じた。そのあちこちを探ってみるが、探偵社の名前やマークなどは見当たらなかった。

次に蔭山は、ダッシュボード周辺に探索の目を向けた。グローブボックスをあけてみる。懐中電灯やらあめ玉などが、ゴチャゴチャと詰まっている。手掛かりはなさそうだったが、底のほうで遂にそれを見つけた。使い終わったテレホンカードだった。味も素っ気もない、会社のマークと思われるものが大きく印刷されている。そして隅のほうに、中央企画探偵社、と社名が記されていた。おそらく、社員やその家族へ配るために製造した物なのだろう。

中央企画探偵社……。

蔭山が、何度か仕事を依頼したことがある、中京区《なかぎょう》にオフィスを持つ探偵社だった。

電話で中山手巡査部長にちょっとした協力を依頼した後、蔭山は中央企画探偵社を訪ねた。探偵社に週末はないが、そのビルの二階、三階を占める社内に、人影は多くなかった。アポらしいアポもなかったが、蔭山はすぐに、三階の社長室へと通された。

社長室といっても、特別相談室という部署と扉でつながっている、さして大きくはない部屋だった。

デスクを立って蔭山を迎える赤城和宣《あかぎかずのり》の様子を、蔭山は観察した。現場から叩《たた》きあげた経営者で、今でも場合によっては実働に赴くという。やや額の後退している五十の中頃。右目が心もち大きく、喉《のど》に傷跡があった。甲状腺《こうじょうせん》が悪いと言っていたが、手術をしたのだろう。にこやかなその表情からは、容易には心意がつかめなかった。部下の仕事はすべて把握しているそうだから、なにも知らない部外者の虚心ということはないはずだった。

肚《はら》の探り合いはやめて、蔭山は切りだした。

「私がこちらを利用させてもらったのは、四回ほどでしたかね」

「そうですね。ま、どうぞ、お座りください」

デスクの両側に、二人は同時に腰をおろした。

「素晴らしいお仕事ぶりだと感銘しましたので、会報にも掲載させていただいた」

「無論、社名入りでね」満足と感謝を込めるかのように、赤城は頷《うなず》いた。「良い宣伝になりま

した よ。ありがたかった」

「しかし、昨日の友は今日の敵、ですか？」

少し表情を翳《かげ》らせるように、赤城は目を細めた。しかし口元には、整った微笑が残っている。

「やはりあれは……」赤城は蔭山の目から視線を離さずに言った。「尾行が意識的にまかれた、ということだったのですね」

「キックボクサーのような感じの探偵さんですよ」

眉《まゆ》がぴょこんと跳ね、それから赤城は声を出して笑った。

「なるほど、そう言われればそうか。塚本にはそう伝えておきましょう。あれは尾行が苦手なのですよ。なにしろあなたには、うちの者の何人かの面が割れていますからね、ローテーションを考えても選択の幅が少ない」

いつぞやの、ケアハウスの時の尾行者も、その塚本だったのかもしれない。

「しかし……」赤城は真面目な口調になっていた。「敵、ということではないでしょう。私どもは、あなたに含むことなどない。依頼があったので、ビジネスをした、というだけのことです」

「しかし」と、蔭山は同じ言葉でやり返した。「この対象者と当社には浅からぬ関係があるので、と断わることもできたのでは？」

「できたでしょうね。ただ……」

なにか言いたそうだったが、赤城はそこまでで口をつぐみ、もうそのことに触れようとはしなかった。

「まあ、そのことはいいのです」蔭山は言った。「かえって好都合だったのかもしれない。尾行行為をしていたのが、こうして肚を割って話せる相手だったわけですから」

赤城の細い唇が、グッとしなって笑った。艶《つや》のいいピンク色のイモ虫が反り返ったようでもあった。そんな条件が、なにかを聞き出せることの根拠になると思っているのか、と言いたげな顔付きである。

蔭山は端的に訊《き》いてみた。

「私のなにを調べるようにという依頼だったのですか？」

「お答えしかねるということは、ご存じのはず」

そのような返答など聞こえなかったかのように、蔭山は質問を重ねた。

「いったい誰が、依頼者だったのでしょうか？　私の顔見知りでしょうか？」

赤城の声も硬いものだった。

「クライアントの素性など、一切明かせません」

蔭山は立ちあがり、デスクの縁に両手を突いた。

「裏切り行為のような不快な思いを味わったと、会報に載せることもできますよ」険しい表情がうまく作られていればいいがと、蔭山は思っていた。「道義に悖《もと》る行ないをする探偵社だったと、書かざるを得ないことになりますが」

一瞬、相手に対する軽蔑感《けいべつかん》がかすめたかのように、赤城の表情が歪《ゆが》んだ。そしてそれが、厳しく引き締まる。

「やむを得ませんな。お好きなように。しかし——繰り返しますが、私どもは道義に悖るようなことなどしてはいない。知りたいという切実な希望を持っているクライアントには、応《こた》えざるを得ないというだけのことなのです。その関係に忠実でなければならない」

「盗聴などもしていたのですか?」

瞬間考えてから赤城は答えた。

「そのようなことまではしていないとお答えしましょう」

「何日も前から尾行していましたよね?」

「お答えしかねます」

蔭山は、多少興奮した声を出した。「なにを探っていたんだ? 誰が指示した?」

「お答えしかねます」

蔭山は目を閉じ、乱れた呼吸で胸を大きく動かしていた。そして顔をしかめ、椅子の肘掛《ひじか》けにつかまる。

「どうしました?」

赤城の口調が変わっている。赤城和宣という個人の情が溶け込んでいる。

「ちょっと……、気分が……」

赤城が席を立っていた。「それはいけません。大丈夫ですか?」

心配げな声だった。長く病気と付き合ってきた人間は、わずかな異変も軽視せず、他人の体調不良にも我が事として対処する。胸が痛まないではなかったが、蔭山は演技を続けた。

「薬があるから大丈夫なのですが……」ゆっくりと息をする。「ちょっと横になれますかね？あ、そこを借りていいですか？」

蔭山が目で示したのは、背の高い観葉植物の陰にある、プライベートと記された部屋のドアだった。仮眠などもできる休憩室だと聞いている。

「え、ええ……」

赤城が多少戸惑っている間に、蔭山はもう、そのドアへと歩いていた。

「すみません、水をもらえますか」

「ええ、どうぞ」

蔭山は小さな休憩室に入り、長椅子に横になった。歯ブラシのおまけについていた、口中清涼剤の錠剤が入った袋を出しておく。

赤城が、水差しからコップについだ水を持って来た。

「大丈夫ですか？」

「ええ、本当にご心配なく。五分も横になっていればいいのです。すぐにおいとましますから」

「そのようなことはかまわないのですが……」

「お気になさらず」

赤城は部屋を出て行こうとする。が、その時、なにかに気付いたかのように、ふと動きを止めた。そして振り返り、二、三秒、蔭山を見ていた。それからゆっくりと、赤城は社長室に戻ってドアを閉めた。

蔭山は長椅子に座り直し、腕時計を覗いた。中山手の見立てだと、もうすぐという時刻だ。

赤城は社長室で執務を続けていた。その様子が、蔭山の耳に聞こえる。電話でのやり取りも二本ほどこなした。そして三本めの電話。内線電話という感じだった。

「……なに？　こっちにか……。判った」

それから間もなく、ノックの音がし、それとほとんど同時にドアがあけられていた。来訪者達が、自らドアをあけたのだろう。

「突然お邪魔します、赤城社長」中山手の声だった。「我々は京都府警の者でして、公務でまかりこしました」

「は、はあ……」

「お時間はよろしいでしょうか」

だめだとは言わせない押しの強さがあった。

「私は中山手、こちらが係長の高階、そしてこれが平石です」

「えー、では、そちらの席にどうぞ」

赤城が言ったのは、応接セットのことだろう。スプリングの軋《きし》み、革のこすれる音などがかすかに聞こえる。

「情報が入りましてね」高階の太い声だった。「こちらが、ある事件関係者をマークしていたというのです。まず、その辺りの事実関係。ご確認いただけますか？」

自分を尾行させたクライアントというのが、この高階憲伸ではないことは、これで絶対確実になったな、と蔭山は思っていた。こんな白々しい演技ができる男ではない。

蔭山は電話で、尾行されていたという事情を中山手に話し、憲伸にも声をかけて一緒に乗り込んでくれと頼んでおいたのだ。そして、到着時間の予測も聞いておいたわけだ。

「……その、関係者というのは？」予想はつくが、という赤城の声だった。

「蔭山公彦という男です」若手刑事の声が答える。

二、三秒沈黙があり、そして赤城が応じた。

「確かにそのご依頼、お引き受けしました」

「素直に認めていただき、感謝します」

憲伸が言った時、丁寧なノックの音がし、「失礼します」と、女性の声がした。

お茶を運んで来たのだろう。蔭山は社長の在室を女性社員に確認した時、仕事の打ち合わせを簡単に済ませるだけだから、お茶なんかはいらないよ、と断わって来ていたのだ。

お茶が配られている間、中山手が、

「この事件は、発生段階でも探偵社が関係していましてね、またしても探偵社だ、ということになると、こちらとしましても、多大な関心を寄せざるを得ないわけですな」

と事態を説明していた。

女性職員がいなくなると、赤城が、

「その事件というのは、歴史事物保全財団と、龍遠寺の庭での殺人事件ですね?」

と言った。

「ご名答」とは、中山手の応答だ。

「蔭山があの事件の関係者であったため、身辺調査といった依頼が発生した。そう考えておられるのですか?」

憲伸の問いには、赤城も、

「いえ、そういうわけではありませんが……」

と曖昧《あいまい》に言葉を濁していた。

中山手が気短げに声を出す。

「この依頼に関する一件書類、提出していただけませんかな」

さすがに赤城も即答できないという間があく。

憲伸の声がする。

「赤城さん、これは非常に深刻な事件です。死者は二名。殺人事件です。その重要な手掛かりになるかもしれない。依頼人の正体は、絶対に知っておきたいのです。知らなければならない」

「…………」

今度は中山手が言う。「依頼人は匿名だとでもいうのですか?」

「匿名?」

「そういう依頼人がいるのですよ。両者が同一人物だとすれば、大きな飛躍につながるでしょうな」

歴史事物保全財団の五十嵐室長をマークし、資料室に盗聴器まで仕掛けさせた匿名の依頼人が、自分までマークする理由などあるだろうかと、蔭山は思考を巡らせていた。自分など、この事件では通りすがりの端役にすぎない。

「匿名などではありませんから、クライアントが誰であるのかは、もちろんはっきりしています」赤城は請け合った。

「では」平石が言う。「その依頼人から許可を得るまで待て、とでも？」

「いえ……」

赤城は立ちあがった気配だった。

「この依頼人はすでに亡くなっていますので、許可は取れません」

「亡くなっている⁉」

社長室では驚きの声が交錯し、蔭山も、耳だけではなく、顔全体をドアのほうに向けていた。

「ですが、よろしいでしょう」赤城が言った。「この方は、警察への協力を拒む人ではないと、私は思いますのでね」

引き出しをあける音がする。蔭山が訪ねて来たと聞いた時点で、関連書類を手近に持ってきていたのだろう。

「どうぞ、ご覧ください」

三人の刑事達の移動する物音と、書類がデスクに置かれたようなパサリという音。

「契約書と、第一期分の領収書です。その下は報告書」

紙がめくられる音に続き、すぐに、中山手の大きな声が響いた。

「泉繁竹ですって⁉」

その名は蔭山にとっても意外だった。えっ、と声がこぼれそうになる。

――泉繁竹？　あの繁竹さんが？　まさか、なんだって……。

「そう、泉繁竹さんです」赤城が落ち着いた声で言っていた。「事件の被害に遭われ、亡くなられましたね」

「この依頼人と」憲伸が赤城に訊《き》く。「あなたは顔を合わせていたのですか？」

「ええ。蔭山さんとはお付き合いがないわけではありませんでしたので、調査対象者が蔭山さんだと判りました段階で、私が泉さんとのお話を引き継いだのです」

「平石」中山手が若手に声をかける。「写真」

「え？」

「泉繁竹の顔写真、持ってるやろ」

「あ、はい」

体を探る音が聞こえ、

「どうです、この人に間違いありませんか？」

と、平石の声がする。

「そうです。この泉さんに間違いありませんよ。報道でも時々、顔写真が出ていたでしょう」

書面に目を通していたらしい憲伸が言う。

「三月二十四日の日に契約ですね。どんな様子でした、泉さんは？　依頼の内容は？」

「様子は……、やはり場慣れしないと言いますか、やや窮屈そうにしていましたね。しかし、ご依頼の件を話される時などは、しっかりとした冷静な口ぶりでした。依頼内容は、蔭山公彦という人物のすべてを知りたいというものでした。家族構成、経歴、出生、友人関係、仕事ぶり、一切がっさいを」

そんなことを調べてどうしようというのだ、という疑問が蔭山の頭の中に広がる。

同じ疑問は中山手も懐《いだ》いていたのだろう、その思いを声に出していた。

「この蔭山だけなのですか？　他にも何人かのマークを依頼したとかは？」

「いえ、蔭山さんだけです」

中山手が続けて尋ねる。

「なぜこんなことを調べるのか、その理由は？」

苦笑したような気配で赤城は、

「そこまでは伺っていません。一度、『こうしたことをお知りになりたい理由はなんですか？』と、仕事としての的を絞る意味で伺ってみましたが、口ごもられたので、それ以上は立ち入りませんでした」

「……で、結局」憲伸の声だ。「他社を紹介するようなこともせず、引き受けたわけですね」

「引き受けました」

さらに、憲伸。「誰かの紹介があって来たということは？」

赤城が、記憶を探るような間をあける。

「いえ、そうではありませんでした。うちの探偵社の名前が目にとまったとか」

他にも、こうした依頼の背景に誰かが介在している様子がなかったか、泉繁竹が特になにかを警戒していたり、あるいはなにかを隠そうとしている態度を見せなかったか、という質問が為《な》されたが、泉繁竹は特別不信感を感じさせる依頼人ではなかったという印象で赤城の答えはまとまっていた。

「では」憲伸が聴取を先に進めた。「依頼人が死亡しているのに、調査が続行されている理由は？」

「まず、蔭山さんの身元調査結果がまとまった三月二十九日に、第一期分として報告と精算を済ませました。尾行調査結果に基づく、対象者の最近の生活ぶりも加えましてね。こちらとしてはこれで、目的も達成できているのではないかと考えていましたが、泉さんは、もっと知りたいと申されまして。特に、生活実態と言いますか、蔭山さんという人物を知りたがっておられた様子でした。そこで私どもは、調査料が割安になる、一週間単位の追跡パッケージをお勧めしました。個人の信用調査などでよく利用されます。泉さんは、基本調査料を前払いなさったのです。その一週間の期間は、明日で終わるところでした」

「……報告する相手がいなくても」憲伸の声に、彼らしい、どっしりとした情感が流れていることに、蔭山は気付いていた。「あなた方は、料金分の仕事はすることにした。そういうことですね」

「そうです。泉繁竹という人は、そうしてあげたくなるクライアントでした。そうして当然でした」

刑事達は、筆跡も鑑定したいのでこの一件の資料は提出してもらいますよ、と伝え、受取書を作成した。その間、中山手が、写真資料は集まっているようですが、録音テープやビデオテープといった他の資料がここから漏れているということはないでしょうな、と赤城社長を質《ただ》していた。

「それですべてです」

赤城は静かに答え、

「報告書は、対象者のプライバシーに深く触れるわけですから、くれぐれも扱いは慎重にしてください」

と、聞きようによってはプロの捜査官が気を悪くするような念を押していた。

刑事達が去ると、蔭山は休憩室を出た。

「お加減は、すっかり良くなったようですね」

皮肉も感じさせずに、デスクの赤城和宣が言った。

「おかげさまで。私があの部屋にいると彼らに伝えずにいてくれて、助かりました」

「忘れていたんですよ」

蔭山はデスク前に、考え深げに、ひっそりと立っていた。そして、

「前払い金だけでは、アシが出るんじゃないんですか?」

と訊いてみた。

「多少はね」赤城は淡々と認めた。「しかしその不足分が、私どもからの泉さんへの弔慰金ということで……。調査料をお返しするより、依頼をまっとうすることのほうが、泉さんの意に沿う、泉さんが喜んでくれることのように思えましたので」

別件の報告書を手元に引き寄せながら、赤城が続けた。

「泉さんはね、あなたの人となりを知りたいという様子だったのですよ、蔭山さん。そしてそれは、アラを見つけ出そうとするような通常の素行調査とは趣が異なるもののようでした。それは判ります。蔭山さんのマイナスになるようなことだとは思えなかった。だから、うちで扱ってもいい――もっと言えば、扱ったほうがいいようにさえ感じたのです。あの時の泉さんの依頼には、応《こた》えてあげたくなるなにかがあったのです。まあ……」

そこで赤城は蔭山の顔を見あげ、小さく苦笑した。

「どちらにしろ、自分がこっそり調べられていたと知って感じる不快感は同じでしょうけどね。これも、私どもの仕事ですから」

「ええ……」

蔭山は、泉繁竹が自分のなにを一番知りたがっていたのか、そして彼をしてなにがそうさせたのか、直観にすぎなくてもいいから個人的見解を聞かせてくれないかと赤城に尋ねたが、自

信を持てるほどの答えはないという返事が返ってきた。
まさか、結婚話を進めようとしていたわけでもあるまいし、と蔭山は思う。
軽く一礼して、蔭山は社長室を後にしていた。
探偵社のビルを出ても、頭は混乱したままだった。泉繁竹と、歴史事物保全財団の事件での匿名の依頼人とを結びつけるのはむずかしい。しかし、その可能性がまったくないと言い切ることもできないだろう。そもそもこの尾行の件は、犯罪事件と関係しているものなのだろう
か？
蔭山は、少し不安も感じた。
依頼を受けて探偵社がマークしていた歴史事物保全財団の五十嵐昌紀は、殺人という惨劇の
中で消息を絶った。自分の身にもなにかが起こるのかもしれないと考えるのは、意識のしすぎ
だろうと、蔭山も思うのだが……。

12

歴史事物保全財団の資料室長代理、杜圭一は、財団の裏庭の、小さな池の端でしゃがみ込んでいた。四月九日金曜日、その午後の一服だ。廊下の喫煙コーナーから出てサンダルを履き、ここへ来ていた。

白髪混じりの長髪はいつもどおり後ろで束ねられ、トレーナー姿という服装もカジュアルなままだった。タバコを咥《くわ》え、釣り場を吟味している暇人という風情だ。

喫煙コーナーの窓からは、伊東龍作と、同じ課の女性職員の二人が、裏庭を眺めている。見ていて美しい池というわけではなかった。水は淀《よど》み、背の低い松などの下には、湿地帯めいた薄暗さがある。長いほうで五メートルほどの、そら豆形をした浅い池だ。泳いでいる鯉を見たとか、いや、あそこに魚はいない、などと、社員達に話題を提供する役には立つ時もある。

鯉がいるのかどうかは判らなかったが、蟹《かに》がいるのは確かだった。小さな、茶色みがかった赤い甲羅をした蟹達だ。その数が最近、やけに多い。

「……春ってことかな」

杜圭一は呟《つぶや》いた。そして、この週末は天気が荒れそうだという予報を思い出した。日曜の後半は持ち直すようだが、花見をどの程度楽しめるか、微妙なところのようだ。灰色の雲が、速く流れている。

後ろから、のんびりとした足音が近付いて来て、

「昨夜《ゆうべ》はごくろうさんでしたな」

という声がかかった。

中山手巡査部長だった。くたっとした黒い鞄《かばん》をさげ、ネクタイを緩く結び、地道さという取り柄をまっとうしているが疲れているサラリーマン、そんないつもの雰囲気だった。薄手のコートの裾《すそ》が、少しはためいていた。

杜は立ちあがろうとしたが、中山手のほうが横へ来てしゃがみ込んだ。膝《ひざ》の上に腕を乗せ、

鞄を前にぶらさげている。

「有意義な結果は出たのですか？」杜は訊《き》いた。

昨夜は、資料室周辺で、二回めの音響測定検証が行なわれたのだ。犯行時とできるだけ同じ環境で測定しなければならないということで、夜間十時半以降に、財団建物を使用することになる。警察と財団、両者の都合がうまく一致したのが昨日だったのだ。そして、財団側からの立会人として、杜もメンバーに加わっていた。

「まだ分析中ですわ。どうなりますことやら……」

「今日も聞き込みですか？」

「ええ。所轄さんは熱心に総務部のほうを聞き込んでいますよ」中山手は悪びれるところのない苦笑を浮かべた。「私は、まあ、ちょっと、ぶらぶらと……」

「私と同じですね」杜は笑いながらタバコの煙を吐いた。「軽い息抜きというわけです」

「青空の下で、とはいきませんね」

タバコの先から、紫煙は横に流れている。

「蟹なんかを見ているだけでも気分転換になるじゃないですか」杜は言う。「蝶々《ちょうちょ》も来ますし」

「けっこういますね、蟹」

「ええ、普段はなかなか、こんなには見られませんね。……そうだ、最近裏庭にカラスが多く来るようになったって話を聞きましたが、この蟹を狙って来るのかもしれない」

そう言われて、中山手は木々の上へと目を向けた。

「今はいませんね」杜が言った。「やっぱり夕方くらいからが多いみたいですよ」

杜が手にしているタバコが短くなっていた。喫煙コーナーに戻って捨てるつもりだったのだが、話しかけられてすぐに立ち去るというのもしづらかった。指に熱を感じ始めたので、杜はサンダルで吸い殻を踏みつぶした。

「しかし、水たまりみたいな池ですよね」中山手が言っていた。「長靴で歩いてもそのまま渡れるんじゃないかな」

「それはやめたほうがいい、刑事さん」杜が小さく笑う。「ズボッとはまってしまいますよ」

「へえ、深みがあるんですか？」

「魚道があるんですよ」

「魚道？」

「魚の道と溜《た》まり場を作ってあったんですね。江戸中期のものだそうですよ。あっちの奥のほうに、昔は小川かなにかがあったんでしょう。その方向へ細い溝が延びているんです。今はもちろん、埋もれて終わっちゃってますけどね。そして池には、魚溜まりがある。石組みで、しっかりしたもののようですよ」

「……深いんですか」中山手の声が微妙に変わっていた。「大きさはどの程度？」

「まあ、変なたとえですけど、棺桶《かんおけ》ぐらいだったと思いますよ。直接見たことはないですけど、社史に写真が載ってました。何年か前に掃除を――」

杜の言葉は、驚きで途切れていた。いきなり、中山手が立ちあがっていたからだ。

この時、中山手の頭の中には、捜査会議の早い段階から考慮の対象に挙げられていた、一つの仮説が浮かんでいた。捜査官の頭から完全に消えてなくなることがなかった、ある予感ともいえる。

――増えている蟹。カラス……。

まさか、と思いつつも、中山手の口は動いていた。

「杜さん、長靴、ありますかね？」

立ちあがった杜の表情も、中山手の気配の影響を受けて引き締まっていた。

「刑事さん、池に入る気ですか？」

「ええ……」

「魚道まで？」

「その近くまで」

「それにしても、長靴じゃさすがに無理だ。――あ、でも確か、膝までの長さのゴム長があったはずですよ、物置に」

中山手はそのゴム長を借り、歴史事物保全財団の裏庭にある池へと入っていった。

三十分後――、歴史事物保全財団へ急行する警察車の後部座席に、高階憲伸がいた。財団の裏の池から、人間の遺体が発見されたという知らせを受けていた。

「五十嵐昌紀でしょうかね？」

隣に座っている、太秦署のベテラン捜査官の山木《やまき》が言っていた。

「高いでしょう。可能性は」腕を組んでいる高階の声は低かった。

無論、遺体が、当夜資料室に忍び込んでいた窃盗犯のものという解釈も成り立つ。しかし第二の遺体発見という事実に照らしてみれば、五十嵐昌紀がその二人を殺したと想定するより、五十嵐も川辺同様、被害者の立場にあったと考えた方が事件全体の流れがしっくりとする。高階は忸怩《じくじ》たるものを感じていたが、今となって思えば、五十嵐昌紀は、突然牙《きば》を剝《む》いた加害者というより、被害者のほうにむしろふさわしかったろう。

「しかしまさか……」ステアリングを握る平石も口をひらく。「五十嵐があの夜、財団の敷地から出てもいなかったなんて」

「出ていない、と考えるのが自然でしょうな」山木が見解を述べる。「川辺の遺体を西明寺山に放置した五十嵐が、その後財団に戻って来て殺されたとは考えにくい。川辺と同時刻に、財団内で殺害されていたのでしょう」

であるならば、何者かが五十嵐のコートを着て当人になりすまし、五十嵐の車で川辺の遺体を運び出したということになる。そして、その真犯人は、あの夜の窃盗犯だというセンが強くなるだろう。

平石が、なるほどなという口調で言った。

「探偵の石崎が、車に荷物を積んでいる時の五十嵐の様子はおかしかったと供述していますが、すでに五十嵐ですらなかった、ということなんですね」

かなり離れて暗視スコープの画面で見ていただけでは、別人であることに気付かなかったのだろう、と高階は思う。

停車中のバスを追い越すと、ぽつりと平石が漏らした。

「でもまさか、裏庭で……」

あまりにも五十嵐昌紀の消息が見えてこないため、すでに死亡しているのではないかという声が一つの弱気の虫のようにして、捜査陣の中でも浮き沈みしていたのだ。しかしさすがに、財団の敷地を出てもいないのではないかという憶説は、具体的な捜査方針としては考慮されなかった。犯人に裏などかかれないように留意している刑事とはいえ、現実一般の認識を常に疑っているわけではない。まがりなりにも目撃者がおり、五十嵐が自分の車で逃走したと証言していたわけであるから、物証に矛盾が生じない限り、持って回ってそうした状況すべてをくつがえしてしまおうと意識することは少ない。財団には、川辺殺し以外の凶行が行なわれたという痕跡《こんせき》は皆無であったし、死体を隠せるような場所もないと考えられていた。地面を掘り返したような形跡ももちろんなかった。

あの池がもっと大きく深そうであれば、万全を期して浚《さら》ってみたりしたかもしれないが、と高階憲伸は今さら思うが、そんな弁解しか許されない手落ちに、彼の眉《まゆ》はしかめられた。

「五十嵐でないなら、誰なんでしょう……」

運転席で平石が小さく言っていた。

「彼の車を運転して、川辺の遺体を西明寺山のお堂まで運んだのは」

川辺辰平と五十嵐昌紀を殺害した人間……。そしてもしかすると、泉繁竹も……。

「それに……」

平石は続けた。

「外へ運び出されたのが、川辺の遺体だったということに意味はあるんでしょうか？　龍神だかなんだか、犯人にとってはやはり、川辺は選ばれた供え物なんでしょうかね」

理解できない感覚だが、という思いのこもった語尾の細さは、そのまま全員の沈黙となって車内に広がった。

しばらく車を走らせると、ふと思い出したように平石が、

「そういえば、警部」と、高階に呼びかけた。「自分、この前気付いたんですけどね——茶山《ちややま》駅近くの『御菊《おんぎく》』利用して思ったんですよ、ここ、五十嵐の車がけっこう長く停まっていた場所に近いなって」

「なに？」

急に深夜営業の郊外型レストランの名前が出てきた話の展開に、高階も戸惑いは隠せなかった。

「ほら、石崎の報告書にあったじゃないですか。あの探偵さん自身も言ってたでしょう、信号待ちとは思えない長さで、五十嵐の車が停車していた場所が何ヶ所かあるって」

「ああ……」

確かに、五十嵐が乗り込んだと思っていた車を尾行していた時の記録として、石崎はそのこ

とを記している。

『御菊』って、祇園《ぎおん》の弁財天町《べんざいてんちょう》にもあるんですよね」どこか気楽な調子で平石は言葉を続けた。「そこもちょうど、五十嵐の車が長く停車していた場所なんですよ。それと、一番長く停まっていたのが、五条千本辺りだったですよね。あそこにも、ビルのテナントで『御菊』が入ってるでしょう。これは、まあ、ビルや店舗がぎょうさん集まってますから、偶然かもしれませんけど」

何秒間か思考を巡らし、そして結局、高階は聞き返した。

「それがどうした？　なにか関連があると言うのか？」

「あ、いえ……」平石の声は、ここへきてにわかに、余計なことを言ったかな、という気弱さを持った。「それでどうだという考えはないんですけどね……。五十嵐が——犯人が、『御菊』にはあるなにかを探していたとか、誰かと待ち合わせしていたとか……」

平石は、発言内容を自ら軽くするかのように、肩をすくめて見せた。

「ま、もちろん、『御菊』なんてなんの関係もない可能性のほうが高いでしょうけどね」

年長の二人の刑事は意見を差し控えていた。なにか奇妙な引っかかりを感じるが、それはまだ、あまりにもあやふやな要素にすぎなかった。

咳払《せきばら》いをしつつ、平石がシートの中で背筋を伸ばした。

「池にあった遺体、身元が判明していますかね」

「鑑識はもう到着しているはずだが」

腕時計を覗くこともせず、事実確認として高階はそう言っただけだが、平石巡査はアクセルを少しだけ強く踏み込んだ。

パトカー、覆面を含め、歴史事物保全財団の表には、事件発生当時の再現かと思えるほどの警察車両が集結していた。ふだん人どおりのほとんどない道にも、人垣ができている。財団の社員達も落ち着かなげだった。制服姿の何人かの女性職員が、胸の前で両手を握り締め、眉をひそめて一塊りになっている。窓をあけ、警察の活動を見おろしている者もいる。

西の空を覆う雲の向こうに、夕日の気配が滲《にじ》み始める時分だ……。

高階憲伸らも、裏庭へと進んだ。制服や私服の捜査官達がひしめいている。すでに、目隠し用のシートが立てられようとしているところだった。太秦署の捜査一係長の顔も見える。

これだけの人間が集まっていながら、人声はほとんどなかった。黙々と、それぞれが職務を果たしている。裏庭を取り囲む岩山に繁る木々だけが、風に揺すられてざわめきを生み出している。

池の端には、まだ水に濡《ぬ》れた様子を残す地面があり、そこからやや離れた場所にシートでくるまれた物体が横たわっていた。その傍らに、中山手が立っている。両手を、コートのポケットに入れたままだ。

高階らはまず、死体《ホトケ》に対して合掌した。

その際に借りた数珠を中山手に返しながら、高階は、

「手柄だったね」

と、短く声をかけた。

「たまたまですよ」

もっさりとした初老の刑事は、笑みのかけらも浮かべなかった。じっと、足元にあるシートの膨らみを見つめている。

「五十嵐ですか？」やや甲高い声で平石が割り込んだ。

「……と考えていいだろう。容貌《ようぼう》からの確認は無理。指紋も苦しいということだ。服装は、もっと洗浄しなければはっきりと判らない」だが、背格好は一致する。

高階は、五十嵐昌紀の身体データを思い浮かべる。身長百六十二センチ、体重六十六キロ。シートの下にある肉体の大きさは、そうしたデータと確かに合致しそうだった。

「それに……」

中山手は、目を薄く閉じて言葉を継いだ。

「車の免許証が入ったカードケースが胸ポケットに残っていた。五十嵐の免許だ」

「車のキーは？」高階が訊《き》く。

「現時点では未発見です」

と、中山手は池へ視線を向けた。そこでは、鑑識課員や機動捜査隊の人間が数人、池の底を浚っていた。

五十嵐になりすました犯人が、五十嵐の車を使用したのなら、西明寺山で車を放置した後、適当な場所で車のキーを投げ捨てたと考えるのが自然だろう。

「言うまでもありませんが……」

ポケットに両手を入れたまま、中山手は言った。

「この被害者の身元確認、慎重の上にも慎重でなければなりませんね。五十嵐が、窃盗犯も殺害し、自分の死体に見せかける偽装をしていったという見方も成立するでしょうから」

「歯か、骨のレントゲンか」しかつめらしく平石が言っていた。「DNAってことになるかもしれませんね」

中山手は、高階に、死因は脳挫傷《のうざしょう》のようですよ、と告げていた。二、三度、殴られているらしい。

高階は、ヘドロで汚れているような、濡れたブロック片に目を向けていた。それは二つあり、共にノートパソコン程度の形状と大きさ。厚みは十センチ近くはあるか。一面は平らなのだが、その裏側は凸凹《でこぼこ》のようだ。遺体の足元にあるそれから、鑑識課員が離れたところだった。

「あのブロックみたいな物は？」

「ああ……、錘《おもり》ですわ。錘として使われてました。少し大きいほうからは、太い針金みたいなのが出ているでしょう。結束線、番線《バンセン》ってやつですな。あれで遺体の両手を体の前で縛り、ブロック片を腹の上に載せて遺体を沈めていたわけですな。その後ろの小さめのほうは、両足首の上に載せて縛ってありました」

「そうか、あの破片は……」憲伸は思い出して、太い眉を寄せた。「あの頃、物置の裏側にひとまとめになってた物じゃないか？」

「そうなんです。ですから正確には、ブロック片というより、コンクリート片ですね。財団社屋地下の、配管工事で崩した壁の破片ですから」

と、中山手は、社屋裏口の向かって右手にある四角いコンクリート製の建物に目を向けていた。川辺辰平の手首を切断した鉈《なた》や、遺体を包んだビニールシートが、錠前を壊されて盗み出された物置だ。

事件当日はそのすぐ裏手に、崩した壁の破片が、高さ四、五十センチの山になって置かれていたのだ。

「あの番線は」

中山手はコンクリート片に目線を戻していた。

「補強として壁に埋め込まれていた物でしょう。どうやらあの破片、大きく崩れた部分の一部ですね。番線に従って、他の破片もつながっていたと思いますよ。それを犯人が都合のいいように、他の破片は取り払ったんでしょう。一方には、二十センチと三十センチほどの二本の番線。その反対側には、五十センチほどの番線ですからね、縛ることはできる長さです」

「あの鎖は？」

高階が目にとめていたのは、小さなほうのコンクリート片の横に置かれている、錆《さび》の浮き出た一メートル半ほどの鎖だった。

「コンクリート片を足首に縛りつけていた物ですよ。いやあ、鎖のほうはともかく、番線ははずすのに苦労しましたわ」

「しかし、どういうことなんだ」高階はコンクリート片や鎖のそばにしゃがみ、厳しい顔付きになっていた。「鎖や番線。ロープじゃだめなのか?」

「そこなんですよ」中山手の口元も引き締まっていた。「通常の縄なんかだと水中でやがて腐れてしまうから、それを犯人が嫌がったのかと最初は思ったんですがね。縄が切れて、死体が浮いてきてはまずいということで。でも、今時、ナイロン製のロープぐらいどこにでもありそうなものでしょう。そのての物なら、水中で腐る心配もない。で、そのへんの管理をしているここの職員に訊いたんですよ、ロープ類はないのかってね」

「で?」高階は立ちあがり、中山手と目を合わせた。

「思い出してくれましたよ。いつもなら確かに、そうしたロープや荷造り紐《ひも》などが物置にあるんだそうです」

「いつもなら?」そう聞き返して高階は促した。

「ええ。ここでも地下室の配管工事がからんできます。工事の間空《あ》けなければならない部屋にも、かなりの備品や資料が保管されていたんですね。それらをまとめたり、縛ったりして、あちこちに移動させている最中だったそうなんです。それで、ロープや紐、段ボール箱のような梱包《こんぽう》用具は、そうした現場のほうに持っていってあったんだそうですよ」

「そんなわけで」平石が頷《うなず》いていた。「物置にはロープ類がまったくなかった、ということですね」

高階が顎《あご》をこすりながら言った。

「犯人は確実に遺体を沈めておきたかった。錘を縛りつけたかった。ロープなど持って来てはいない。絶対になにかあるだろうと思っていた物置にもなにもなかった。そこで、鎖、か」

「あの鎖は、昔、駐車場のゲートを閉めている時の錠前のサポートに使っていたそうです」中山手が説明した。「コンクリート片のほうには、都合良く番線が飛び出している物は他になかったんでしょうね」

「コンクリートの破片が選ばれたことの理由。他にもあるな」高階はまだ顎に手を当てたままで、思案がちに目を細めていた。「はっきり紛失していると判る物は錘に使いたくなかった、ということだろう。備品が紛失していることが判明すれば、その使い道が詮索《せんさく》される。重さが必要だったのではないか、となれば、池に注意が向く」

「……ですね」と、平石が受けた。「庭石を取ったりしても、気付かれてしまう。裏山へ出るには高いフェンスを越えなければならないし、さして大きな石も見当たらない。それよりも手近な所に、壁の破片があり、これなら一つ二つ失敬しても、業者だって気付かない。そういうわけですね」

「つまりこの犯人は」高階が明瞭《めいりょう》に言った。「池の魚道の知識は持っていた。だが、ロープ類の所在まではっきりと知らなかった。そうした人物ということになる」

平石がちょっと驚いたように、「ああ……」と、声を出した。

中山手が補足するように口をひらく。

「荷造り紐なら、社屋の他の部屋にもあるかもしれませんが、犯人はそれを探して時間をつぶす気もなかったのでしょうな。つまりそれだけ、内部の様子には詳しくないということになる」

「池に二体の遺体を沈めておくことはむずかしそうなのかな?」

高階が中山手に訊いた。

「できないことはありません。魚道の遺体の上に重ねるようにすれば。ですがそれだと、発見される危険が増えますすね。雨がなければ、水面がさがるでしょうし。ぎりぎりなんですよ」

高階は黙って頷いた。

真犯人の行動の意味、その姿が、少しずつ明らかになっていく。

池を取り囲む松の上に、カラスが三羽、止まっていた。

13

週末……。蔭山公彦は、昼食を摂《と》ってから、浄土真宗妙見派龍遠寺を訪れていた。

龍遠寺の塀の中ではなく、外に広がる竹林の中だった。西向きの裏門から出て、南へと回り込むと、ちょうど龍遠寺奥書院の南辺りから竹林が展開していく。竹林と龍遠寺の敷地は、当然築地塀《ついじべい》が隔てているわけだが。

豊かな腐葉土という感じの柔らかな地面の上、蔭山は頭上に視線を向けたままで、ゆっくりと歩いていた。

空は真っ黒な雲に覆われている。今にもその底が割れ、大量の雨が降り注ぎそうだった。地上は夕暮れ時のような薄暗さに包まれている。

その黒い空を背景に、真っ直ぐに伸びあがる竹が揺れていた。十メートルから十数メートルという高さの竹。なにかの息吹のように周期的に強さを増す一陣の風が吹き渡ると、竹の葉は一斉に夕立めいた音を立てた。

「泉繁竹さんは、こうした外も歩いていたんですって？」

蔭山は村野満夫《みちお》に訊いていた。

「ええ……、た、竹の葉って、けっこういい肥料になるとかって……」

裏門をあけてくれるようにと蔭山が頼むと、村野は、ちょうど裏山を見回る時期なのでと、ついて来ていた。左手にさげる半透明のビニール袋には、拾い集めた幾つかのゴミが収まっている。風で飛んで来たらしい紙袋やタバコの空き箱、土まみれのレシートなど……。

頭上に視線を注ぎながら歩いていた蔭山の足が止まった。なにかを確かめるように目を細め、そして村野に言った。

「この竹の上のほうに、なにか見えませんか？」

「え？　なにか……？」

村野も顔を上向け、柔和に細い目をさらに細くしている。

苦労しているようなので、蔭山はヒントを出した。

「ロープのような物が引っかかっているのが見えませんか？」

「え？……あっ」一瞬強く寄せられていた村野の眉《まゆ》が、パッとひらいた。「ほんとだ。こっちの竹からこっちの竹へ……。あ、もっとずっと長いみたいですね。長いです。からまってるんだ」

蔭山も最初は、一本の竹から隣の竹へと伸びるロープの、その斜めのラインが目に入ったのだ。地上から見ると、細い細い、黒いシルエットとしてのライン……。そのラインを意識して目で追うと、一本の竹にからみついているロープの様子が、枝葉に紛れながらもかろうじて見えてくる。

警察がこれを見逃したとしても無理はない、と蔭山は思う。こうした物を見つけようと意図して神経をつかわなければ、とても発見できるものではない。足跡などは検証対象だったのだろうが、頭の上というのは、それを意識させる具体的な根拠がない限り盲点になりやすい。細い竹が並ぶだけの竹林の頭の上に、なにがあると思うだろうか。

「なんでしょうね、蔭山さん？　ゆ、揺すってみましょうか？」

「いえ、そのままにしておいたほうがいい。かぐや姫が起きてしまうかもしれない」

その奇妙な表現に、村野が静かに笑う。おっとりとした顔立ちの中でのその微笑は、観音菩《かんのんぼ》薩《さつ》像などで見かけそうなアルカイックな雰囲気さえたたえている。上下ともグレーのトレーナーが、作務衣《さむえ》のように見えてしまう。

「繁竹さんの首に刺さっていた凶器……」

一転して殺伐とした話題を、蔭山は、独り言のように言う。

「ノギス……。何者かがこんな品物を持ち歩いていたということに、やはり意味は求めるべきでしょうね」

村野は、これには答えなかった。微笑はそのまま、彼の顔にとどまっている。答えに戸惑ったようでもあるし、答えを要求されている質問ではないように聞こえたのかもしれない。

この数日、蔭山にはいろいろなものが見え始めていた。まさに、からまっていた糸をほぐす糸口が手に入ったかのように。

泉繁竹に尾行依頼をされていたという件で高階ら捜査陣のもとへ参考人として呼ばれたりもしたが、プライベートな時間、蔭山は寺社建築関係の資料を読み込み、かかわった人間達の言動を意識し直したりすることに専念していた。すると、自分の周りで起こっていたことの多くのものに、まったく違う角度から光が射し始めたのだ。肝心な場所のカーテンをあけたかのようだった。そのことによって射した光が、その場にあった鏡に反射し、また別の事象を照らし出す。そのような、真相を照らし出す連鎖作用が展開したかのようだ。そうして見えてきた重層的な真実に、蔭山はめくるめく思いさえ懐《いだ》いていた。

その、肝心な所にあったカーテンというのは、やはり龍遠寺庭園の不思議であったろう。

そして、物事の実相というものは、重ね合わせても濁ることのない、光の原色に違いないと蔭山は感じていた。これが、絵の具やインクなどの色素であれば、混ぜ合わされればくすんだ灰色に近付くだけではないか。しかし蔭山の目に見え始めた事態の背景は、一つの事柄が明るみに出ると、さらに他の真相も明らかになり、一つ一つの要素がさらに重なり合いながら、鮮明さを増して全体像を描き出すのだ。そしてそこには、ただ白くまばゆいだけの光が現われる。赤や青の光は、織り合わさり、溶け合って、純粋な光に戻るのだ……。

死亡する前に泉繁竹が預金口座からおろした金の額は、中央企画探偵社への依頼料と一致していたと、蔭山は高階から聞かされていた。匿名〝C〟が探偵社に依頼料を支払った時には、繁竹の周辺に金の出入りがないので、彼は〝C〟ではないのだろうと考えられてもいるらしい。また、同じ理由で、繁竹が、蔭山以外の他の人間のマークを他の探偵社に依頼していたという可能性もなくなっていた。

「村野さん……」

蔭山は答えを期待するわけでもなく口をひらいていた。

「心中《しんじゅう》と殺人の境界って、どこにあるんでしょうね……」

村野の穏やかな微笑も、わずかに崩れていた。少し、ぽかんとしている。それは確かに、誰にとっても答えに窮する問いかけであったろう。

土曜日ということで社員のいない歴史事物保全財団の社屋を、刑事達が遠慮なく動き回っていた。高階、中山手、平石の三人は、最上階——三階の南東の角にある部屋へ向かっていた。

「石崎の車を視認できるのは、そこだけなわけだな?」

高階が平石に確認した。

「宮野さん達が昨夜確かめた結果に変更はありません」

昨日、財団の裏の池から発見された遺体は、まず五十嵐昌紀のものに間違いないという分析結果——すでに報道機関にも流れている——が揃い始めていた。五十嵐の住まいのヘアブラシや風呂場の排水孔から採取された頭髪と、遺体のそれとは形質が細部まで一致していた。血液型も同一であった。遺体の着用していた衣服も、五十嵐の物と確認されている。死亡推定日時は厳密には特定できない死体状況だが、死後およそ二週間ほどと推定されている。

だとすればやはり、五十嵐も三月二十四日の夜、窃盗犯によって川辺辰平ともどもこの場で殺害されたと考えるのが自然であったろう。当の窃盗犯が、五十嵐になりすまして、川辺の遺体を運び出した、ということになる。五十嵐の車の中から採取されていた塵《ちり》や埃《ほこり》といった遺留物は改めてチェックされたが、やはり窃盗犯の洗い出しに役立ちそうな物証は得られなかった。

そしてここで問題になるのが、その窃盗犯にはなぜ、五十嵐になりすます必要がある状況だということが判っていたのか、という点だ。

窃盗犯は車で来たわけではないらしい。そのため、川辺の遺体を運び出す手段として五十嵐の車が必要だったとしても、五十嵐本人になりすます必要はないはずだ。しかし実際は、犯人は五十嵐のコートを着込み、その襟を立て、探偵の目をごまかしている。これは、車を使用する全行程で五十嵐のふりをしようということではなく、あくまでも、五十嵐を尾行して来た探偵の目を意識した行動であると思われる。

であるならば当然、この犯人は探偵の存在を承知していたということになる。では、どうして知っていたのか？

そうした疑問が挙がったため、財団の敷地から探偵の車を見つけることができるかどうかが、夜のうちに実験されたのだった。事件当夜は上弦の月が出ていたが、昨夜は下弦の月であり、夜空の明るさも同程度と考えてよさそうだった。雲が途切れ、月が顔を出している時を選んで実験は行なわれたのだ。そして、車を目にすることができる場所を見つけ出していた。

高階達は、三階のその部屋に入っていた。重役室の隣の応接室である。表の細い通りが見える窓の前に立つ。空は厚い雨雲に覆われ、昼間とは思えない薄暗さだ……。

左右に伸びる通りの右側に、警察車両が一台停められている。事件当夜、石崎が車を停めていたのと同じ位置だ。財団側にある山の斜面に隠されそうになっている、ぎりぎりの角度だった。

「もちろん、こっちの端へ来れば一番見えるわけですけどね」

と、平石は窓の左端へと寄る。

高階もそちらへ移動してみるが、それでも、山に隠されて、車体の三分の二程度しか見ることはできない。

「うっかり見落としかねないな」高階が言った。「闇に沈んでいる感じだったんだろう？」

「そうです」平石は頷《うなず》く。「あそこは街灯もありませんしね。そういう場所を、探偵の石崎も選んだわけで」

「その気で目を凝らして、ようやくそれと判る程度だったそうですよ」

と、中山手が補足する。

まず前提として——と、高階は考える。五十嵐は自分が尾行されているなどとは知らなかったはずだ。従って、五十嵐の口から犯人に、私を追って来た人間が表の道にいる、などと伝えられるはずがない。つまり犯人は、犯人自身の五感によって、やっかいな監視人を見つけたことになる。

まず単純に考えて、逃走しようとした犯人が表に出たところで、動かずにいる車に気付いたというセンが頭に浮かぶ。しかしこれは有り得なかった。その時点で犯人の姿は、プロの監視人である石崎によって視認されてしまっているはずだからだ。たまたま石崎がそのシーンを発見しそこなったということも考えにくい。なぜなら、犯人は肉眼であったはずであり、対する石崎は暗視スコープを使っていたからだ。

応接室から見て正門の左側には街灯がある。これは事件当夜も点灯していた。つまり、表に出た犯人の姿はその明かりにぼんやりと照らし出される。現にそうして石崎は、あの時、五十嵐昌紀と思われる人物が出て来たことに気付き、それから暗視スコープを使ったのだ。反して犯人側は、いくら目を凝らしても、右手奥の闇に紛れている石崎の車を見ることはできないのだ。石崎の車を確認しようとしたら、通りへ出て、何メートルも右側へと歩かなければならない。このような行動を犯人が取らなかったことは明らかだった。

表へ出た人間が、石崎に気付かれることなく石崎の車を発見するということは有り得ないのだ。しかし、応接室の窓からなら、それはかろうじて可能だ、ということになる。

当夜の犯人の動きはこのようなものだったのだろうと、高階は推測していた。財団に忍び込んでいた犯人は、突然現われた川辺辰平を殺害してしまう。そしてその遺体を処理しようとしているところへ五十嵐までが現われる。犯人は五十嵐も殺さざるを得なくなった。二人も殺害した犯人は、目撃されてしまうことに神経質になり、周囲に気を配るようになる。しかしそうなったとしても、二階の窓から見回して辺りを警戒するぐらいで充分ではないだろうか。犯人の行動範囲は、二階の資料室と、死体を移動して隠蔽《いんぺい》するための、一階から裏庭方面であったはずだ。わざわざ三階まで足を運ばせるほどの積極的な理由が、犯人に存在しただろうか？三階の部屋から部屋へと歩き回り、窓の西側の縁《へり》で、闇の底にうずくまっている車を発見したというのか？

「やはり私には……」

高階の低い抑揚の声には、ある程度の確信がこもっていた。

「犯人は知っていたのだと思えるな。発見すべき対象を知っていたのだ。それがあるはずだと知っていたから、身を潜めている相手を発見することができたのだ」

中山手が高階に顔を向ける。

「五十嵐が探偵に付け回されていることを知っていた、ということですね？」

「そうでしょう？　犯人はあの道端に車を発見した。しかし、それだけで警戒感を強めるのは極端だ。違いますか？　確かに、ここは他に建物もない田舎道です。そこにぽつんと車が停車している。怪しいといえば怪しいです。しかし、運転手が一眠りしているだけなのかもしれない。運転手がすでにどこかへ立ち去っていて、車だけが置かれているという可能性もある。ちょっと待っていれば、走り去るのかもしれない。……にもかかわらずこの犯人は、こうしたことなどまるで考えていなかったかのようだ。かなり手間をかけ、肚《はら》をくくり、五十嵐のふりを決行した」

中山手と平石は、口を閉ざして考え込む様子になった。

事件当夜、犯人には逃げ道は一ヶ所しかなかった。敷地はすべて、人など簡単には登れそうにない急な岩壁で囲まれている。表の道へ出るしかないのだ。しかしそこには、カメラまで備えているであろう監視者が張りついている。そのことを犯人は確信していた。じっとしていても立ち去るものではない。時間が経過すれば、むしろ不審を覚えて行動を起こされることにもなりかねない。そこで犯人は考えた。突然現われた正体不明の人間が五十嵐の車に乗り込めば、それこそ写真を撮影されるかもしれないし、探偵の観察力や警戒心、注意力を引き寄せてしまうことになる。ならば、五十嵐のふりをして動くのが得策だろう。そしてうまく五十嵐の死体を隠すことができれば、彼に罪を転嫁できるという一石二鳥が行なえる。死体を長期間隠しておける場所として、犯人は池の魚道しか思い浮かばなかった。そしてその魚道には一体の死体しか隠せない。川辺の死体のほうは五十嵐が持ち出したことにすれば当然五十嵐への嫌疑が深まるし、財団の敷地の外へと、警察の捜査対象を分散することができる。

「そうですな……」と、中山手が口をひらいた。「犯人は、かなりしつこい尾行者を想定してプランを立てたように思えます」

「ではどうしてこの犯人は、あの車の乗り手が、探偵だと知っていたのか」

半分疑問形として発せられてはいたが、それを口にした平石にも答えは見えているようだった。

高階が言った。

「この犯人が、五十嵐をマークするように依頼した、匿名クライアントの〝C〟だからだ」

その解答を、中山手と平石は、それぞれ無言で咀嚼《そしやく》した。

「つまり、こう考えられる」

自身の思考を吟味するかのように、高階は一言一言言葉を重ねた。

「この〝C〟の目的は、泉真太郎にまつわる、四年前のビデオテープや手書き資料を自分だけのものにすることにあった、と仮定する。ここまでのことをしたのだ、この〝C〟は、あの事件の犯人か、それにかなり近い人間なのだろう。四年ぶりに、ああした資料が世間に出回った。あの中に、自分にとって絶対的に不利になる情報が含まれている。そう〝C〟は知った。なんとしても回収しなければならない。そのためには、その資料がどの時点でどこにあるか、正確に知っておかなくてはならない。また、誰かが真相に迫ろうとしていないか、〝C〟は知りたかった。先んじれば適切な対処も行なえる」

「逃亡も含めて」と平石。

ごく軽く頷き、高階は続けた。

「知らなくては、〝C〟は落ち着いていられなかった。また、資料を奪うタイミングも、資料室の人間達の会話から計れることになる。彼らのおしゃべりや推測が、〝C〟にとってまずい方向に向かっているかどうかが判る、という意味だ。そこで、資料室に盗聴器を仕掛けさせた。そして同時に、室長五十嵐の生活パターンと動きをつかみたかった。なぜなら、この財団でいつも一番遅くまで仕事をしているのが彼だからだ」

平石が、「ああ……」という声を漏らした。

「つまり」

と中山手が手の平を額に当て、それで素早く頭皮を撫《な》であげながら言う。

「五十嵐昌紀という個人の素行をつかみたいからそのオフィスにも盗聴器を仕掛けたのではなく、逆だったのですな。資料を盗むために必要な情報の一つが、五十嵐室長の動きだった、と。無論、資料室の責任者であるわけですし」

高階はゆっくりと、両手を窓の桟に突いた。肩や背中の堂々とした筋肉が、スーツを張りつめさせた。

「〝C〟は、五十嵐室長の動きのパターンをつかんだ」そう高階は言葉を継ぐ。「おおよその残業時間の平均。そして、一度帰宅すれば、それから外出することはまずないという行動形式。そして〝C〟は、五十嵐が退社したという定時報告を探偵から受け、あの夜、遂に行動を起こした」

「〝C〟にとっては不運でしたな……」中山手は、剃《そ》り残しの髭《ひげ》でも手探りするかのように顎《あご》を撫で回していた。「そこまで万全を期したつもりだったのに。財団社屋のすぐ近くに住む川辺辰平に注意を向けていなかったのが誤算だった」

高階は、道路の向こう側の、左手の先を眺めていた。その傾斜地には、住宅が何軒か建っている。その中の一軒が、川辺辰平の家だった。そんな偶《たま》さかが、人の生死を分ける……。

「懐中電灯かなにかの明かりでも見たわけでしょう、川辺辰平は」中山手も、ありふれたその何軒かの家に目を向けていた。「気負って突進しすぎたために、彼は〝C〟と鉢合わせした」

「そして」高階が言う。「〝C〟を殺人者に変える結果となった」

窓にパラパラと、小さな雨滴が散り始めていた。

平石が言った。

「〝C〟イコール窃盗犯イコール殺人犯、そういうことですね」

蔭山は、村野と共に中書院の濡《ぬ》れ縁《えん》を玄関へと向かっていた。前方の御座《ござ》の間の襖《ふすま》があいており、中にいる二人の男の姿が見えた。蔭山は小声で村野に尋ねた。

「軍司さんと一緒にいらっしゃるのはどなたです？」

まだ若い男で、上背はある。

「あ、あちらは、歴史事物保全財団の伊東さんですよ。泉真太郎さんとも親しかった方です。なんでも、調べたいことがある――あるということでして、軍司さんと一緒に見えたんです。お住職の許可はもらってあるということで」

二人の男は、庭への掃き出し窓に相当する襖をあけて、北の敷地に食い入るような視線を送っていた。

「こちらにも、なにかあるのですか？」

と、村野が声をかけた。

振り向いた二人の顔は、どちらも興奮していた。

「こっちが肝心なのですよ」

伊東龍作が言った。黒々としたくせっ毛の下で、彼の両目は自分の感情に対して雄弁だった。相手が誰であろうと話したくてたまらない、といった意気込みが、その目付きに溢《あふ》れている。

声はやや、しわがれた響きを持っている。

しかし伊東がなにか言いかけるのを、軍司安次郎が遮る形になった。彼も、しゃべりたくてたまらないのだ。

「あの手首の位置を、反転の基準にしていいだろうということだな。いや、まったく」

今日の軍司は、スパンコール付きの青い蝶《ちょう》ネクタイだった。いつもより荷物で膨らんだディパックをさげている。ワサワサとした髪に取り囲まれる小さめの浅黒い顔は、深い皺《しわ》にも活発な表情を与えていた。

「手首が……、反転の基準？」

蔭山が聞き返すと、伊東と軍司は、競い合うようにして交互に話しだした。

龍遠寺の〝子《ね》の柱〟勾陳《こうちん》図形を、天にある勾陳星座と同じ向きにするやり方の基準として、この犯人はあそこに川辺辰平の手首を埋めたのだ、というのが彼らの主張だった。昨日財団に顔を出した折、伊東がその説を持ち出したので、見所がある推測だと感じた軍司も仮説の実証に協力することにしたという。私もほとんど同じことを考えていたがな、と偉そうに言い足すことを軍司は忘れなかった。

そんな二人に村野が訊《き》いた。

「犯人が、そのことのヒントを残していった、ということなんですか？」

「その理由、目的ははっきりしませんがね」伊東はニッと白い歯を見せた。「ようは、角度の問題だったんですよ」

「角度？」蔭山が聞き返す。

「ええ。こうした物を使って計測してみたんです」

伊東が手にしているのは、黒い懐中電灯のような道具だった。その先端からは赤いレーザービームが照射されるという。それが物体の上で赤い点となるので、直線上にある二点間を知ることができる。いわゆる、一点を指し示すことができるポインターであり、かなり遠くまで光線を送れる性能を持っている。そしてそのレーザー光線を反射プレートで反射させることによって、その往復時間から二点間の距離も割り出せるという。通信販売で買える物だと、伊東は語った。

「他にもこうした物を利用して」

と、軍司が持ちあげて見せたデイパックからは、学校で使うような、木製の大きな分度器が覗いていた。

「この御座の間の〝子の柱〟から、被害者の手首が埋められていた地点の角度を測ったわけ

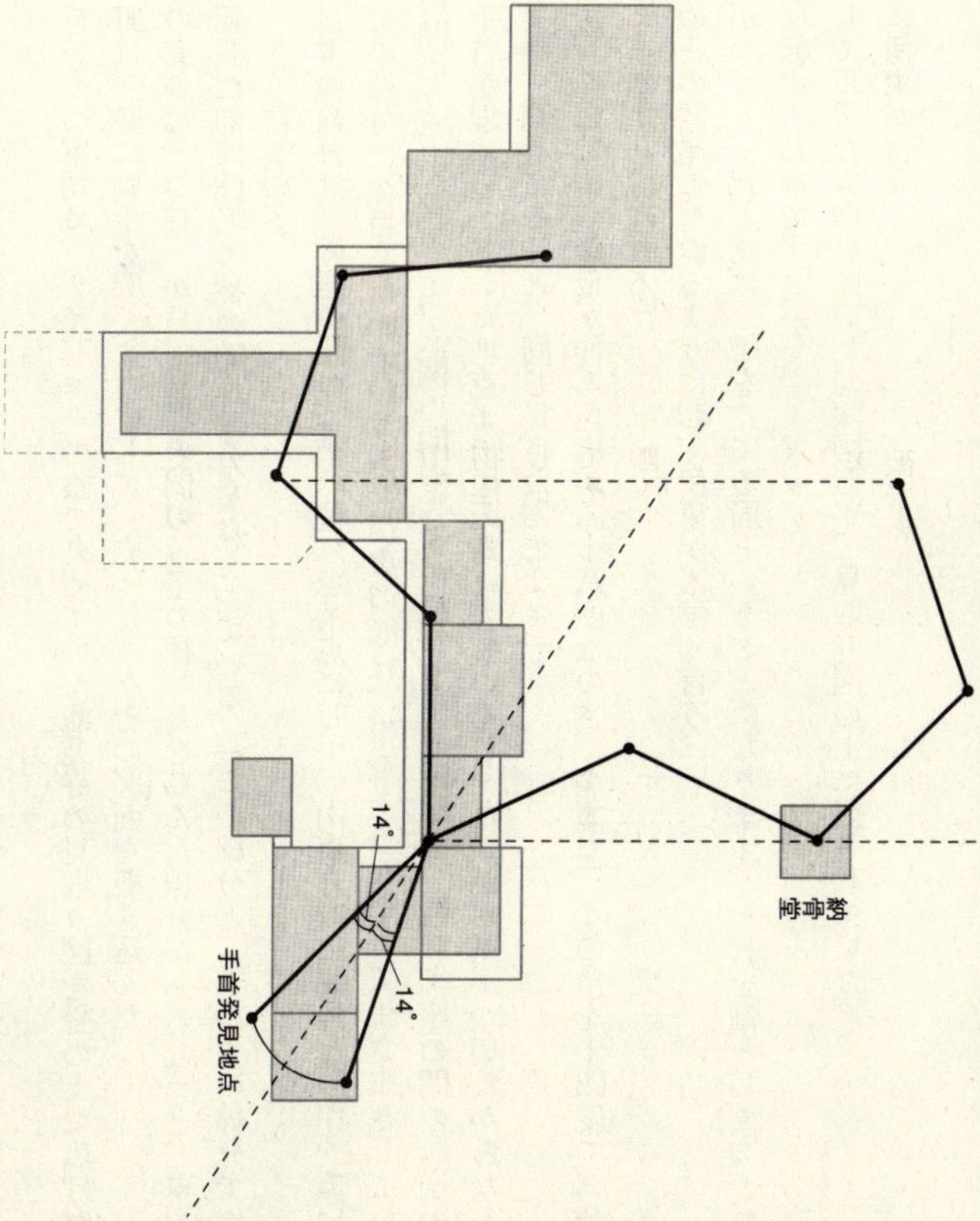
14°
14°
手首発見地点
納骨堂

だ」

そう言いつつ軍司は、デイパックの陰で丸めていた龍遠寺の見取り図を畳の上で広げた。蔭山と村野は、膝《ひざ》に両手を突くようにして、立ったままその図面を覗き込んだ。

「御座の間の〝子の柱〟から、玄関の間の〝子の柱〟とを結んだ線分があるな」と、軍司の指が、反転した勾陳図形の柄の端の部分をなぞっている。「この線分と、さっきの線分で作る角度のことさ。判るな？」

その二本の線分は、御座の間の〝子の柱〟を基点にして、南東方向に鋭角を形作っている。

「なぜこの線分に注目したかというと」伊東の顔は、得意そうな思いで生き生きしている。

「御座の間の〝子の柱〟から玄関の間の〝子の柱〟までの距離と、同じ御座の間の〝子の柱〟から、手首が埋められていた地点までの距離は等しいんじゃないかと気がついたからなんです。そして実際、測ってみると、同じ長さなんですよ」

「そして、その二本の線分が作る角度が二十八度なのさ。つまり、この角を十四度で二分する線分が、当然中心線になる」

軍司のその語尾に重ねるようにして伊東が素早く言う。

「それがつまり、たとえば、鏡を立てる面ということになります。それを軸として〝子の柱〟勾陳を反転するわけです」

そうして正常な方向に向いた勾陳図形が、見取り図の上に記されていた。

さらに伊東が言う。

「この図形と、世に言う大地の勾陳図形に、犯人は残酷な形で共通点を与えたわけですね。大地の勾陳図形の柄の方向の先端部分は川辺くんの遺体があった西明寺山のお堂ですね。そしてこの龍遠寺の勾陳図形の柄の方向の先端部分には、川辺くんの手首があったことになります。つまり、手首のない遺体全体と、その手首という縮小関係が、大地の勾陳と龍遠寺の勾陳との縮小関係を暗示しているわけですね、たとえば。この二つの勾陳は、そうした意味で、犯人にとっては意味深い相似形ということになるのでしょう」

「なるほど……」

村野が緊張を伴いながらも頷《うなず》くと、伊東は勢いを得たかのようにさらに能弁になった。

「これが私のこじつけではないという証拠として、この新たな勾陳図形は、他の条件ともあまりにもぴったりと適合するのです。たとえば、新たな勾陳にとっても最も大切な星と考えていいでしょう北極星は、ここに来ているわけですが」

と、伊東は、図面の上で、龍遠寺本堂のやや北側を指差した。新たな勾陳の、升《ます》を形作る第三の星がある場所だった。

「これは、反転の基準となった、御座の間に立つ〝子の柱〟の、真北に位置します」

「子の方角だな」と、軍司が威勢良く注釈を挟む。

「そしてこの地点には、龍遠寺の納骨堂があるのですよ」

本当だ、と感心するように、村野が軽く唸《うな》っていた。

「それだけではなく」と、伊東は続けた。「この反転したひしゃく形の升の最先端は、東庭の

〝思想の井戸〟のほぼ真北に位置します。ここにもなにか意味があるのかもしれません。手首をあんな所に埋めた犯人がこだわっているのは、納骨堂か、この最先端部ではないでしょうか」

さらに感心の色を深めた村野の顔が、ふと廊下側に向けられた。

それから少し遅れて、蔭山も、その足音に気が付いた。

檀家《だんか》回りに出ていた了雲住職が戻って来たのだ。蔭山らの姿に気付き、足が止まる。

板についた、堂々とした僧衣姿。革の鞄《かばん》をさげている。実年齢以上の落ち着きが、和服姿ということもあるのだろうが、一種独特の恰幅《かっぷく》の良さとなって感じられる。体自体はスマートなのだが……。

「ほう」了雲にしては低い声だった。「皆さんがここにお集まりとは？」

「仮説の検証ですよ」

そう答える軍司を、了雲は真っ直ぐに見返していた。

「それで、なにかが実証できましたか？」

問われて、軍司と伊東は、先ほどの話を繰り返した。

「納骨堂か、最先端部ですか……」

聞き終わると了雲は、そう呟《つぶや》いた。

「このこと、たとえば、警察に知らせるべきですかね？」と、伊東が了雲に声をかける。

「警察に？」

「私は、川辺という被害者の、未発見の二本の指が気になるんだ」と、軍司安次郎が言った。

「犯人にとってはこの二本の指にも意味があるのかもしれない。手首がそうだったようにね。北極星の位置か、納骨堂、その辺りに、指が埋められたりはしていないだろうか」

「まさか……」了雲は、僧侶としては不謹慎なほどに似合わない、一瞬の冷笑を垣間《かいま》見せた。

「しかし、手首は実際、この敷地に埋められていたんですよ」

伊東の言葉に、了雲は口をつぐんだ。

「警察に伝えるのが早計だというなら」ふん、というような鼻息を交えて軍司が言い募る。

「私達でまず調べてもいいということになりますかな。ちょっと歩き回らせてもらってもいいですか？」

「地面を掘り返すことも有り得ると？」

「ま、場合によってはですが……」

「そこまでは許可できませんよ」了雲の声は平坦《へいたん》だった。付き合いの長い顔見知りに発しているとは思えないほど、感情や配慮が排された低い声だった。「重要な研究であったとしても、ここを荒らされるわけにはいきません」

「荒らすだなんて……」伊東が心外だという声をこぼす。

「しかし実際はそういうことですよ」抑揚は抑えられているが、本音をぶつけさせてもらうといった率直さが、その言葉の中にこもっていた。「井戸に陽刻されている文字を見るだけだと言いながら、研究者達は、刷毛《はけ》でこすり、強烈な照明を当て、洗おうとまでする。少しずつ変形してゆくのです。あなた達のその熱中ぶりからすると、敷地にある動かせそうな物は、動かしてみようとしているようではありませんか」

「私達について歩き、あなたが目を光らせたらいかがか？」軍司がやや強い口調で提案した。

「手を触れてほしくない物は、そう言えばいい」

「そこまでする意義を認められないということですよ」

軍司と伊東は、わずかにむっとして黙ったが、伊東のほうが次の手を打った。

「私達にうろつき回られたくないというのは理由のあることとしても、捜査への協力という点はどうなります？　ここは殺人事件の現場でもあるのですよ」

「協力なら充分してきたつもりですが、これ以上、どのような協力が？」

「ですから先ほどの、犯人が描き出したがっているらしい勾陳《こうちん》のことですよ。特に二ヶ所は意味ありげですし、たとえばそこに、川辺くんの未発見の指が関係しているかもしれない」

「思いつきとしては面白いかもしれませんが、それ以上の意味があるとは思えません。仮説というより仮定、一つの空想のようにしか思えません」

伊東は不満そうに眉《まゆ》を歪《ゆが》めた。

軍司は戸外へと体を向けている。

そこで口を切ったのは蔭山だった。

「了雲さん」蔭山は龍遠寺の見取り図を取りあげ、伊東達が導き出した新しい勾陳の、問題の二ヶ所を指差した。「本当に、ここには、知るに値するものはなにもないのですか？　あの鯉《り》魚石《ぎょせき》のようなからくりは？」

その言葉を言ってしまってから、蔭山は、自分が腹立たしさを感じているのかもしれないと気がついた。

了雲が一瞬、頬を打たれたかのように硬直し、そしてゆっくりと息を吸った。それから、少なからずとがめる目付きで蔭山を見やった。

軍司は耳を疑うかのように慌てて振り返っていた。

「鯉魚石だと？　あの水叩石《みずたたきいし》のことか？　からくり？」矢継ぎ早に、聞き出したい事柄が口から出て来ているという様子だった。「からくりって、なんのことだ？」

伊東も村野も、瞬《まばた》きを忘れて蔭山を凝視していた。

警察に口止めされていませんでしたか、とたしなめる調子の了雲の目の色に、蔭山は応《こた》えた。

「もったいぶって秘密を守ろうとしている行為が、人を殺した人間に荷担する結果になっていることも有り得るのでは？」

言いながら蔭山は、自分も、高階枝織の胎児の死に手を貸そうとした人間だ、と思っていた。偉そうなことは言えない。しかし、人の死を重くとらえるぐらいの常識は持っている。もし、川辺辰平の遺体の一部が正式に葬られずに地面の中で腐敗しているのなら、それを放っておく気にはなれない。高階憲伸がしみじみと語っていた、川辺辰平という青年……。その遺体の一部がすぐそこにあるかもしれないのに……。遺体をすべて、早く元どおりにしてやっていいのではないのか。それ以上に優先させなければならないことなどあるだろうか？

「私が、隠さなければならない秘密を持っていると言うのですか？」感情のかけらも感じさせない、了雲の声だった。

「この庭の秘密に、あなたは縛られている。おそらくね」

「ちょっと待ってくれ」

蔭山の前へズンズンと進み出ながら、我慢できないとばかりに軍司が口を挟む。

「鯉魚石のからくりと言ったな？　そんなものが本当にあるのか？」

「どんな――」伊東も興奮して言葉をもつれさせる。「いつ判ったんですか、そんなこと？どういうことなんです？」

蔭山は、目は了雲に向けたまま、軍司と伊東の問いに答えた。

「東庭の滝の下にある水叩石は、滝をのぼろうとしている姿から、鯉魚石と呼んでもいい石でしょう。そしてそれは、竜門を駆け抜けようとしている龍の前身でもありますね。あの水叩石こそ龍であり、その龍は、尻尾《しっぽ》を振るのです」

驚愕《きょうがく》と歓喜を示すように、軍司の眼球がグルリと動いた。

伊東は顎《あご》を落として口を半開きにしていたが、それを閉じるとニヤリと笑い、興奮の面持ちのまま前髪をつまみ、ゴシゴシとしごき始めた。

「了雲さん」

蔭山は言った。

「ここまで現実の犯罪とからんでしまったということは、もう秘密も明かす時期にきているということなのでは？」

了雲の頑《かたくな》な表情が、かえって蔭山の思いを決めさせた。

警察の面々にも聞いてもらいたいものだな、と蔭山は思う。泉繁竹の死の謎も解き明かせる可能性のあることだからだ。一事を闇に封じておけば、他の物事までが薄闇へと引き込まれてしまう。もう、すべてを明るみに出してもいいのではないのか。たとえそこに、違う種類の破《は》綻《たん》が生じるとしても。

鯉魚石のからくりを発見した時には、住職の沈黙にある程度の敬意を表して引きさがったが、ここではもうすまいと蔭山は心に決めた。

そうしてもいい時期がきているのだろう。

そして、今の蔭山には、了雲の沈黙の向こうにあるものを再構築して見せるだけの、手掛かりの蓄積があった。確信めいた推論があり、補正し合う情報があった。

「了雲さん」

また同じような静かな調子で、蔭山は呼びかけた。

「実験なら許してもらえるでしょうか？　繁竹さんの死の意味を知るためにも必要なことなのですがね。それに、実験といっても、ここの庭ですでにずっと行なわれてきたことをやってみるだけのことなのですが」

「ずっと行なわれてきたことなのですか？」と訊《き》いたのは村野だ。

「そう。繁竹さん達がやっていた」

軍司が驚きの声を出す。「繁竹さん達が実験をやっていたというのか?」

「あ、そうではありません。繁竹さんは庭仕事としてそれをやっていただけです。そして、真太郎さんも。……了雲さん、蠟燭《ろうそく》を用意してもらえれば、実験はできるのですが」

その言葉で、自分がかなりの部分をつかんでいると了雲には伝わったはずだと蔭山は考えたが、それでも住職の口は動かなかった。

——それとも。

蔭山は若干の不安も感じた。自分の推測には、思い違いやまだまだ足りないところがあるのかもしれない、と。しかしそうしたことも、実際に答え合わせをしていかなければなにも判らないことになる。一つ一つ確かめていくしかない。

蔭山には少なくとも、この龍遠寺の真の姿は突きとめられたという自信はあった。それは全体像の何割かにすぎないのかもしれないが、今まで龍遠寺の謎とされていたもののほとんどに説明をつけることが可能な視点だった。自分でも信じられないと思う。四百年の間、表に出されることのなかった寺院の実態を、自分如《ごと》きが解き明かしたらしい。

たまたま自分にその役割が回って来ただけにすぎないけれど、と蔭山は思っている。ほとんどすべての部分は、泉繁竹親子が読み解きつつあったのだ。

「村野さん」

蔭山は呼びかけた。

「なるべく太い蠟燭を貸してくれませんか」

住職がなにも言わないので、村野は躊躇《ちゅうちょ》している。

「私は自分で蠟燭を手に入れて来てでも実験をさせてもらいますよ」蔭山ははっきりと告げた。

「これは、殺人事件にもかかわることなんです、村野さん。警察に話せば許可してもらえると確信しています。騒ぎを大きくすることなく、ここで調べさせてもらいたいということです」

一息あけ、蔭山は軽く頭をさげた。

「蠟燭をお願いします」

気弱げな様子で誰とも目を合わせず、村野は蠟燭を取りに行った。


了雲住職だけが広縁の上に立っていた。蔭山、軍司、伊東の三人は、東庭の滝石組のそばに立っている。村野は広縁の下で落ち着かない様子をしており、興味がないわけではないという視線を三人の男達のほうへ投げかけている。

了雲の帰宅時間だというので迎えに出ようとしていたのか、久保宏子が顔を覗かせていたが、今ではその姿も消えていた。

「その蠟燭でどうなるというんだ。鯉魚石はどうやれば動く？」

老郷土史家・軍司安次郎は、早く教えろとばかりの食いつきそうな形相だった。今にも蔭山の胸ぐらをつかみかねない。

「鯉魚石は、手で簡単に動かせます。下のほうが右側にずれるんです。しかし、それだけではなにも起こらないんですよ」

「それで、その蠟燭をどう使うというんだ？」

「いえ、使うというより、このままでいいのではないかと思うんです。実際にいろいろと試してみなければ、どれが正解なのかは判らないのですが」

村野が持って来た太い蠟燭は、受け皿に載せられ、滝の右側にある滝見灯籠《どうろう》に明かりを灯《とも》していた。苔《こけ》むした滝石組の中程の高さにある、背の低いその灯籠……。その火袋の中で、蠟燭の炎はいささか窮屈そうではあった。しかしその炎の演出を高めるかのように、太陽は厚い雲に隠され、周囲はこのまま夜へと向かうかのような薄暗さだった。

風は時折強さを増し、オレンジ色の炎が身を震わせる。それでも、太い芯《しん》に灯る炎は、しぶとくその命火を維持していた。

「泉繁竹さんは百目蠟燭を使っていたようですね」

蔭山は、灯籠から軍司達のほうへ視線を戻して続けた。

「私は、この鯉魚石はスイッチの一つではないかと思うようになったんですよ。次の段階の変化を起こすためには、他にもなにか要素が必要なのではないか。水力だけでは動かないとなれば、火を加えるのはどうでしょう？　蒸気というのは、からくりを動かす格好の動力だと思われますから」

「蒸気……」伊東が、少し呆然《ぼうぜん》とした様子で呟《つぶや》く。

「蠟燭の炎の温度も千度に達するそうですからね。この滝見灯籠の火袋の天井部分は、炎で炙《あぶ》られ続けているわけです。そして、この灯籠の素材である花崗岩は、熱伝導率が極めて高いといでしょうか。炎で炙られる部分は非常に薄く、その内部に、からくりが施されているんじゃないでしょうか。熱せられている石の狭い空間に水が入り込むことによって蒸気が発生し、その圧力が次のメカニズムを駆動させる。そのようなね。いえ、もちろん、蒸気というのは私の勝手なイメージですから、使われている石の熱膨張の違いによってからくりが動いていくというような仕掛かもしれませんが」

「しかし、それならば」軍司は、滝の左側にある、二基の袖形《そでがた》灯籠――〝夫婦《めおと》灯籠〟に鋭く目を向けた。「こっちの灯籠はどうなのだ？　三つ揃ったほうが大きな力が得られるだろうから、これらにも炎は――熱は必要なのではないか」

「そうも思いましたが、繁竹さんも真太郎さんも、そちらに蠟燭は立てていませんでしたから」

「泉真太郎！」思いがけないタイミングで聞いたとばかりに、伊東龍作がその名を発していた。「彼が……」一呼吸おいて伊東が問う。「彼の行動もこのからくりに関係していると言うので？」

「彼は、最後の姿を残しているビデオで興奮していたそうではないですか。『とんでもない発見ですよ』と。そしてこの庭には、暗示的な暗号以上のなにかがあったのだ、と言っていた」

警察の分析では、〝とんでもない発見ですよ。この庭には、暗示的な暗号だけではなく〟の後に、〝たら〟か〝から〟という声が続いていたらしいという結果が出ていたと蔭山は聞いている。泉真太郎は言おうとしていたのではないのか。〝暗示的な暗号だけではなく、からくりが仕掛けられているんですよ〟と。

「思えば……」

蔭山は論じた。

「この庭で奇妙な出来事が起こり始めたのは、夜間拝観を始めようとした四年前からだったのではないでしょうか？　泉真太郎はまさに、その準備のために、この庭で仕事をしていたのです。繁竹さんもそうですね。そしてどちらの事件も、夜間拝観の準備期間である四月前に発生している。さらにどちらも、夜間の発生。……夜だと、なにが違うのでしょうか？」

軍司と伊東は、揃って、「うう……」という呻《うめ》き声を漏らした。言われてみると炎に行き着く、という、悔しさ混じりの得心のニュアンスだった。

「ビデオでは、真太郎さんは滝の前でしゃがんでいたそうですね。鯉魚石《りぎょせき》を動かしていたのではないでしょうか？　私はこんなふうに想像するんですよ。真太郎さんはあの夜、鯉魚石が動くことに気が付いた。しかしその時、あの火事騒動が発生したのです。真太郎さんは消火活動や救援活動に協力した。そして、どうやら火事も治まり、自分はもう必要なさそうだとなると、すぐに東庭へと取って返した。無論、動く鯉魚石が気になって仕方がなかったからです。彼はもう一度鯉魚石を動かし、そしてしばらくして本命のからくりが作動した。彼は驚いて左側へ顔を向けるそうですが、それは犯人に声をかけられたからではない。犯人の姿に驚いたからでもない。動き始めたからくりに驚いたからではないでしょうか。真太郎さんは、そのからくりの場所へ近付いたのでしょうね。かなり間があいてから、『すごい発見ですよ』という声が聞こえるそうですから、犯人に声をかけられたのは、その時なのでしょう。……そして、その時明かりが灯っていた灯籠は、この滝見灯籠だけだったと私は聞いているんですけど、違いますか？」

ビデオを何度も見ている伊東は記憶を探り、「〝雄灯籠〞には灯っていなかったな」という答えを出した。

「〝雌灯籠〞のほうは画面に入っていないそうですから、そこには蠟燭が灯されていた可能性はあります」蔭山は言う。「しかし、泉繁竹さんの時には、滝見灯籠にしか明かりは灯っていなかった。これは私が目撃しています。灯っていた蠟燭類が、私が駆けつけた時には消えていた、というものでもありません。〝夫婦灯籠〞のほうには、蠟燭の跡も、受け皿も、ランプも、なにもなかったのですから。従って、炎を灯らせるのは、滝見灯籠だけでいいはずなのです。他の理由もありますし……」

「すると君は」軍司が蔭山に訊く。「繁竹さんの時にも、そのからくりは作動していたはずだと言うのかね？」

「ええ。そうでなければあの事件は説明がつきません。からくりがあるからこそ、あんな事件が起こってしまったのです。真太郎さんと繁竹さんは、どの灯籠に明かりを入れるのが夜間の美観として効果的かといろいろ試し、偶然、秘められていた機巧のスイッチに触れてしまったわけですね」

伊東は思案深げに、「しかしそうした偶然は、そう簡単に起こるものではなかった。たとえば、鯉魚石が動くことを知っただけではなにも起こらない。そこに、滝見灯籠の炎が加わらなければ……」

小さく頷《うなず》き、そして蔭山は言った。

「もう、灯籠も熱せられているでしょう。そろそろやってみますか?」

「わ、私にやらせろ」

有無を言わせず、軍司が滝口にかがみ込んでいた。そしてジャンパーの袖をまくりあげて水に手を入れる。

「右だな?」水叩石《みずたたきいし》をつかみ、そう訊《き》く。

「ええ。下を振るように」

音もなく石が動くと、下に現われた空洞に水が流れ込むのが蔭山には見えた。この間、努夢少年に教えてもらいながらやった時には、そのような水の動きはなかった。つまり、滝見灯籠に炎を灯してからでないと、からくりは水も吸い込まないということなのだろう。

息を詰めるような時間がすぎた。軍司と伊東は辺りを窺《うかが》い、蔭山はじっと、〝雌灯籠〟だけを見つめていた。

「この石は元へ戻したほうがいいのか?」

手順からミスをなくそうという慎重論だろう、軍司が問いかける。

「そのままでいいと思いますけどね。それは自動的に戻るんですよ」蔭山にも当然、空振りに終わるかもしれないという不安はあった。手順の後先や、時間、そうした条件によって作動しないからくりということは充分有り得る。まだなにかの要素が必要なのかもしれない……。

「もう少し待って――」

その時、遂にそれが起こった。

軍司と伊東は、ハッと息を呑《の》んだ。

〝夫婦灯籠〟の、奥書院から見て左――北側の、その〝雌灯籠〟がゆっくりと回転しだしたのだ。後ろを振り返ろうとするかのように、反時計回りに回転している。

感嘆の叫びをあげるようにして、軍司は〝雄灯籠〟の背後から〝雌灯籠〟に接近し、食い入るように凝視する。目を見開き、〝雌灯籠〟を我が手に握ろうとしているかのように両手を広げていた。指が震えている。

伊東は表側から〝雌灯籠〟に近付いていたが、その口が驚きの声を発する。

「水が――!」

目を凝らしていた蔭山もそれに気が付いた。袖形灯籠という物は、基壇の上に直接竿の部分が載っているような構造になっている。四角形で上面が平らな基壇が、ほぼ地面と同じ高さにある。その上に、断面積においては一回りほど小さい四角柱形の竿が立っているわけである。その基壇と竿の継ぎ目から、四囲すべてにわたって水が流れ出してきているのだ。従って、基壇はすっかり濡《ぬ》れている。薄い水の膜に覆われたといった様相だった。

そして、濡れた基壇の上で、竿の部分が回転運動を行なっているわけだった。

「水が潤滑オイルになっているのか?」伊東が感嘆の声を漏らす。

「水圧で浮かしているのかもしれん」

だからほとんど回転音が聞こえないのだろうと、蔭山も思った。石臼《いしうす》を碾《ひ》いているような響きは感じられるが、それも滝の水音に消されかかっている。回転する竿が基壇とこすれたりしないよう、慎重な工夫がされているのだ。そしてさらに、あの伝承。〃夫婦灯籠《とうろう》〃に苔《こけ》など生やさぬよう、手入れを怠ってはならない。苔や土埃《つちぼこり》などが溜《た》まっていては、それが竿と基壇の間に詰まって回転運動などできなくなってしまうかもしれない。また、回転したという痕跡《こんせき》が基壇にくっきりと残ってしまうだろう。このからくりの〃雌灯籠〃は、あくまでも、知る者だけが知っている秘蔵物でなければならないのだ。

蔭山は、蒸気が抜けるようなプシューッという音が聞こえたようにも思えたが、それは耳の錯覚だったかもしれない。

〃雌灯籠〃は完全に百八十度回転し、北を向いていた、矩形《くけい》の窪《くぼ》みである火袋部分を、南の〃雄灯籠〃のほうへと向けていた。二つの袖形灯籠は、そうした形で向かい合って立っている。

「この笠《かさ》の欠損はそういう意味か!」

これで判った、という激した調子で軍司が言う。

「接近して立っているから、笠が四角いままでは、ぶつかってしまうのだ」

四十五度回転した時点、そして、百三十五度回転した時点の二ヶ所で、〃雌灯籠〃の笠は対角線の最も長い部分を〃雄灯籠〃に接近させてしまうのだ。接触を避けるために、〃雌灯籠〃の笠の前二ヶ所の角は落とされていると考えられる。こうした笠の形態も、〃雌灯籠〃は回転するだろうと蔭山が推測した理由の一つだった。

滝口の鯉魚石《りぎょせき》は元に戻り、〝雌灯籠〟基壇部の水の出も止まっていた。

大したからくりだと、改めて蔭山は思う。

鯉魚石の下にひらく取り入れ口から機巧の中へ入った水は、蒸気となり、あるいは水のままで、からくりを動かしていく。そして同時に、回転の摩擦を減らす意味を担いつつ外部へと噴き出し、機巧の中から庭の地面へと戻るのだ。

「しかし……」

しばらく虚脱したように灯籠の変化に見とれた後、伊東が細く声を出した。

「この灯籠が回転することに、どんな意味があるんです？」

「灯籠そのものの姿を見るのではないのです」蔭山は答えた。「その二本の灯籠が形作る、空間部分を意識してください」

軍司も、白砂を蹴《け》散《ち》らしながら奥書院側へと回り込んだ。そして、絵画を鑑賞するかのように上体を反らし、〝夫婦灯籠〟を見つめ始める。

「これは……！」

軍司は愕然《やくぜん》となり、伊東も、

「えっ？　あ！」

と、目を白黒させる。

中心よりやや上の位置にコの字型のへこみを持つ四角い石の柱。その二本が、へこみを向かい合わせて立っている。

伊東龍作は自分の頭をわしづかむようにグッと指を立て、舌で唇を湿らせた。

「これは……、十字架だ」

コの字型の火袋――へこみが、それぞれ十字架の腕となっている。十字架の縦の軸の上端は、両側からの笠の張り出しによって水平に終わらされているのだ。

隣接する二基の袖形《そでがた》灯籠は、向き合うことによって、その両者の空間に十字架を浮かびあがらせていた……。

「〝夫婦灯籠〟の後ろにある〝斜め石〟は、袖形灯籠の明かりを反射させて滝の美しさを演出するための物だろうと言われていますが、実は逆だったのですね」

蔭山は言っていた。

「滝見灯籠からの明かりを反射させ、〝夫婦灯籠〟の間に、光の十字架を作り出すための物なのでしょう」

「おおっ……！」

身を震わせるようにして軍司が驚喜した。その光の十字架が、彼の想像の網膜に鮮やかに浮かんだに違いない。

「今はもちろん、昼間なので効果はほとんど感じられませんけどね」蔭山は言葉を添えた。「四百年前の当時、なんの明かりもない夜間、その灯籠の炎は鮮明な演出となったのではないでしょうか」

当時のそうした光景を味わおうとするかのように、軍司は少しふらつく足取りで、奥書院に向かって後ずさって行った。その十字架は、当然、奥書院から鑑賞するものであったろう。「袖形灯籠のシルエット……」軍司が独り言めいた声を漏らす。「その内側の、淡い光の十字架か……。月の夜などは、いったい……」

蔭山の脳裏にも、夢幻的な光景が広がりかけたが、それはわずかな時間にとどめ、彼は広縁で直立している了雲に顔を振り向けた。

風が強まり、蠟燭の炎が瞬き、庭の木々が揺れ、了雲の僧衣が波打った。

「了雲さん」

蔭山は言った。

「この龍遠寺は、キリシタンのために建立された寺院なのですね？」

14

歴史事物保全財団で展開している捜査陣には、科学捜査研究所の音声分析班の主任技官、西嶋が合流していた。代わりに、高階憲伸の指示を受けた中山手が姿を消している。

二階資料室の前で、高階、平石、小関、そして所轄署の二人の刑事が、西嶋の報告を聞いていた。

西嶋は制服制帽姿で、バインダーを胸の前で持っていた。

基本的な条件が確認された上で、彼ら音声分析班は一つの結論を得ていた。基本的な条件というのは、探偵社によって財団社屋の戸外に設置されていた録音装置には、警察が押収する以前に手を加えられた形跡がない、ということなどだった。その録音機が拾っていた音が、資料室の盗聴器から送られて来た電波であることも確認されていた。この盗聴器は招き猫の置物の中に仕込まれているため、それ自体に音響的特性が発生し、それがいわば指紋となり、他の盗聴器では有り得ないという照合結果が出されている。招き猫入りの盗聴器というのは、山科プライベート探偵興社には他に二つあったが、それらは、事件当夜のアリバイが確認されていた。

「音の動きを追うと、こうなるようですね」

　西嶋はそう切りだした。

「資料室のドアがあけられ、そして犯人が資料室に入り込んだ。その足音は盗聴器からは遠ざかりますが、おそらくここで犯人は靴を脱いだのでしょう。そして、靴下裸足《はだし》の状態で——つまり足音を消して、盗聴器に近付いた。芸の細かいことに、犯人は、ここで事務用椅子を動かしながら盗聴器を持ちあげます。盗聴器に手を触れ、盗聴器が机から離れる時にわずかにでも音がするかもしれません。それを他の大きな音でつぶしたわけですね」

「そうして犯人は、盗聴器を資料室から持ち出した、ってわけだな」持ち前のややぞんざいな口振りで小関が確認を取る。

「資料室に備えられている空調の音の分析からしても、それは間違いないところですね。空調の音は徐々にレベルをさげ、ついには聞こえなくなり、無音の時が十秒ほど続きます。この間、犯人は足音を殺してこの廊下を歩いていたと考えられます。私どもの録音でも、この廊下には夜間、拾えるような音は存在していません」

「足音もさすがに拾うことは無理だ、と」今度は高階が確認する。「犯人の呼吸音なども」

「あの盗聴器の性能では無理ですね。ただわずかに、靴下と廊下がこすれたような音は、一度拾われています。それで、十秒間の歩行で移動できる距離ですが、十数メートルがいいところでしょう。小走りというわけにもいかなかったでしょうからね。そう考えると、距離的に、たどり着ける場所は限定されます」

「そんなことはこっちも判ってるよ」小関が、四角い顔に薄ら笑いを浮かべる。「そのへんの割り出し、我々だって動いたんだから。どっちかの部屋だろう？」

資料室と同じ並びには、建物正面の方向に編纂《へんさん》修復室が、裏側の階段方向には陳列管理室があった。廊下を挟んだ向かい側は、陳列保管室というちょっとしたホールになっており、その出入り口までは距離がある。川辺辰平の血痕《けっこん》が大量に残されていたのは、陳列管理室前の、階段近くの廊下だった。

「そう。どっちかの部屋です。まあ、順序立てて、説明を総ざらいしたほうがいいかと思いましてね……」

端正な初老の顔にかすかな強張《こわば》りを覗かせて、西嶋が小関にそう言った。

高階が頷《うなず》き、平石が、

「資料室から持ち出した盗聴器を、廊下に置くというのも心理的に不自然ですからね」と、これも検証段階で論じられたことを改めて口にしていた。「しかも、犯人はそこに、カセットデッキかなにかの音源を用意していたわけですものね」

「それも間違いないところですね」

報告を再開させた西嶋は、「で、結局」と、編纂修復室に足を向けた。そこのドアはすでにあけられていた。ドアストッパーで押さえてあるのだ。

「犯人は盗聴器を、この部屋へ持ち込んだ、ということになるようですな」

「つまりこんなふうに」所轄署の刑事が西嶋に訊く。「ドアをあけた状態にしてあったわけですね？」

「このドアをあける音は録音されていませんからね。犯人は資料室へ忍び込む前に、あらかじめここのドアを開放しておき、カセットデッキも室内に置いておいたのですね。用意してきた偽装テープも再生させていたことになります。スイッチを押す音が録音されていませんから。こうした下準備を済ませてから、犯人は資料室のドアをあけたんですよ」

一同は、編纂修復室の、入り口に近いデスクを取り巻いていた。

そのデスクには、携帯ラジオと、資料室に仕掛けられていたのと同型の、招き猫に偽装された盗聴器が置かれていた。

「この携帯ラジオが、犯人の持ち込んだカセットデッキの代わりということですか？」平石が訊《き》いていた。

「そうです」西嶋の細い顔に、小さく笑みが浮かんだ。「音響的にはなんの共通性もない代物ですがね。一番手軽な物を、ということで」

高階が訊く。「カセットは、このデスクに置かれていたと？」

「おそらくそうでしょう」言葉の内容以上に、西嶋は自信がありそうだった。「根拠は、やはり、途中に現われたノイズです」

「ノイズ……」小関が眉《まゆ》を寄せると、それは一本につながって見える。「録音テープを流されているのかもしれないと気付いた時の、あのノイズってやつとは別物なのかい？」

「別物です。説明しましょう。カセットデッキから発せられている偽装の音の中には、書類棚を壊しているような大きな音も入っていましたね。鍵《かぎ》をこじあけようとして叩《たた》いたり、ガラスを割ったりしている時の音です。そうした大きな響きが発せられている時に、そのごくわずかなノイズが現われるのです」

「そのノイズの正体っていうのが？」という所轄署刑事の訊き方は会話の流れに乗っていた。

「これです」

リズム良く応じた西嶋は、携帯ラジオのそばの、中型テレビほどの大きさの物を指差した。高階にはそれは、小さめのポータブルストーブのように見えた。ストーブはたいてい、熱源の周りが熱反射板で覆われているわけだが、目の前のそれも、銀色のステンレスなどが張られており、ストーブとは違ってその中央には照明用ライトがあるという構造になっている。

「資料の修復時に利用する光源だそうです」西嶋は言った。「それで、この照明装置のすぐ近くに、音源があったのだと思われるわけです」

論より証拠とばかりに、西嶋は携帯ラジオのスイッチを入れ、音量をあげて照明器具に近付けた。すると、かすかな反響のようなものが聞こえた。

「この反射板で囲まれた空間が、ちょうど音楽ホールのような反響効果を生むんですよ」西嶋はラジオのスイッチを切った。「その薄い反射板が、わずかに震動して発するノイズも、特徴的に記録されています。このような現象が起こるのは、陳列保管室でも、廊下でもありません。そして資料室のほうでも、発生する余地がないのです。万が一、盗聴器が資料室の生の音を拾っていたとしたら、書類棚を壊している最中に連動して発生するそのようなノイズの元がなければなりませんが、どう考えてみても、またどのように当時の状況を再現しようとしてみても、ノイズが発生する理由など、あの資料室にはないのです。従って、事件当夜もここにあったこの照明装置のそばに音源があったと推定するのが、最も妥当であり、それはまた、この部屋に壊された物など一切なかったのですから、あれらの破壊の音は偽装だということも同時に証明することになります」

「つまり……」

高階が総括した。

「盗聴器がこの部屋へ持ち込まれてからの、窃盗犯が動き回っているような音。それらはすべて偽装だった。これが自然だ、となる」

西嶋も報告をまとめるように言った。

「二十二時四十一分すぎからこの部屋で、盗聴器は録音の音を聞かせ続けられます。そして、二十二時四十八分に、テープと思われるノイズを伴った背景音は遠ざかり、また十秒ほどの静寂の後、資料室の空調ノイズが入った背景音がとらえられます。この部屋から資料室に、盗聴器を持ち帰った、ということですね」

犯人が資料室で動き回っている間、盗聴器は隣の部屋へ移動させられていた。つまり、最初と最後の足音以外の、犯人が発していたと思われていた音は、生の音ではなかったと判断できるわけだ。

高階は、この編纂修復室を見回していた。事務用のデスクと木製の作業台が混在している。大規模作業台は製図台といった趣で、大きなスタンド式ライトがそれぞれに用意されている。大規模書店や図書館が地勢図を仕舞っておくような、引き出し型の大きな仕分けキャビネット。壁際を占領する、ガラスのはまった道具棚は、古びた民具を集める標本棚のようだ。大きな顕微鏡のような装置に、二台のパソコン……。

頭の中で高階は、犯人の行動をまとめていた。

歴史事物保全財団社屋に忍び込んだ犯人は、二階に来るとまず、編纂修復室のドアをあけ、それをひらいたままにしておく。このドアにも、鍵は掛かっていないということだから、簡単な作業だ。次に犯人は、その室内のデスクにカセットデッキを置き、再生のスイッチを押しておく。それから、資料室のドアをあけたのだ。このドアもあけたままにしておいたのだろう。靴を脱いで盗聴器に接近した犯人はそれを持ち、廊下を通って編纂修復室へ入る。そして紙の資料をいじる音をさせながら、盗聴器をそっとカセットデッキの前に置いた。資料の音を立てていたのは、盗聴器がデスクに接する時に発するかもしれない音をごまかすためだ。

こうした工作をして、犯人は資料室へ戻り、実際の窃盗行為に及んだ。

犯人がこのようなことをした理由。それはつまり、こう考えられる。この犯人は当然、資料室に盗聴器が仕掛けられていることは知っていた。そしてその資料室に盗みに入らなければならなくなったのだが、短時間で効率よく首尾を達せられるとは思わなかった。目的物の在処《ありか》や施錠状況などに、さほど詳しくはなかったからだ。けっこう手こずるかもしれない。そのような作業を、盗聴器で音を拾われながらやるというのはご免こうむりたかった。もし、思わず声を発したりしたらどうなる？　警察がその録音テープを入手したりしたら。だから犯人は、盗聴器を現場から遠ざけたのだ。

無論、これだけの理由であるなら、犯人はなにもここまで手の込んだ細工をする必要はなかった。盗聴器を放り出せば済むことである。

犯人にはもう一つの動機があったということになる。

それはつまり、自分は盗聴器のことなどなにも知らない人間なのだと、周囲に思わせることだ。盗聴器で録音されていることなど知らないから、窃盗行為をしながらうろつき回っているのだ、と……。

だから犯人は、そうした音を作って持参しなければならなかった。実際の窃盗行為の音は聞かさず、偽装の窃盗行為の音を聞かせ続ける。これはこれで、まずい計画ではなかっただろう。ただ犯人は、音声というものが、ここまで精緻《せいち》に分析できるものだとは認識していなかったのだ。また、当初の思惑どおりに進めば、これは窃盗事件だということで済んでしまっている程度の行動だった。科学捜査研究所の音声分析班などが登場するケースではないではないか。

高階達には、すでに確認していることもあった。山科プライベート探偵興社が、財団の資料室に盗聴器を仕掛けていることを、第三者に漏らしてはいないかという点である。結論から言うと、それはどうやら否定できそうだった。個人個人も徹底して洗ったし、部署というまとまりを通しての感触でも、彼らから情報が流出しているという様子はなかった。情報が盗まれたという形跡もない。

ではなぜ、この窃盗犯は盗聴器のことを正確に知っていたのか？

このあたりの着眼からしても、五十嵐室長をマークさせた匿名のクライアント〝C〟と、窃盗犯が同一人物だという説が裏付けられることになるのだが、資料室周辺の人間が、たまたま盗聴器に気が付いた、という可能性もまったくないわけではなかったのだ。

しかし……。

「これでもう、はっきりしただろう」

高階は言った。

「は？」小関が聞き返す。

「匿名の〝C〟。窃盗犯。そして殺人者」

高階の低い声には、揺らぎがなかった。

「これらは同一人物であり、そして、そいつは、軍司安次郎だということになる」

小関が、「えっ」と、声をあげた。

その辺りの高階の感触を事前に耳にしていなかった小関にとっては、これは少なからず驚きだった。軍司安次郎は、事件関係者ではあるだろうが、容疑者ですらなかったのではないのか？

そうした疑問と混乱に頭の中で整理をつけ、それを小関は言葉にした。

「しかし警部、軍司の送ったファックスの資料まで窃盗犯に盗まれているのですよ」

「それがやりすぎだったんだよ。彼は凝りすぎた」

「どういう意味です？」

小関の問い返しと、

「そうか」という平石の声が重なった。「盗まれた側に立てば、窃盗犯としては疑われにくいと、彼は考えたんだ」

「なるほど」と呟《つぶや》いたのは西嶋だ。「そして、ファックスか……」彼も、高階の論点に気付いたらしい。

小関はまだ、所轄の刑事ともども、困惑の表情を浮かべている。

「それは裏読みにすぎないだろう」彼はまず平石に反論する。「それで疑っては気の毒だ。警部、彼を真犯人とする根拠があるんですか？」

「ファックスのことを考えてみろ」

高階は落ち着き払って言った。

「誰にも判らなかったはずだ。彼があの晩、必ずファックスを送るなどということは。そうだな？」

　答えたのは平石だ。

「そうですね。あれは、事件の翌日の朝一番で入れてほしいと依頼されていた原稿だそうです。それで軍司は、夜の九時ごろ、もう財団には誰もいないだろうけどファックスで送っておいた、と供述していたんです。仕事を最初に済ませてから、心おきなく呑《の》みたいと思って、ということでした」

「そのことを、誰か予測できたかな？」高階は小関に問う。「個人の気分から発した行動だった、となっている。そんなことを、確実に推測できるか？　計画に組み入れるか？　しかし、この窃盗犯は、偽装した音の中に、ファックスを破り取っていく音を組み込んでいる」

　小関は、そうか！　という声を心中であげていた。所轄署の刑事達も目の色を変えた。

「二十二時四十一分から四十八分までの間、盗聴器はこの編纂《へんさん》修復室に持ち込まれていた」高階が論拠を展開していった。「これはもう、まず間違いないだろう。そして、その間、盗聴器は、偽装された音を拾い続けた。その中には、書類棚を壊す音や、備品をひっかき回す音があり、そしてファックス用紙をちぎっていく音もあった。そのへんの紙をただちぎったという音ではない。ロール状に吐き出されていた紙を手にしているという音に加え、ちぎった後に、丸めて畳むような音も入っていた。あれはファックス用紙を目にしてちぎったという音だ。それ以外のなにものでもない。そして、この部屋にファックスはない。そうだな？　従ってあの音も、偽装された録音テープに入っていたものであることがはっきりする」

「そうですね……」小関が小さく言った。

「そんな音をあらかじめ仕込んでおく。こんなことが、ファックスを送った当人以外に可能か？　軍司が無関係と仮定するか。すると、この犯人は、自分でファックスを送り、あの偽装音を作っておいたということになる。そんな状況下に、たまたま軍司もファックスを送信したという仮定だ。しかしこれは成り立たない。そうだな、平石？」

「え、ええ。軍司さんの供述の裏付けを取るためにファックスの着信は調べましたからね。事件当夜、資料室だけにとどまらず、この建物の中でファックスの着信があったのは、軍司さんの自宅からの一本だけでした」

編纂修復室は、しばらくの間静かだった。

ややあって小関が声を出した。

「軍司は……」

「自分で送信したファックスの内容を、自分で持ち去ったんですね」

高階が低く応《こた》える。

「資料室へファックスを送る仕事があった。彼には。で、それをちょっと利用してみたくなったのだろう。策に溺《おぼ》れたな」

そこで、平石が微妙に表情を動揺させた。

「しかし、警部。軍司安次郎には、あの夜のアリバイが成立しているではありませんか？」

「一晩通してのアリバイではないはずだ」

高階に言われ、平石は記録用の手帳を取り出した。それをめくる。

「九時すぎから、自宅近くの一杯飲み屋で呑み始めていますね。軍司は常連ですから、当人であることは確認されています。十時にその店を出て、丸太町の大衆居酒屋に移っています。ここは大きな店で、軍司の供述を裏付けるような証人は、店員の中にもいません。一人で呑んでいた軍司は、席が詰まってきた時に、他の席に移動させられたそうで、そのことを覚えている店員がいるのではないかということでしたが、これは無理でした。その居酒屋を出たのが十一時を十分すぎた頃。その後は、出町《でまち》商店街裏に出ていた屋台でつまみを買い、糺《ただす》の森辺りまでぶらぶらしたということ。立証はできず。……なるほど、そうですね、財団で犯行が行なわれていた時間帯には、軍司安次郎には確かなアリバイはない」

そこで平石はページを繰った。

「でも、零時五分辺りからは、証人がちゃんと登場します。北大路駅の西にある飲み屋ですが、ここは以前何度か利用したことがあるということで、軍司の顔を確認できる人間がいました。女将《おかみ》もそうですし、客の中にもいました。ちょこっと杯を傾け、軍司は零時二十五分ぐらいに出ていったそうです。五十嵐になりすました犯人が、財団から車で出発したのが十一時三十五分。西明寺山に到着するのが一時すぎですよ。この間、五十嵐の車は、軍司のいた北区とはほど遠い所を走り続けていたわけじゃないですか」

「共犯でも登場しない限り、軍司は、その犯人では有り得なくなりますな」所轄の刑事が言った。

「単独犯としても、突破口はありそうだ」

そう告げる高階に、平石は目を剝《む》くようにして尋ねた。

「どの辺りにですか？」

「君が言ったことさ、平石くん。和風郊外レストラン『御菊《おんぎく》』に、突破口があるのではないかな」

「『御菊』……」

自分で口にしたこととはいえ、そこに手掛かりがあるかもしれないと聞かされても、平石は困惑するばかりだった。

「つついてみる価値はある」高階が言った。「そのへん、中山手巡査部長に当たってもらっている」

不穏な空模様の下、高階憲伸は府警本部に向かっていた。

その警察車両の中、高階は事件の全体像を再構成していた。

未確認の部分、まだはっきりしない部分があったが、大筋はすでに見えてきていると確信していた。

軍司安次郎は、四年前の泉真太郎殺害事件にも深いかかわりを持っているのではないだろうか。そしてそれは、龍遠寺庭園の謎、そしてその研究への執着と、なにがしかの結びつきがあるのだろう。彼にとって、真太郎の残したビデオや覚え書き類は、かなり重い意味を持つものだった。繁竹が〝四回忌〟などを行なってこれを外部に出したため、軍司は疑心暗鬼に陥った。軍司は〝四回忌〟に招かれてもおらず、出席してもいないが、現物を確認していないだけに、不安が募ったとも考えられる。あるいは、真太郎の覚え書きなどは、彼にとって、手に入れたい貴重な参考物件になっていたのかもしれない。いずれにしろこれらは過去の罪と直結するもので、軍司としては表に出す気になれず、私蔵したかった。そうして彼の精神は、真太郎の遺品周辺にいる人間達の言動を探らないではいられないほど追いつめられていった。

軍司安次郎は、老後の生活基盤として株式配当による収入を計画していたらしい。しかし去年、所有していた株券が、当の金融機関が思いもかけず倒産したことで無価値となった。わずかな救済金が分配されたといっても、彼の経済状況が楽ではないのは間違いなかった。そのため時々、臨時収入を得るために働きにも出ている。その軍司が先月、車を手放したという情報を、平石が何気なく聞き込んできていた。

その代金を軍司は、探偵社の調査依頼料に当てたのではないだろうか。

探偵社からの報告で、真太郎の遺品がすべて資料室にまとまっていることを確認し、五十嵐の行動も把握したと確信できたあの日——三月二十四日に、軍司は行動を起こした。

ただここに問題があった。自分自身で仕掛けた問題だ。忍び込むべき資料室には、盗聴器が仕掛けられているのだ。

考えられる方策の一つは、探偵社が仕事をすべて終了し、盗聴器も引きあげた後で盗みに入る、というものだ。しかし軍司は、もはや一刻も待っている気になれなかったのだろう。ああした資料が誰の手でも触れられる場所にあり、伊東龍作や資料室の人間達が、昔の事件を話題にしてはまた新しい目で遺品に手を伸ばす。そんな日々には神経が休まらなかったのではないのか。従って軍司は、条件が整えばすぐに行動を起こしたかった。

では第二の方策として、ただちに盗聴器を回収するようにと探偵社に命令するか。

しかしこれは、いかにも疑惑を招くだろう。盗聴を依頼され、それを中止させられた直後に、その部屋に窃盗犯が侵入する。窃盗犯が下準備として盗聴していた、という推測をすることは実にたやすい。探偵社としても、警察に協力を申し出るかもしれない。そして自動的に、盗聴の依頼人と窃盗犯は等号で結ばれる。その両方から身元追及を受けることになるのだ。五十嵐の身辺調査と窃盗犯の侵入は、あくまでも別物だと思わせておいたほうが、自分の動機が浮かびあがりづらいという面からも有利であると、軍司は知っていたのだ。

窃盗犯はあくまでもこそ泥にすぎず、盗聴器など知らない人物としておいたほうがいい。

そこで、軍司は一計を練った。

偽の窃盗現場の音声を作り、それをカセットデッキに入れて現場に持ち込んだのだ。

二十二時四十八分までには、窃盗も無事に終了した。軍司は盗聴器を資料室に戻し、スイッチを切ったカセットデッキを手に、引きあげようとした。しかしその時——階段への廊下の曲がり角で、様子を見に来た川辺辰平と鉢合わせしたのだ。

軍司安次郎は歴史事物保全財団のOBだが、古巣に頻繁に顔を出しているわけではない。そのため、新入りである川辺辰平には馴染《なじ》みもなく、彼の住所など知らず、また、気にしようとも思わなかったのだろう。それが計画の齟齬《そご》につながったわけだ。

凶器はカセットデッキだったのではないかと高階は想像する。川辺の傷跡の形状から、書類棚をこじあける時に使ったであろう工具などよりも、大型の物が想定されていたからだ。

咄嗟《とっさ》に軍司は、それを相手の頭に振りおろしていたのに違いない。

しばらくは放心していたかもしれないが、軍司は死体を隠してしまおうと考える。死体を移動しようとするが、血痕《けっこん》を引きずってしまうことに気付く。この時点では、血痕もきれいに拭《ふ》き取っていくつもりだったのだろう。そこで、血の跡をそれ以上広げないよう、物置からビニールシートを持って来て死体を包んだ。そうやって死体を裏庭まで運ぶ。死体を、池の魚道に隠そうとしたのだ。

錘《おもり》としては、なくなっていることに気付かれにくいだろう、コンクリート片を使うことにした。しかし、物置にはどうしたことか、ロープや紐《ひも》の類《たぐい》がまったくなかったのだ。ただ、コンクリート片の中に、長く番線が出ている物があるので、それを利用することにする。川辺の手首を縛っていた針金状のものというのは、この番線で間違いないだろう。もう一ヶ所、死体の足のほうにもコンクリート片を縛りつけたいが、これには鎖を使う。

死体を池に沈める準備も整ったかと思われたころ、軍司安次郎と五十嵐昌紀に不運が発生した。

二十三時十分。

会社の様子がおかしいという連絡を川辺から受けていた五十嵐昌紀が、この時、財団に到着したのだ。物置にでも入っていたのか、軍司には車の到着する音も聞こえなかった。そして、姿を五十嵐に見られてしまったのだろう。

——第二の殺害。

撲殺。物置の近くか、池の近くか……。

目を引くほどの血痕が残らなかったのは、軍司にとっては幸運だったのかもしれない。五十嵐のコートもさほど汚れなかったのだろう。

しかしこの時点ではもう、軍司安次郎も、すべてを投げ出してただ逃走したくなったのではないかと、高階はその心理を想像する。死体を隠せる場所も、魚道一つしかなかった。そこへ、死体が二つである……。

しかしそこで、軍司は愕然《がくぜん》となる事態に思い至った。探偵が五十嵐を尾行して来ているのではないのか、ということだ。彼はそれを探り、尾行車の影を発見する。地形的に、逃げる場所がそちらにしかないというのに、そこには撮影装備すら備えた監視者が張りついている。

どうするか？

軍司も知恵を絞ったに違いない。そして、死体を一体だけここに隠し、五十嵐のふりをして脱出し、五十嵐に罪を着せようという計画にたどり着いた。川辺のふりをするということには、マイナス面がいろいろあるが、根本的に実行が困難だった。川辺は小柄な男であり、体形が軍司とは合わない。

五十嵐昌紀と軍司安次郎は、共に中肉中背である。軍司の髪の毛は蓬髪《ほうはつ》というイメージだが、撫《な》でつければシルエットに違和感は生じない。また、五十嵐はコートを着て来たので、それを着用すれば先入観をうまく利用できるだろう。

そしてこの五十嵐は、川辺辰平の遺体を、どこか外部に放置して姿を消すのだ。容疑者と被害者が財団の敷地の外に出ることによって、池の中の死体も発見されにくくなるはずだった。ほとぼりが冷めたころ、軍司は魚道の死体を回収し、もっと恒久的に発見されにくくなる場所に移すつもりであったはずだ。

こうした理由で、川辺の死体は五十嵐の車に積まれることになり、池に隠蔽《いんぺい》すべきは、五十嵐昌紀の死体でなければならなくなった。

しかしここで、問題が発生したはずだと高階は思う。

川辺の手首に結びつけた番線は、どうしてもほどけなくなっていたのではないのか。焦りのため、指の震えのためか、その番線は、どうしてもからまったままだったのだ。軍司は脂汗を流したことだろう。適当な錘も、そして縛るべき道具も、そこにあるだけなのだ。だがやがて、沸騰するようだった軍司の頭が、一つの血なまぐさい奇計を形作った。手首のほうを切ってしまえば、番線はほどけるのではないのか、と。

彼は物置から、鉈《なた》を持ち出したのだ。

こう考えれば、川辺辰平の手首に残っていた傷跡にも説明がつく。死後に、乱暴につけられた痕跡。あれは縛った時の傷跡ではなかったのだ。番線をほどこうとしていた時につけられたものだったのに違いない。

手首からはずれた結び目は、ほぐしやすくなったのではないだろうか。少なくとも、五十嵐昌紀の手首に結びつけることができる程度にはほぐれたわけだ。そして、手首の切断作業などは、ビニールシートの上で行なわれたので、血痕を残すこともなかった。

軍司は物置にあったゴム長を履き、コートを脱がせて錘を二つつけた五十嵐の死体を池の魚道に沈めた。

ゴム長から、使った形跡を拭き取る。そして、結跏趺坐《けっかふざ》の仏像の格好にして、鉈ともどもシートに包み込んだ川辺の死体を、軍司は台車に乗せた。窃盗の収穫と、カセットデッキ類も載せてある。彼は五十嵐のコートを着込み、その襟を立てていた。怪しい格好だが、それはそれで、五十嵐昌紀を怪しく感じさせる効果があるわけだ。

そして軍司安次郎は、表に停まっている五十嵐の車に向かった……。

その後の軍司の行動も、間もなく判明するだろうと、高階憲伸は前方に接近してきた府警本部ビルに目を向けつつ思った。泉繁竹殺しのほうは、まだ光明が見えているわけではないが……。

辺りはまた驚くほど暗くなっていた。信号機の明かりがいやに鮮やかに目につく。ライトを点灯している車もあった。

十三時四十七分だった。

15

龍遠寺第十二代住職、釈了雲は、奥書院の床の間を背に正座していた。

蔭山公彦と伊東龍作は、少し離れた下段の間で、同じように居住まいを正して了雲と向き合っていた。

主人の指示を待つ従者のように、村野満夫は三の間の外の広縁に佇《たたず》んでいる。

軍司安次郎は、興奮さめやらぬ形相で、デイパックから取り出したカメラのレンズを〝夫婦《めおと》灯籠《どうろう》〟に向け続けていたが、それも一段落して、座っている三名の近くへ寄って来るところだった。

あの後、三十秒もすると、鯉魚石《りぎょせき》と同じく、〝雌灯籠〟は自動的に反転運動して元の状態に戻っていた。その時も、基壇部分と竿との継ぎ目からは水が噴き出していた。すべての動きが終わった時には、機巧内部の水が全部抜けきるようになっているらしい。

死の直前、泉真太郎が最初に鯉魚石が動くことに気付いてそれを動かした時、彼がなぜ〝雌灯籠〟の回転運動を知ることができなかったのか、蔭山はその辺りも想像していた。その時はまだ、滝見灯籠に蠟燭《ろうそく》を灯《とも》したばかりだったため、熱量不足で、水の取り入れ口をひらいただけではからくりが作動しなかったということも考えられる。そして、このようなケースもあるだろう。鯉魚石の下から水が取り込まれても、〝雌灯籠〟が動き始めるまでは多少の時間がかかる。この間に真太郎は、火事だ、という叫びでも耳にし、その場を離れてしまっていた、というものだ。彼が戻って来た時には、もちろん、〝雌灯籠〟はとっくに元どおりになっていた。濡《ぬ》れている基壇には気付いたのか、気付かなかったのか……。

上空には相変わらず、墨《すみ》のような黒雲が低く迫っていた。大量の黒い雨が一気に落下してきそうな空模様だった。まだ二時だというのに、夕立前と同じような、変に蒸し暑い空気が重く充満して肌に張りついてくる。

薄暗さの中に、風の唸《うな》りが聞こえる。

「あれはやはり、隠された十字架としか思えないでしょう、了雲さん」

蔭山は静かに、そう声をかけていた。

〝雌灯籠〟が自動的に戻る前に、蔭山達には、奥書院三の間から〝夫婦灯籠〟の光景を見る時間がわずかにあった。二基の袖形《そでがた》灯籠が形作る空間は、それだけの距離をあけるとなおさら、紛れもない十字架に蔭山には見えた。これが夜間であり、〝夫婦灯籠〟を闇に沈める逆光の明かりが背後から射していれば、その効果はもっと明瞭《めいりょう》なものになったのは間違いない。

「私には……」

蔭山は言った。

「あの三の間から十字架を拝むキリシタン達の姿が、容易に想像できますけどね……」

蔭山は了雲の真正面に座っていた。蔭山から二メートルほど右側に、伊東がいる。軍司は、蔭山の右斜め後ろにあぐらをかいたところだった。

そして軍司は、

「苔《こけ》むすは、灯火《ともしび》燃えぬドグマの窓」

などと、俳句調の呟《つぶや》きを漏らしていた。

ここにいる男達には当然、隠れキリシタンの仮託礼拝物に対する知識は充分にあった。蔭山には、最近その辺りの知識を補充したという面があるにしても。

江戸時代を通しての、長く苛烈《かれつ》だった、キリスト教弾圧の歴史。首を切られ、逆さ吊りにされ、体を焼かれたキリスト教徒達。二十万人から三十万人が殉教したと言われる。責め苦に耐えかねて棄教しても、子孫七代まで監視が解かれることがなかったという事例もある。

それでも信仰を捨てないキリシタン達が全国に多数存在した。彼らの拝みの対象、信仰の対象は、キリスト像、マリア像、十字架、そしてイエズス会のシンボルなど……。彼らは、表立って安置できないそれらを、他の事物に仮託して隠し持った。キリシタン灯籠と呼ばれる灯籠などは有名なところだ。定説とはなっていないが、織部《おりべ》灯籠は竿の部分が十字型を思わせる独特の形状をしており、物によっては、マリア像とも言われる地蔵の彫り込みがあり、英文字やラテンの略号と推測される謎の文字が刻まれている。大日如来《だいにちにょらい》像の厨子《ずし》の裏に十字架の刻みがあり、子安《こやす》地蔵がマリア像であったりする。茶器の絵模様に十字を記し、刀の鍔《つば》にさえ、十字の透かし彫りを入れる。厚い信仰心の大名は、家紋や花押《かおう》に十字架を組み込んだ。

それがキリシタンとしての物証になれば、打ち首ということもある。しかし彼らは、拝みの対象として、カムフラージュした礼拝物を命懸けで守り伝えた。

「仮託礼拝物……」

蔭山はそう言葉にした。

「それはいかに偽装していても、物体として存在していては、やはり露見の危機が大きくなりますね。ですからここ、龍遠寺では、物体そのものではないものに、キリスト教のシンボルを仮託したのではないでしょうか。もしこの日本から、物質としての十字架、表記としての十字架がすべて排除されてしまったとしても、なにかが残るようにしたいという試みで……。空間という抽象を、祈りの時にだけ、礼拝物として具現化する」

今まで黙っていた了雲が、薄く笑みを浮かべ、口をひらいた。

「もしあれが十字架だとしても、それほど大きな意味はないのでは。おっしゃったとおり、一つの試みではあるのかもしれませんが」

了雲の表情は泰然とし、端座《たんざ》するその姿は、大きな覚悟を背負っているもののように見えた。

「とんでもない。了雲さん――」

了雲があくまでも口を拭《ぬぐ》おうとするので、蔭山は反対の立場で進み続けることになった。

「もっと大きな十字架が、この龍遠寺にはあるではないですか」

伊東が驚いて身じろぎ、軍司も畳に手を突いて身を乗り出した。

「まだあるですって!?」伊東の声が先に出ていた。「ど、どこに?」

「ここに、ということになりますか」

そして蔭山は、後ろを振り返った。

「軍司さん、龍遠寺の見取り図、貸していただけますか?」

「あ、ああ」

軍司がデイパックを探っている間に、蔭山は話を続けていた。

「禁教時代、キリスト教は、日本独自の信仰を隠れ蓑《みの》としていましたね。旧教では毎月ミサを行なわなければなりませんが、敬虔《けいけん》さを漂わせるそうした集会には、よその人間を納得させるだけの表の看板がなければなりませんでした。そこで、庶民信仰との習合が起こっていくわけですね。地蔵信仰と習合すれば、毎月二十四日を地蔵講と称して集まり、キリストに祈った。庚申《こうしん》信仰と結びつけば、毎月十九日が、庚申講と称されたミサだった。時と場所によっては、それは茶会と称され、灯籠を茶庭の片隅に据え、明かりを灯した……」

Ｂ４判の龍遠寺の見取り図が、畳の上に広げられていた。前回の著作で使ったという、軍司の手作りのものだった。

「ありがとうございます」

蔭山はそれを引き寄せた。

「ここ龍遠寺でも、真宗の行事に名を借りた、隠れキリシタン達のそうした集まりがあったでしょう。で、私は、掛け軸というものにも注目してみたのですよ」

「掛け軸？」

伊東の問いかけに、

「ええ」

と答え、蔭山は了雲の背後の床の間を指差した。

ていた。

「あそこに飾られる掛け軸ですよ」

伊東と軍司は床の間に鋭い視線を放ったが、了雲は微動だにせず、床の間に端然と背を向けていた。

「庚申信仰では」

蔭山の言葉が続く。

「精進料理を持ち寄り、身を持し、庚申さんの掛け軸の前に集まって拝礼をする。庚申に限らず、掛け軸が拝礼の中心になることは珍しくないでしょう。ここの床の間同様、集まった信者達の中央に位置するようにそれが造られていることも多いのですしね。また、ここの掛け軸には、龍の尾に関するヒントも描かれていました。しかし、龍遠寺の奥書院に飾られる掛け軸の中で、最も名を知られているのはなんでしょうか？」

「『寝間《ねま》弦月《げんげつ》』！」軍司が声をあげた。言われてみれば、見過ごしていた大きな観点だったかもしれない、という予感を込めるように。

「この掛け軸は、銘そのものが謎めいているわけですね」

蔭山は言った。

「弦月……。描かれている月は満月なのに、なぜ、半月という銘が与えられているのか。いろいろと、それなりに深みや面白みのある解釈が流布していたわけですが――」

「銘の意味も判ったと言うのか？」

軍司の意気込んだ問いかけが、蔭山の言葉を途切らせていた。軍司は少し大きめの手帳を手にし、ボールペンを握り締めている。

「無論、私流の解釈ということですが、キリシタン信仰から見た場合、奇妙なほどぴったりとはまります。寝間、というのもそもそも、ふすま、と読むのではないでしょうか。銘には、ふりがななど振られていませんからね」

「ふすま？」伊東が聞き返していた。

「伏している間、ということですね。そして、建具としての襖《ふすま》や障子は、寝室の目隠し、間仕切りから始まったということでもあります。もともと、寝間《ねま》の障子と書いて、寝間《ふすま》障子と読ませることがあったそうですから」

「ふすま……」軍司はその辺りの言葉、漢字をメモに書きつけながら、口の中でも感触を確かめていた。「ふすま弦月……」

「襖、障子と言えば、あの井桁《いげた》状の骨組みですね」

蔭山は淡々と自説を続けた。

「あるいは、十字型と言いましょうか……。そうした建具と重ね合わせるようにして見る半月。視覚的に再現するなら、格子に組まれている欄間の向こうの半月、といったところでしょうか。そのような光景をシンボライズするなら、それは、俗に言うコンスタンチノ十字架にならないでしょうか」

その十字架に関する知識は軍司にはないようだったが、伊東は、

「……あの、ＰとＸの」

そう言うと、ちょっと、と断わり、軍司のメモ帳にボールペンを走らせた。そして、「この十字架でしょう」

と、それを書きあげた。その紙面には、

♀

といった記号ができあがっている。

「ラテン語の、たとえば、パックス・クリスチ——キリストの平和を意味するとも言われている……」伊東はそこで、蔭山へ目を向けた。「この掛け軸の銘も、十字架を隠していると？」

蔭山は慎重に答えた。

「これだけでしたら、私の想像の産物として退けられてもかまわないのですが、これは導入にすぎないのです」

「導入……」軍司が呟《つぶや》く。

「あの『寝間弦月』という掛け軸の最大の妙所はどこでしょうか？　あの掛け軸には、他では類を見ない仕掛けが施されていますね？」

「無論！」という軍司の声と、「遠近法を利用しただまし絵ですよ」という伊東の声が交錯した。

『寝間弦月』は鏡のようなだまし絵になっている。その掛け軸は、奥書院の南庭を、左右反転して写し取っている。

「肝心なのは、床の間の向こうにさらに空間があるかのように描かれている部分なのです」

蔭山は、今は『登鯉昇龍《とうりしょうりゅう》』が掛けられている床の間を、じっと見つめていた。

「あの掛け軸の画面の上部には、室内側から見る庇《ひさし》の張り出しが描かれていますね。つまりあれによって、その床の間には、掛け軸の大きさの空間があけられており、その先に、南庭とは反転した庭があるように錯覚できるわけです。そして、絵の中の庇と同じように見えるように立体化した、架空の建物部分というものが測量されたそうですね。先頃、軍司さんから教わったことですよ」

そうだったな、というふうに老郷土史家は頷く。

「それによりますと、床の間の向こう――つまり、奥書院北の端からは、長さ三間《けん》ある建築部分が、仮想的に増築されているということになるそうです」

蔭山は、畳の上の龍遠寺の見取り図を指でなぞった。

「この奥書院に、あの掛け軸で視覚的に存在させられている建物部分が、実際に存在しているとして見取り図を描いたらどうなるでしょうか。T字形の縦線として南北に伸びている、奥書院の三つの間の並び。その北の部分にも、もう一つの仮想の間が、同じように建て増しされているわけです。その長さ――床の間からの奥行きは、およそ五メートル半」

ボールペンでそれを描き加えていた軍司が、ううっ、と呻《うめ》いた。

伊東も、唾《つば》を呑《の》み込むようにして髪を乱暴に掻《か》きあげていた。

「十字架ですよね、了雲さん」

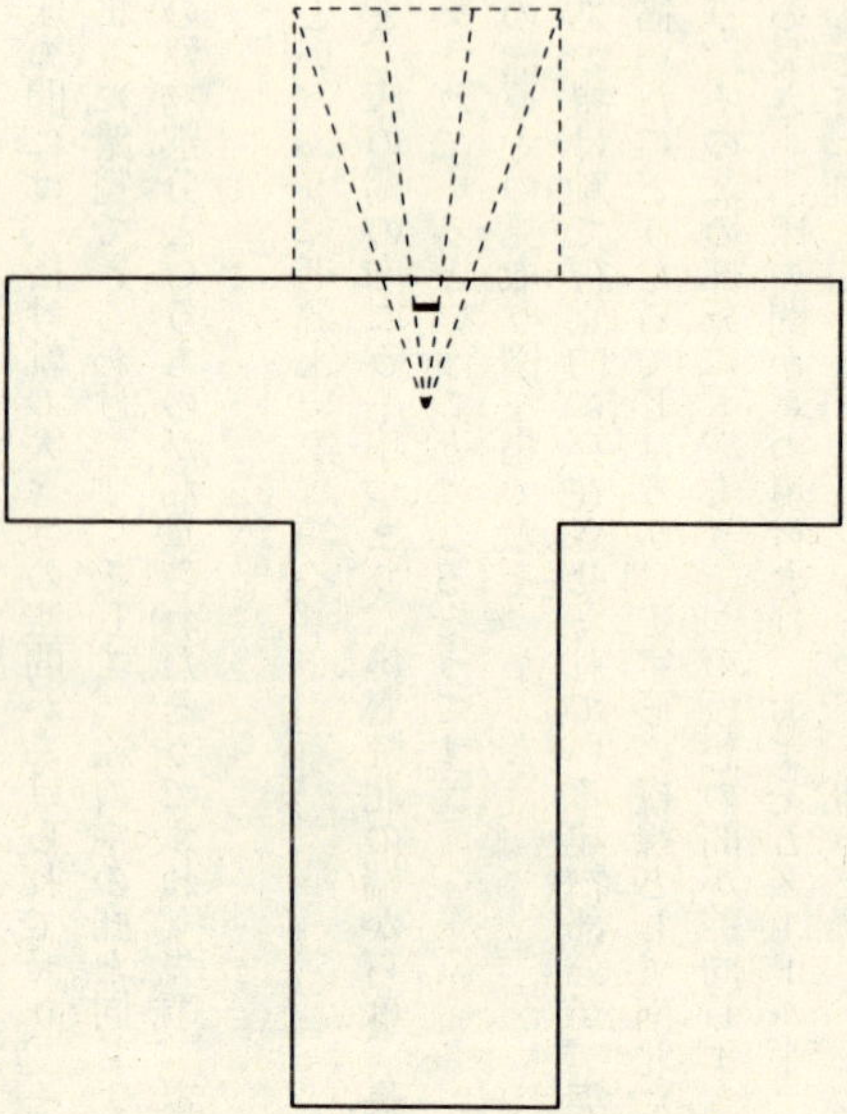

向き合う龍遠寺住職に、蔭山は言葉をかけていた。

「この奥書院そのものが、巨大な十字架なのです。信者達の集まりには、季節に関係なく、あの掛け軸が掛けられたわけでしょう。彼らは、一心に祈りを唱え、唱和し、祈願の酩酊《めいてい》へとのぼりつめていく。そして、『寝間弦月』に描かれた庇を連想上の手掛かりにし、彼らは想念としての十字架の中で祈り続けたのです。

西洋の――どこの宗教建築物も多かれ少なかれそうなのでしょうが――特に西洋の宗教建築物は、形や造りとしての象徴性を最大限に重視していますよね。教会堂など、十字架の形をした物が多い。そして実際、それは十字架を意味しています。同時に、十字架に磔《はりつけ》にされた、キリストの似姿《にすがた》でもあります。建物奥の内陣とは頭部であり、大事な心臓部には、洗礼台や聖棺などの重要物が置かれる。この龍遠寺奥書院も、当時のキリスト教信者にとっては聖堂だったわけでしょう。彼らは、キリストの体内で、そして十字架の内部にも分け入って、弾圧下での祈りを捧《ささ》げていたのです」

了雲はまだ泰然と沈黙していたが、特に軍司などは興奮の様子で、

「物質としての十字架形の聖堂は残さないために……」とか、「では、あれは……」などと呟きながら、盛んにペンを走らせていた。

伊東は一膝《ひとひざ》、了雲のほうに詰め寄った。

「本当なんですか、了雲さん？　いや、本当なんですね、この寺院の不可解さの意味？　素晴らしいじゃないですか。今となっては素晴らしい歴史ではないですか。教えてくださいよ。た

とえば、たとえば、まだまだ隠された意味――真意があるんでしょう？　発表しましょうよ。このお寺の価値、本当に高くなりますよ」

それでも了雲は口をひらかず、次に聞こえたのは軍司の声だった。

「まさか、あなた達住職も、キリシタン建築物だったという本来の意味を知らなかった、そうした由来が失伝《しつでん》していた、というわけではないでしょうな。そのため、掛け軸も、秘蔵せずに鑑賞させ続けてきていた、とか……」

それにも了雲は無言だったため、蔭山が応じた。

「住職達は、すべてを承知していると思いますよ」

それが、鯉魚石《りぎょせき》のからくりを発見した時以来の、蔭山の実感だった。

「表わすことによって隠す、というのは、むしろこうした歴史的な背景の中では正道なのではないでしょうか。拝んでいる姿が人目に触れても不審感を誘わないように、マリア様は、子育《こそだて》地蔵や観音様《かんのんさま》の像に仮託されたわけでしょう。逆に言えば、隠さなくても済むように、表の形象に刷り込むという仮託が行なわれてきたわけですよね。もしこれが、頑《かたく》なな秘伝、秘蔵の物であったなら、禁教時代の権力者や研究者に目をつけられたら最後、疑いを招き、細部まで調べあげられ、露見した場合は言い訳もきかないでしょう。堂々と開陳してある物なら、この箇所は十字架ではないかと問われても、偶然ですね、という主張がさして不自然ではなくなるわけです。こそこそと修理・保管することなく、悠然とした意志を持って、代々受け継いでいくことができるわけですね。信者達も拝みやすく、礼拝に行くための、あまり特別な覚悟もいらない」

「ただ、それは……」

と、軍司が言った。

「掛け軸の銘が真相を暴くヒントになってしまうような、諸刃《もろは》の危険もはらんでいる」

「それもある程度やむを得ないのでしょうね。ただ基本的に、こうしたメッセージは無論、後に続くキリシタン達に向けて発せられた歪《ゆが》みなのです」

「歪み？」伊東が眉《まゆ》を寄せる。

「『寝間弦月』というタイトルは、一種過剰だとは思いませんか？　けっこう特異なコンスタンチノ十字架を、ここに持ち出す必要はないように思えますからね。十字架を暗示したいのなら、障子や襖の格子といったものを強調すればいい。このキリシタン寺院を建立した人達が、コンスタンチノ十字架を信仰しなければならない一派だったとしても、それならば、掛け軸には満月など描かず、半月を描いておけばいい。そうすれば、画《え》の内容と銘に食い違いなど生じなくなる」

「それはそうだ……」伊東は下唇をつまんでいる。

「そうした変調は、やはり意図的なものだと考えたほうがいいでしょう。私は、もしかするとこの銘は、やや時代が下ってから作られたものではないかと想像しますけどね。龍遠寺が創建されたのは、秀吉の晩期であったわけですが、やがて完全禁教の江戸時代が始まった時、キリシタン達は、この弾圧の時代は長く続くと覚《さと》ったのではないでしょうか。それは言い換えれば、密《ひそ》かに、限られた者だけに信仰を受け渡していかなければならない時間が長く続くということです。その時間の中で、伝承が薄れて消えてしまわないか、という恐れも頭には浮かぶのではないでしょうか。伝えるべきキリシタンの中からさえ、真の意味が見失われてしまう時が来るのではないか、という危惧《きぐ》です。

記憶が鮮明になり続けるためには、刺激が必要だとは思いませんか？　満月を満月として記すだけなら、それは平凡にして当然のことであり、一度なんらかの理由で口伝《くでん》が途切れてしまったりしていたら、もう修復の余地もないかもしれませんね。そもそも、興味深く、明瞭《めいりょう》に記憶するという行為は、平坦《へいたん》な事実の中では生まれにくい意欲なのではないでしょうか。満月なのに弦月であるという謎掛けは、人の記憶から記憶へと隠された事実をつなげていくための、刺激なのではないでしょうか。うっすらとした記憶しかなくなっている人間も、この不思議な銘に触れた時、そういえば、ここになにかの重要な意味が込められていると聞いた覚えがある、などと、途切れつつあった伝承を修復、補強していくことが可能でしょう」

伊東が呟いた。「意図的に歪められた、記憶の装置か……。この銘を忘れるな、この掛け軸の本当の意味を解く鍵《かぎ》として……」

「賢明な措置だったかもしれない」軍司はボールペンをこめかみに当て、思案深げだった。「禁教時代の二百数十年。現代までの四百年。見失われてしまったキリシタン達の意図は多い。まったくもってな。もともとのキリシタン灯籠《どうろう》も、その仮託性が忘れ去られ、後代ではただのデザインとして継承されたものがほとんどだ」

軍司はふとメモ帳の一ページを破ると、それをクシャクシャと丸め、ジャンパーのポケットにねじ込んだ。それからまた、ペンを紙の上に走らせた。

蔭山は、了雲に話しかける口振りで言っていた。

「高松市の、ある臨済宗寺院では、住職でさえその寺は通常どおりの仏寺であると信じきっていたのに、創建当時の用材に十字架が隠されていたという話がありますね」

了雲がようやく口をひらいた。

「この龍遠寺も、その歴史の根本にはキリスト教が関係している、というわけですね？」

「違うと、言い張らなければなりませんか？」

蔭山は、上段の間の西側、その襖《ふすま》の向こうに人の気配を感じたような気がした。

それから二、三秒すると、その襖があいた。

久保宏子に体を支えられ、先代住職、顕了《けんりょう》が立っていた。


府警最上階の大会議室。そこに設《しつら》えられている合同捜査本部で、高階憲伸は総勢九十八名の捜査官達と向き合っていた。太秦署の捜査一係長と、府警の刑事部長名波《ななみ》の間に挟まれて着席している。

室内には蛍光灯が灯《とも》っていた。

「それで、軍司安次郎は、肝心の発信器の在処《ありか》は知っていたんですか？」

と、太秦署の中堅刑事が質問を発した。

「それは、山科プライベート探偵興社から確認を取った」杉沼府警捜査一課長が答える。「匿名クライアントの〝C〟は、けっこう神経質に追跡態勢の内容を問い質《ただ》したんだそうだ。本当に尾行がまかれるようなことがないのか、という確認だな。発信器を使った追尾だから、尾行車が発見される危険は少ないし、まかれる恐れもまずないと、探偵社の担当者は答えた。その時に、前部バンパー辺りに発信器は取りつけてあるという話題にもなった。すると、〝C〟は、接触事故など起こしたら、バンパーでは発信器が落ちてしまうのではないか、と心配した。それで、バンパーそのものではなく、その内側の車体の下に取りつけるのがうちのセオリーだ、まず問題ない、と担当者は応じたわけだな。依頼人である軍司は、追跡用無線発信器の取りつけられている場所を、おおよそ知っていたことになる。ここから先は、この推論を立てた高階警部に話してもらおうか」

高階は、指を組んだ両手を長机に乗せた。

「軍司は、川辺の遺体を五十嵐の車に積んだ。この時、探偵石崎の目には、五十嵐らしき人物が、荷物を積むのに手こずっているように見えていた。しかし実際は、軍司は発信器を探していたんだろう。体を低くし、車体前部の底を探ったのだ。そして発信器を見つけた。それを軍司は手に入れた。この時点で、軍司の計画は固まっていった。もともと咄嗟《とっさ》に知恵を絞っていったものであり、流動的な計画だったのだ」

若手が手をあげる。

「石崎は五十嵐の車ではなく、発信器を追っていたにすぎないということですが、警部は、どこからその両者が離れたと考えておられるんですか？」

「千本丸太町までだろう。ここは、追跡者である石崎が、五十嵐の車の停車時間の長さを、初めて気にした場所でもある。そしてここには、二十四時間営業の和風郊外レストラン、『御菊《おんぎく》』がある」

初めてこの辺りの説を聞く者達は、不可解そうに眉をしかめ、囁《ささや》きを交わした。

「石崎は、車間距離をあけて行なう追跡方法を採っていた」

と、高階は続けた。

「まかれることよりも、対象者に発見されることを警戒する態勢だな。発信器を仕掛けてあるので、これで当然とも言える。石崎は、五十嵐の車は目に入れていなかったのだ。しかも、千本丸太町の西、花園の南の路地で、五十嵐の車は細かく動き回った。引き返すような動きさえしたそうだ。これは、軍司が意図的にしたことだな。接近しすぎることを、石崎に警戒させたのだ。石崎は、発信器だけを頼るようになる」

「それで……」また別の捜査官が質問を挟んだ。「『御菊』がそばにあるから、どうなるというのです？」

「『御菊』ではこの時間帯、食材補充車がルートを回る」

高階は体をひねり、黒板に顔を向けた。そこには、新聞紙の二倍ほどの大きさの紙が貼られ、京都市の略図がざっと手書きされてあった。指示棒を伸ばし、高階はその略図の中の黒い点を示していった。

「チェーン展開している『御菊』の、何店かを選んである。そしてこの地点は、五十嵐の車が、数分以上停車していた地点でもあるのだ」

大会議室がざわめいた。

「すると、まさか……」小関が声を出した。「軍司は無線発信器を、『御菊』の配送車に取りつけた、ということですか」

「それが妥当だ」高階は答えた。「すべての細かなデータが合致する」

やはりできれば、アリバイがほしくなったのだろうな、と高階は犯罪者の心理を分析していた。窃盗を計画していた時は、飲み屋をハシゴして歩いていたのだが、大きな店だったりしたものだから証明はむずかしい、という程度の所在の供述で満足するつもりだったのだろう。しかし軍司は、二重殺人という重罪を背負い込むことになった。自分の身を積極的に守りたくなったとしても不思議はない。かなり行き当たりばったりであろうと、偽装工作にしがみついてみようという欲求も生じるだろう。尾行者が背後におり、保身の策を見つけ出したいと切望しつつ、一刻一刻の時間に追いつめられていく頭の中で、それは唯一の可能性に思えたに違いない。

杉沼課長が口をひらいていた。

「軍司安次郎が『御菊』の配送ルート関係を知っていたということは、中山手くんが確認して来ている」

捜査官達に囲まれた前方の席で、中山手が記録手帳の内容を読みあげた。

「四ヶ月前、九八年の十二月八日からの十日間、軍司安次郎は、夜勤シフトのルート配送業務に携わっています。これは本来、軍司の知人である五十代の男がやっている仕事でしたが、体調を崩して欠勤しなければならなくなったため、軍司に声をかけたものです。臨時採用ですな」

「自分がアリバイを作っている間」刑事部長の名波が言った。「石崎を引っ張り回す車として、軍司にはその配送車が閃《ひらめ》いたんだな」

「もう一つ」高階が意見を添える。「軍司は、西明寺山のお堂を選択していた。川辺の遺体を投げ出す場所として。龍遠寺に関連する執着。あるいはなんらかの画策からの必要性だったのかもしれないが、遺体はここへ運びたかったのだろう。そして、『御菊』の配送ルートの最後――そこには、茶山店がある」

茶山から三キロ少々北上すれば西明寺山である。

上鴨署の古株が、もそっとはしているが、それなりに通る声で言った。

「つまり軍司は、ちょうどその時刻、千本丸太町の『御菊』に配送車が来ると気付き、接触できるかもしれないという賭《かけ》に出た」

高階は短く首肯した。

「配送時刻、あるいはルートまでが、四ヶ月前とは変わっている可能性もある。しかし結果として、軍司は『御菊』のパネルバンをとらえることができた」

もし接触できなかった場合は、他の適当な車に発信器を仕掛け、それを追わせて探偵をまいてしまえばいい。

中山手が報告を補足した。

「事件当夜、配送車は予定どおり動いていました。四ヶ月前と同じ運行行程です。千本丸太町店に食材を入荷していた時刻が、二十三時五十分前後。その先の店舗での停車時刻は、石崎の業務報告と一致します。茶山店到着は、零時四十五分」

「しかし……」先の古株が、首筋をこすりあげながら感慨を漏らした。「大胆というか、一か八かの冒険ですな」

「この、軍司安次郎……」高階は言った。「一度常道を踏み外すと、無茶な、派手なことでもやる。騒然となる観客を意識する劇場型犯罪者の傾向を持っている」

高階は、窃盗の現場を偽装した音声の中に、ファックスを持ち去る音まで組み込んだ軍司のやり方を思い返していた。

「総括すると……」

高階は再び指示棒を持ち、斜め後ろの京都市の略図を指し示した。

「北嵯峨の歴史事物保全財団を出発した軍司は、東へ向かった。花園を通り、千本丸太町で『御菊』の配送車をキャッチ。探偵が追尾している無線発信器を、この車に移し替える。配送車は南へ向かい、軍司は北へ向かう。死体を積んだままの、五十嵐の車で。

配送車は市の中心部へ向かう。東へ進み、五条千本で十分近い停車。ここの『御菊』は、ビルのテナントだからな。車はさらに東へ向かう。鴨川を抜けると北へ転じ、祇園の『御菊』で停車。そして茶山へ。一方、千本丸太町から北上していた軍司は、北大路駅の西にある飲み屋に顔を出す。零時数分すぎといった頃合いだ。言うまでもなく、五十嵐のコートは脱いでいる。自分の印象を残すと、適当に切りあげ、店を出る。そして零時四十五分、茶山で配送車を待ち受ける」

高階は、捜査の現場に携わる面々に向き直った。

「ここで考慮していいのは、もし『御菊』の配送車を再度つかまえられなくても、軍司には痛手が少ないということだ。配送ルートが変わってしまっていてもいい。時間に間に合わなかったとしてもいい。軍司はそのまま、西明寺山へ行って五十嵐の車と川辺の遺体を放置すればいいだけだ。探偵屋には、まかれたことを悔しがらせておけばいい。無線発信器が『御菊』の配送車に移し替えられていたという事実を我々が入手すれば、そこでの就業経験のある軍司が浮かびあがるという危険はあったかもしれないがな」

「しかし軍司は……」名波刑事部長が、低い声の調子でまとめた。「配送車と再会する好運に恵まれたわけだ。そして、発信器を五十嵐の車につけ直した」

こうしたトリックも、事件当夜の五十嵐の車の停車場所と、郊外レストラン『御菊』の所在地が一致しているという直観を平石が得なければ、まだ解明には手こずっていただろうと、高階は考えていた。

「宮野班を中心に細部の傍証固めは続けてもらうが」刑事部長が断を下した。「任意で引っ張るには充分だろう」

捜査本部の中に、活気のあるざわめきが満ちていく。

軍司安次郎のもとへ向かわせるメンバーを選ぼうとする杉沼課長に、高階は言った。

「私も行きますよ」

課長も刑事部長も、あきらめたように苦笑した。

16

床の間の正面には、今は顕了が座っていた。杖《つえ》を傍らに置き、あぐらに近い格好に足は崩している。白いガウン姿に、タータンチェック模様の膝掛《ひざか》け、やせ細った肩に薄手の綿入れを載せている。

顎骨《あごぼね》の浮き出たやつれた顔は、やはり、衰弱、病変といったものを感じさせるが、しかし瞑《めい》目《もく》しているその全身から立ちのぼる清閑とした気配は、苦行を達成しようとしている老僧の落ち着きのようでもあった。目元に多い皺《しわ》の中で、両目は太めの皺となって閉じられている。短く刈られたごま塩の頭は、ガウンの色と比べても、いつも以上に白いような気がする。

蔭山達から見て顕了の右側に、了雲は膝を揃えていた。宏子は、部屋の左奥の隅にいる。なにかあればすぐにでもお役に立たなければ、とでも言うように、村野満夫も上段の間に近い広縁まで寄って来ていて、そこで正座していた。

「……十字架ですか」

ゆるりと、顕了は両目をひらいた。蔭山が、今までの発見と自分の見解を、かいつまんで話して聞かせた後のことだった。

「この寺院が、キリスト教建築物だと言うのですね？」

その声は細く、かすれてもいたが、決して弱々しいものではなかった。

「さほど突飛なことではありませんね」

蔭山は応じた。

「布教が許されていたころの宣教師達は、仏教寺院を買い取ったり、廃寺を改築したりして、それを聖堂として信者を集めていたわけでしょう。新築の教会堂も多くあったわけですが、それは日本家屋の伝統、特徴も取り入れた折衷《せっちゅう》的なもの、いわゆる南蛮寺でしたね。当時の宣教師達は、日本的な形象というものを軽視したり、否定したりしようとはしていなかった。少なくとも初期の段階では、融合を図っていましたね。実際は、利用しようとしていた、ということなのかもしれませんが……」

軍司も言った。

「ザビエルの手による日本最初の教会堂の名は、無論、大道寺《だいどうじ》だ。天通寺《てんつうじ》、真教寺《しんきょうじ》、大成寺《たいせいじ》……、こうした、日本人にも馴染《なじ》みやすいようにという配慮は随所にあったな」

「そして禁教時代、よりキリスト教的なもの、南蛮的なものから教会堂は破壊されていった。秀吉によるバテレン追放令が一五八七年。この龍遠寺創建が一五九七年の夏から。カムフラージュの重要性を意識していた、先見の明に秀でたキリシタン達が、徹底した日本建築の教会堂を造りあげたとしても不思議ではありません」

秀吉は一応、バテレン追放令を発布していたが、それは、キリスト教による思想統一を恐れたことと、スペインが日本を占領しようとしているという風説に警戒感を懐《いだ》いたことが主な理由だが、南蛮との貿易を続けていたことでも判るとおり、さほど徹底して厳しい弾圧を加えようとしていたわけではなかった。しかし、フランシスコ会員らへの耳そぎの刑などの処断を経て、一五九七年の二月、遂にあの二十六聖人の大殉教事件が発生する。秀吉の命による、容赦のない虐殺だった。キリシタン達に、時代の雲行きがはっきりと悪化していることを知らせるのに充分な出来事だったに違いない。

蔭山は問いかけた。

「顕了さん、当時のキリスト教信者が、命懸けで、未来を託せる聖堂をここに築きあげたのではありませんか？」

しかし顕了の口はひらかなかった。

ただ、同じ沈黙でも、それは了雲のものとは微妙に違うと、蔭山は感じた。了雲の場合は、取りつく島がないかのような、石か鉄といった感じの冷厳な沈黙だった。だが顕了の沈黙には、柔軟に受け流そうとする姿勢があった。わずかな含み笑いさえ秘めているかのようで、禅問答でも始めそうな雰囲気だった。

宏子は、蔭山達の口から語られる秘められた十字架の話に、時々自失したようになって聞き入っていた。膝に手を乗せている格好こそ控えめだったが、戸惑いながらもその目を輝かせていた。鯉魚石《りぎょせき》のからくりの話などにははっきりと驚いていた。

この住職達は、妻にもそうした裏の真実を教えていなかったらしいと、蔭山は見ていた。そして、顕了さえ率直に口をひらいてくれないことに、嘆息してもいた。その心情、判らないではなかったが……。

住職の中にはあっけらかんと、このお寺の来歴にはキリスト教が関係していると認める者もいる。キリスト教寺院らしいということを売り物にする者もいる。

祀《まつ》った藩主が隠れキリシタンであったらしいと認めることには吝《やぶさ》かでない向きもある。信仰というものをトータルにとらえ、ことさら垣根を設けない宗教家もいるようだ。

妙心寺春光院《みょうしんじしゅんこういん》には、イエズス会章の記された南蛮寺遺鐘がさがっている。日本三大文殊《もんじゅ》信仰の霊地である文殊知恩院《ちおんいん》には、細川忠興《ただおき》の妻ガラシャ夫人が寄進したと伝えられるキリシタン灯籠《どうろう》がある。

しかし一方、この数日資料を読んでいて蔭山も知ったことだが、『この寺院の一部にはキリスト教建築の様式が見られる』あるいは、『キリスト教的な意匠がある』などと書かれただけで、その研究者や著者に厳重な抗議を申し込んでくる寺院も多いということだった。

まして、仏寺であるはずの寺の創建意図そのものが、キリスト教ゆかりのものだったと主張されるとなれば、それは確かに、たやすく頷《うなず》けるものではないだろう。仏寺としての存在理由、理念、そして営々と築かれてきた歴史が覆され、否定されることにもなりかねない。龍遠寺は、浄土真宗妙見派という宗派の名前を背負っている。妙見派そのものは、キリスト教との習合宗派などではない。一から十まで仏教である。そして当然、現代の龍遠寺の檀家《だんか》達は、浄土真宗の一派の信者なのだ――たぶん。その彼らに、ここはキリシタン達の教会堂であり、龍遠寺の妙見派はキリスト教を布教して代々受け継がせていくための、カムフラージュとしての宗派だったのだと伝えられるだろうか？

来歴は不明であるけれど、キリシタン美術の品が出てきたので祀ってありますよ、というのとはわけが違う。まして今は、そうしたことを発表するにしては最悪の時期だろう。寺院の庭園でまたしても人が殺されてしまったということで、イメージは低下しきり、世間の扇情的な興味を集めている。

「考えてみれば……」そう口をひらいていたのは伊東龍作だった。「この寺の開基の号令を発したのは、有馬晴信でしたね。九州肥前国《ひぜんのくに》にあって、この領主はイエズス会と強い結びつきを持っていた」

軍司も言葉をかぶせる――熱っぽいような目をし、ボールペンを盛んに振りながら。

「だからだな、そのへんが、龍遠寺初代住職・義渓了導《ぎけいりょうどう》の切腹命令の背景にあったのだろうという見方はされていた。秀吉は、南蛮の武力は警戒していた。そして、堺の有力商人達が檀家筋であった了導が、なんらかの運動の首謀者ではないかと疑われた。そこまでは考えられていたが……。うーん、まさか、まさか、この寺そのものが、キリシタンの宗教建築物とは……」

そこで顕了が、恬淡《てんたん》とした声を出していた。

「蔭山さんのお考えでは、改造や改築ではなく、創建の理念そのものがキリスト教のものである、ということなのですね？」

「……ええ。ですから、了導上人《しようにん》も、キリスト教信者であったと思いますよ」

そこまで掘りさげなければ顕了達の変化は期待できそうもないので、蔭山はあえてそれも口にしていた。

蔭山の言葉を耳にしたとたん、伊東は愕然《がくぜん》として顎を落としたが、すぐに目を輝かせ始め、唇を舐《な》めた。軍司も一瞬呆気《あっけ》に取られたが、「そうなるか……」と呟《つぶや》きながらペンを強く握り締めた。宏子は目蓋《まぶた》をパチパチさせ、夫の横顔を窺《うかが》った。

「それはまた大胆すぎませんか」

という了雲の冷ややかな声には、

「そうでもないだろう」

と、軍司が応じていた。

「当時、キリスト教に改宗した僧侶など幾らでもいたぞ。特に禅宗は垣根が低かった。禅宗の三即一是《さんそくいちぜ》の教えが、キリスト教のオメガの教や三位一体《さんみいったい》と馴染《なじ》みやすかったという一面があるからな。勉強熱心な僧侶《そうりよ》ほど、ミイラ取りがミイラになっていった。浄土真宗僧侶も例外ではない。当時、分派や新興宗派誕生が多かったのも、キリスト教との習合、あるいは、裏での改宗ということがあったからだろう。そして妙見派も、当時の新興宗派だった」

「その中の一人、了導上人は、裏では熱心なキリスト教信者になっていた」と、伊東も、宙の一点をぐっとにらむようにして話していた。「そこで、たとえば、信者のネットワークを通してそのことを知っていた有馬晴信は、このキリシタン寺院創建に当たって、了導を引っ張って来た」

「また、そうでなければ……」

蔭山が言った。

「義渓了導の切腹事件にも説明がつかないような気がします」

それぞれが、ハッと息を呑《の》み込むような気配が広がった。顕了と了雲でさえ、その仮面のような表情に亀裂を走らせた。驚き、意外の念に打たれている。

興奮を抑えきれない軍司が、遠慮もなにもなく、蔭山の肩を後ろからつかんだ。

「おい、切腹事件に説明がつくと言うのか？　秀吉が了導達の背景に脅威を感じていたからなのだろう？――そうか、切腹という刑罰の特異性に説明がつくということだな？」

「そうです。それと、了導の不思議な死に方にも」

蔭山は冷静に言った。

「最近知ったのですが、千利休キリシタン説というものがあるそうですね。秀吉のブレーンであったとはいえ、身分階層としては茶人にすぎなかった利休が、なぜ、腹をめせ、などという刑罰を受けたのか。武士ではない、利休が。それは、士道《しどう》にからんだことではなく、自害が許されない宗教の信者であるかどうかを試されたからである、という説ですね」

伊東が天を仰ぐようにして、呻《うめ》き声をあげた。

ペン先を強くメモ用紙に押しつけ、軍司が短く言葉を吐いた。

「自殺か……」

蔭山は、資料の内容をそらんじた。

「当時のキリスト教徒達が、絶対に自害をしなかったわけではないというデータもあるそうですが、しかし踏み絵同様、自ら命を絶てるかどうかというのは、キリシタンを選別するためのかなり有効な手段であったのは間違いないでしょうね。ましてそれは、神の国へ旅立つべき瞬間の、最も大切な、後戻りや修正のきかない、生涯最後の信心の場なのですから……」

顕了と了雲は相変わらず黙していたが、その気配はわずかながら変わってきているようだった。相手の理解が意外に深い内面まで及んでいると感じることによって、頑《かたく》なさが溶けるということもあるのかもしれない。そこには、悪いようにはしない相手かもしれないという、気持ちの重なり合いが生じる余地があるからだ。

若干の、歩み寄りの感触を覚えつつ、蔭山は言葉を続けた。

「利休が断罪される直接の契機になったのが、例の、大徳寺山門に安置された利休の寿像でしたが、この大徳寺の長老達も、糾弾を受けることになりましたね。秀吉は、信長の菩提寺《ぼだいじ》である大徳寺を破却《はきやく》することまで考えたと言われます。しかし、和尚《おしよう》達長老が自害の覚悟を示すと、これを放免して罪を不問に付したそうです。秀吉ほどの人物が、一度処罰も考えていた相手を、命を捨てる覚悟を示された程度で解き放つでしょうか？　これはむしろ、自害できるというわけで、キリスト教徒ではないということが証明されたための対応、と推測できるというわけです。大徳寺そのものは、キリスト教に取り込まれているわけではないという、秀吉の理解だったのでしょう。

そして問題の利休の木像は、後日、一条戻り橋で、十字型の磔台《はりつけだい》で磔になったとか。それに実際、利休の残した茶道には、キリスト教のミサにおける作法との共通項が驚くほどあるんですね。

そこで、龍遠寺の第一世住持・義渓了導ですが、彼にも、七年の後、利休と同じ事が起こったのではないでしょうか。同じ疑い、同じ極刑。利休がキリシタンであったのかどうかは疑わしいところですが、了導上人は、おそらくキリシタンだった」

「だが、自害をした……」伊東は、引っ張っている自分の前髪をじっと上目づかいに見ていた。

「しかしその死は、実に謎めいている。たとえば、切腹命令を拒むかのように時間を稼ぎながら、ある夜、この東庭で一人、腹を切っていた。当然、介錯《かいしゃく》もなかった……」

「介錯役を立ち会わせなかったのは、その死の真相を知られないようにするためですね」

そう語る蔭山を静かに見つめ、顕了が問いかけた。

「了導上人のその心中《しんちゅう》、察せられたというわけですか？」

「言うまでもなく、取るに足りない私見ですが」

「聞かせてください」顕了が言った。

ざあっと、雨が降り始めた。一段と暗さが増した。庭の木々がうなだれ、激しい雨足としぶきが庭園の姿を隠すかのようだ。

「了導上人は厳格なキリシタンで、自害はできなかった」

そう蔭山は切りだしていた。

「しかし、自害して果てたと、権力者達に示さなければならなかった。疑いを払拭《ふっしょく》するために。自分がキリシタンであると断じられれば、その累は近親者だけにとどまらず、盟主有馬晴信、そして死の恐怖にうち勝って信心を貫こうとしている、大勢の信者達にまで及ぶ。せっかく築きあげたばかりの信仰の殿堂が、殉教者達の刑場と化してしまいかねない。そのような悲劇だけは絶対に避けなければならなかった。だから、義渓了導は死の方法を練りあげ、あの〝夫婦《めおと》灯籠《どうろう》〟の前へ行ったのです」

鼓膜を打つ雨音の中、顕了の声がぽつりと聞こえた。

「〝夫婦灯籠〟の前へ……」

「あのからくりを利用したのですよ。〝雌灯籠〟は回転する。そして、火袋として四角い窪《くぼ》みも持っている。そこに、切腹用の短剣を仕込んだとしたら」

軍司が、「おおっ……」と唸《うな》り、伊東は、「そうか……！」と、膝《ひざ》を握り締めた。

「了導上人は、自害もできなかったし、殺人者も作りたくはなかった。だから、自動的に自分を殺す装置を作ったのでしょう」

蔭山は推論を進めた。

「袖形《そでがた》灯籠の火袋の下の面に、短剣は据えられたのだろうと思います。しかしその高さに自分の腹部を位置させるためには、床几《しょうぎ》にでも座る必要があったのですね。了導上人は滝見灯籠に火を灯《とも》し、鯉魚石《りぎょせき》を動かし、そして死の席に座った。もしかすると、了導に意を打ち明けられ、手を貸すことになった信頼できる協力者がいたのかもしれません。その人物が、鯉魚石を動かした可能性もある。やがて、灯籠が動きだす。殺人装置です。回転する短剣の刃が、了導の体に達する。……ちょっと私には想像もできませんね」

実際自分の身に置き換えてみると、その苦痛のイメージに蔭山の筋肉は萎縮《いしゅく》する。

「自分の体に突き入《い》ってくる刃物を、そのまま受け止めるなどということは、私にはできそうもない。体が反射的に逃げてしまうでしょう。こんな腹の切り方は、正式な、自分の意志で刃を突き立てる切腹の仕方よりよっぽどむずかしいと思いますね。なまじな覚悟ではできない。

自分の体が逃げないように、その場に縛りつけてもらったということも考えられますが、私は、それはしなかったろうと想像します。そこまでは、協力者もできないでしょう。死の場所にとどめるために、了導をぐるぐると縛りあげるということまではね。それでは本当に、殺人に手を貸しているような負担を覚えてしまうでしょうから。了導は協力者に、最小限の精神的負担しか与えまい、残すまいとしたと思うんです」

顕了は思い深げに瞑目《めいもく》し、黙って蔭山の言葉を聞いていた。

「自分の死は、やはり、可能な限り自分自身だけで引き受けようとしたのではないでしょうか、了導は。とするならば、彼は、自分の意志で、腹を引き割いていく刃物に耐えていたことになりますね。一度でそれが実行できたのかどうかは判りません。了導の体にためらい傷があったのかどうかなど、そこまで細かく記述した資料もありませんしね。……いずれにしろ、生半可ではない、強力な意志の力がなければできないことですね」

蔭山は言葉を休め、激しい雨音の中、また先を続けた。

「了導の腹を断った後、短刀は、袖形灯籠の仕掛けから離れなければなりません。そして、その仕掛けの痕跡《こんせき》を簡単に消せるのなら、了導は協力者など仰がず、すべての行程を一人で行なったということも有り得ますね。しかしやはり、この仕掛けの痕跡を消すためには、協力者が必要だったかもしれません。しかしこの協力者は、殺人者ではありません。犯罪者などと、了導は呼ばせないでしょう。そして了導も、辛苦の決断を経て死を選びはしたものの、自分の手で命を穢《けが》した自殺者ではない。いわば、殺人装置が始末をつけた、その被害に身を委《ゆだ》ねた……、そういうことではないでしょうか。自殺でもなく、他殺でもない。了導は、その両者の境にあって死ななければならなかった。……理屈ではありません。了導が見据えていたのは、神の目だけでしょう。神にだけは理解してほしかった。自分は自殺ではない、と。自殺者も殺人者も出さず、彼は他界しなければならなかった……」

蔭山は、四百年前のその光景を眼前に描いてみる。

皓々《こうこう》とした、月光の夜だったという。

その光に濡《ぬ》れる白砂の上……。

床几を据え、そこへ腰をおろす了導。足をひらき、地を踏みしめ、しばらくは背筋を伸ばすようにして天を仰いでいたろうか……。祈りの言葉は？　十字は切ったろうか？　灯籠に淡く炎が燃え、滝石から水の音が聞こえる……。

「了導にとって死に場所は、ここしかなかった」

蔭山は言った。

「腹を断たれ、死を目前にした彼の前には、二つの袖形灯籠が作り出した、信者達の悲願でもある十字架があるのですから。この聖なる庭を血で汚すことにはためらいもあったでしょうが、ここ以外に、義渓了導の死に場所はなかったでしょうね。やはり、ここで死にたかったのでしょう。神の目に、自殺者も殺人者もいないことを示しながら……」

無言の数刻が流れた後、顕了は目をひらき、その視線を庭に流した。

いつの間にか、雨がやんでいた。

こうした空模様では、一度降りだした雨は豪雨となって、日頃の風景を荒々しく変えない限り治まりそうもないという感じがするが、今は短時間であがっていた。軒先からは、まだ勢いよく雨水が流れ落ちている。

空は黒雲に満ちたままで、そこを遠雷《えんらい》の轟《とどろ》きが伝わって来る。

軍司安次郎が言った。

「顕了さん、あなた達は、初代住職の死の真相も知っていたのかね？　ぴたりと筋が通るように思えるが、それが正しいと認められる立場にあるのかね？」

答えたのは了雲だった。

「ぴたりと筋が通るもなにも、それはキリシタン云々《うんぬん》という大前提が現実であった場合でしょう」

「あんた、まだそんなことを言ってるのか！」軍司が大声を発する。

その唇が震えていた。ぶつけたい言葉が多すぎて、それが喉《のど》につかえているという様子だった。

　その言葉が怒鳴り声の連続となって、せっかく多少は好転してきていた場の空気を乱さないように、蔭山は口調と話題を変えた。

「いえ、了雲さん、私も、このお寺がキリスト教起源のお寺であると実証しようとしているわけではありません。調子に乗ってここまで話し込んでしまいましたが、本意は別のところにあります。まあ、軍司さん達研究者にとっては、これ以上に重要なことなどないのでしょうけどね」

「当然だ！」軍司は吠《ほ》えた。「いったいどれほどの数の人間が、この寺の謎を追究してきたと思っている。庭園史が大きく書き換えられる問題だぞ」

「ましてこの真相……」伊東も呟《つぶや》く。「一大センセーションだ」

　だからこそ、住職達が対応に苦慮しているのだと、蔭山は思う。

「蔭山さん」顕了が穏やかな声で言った。「あなたの、本意とは？」

「泉繁竹さんの事件です」

　ハッと、書院の空気が静まり返った。薄暗い空の下、影のように座す人間達の顔付きは、一様に引き締まっていた。

　雨垂れの音が聞こえる。

「繁竹さんの事件のなにかが判ったと？」

　顕了が蔭山に訊《き》いた。

「ええ。口はばったいですが、了雲さん、いつかも言いましたね、このお寺の秘密を守ろうとすることが、現実の犯罪、そしてその捜査に影響を与えているとしたら、それでも口を閉ざしていなければならないのか、と。そして実際、繁竹さんの死とこの庭の機巧は、密接に関係していたようなのですよ。そのことを頭に入れてほしいと思いますが。さらにこの龍遠寺の謎を知ることで、川辺さんの遺体の一部を発見できるのかもしれないのですし」

「川辺さんの事件の真相も、つかみかけているので？」と顕了。

「いいえ、それはまだ。ですが、繁竹さんの事件でしたら……」

「では……」

顕了が杖《つえ》に手を伸ばすと、宏子と村野が、スッと両側に寄って行った。

「現場を見ながら聞かせてもらいましょうか」

顕了は、奥書院広縁の南東端で、東庭に向かって座っていた。傍らには宏子と村野がいる。滝見灯籠《どうろう》の蠟燭《ろうそく》はすでに消えていた。

蔭山と了雲、軍司、伊東は、庭の上を歩いていた。なにもかもが、雨に濡れている。

〝夫婦《めおと》灯籠〟へ歩み寄りながら、蔭山は、記憶の中の泉繁竹を思い返していた。

そして、一連の出来事の流れを反芻《はんすう》していた。

泉真太郎の〝四回忌〟が行なわれたのが、三月十三日。

泉繁竹が鯉魚石のことを知ったのが三月十五日。

そしておそらく、三月十八日には、〝夫婦灯籠〟の機巧のことにも気付いたのだ。日記のあの記述――驚くべき機巧の庭――というのは、やはり龍遠寺の庭園のことなのだろう。奥書院全体の隠し十字架はともかく、泉繁竹は、少なくとも〝夫婦灯籠〟のからくりは発見していたはずだ。

そして三月十九日。彼は書店へ出向き、二冊の本を手に入れて来た。『千利休・自刃の真相』。もう一冊の副題も、キリシタン建築論・序説、というものだった。〝夫婦灯籠〟のからくりが、十字架を作り出すためのものであることを、泉繁竹が充分認識していたということだろう。

〝夫婦灯籠〟の少し手前に立ち止まると、蔭山は口をひらいた。

「泉繁竹さんが、この〝雌灯籠〟が回転するという仕掛けを知っていたのは間違いないはずなのです」

そうして、その推論の根拠を、日記などから得た情報を交えて説明した。

「泉さんが……」

と、軍司安次郎が小さく声を漏らした。メモ帳を片手にペンを構えている姿は、蓬髪《ほうはつ》に蝶《ちょう》ネクタイという異質の風体さえ差し引けば、取材中の新聞記者といった趣だった。

軍司が眉間《みけん》を狭めながら疑問を漏らす。

「しかし……、彼はなぜ、その発見を誰にも話さなかったんだ？　まあ、奥さんには話したかもしれないが、他には……？」

そこで軍司は、了雲に尋ねた。

「あんた達に知らせたりはしなかったのかね？」

「なにも……」

ほとんど飾り気なく了雲が答えていたが、その言葉が終わるより早く、軍司が「まさか！」と顔色を変えていた。不快感と警戒感で眉《まゆ》を歪《ゆが》め、ちょっと身構えるようにして了雲に体の正面を向けた。

「お前さん方、まさか、泉さんの口を封じるために……」

「殺したっていうの？」伊東も驚きの声を発していた。

一瞬了雲はおぞましげに顔を強張《こわば》らせ、それから、あるかなしかの微苦笑へと表情を変えた。

「そのようなとんでもない疑惑と妄想を招いてしまうのも、こちらの不徳の致すところなのでしょうね」

そこで蔭山が口を挟んだ。疑惑が脇道へと膨らんでしまわないうちに、蔭山は核心を告げることにした。

「繁竹さんは、このからくりで罠《わな》を仕掛けたいと考えていたために、他言していなかったのだと思いますよ」

「罠？」「なんの？」

軍司と伊東は蔭山に顔を振り向けた。了雲の目も、もの問いたげだった。

「泉真太郎さんを殺害した犯人を捕らえるための罠ですよ」

どこかで唾《つば》を呑《の》み込む気配がし、一種重苦しい沈黙が落ちた。

「泉繁竹さんは、息子さんの〝四回忌〟というものを行ないましたね」

蔭山は説明を始めた。

「繁竹さんは、社会の表舞台から引っ込むに当たって、大きな心残りを抱えていたわけでしょう。言うまでもなく、息子さんを殺した人間が罰せられていないということです。繁竹さんとしては、事態を掻《か》き回してみたくもなったのではないでしょうか。犯人は行きずりの人間ではないはずですし、まだ近くにいる可能性はあった。犯人を刺激し、炙《あぶ》り出す目的で、真太郎さんの遺品を表に出し、複数の人間の目に触れるようにした。

なにかが動かないかと、周囲の人間達に注意を払っているうちに、繁竹さんは鯉魚石《りぎょせき》のからくりを知ったのです。そして、〝夫婦灯籠〟の、驚くべき秘密も。この瞬間、繁竹さんは、最後のビデオの中で真太郎さんが取った言動の意味を覚《さと》ったでしょうね。真太郎さんが、この庭のなにを発見して興奮したのかを」

考えを集中するかのように、伊東龍作が、

「なるほど……」と、呟いていた。「泉くんが——自分の息子が、回転運動を始めた〝雌灯籠〟に驚いてそちらを見たのだ、ということを、繁竹さんが……。いや、資料室の人達ともよく話していたんですよ——たとえば、泉くんの視線があまり上のほうに向いていないな、なんてことを。しゃがんでいる状態で水平ぐらいの感じの高さじゃないかって。〝雌灯籠〟に向けられていたのなら……」

自分達の観察と推理の結果を振り返るかのように、伊東は、雨に濡《ぬ》れている〝雌灯籠〟をじっと見おろしていた。

「真太郎さんは、〝雌灯籠〟のそばへ飛んで行ったわけですね」蔭山も、その灯籠に目を向けていた。「そして、からくりが自動的に元の状態に戻った頃、犯人が西側本堂のほうから声をかけたのでしょう。そして真太郎さんは、あの言葉を発した。この庭にはからくりまであると、告げないわけにはいかなかったのです。大発見に興奮していたでしょうからね。そこで繁竹さんは考えた。この犯人は、少なくとも、この東庭にからくりが仕掛けられていることは知っているに違いない、と」

「どこまで……」

と小さな声をこぼしたのは了雲だった。内心の思考が思わず声になっていたという調子だった。了雲は男達を見回し、それから明確な口振りで訊いた。

「犯人はどこまで知っていたのだろう？　真太郎さんは、すべてを伝えていたと考えるべきでしょうか？」

蔭山が答えた。

「からくりのすべてを、真太郎さんが全部口走っていたと考えるのが普通でしょうね。でも、それにしては、この庭に対する反応がその後まったくないことが不思議に思えます。これだけの秘密を知ったにしては、犯人からのリアクションがなにもないでしょう。〝夫婦灯籠〟に関する論考などという、新説の発表もなく、お宝伝説にからんで庭園のどこかが荒らされたという事件もない。真太郎さんが、庭園のことをいきなり話しかけていることからしても、この犯人は東庭に関する基本知識を持ち、興味も持っているはずだと推測できるのにもかかわらず、です。無論、様々な仮説が立てられます。なにしろ殺人にかかわることですから、この犯人は〝夫婦灯籠〟のからくりのすべてを知っているが、完全に口を閉ざし、この庭に近付こうともしていない、というのもその一つですね。そこで繁竹さんは、確実に犯人が知っていると思われることを洗いだしていったのでしょう」

「確実に知っている……？」軍司が、不審げに眉をたわめた。「そんなことが判るのか？」

「たとえば、真太郎さんの片手が濡れていた、ということは、この犯人は知っているのではないでしょうか。真太郎さんは、鯉魚石を動かしていたはずですからね。そして、〝夫婦灯籠〟のからくり発見という興奮する出来事が続いているわけですから、手を拭《ふ》いているような精神状態ではないでしょう。犯人と出会った時、真太郎さんの腕は濡れていたはずです。そしてこの犯人は、真太郎さんと揉《も》み合っているわけですから、まず間違いなく、その腕が濡れていることを知り、意識していたはずです。真太郎さんが町内の火事の消火活動に参加していたことを犯人も知っていたかもしれませんが、その時に真太郎さんの腕に水がかかったせいだとは、犯人も思わないでしょう」

了雲達三人、そして広縁の上の人間も、蔭山の言葉をじっと聞いていた。

「さすがに、消火活動からは時間が経ちすぎていますからね。仕事場の庭に戻るのに、濡れたままの腕で龍遠寺の表から奥書院まで歩いていったというのは不自然極まりない。真太郎さんの腕が濡れたのは、この庭に来てからだと、常識的に判断できます。片手ではなく、両手が濡れていたかもしれませんが、とにかく、真太郎さんが水に腕を入れていたことは判ります。そして、真太郎さんがいた場所から、その水というのが、滝から遣水《やりみず》にかけてのどこかであることはまず確実でしょう。そしてこのことは、殺人者しか知り得ないことなのです。なぜなら、真太郎さんは溺死《できし》させられてしまうからです。井戸の水を全身に浴びたのです。腕もなにも、全身が水で濡れている。犯人以外に、真太郎さんの腕だけが水に入れられていたことを知っていた人間は、存在しません」

聞き手それぞれが、今の話を深く吟味しているような時間が流れた。

「確かに、たとえば、ビデオをどう見ても、そのことは判らない……」伊東が、考え込みながら、蔭山に問い返した。「たとえば……繁竹さんがそう推測していたとして、それでどうなります？」

「たぶん繁竹さんは、犯人像をこう想定したのではないですかね。最低でもこの犯人は、水の中に、からくりにかかわるなにかがあることは知っている。だが、それ以上のことは知らないのではないのか、と。つまり、真太郎さんも、そこまでは話していなかった、ということですね。犯人は機会を見つけて、遣水の水の中を探ったかもしれないけれど、決定的な発見はできなかった。鯉魚石の動きは見つけたかもしれないけれど、〝雌灯籠《どうろう》〟が動くことはなかった。だから、それ以上の反応らしい反応がこの庭では起こっていないのではないのか、ということです。しかし今回、反応は龍遠寺の外で起こった。悲劇的な形で。繁竹さんの撒《ま》いた餌に、犯人が食いついたのです。歴史事物保全財団に、泥棒が入った」

一呼吸おいて、伊東が言った。

「盗まれたのは、泉くんの遺品だ……」

「しかもこの窃盗犯は、川辺さんと五十嵐さんを殺している。そうまでして真太郎さんの遺《のこ》した物を手に入れようとしている。この窃盗犯こそが息子を殺した人間だと、繁竹さんは信じたのでしょう。無論この時点では、繁竹さんは、五十嵐さんまで殺されていたことは知りませんが。しかしその凶悪な事件形態からしても、その窃盗事件が、息子を殺した人間が起こしたものと考えられた。だから必然的に、犯人がすでに死んでしまっていたから反応がなかったわけではない、ということになりますね。犯人はまだ、生きていて、身近にいるのです。そして、ビデオの映像を探ることによって、犯人が〝夫婦《めおと》灯籠〟の機巧に気付く可能性は高かった。滝見灯籠の明かりが映っていますからね。そして、ビデオに映っている真太郎さんがいる場所から、手を入れるべき水中の範囲というのは限定されます。この犯人がまだ鯉魚石のことを見つけ出していなかったとしても、これだけデータが揃えば、鯉魚石の仕掛けは犯人の知るところとなるでしょう。そして犯人は、この〝夫婦灯籠〟のからくりを作動させることができるようになる」

やや懐疑的に、軍司が低く言った。

「犯人が、滝見灯籠の炎の意味に気がつけばな」

「だから繁竹さんは、その意味に気付かせようと、ヒントを口にするようになっていたんですよ」

「ヒント?」了雲が訊《き》いた。

「ええ。龍遠寺庭園での、夜間拝観の準備を最後の仕事にするつもりだと、ことあるごとに周りに言っていたそうですね、繁竹さんは。灯籠の明かりが云々《うんぬん》という話題も多く口にしていたのでは。炎という特徴的条件に、繁竹さんは気付いてほしかったのですよ」

短い呻《うめ》き声が、一つ二つと漏れる。

蔭山は言葉を足した。

「『四年前のあの時も、夜間拝観用の演出として、灯籠に火が入っていたろう?』と、繁竹さんは犯人に囁《ささや》きかけていたのですよ。『なぜあの時になって、何百年間も封じられてきたこの庭園の謎の一端が現われるようになったのか、考えてみろ』と」

「お話を伺っていると……」広縁から、顕了が声を投げかけてきた。「繁竹さんは、〝夫婦灯籠〟十字架のことを、犯人に気付いてほしかったようですが、それはなぜなのです?」

「罠《わな》に誘うためですよ」

「罠とは、いったい?」了雲も知りたがった。

「いえ、文字どおりの罠です。人間を捕まえようとしたら、どんな罠を仕掛けますか?」

答えたのは軍司だ。

「動物用の罠、あれと同じだろう、あれと。ロープで作った輪が勢い良く縮まるとか、網が降って来るとか。でなきゃ、落とし穴か」

「その一つが仕掛けられていたらしい痕跡《こんせき》は見つけてきましたよ。この外の竹林に生えている、一本の竹のてっぺんのほうに、長いロープがからまっていたんです。そうですよね、村野さん？」

一斉に視線が集まったのでまごついたものか、村野の口は動きかけたが声は出ず、彼は大きく頷《うなず》いて見せた。緊張し、すっぱそうに笑う顔になっている。

「ロープが……」

という顕了のしわがれた声が、蔭山の耳に小さく届いた。

「竹とロープですからね」蔭山は言った。「これは吊り罠でしょう」

「吊り罠……」馴染《なじ》みがないといった調子で、伊東が口の中でその言葉を繰り返していた。

「しならせておいた木の枝などの反動を利用して、ロープの輪に入った獲物をくくり捕る仕掛けです」

と説明し、蔭山は、塀の外の真南に向けて指を伸ばした。

「この方向に、その竹はありました。繁竹さんにとってこうした仕掛けは、なんら特別なものではなかったはずです。あの人は子供の頃から、野山で本当に罠を使っていました。また、庭師なのですからね、枝や木を曲げるのは日常作業でした。発想においても実行力においても、吊り罠を仕掛けるというのは、繁竹さんにとってはむずかしいことではなかったでしょう。錘《おもり》なども利用し、竹を東庭へ向かってしならせていく。体力的には衰えもあったでしょうが、長年培ってきたコツが、あの人の体には染みついている。一人でも充分の作業と思います。そして竹の先端近くから、ロープをこの庭に向けて張った」

蔭山は、遣水の流れのすぐ南――右側に植え込まれているツツジと低い松を示した。

「斜め上から引っ張ってこられたロープは、この茂みに隠されながら、遣水の右側で一度、逆U字型の金具かなにかで地面に打ちつけられたのだと思いますよ。その金具は、ロープに結びつけられていたはずです。こう考える理由は、後で説明します。それで、ロープのほうですが、それは地面の上を真っ直ぐ、〝雌灯籠〟へ向かいます。遣水の流れの上を横切ることになりますが、ここにはちょうど、石橋があるじゃないですか。この石橋の奥の縁に沿って、ロープを伸ばすことができる」

「確かに……」そんな必要があるとも思えなかったが、軍司は肩からさげていたカメラを構えると、その小さな石橋の周りでシャッターを切り始めた。

「また、そのロープの通り道は、遣水を縁取る護岸石の合わせ目でもあるので、石に邪魔されずに地面の高さを維持できます。そしてロープは、〝雌灯籠〟に達する」

蔭山が〝雌灯籠〟のそばへ移ると、他の男達も、説明が見やすそうな場所へと移動した。

「繁竹さんはおそらく、〝雌灯籠〟の基壇に接触する近さで、ノギスを地面に打ち込んだのだと思いますよ」

「ノギス……」伊東が、ハッと声を高める。「それって、繁竹さんを殺した凶器ですよね？」

軍司も意外だという面持ちだった。「ではあの凶器は、繁竹さん自身が用意していた物だった、ということになるのか……？」

「皮肉なことでしたがね」蔭山は言った。「ノギスを地面に打ち込み、そこにロープを結びつけて止めたのでしょう。あのノギスの計測部分は、三センチほどひらいていました。その、下の計測部の突起の根本に、ロープの先端部を結びつけたということでしょうね。これでノギスを地面に刺せば、ロープを地面に押さえつけることができますから。そして、このノギスと、先ほどの逆U字型の金具の両方で、跳ねあがろうとしている竹の張力をつなぎ止めるようになっていたと思います。言い換えれば、どちらか一方のつなぎ止める力が弱まれば、それで両方の金具が竹の力に負けて弾《はじ》き飛ばされてしまう、という力加減です」

「しかし……」了雲が尋ねた。「なぜ、ノギスなどという道具を選ぶ必要があったんです？」

「その前に、獲物を捕らえる輪のほうの説明を済ませましょうか」

「そうだ」軍司が言う。「そっちはどうなってる。今までの話は、肝心の輪の部分に触れていない」

「繁竹さんが実際どのような方法を採用したのかは、正確には知りようがありません」

蔭山は、そう前置きした。

「ただ、こうだろうと推測できるだけなのですが……。輪の部分は、メインのロープからの枝道なのだと思いますよ。遺水を越えた辺りの地点で、その枝道部分のロープをメインのロープに縛りつけておくわけです。二股《ふたまた》になるわけですね。そして二本めのほうは当然、カウボーイが使う投げ縄のような、引っ張れば縮まる大きな輪になっているわけです。その輪を、滝石組の護岸石の所から〝雄灯籠〟右側まで、大きく広げておくわけです。つまり、鯉魚石《りぎょせき》を動かそうとする人間がしゃがんでいる場所ですね」

「なるほどな……」

と軍司は、滝石組や〝夫婦灯籠〟周辺の略図をメモ帳に書き、ロープの輪を表わすために、ペンをグルグルと走らせていた。

「当然ながら」蔭山は続けた。「こうした、メインと枝道のロープの上には白砂がかぶせられ、人の目からは隠されているわけです。遣水の南側のロープは、空中で露出したままの部分もありますが、蠟燭《ろうそく》一本の明かりが灯《とも》るだけの、夜の庭園でのことですから。また、そうした闇を作るために、繁竹さんはあの時、ライトなどの照明は点《つ》けていなかったのでしょう。犯人を誘う意味でも、闇が濃いほうがいい。

そして、その庭園で、こそこそと鯉魚石を動かすのは、真太郎殺しの犯人しかいないと、繁竹さんは考えていたんです。間違いなく、この犯人ならそうした衝動に駆られるはずだ、と。人を殺すという罪を背負ってしまったからなおさら、自分がここまではまり込んでしまった龍遠寺の謎を解明したくなるはずだから……。謎の奥に秘められている物を、自分の手につかみたくなるはずだから……、それが、繁竹さんの考えでしょう」

「いつかは、龍遠寺の謎という業《ごう》に取り憑《つ》かれた犯人が忍んで来る、か……」

そう呟《つぶや》く了雲に、蔭山は言った。

「いえ、しかし、『いつか』では悠長すぎるでしょう。個人の力ではとても、そのような長期的な監視ができるはずもない。だから繁竹さんは、ある程度期間を絞り込むために、いろいろと考えたのです。犯人が動くのは、まず、滝見灯籠《どうろう》に火が灯っている夜でしょう。しかし、夜間拝観が始まってからは、人目を避けるのがむずかしくなります。いつ拝観者がやって来るか判りませんから。むしろチャンスは、繁竹さんが一人で作業をしている準備期間ではないでしょうか。滝見灯籠に明かりを灯したまま、繁竹さんが庭を離れた隙を衝《つ》けばいい。犯人はそう考えるだろうと、繁竹さんは推測した。だからあの人は、四月一日から夜間拝観が始まってしまうぞ、と、日程も強調していたのではないでしょうか。そして、準備期間中だけでも、罠を張っておこうと画策したのだと思います。自分の目で、様子を確かめられるわけですし。

ほとんど苦し紛れに、繁竹さんは息子さんの遺品を表に出したのかもしれない。しかしそれが、予想以上に犯人の姿を浮かびあがらせ始めた。庭園の秘密も判った。繁竹さんにとってそれは、亡き息子の導きに思えたのではないですかね。これは巡り合わせだ、と。実際、そのような思いが日記にも記してありました。だとしたら、自分の手で犯人を捕まえられるのかもしれない……。それを息子が望んでいるのかもしれない。息子が力を貸してくれるのかもしれない……」

泉繁竹の思いを量ろうとするかのように、伊東の声は低かった。

「それで繁竹さんは、〝夫婦《めおと》灯籠〟のからくりのことを、黙っていたのか……」

「本当にこれで、確実に犯人を捕まえられるとは、繁竹さんも思ってはいなかったでしょう」

蔭山は、そうも思う。「犯人がからくりを動かす方法に気付いたかどうか、本当のところ判らない。この庭に忍んで来るということにも、確証はない。それでも、なにかをやらないではいられなかったのでしょうね……。なにかを試みるようにと、運命に誘いかけられているような気がしていた。試みれば、息子の敵が討てるという気になっていた……。もしこの罠が不発に終われば、その時は、自分の知っていることを警察に伝えるつもりだったのでしょう」

「……すると」

その声は、広縁の顕了が発した。

「犯人が鯉魚石を動かすことで、繁竹さんの罠は作動することになっていたわけですね、蔭山さん？」

「そうなります。正確には、〝雌灯籠〟が動くことで」

蔭山はいよいよ、泉繁竹事件の佳境を語ることになった。

「……この点、繁竹さんはうかつだったと思いますよ。安全対策を怠ってしまった。犯人以外にも、夜間に鯉魚石を動かす可能性のある人間がいたのです。あの夜起こったことは、つまり、それです」

了雲の表情が、得心を得ながらも強張《こわば》った。

今さらながら思い至ったというように、軍司が蓬髪《ほうはつ》に指を突っ込む。「そういうことか……！」

伊東も愕然《がくぜん》としている。「少年が……。自動的に……！」

「繁竹さんも思い詰めたあまり、冷静さを欠いていましたかね……」筆に高揚感があった繁竹の日記の文面を思い返しつつ、静かに蔭山は言った。「大人の禁止命令もつい破りがちな、鯉魚石が動かせることを知っている少年……。そういえば、霧雨の夜でしたからね、こんな夜に子供が庭に出て来ることはないだろうと、繁竹さんも油断していたのかもしれない……。三月二十九日のあの夜、繁竹さんが少し目を離している隙に、久保努夢少年がここへやって来ていたのです」

顕了も宏子も、そして村野も、灰色に張りつめた表情のまま、じっと耳だけを澄ませている。

蔭山の声が続く。

「そして、鯉魚石を動かした。確認しておきますが、努夢くんは、滝見灯籠の炎のことも、回転する〝雌灯籠〟のことも、なにも知らなかったのです。戻って来た繁竹さんは、滝石組のそばで腹這《はらば》いになっている少年の姿に気付く。全身の血が引いたでしょう。思わず、『そこでなにをしている!?』と叫んでいた。しかし、少年がなにをしているかは直観で判っていたでしょう。以前にも繁竹さんは、同じようにして少年が鯉魚石をいじっていた姿を目撃しているのですから。……そして、〝雌灯籠〟が動き始めた」

蔭山は、北側の袖形《そでがた》灯籠に向き直った。

「ノギスが埋め込まれたのは、灯籠基壇部の前面の、真ん中辺りの地面だったのではないかと思うんです」

蔭山は、その直線部分の中央を指差していた。

「当然いろいろなやり方がありますが、一つの仮説として言っています。ノギスは、計測部分の突起を左側に向けた状態で、基壇すれすれの所に打ち込まれたと思われます」

「そうだな」と、軍司が同意した。「右側にロープが引っ張られているんだから、逆方向へむけておけば、ロープの結び目が抜けてしまう心配も少なくなる」

「はい」蔭山が言う。「あのロープは九ミリほどの太さの物でしたからね、狭い場所に充分に縛りつけることはできない。ちょっと太いですから。せいぜい、先端を輪にして引っかけ、ギュッと締めておくぐらいのことができるだけでしょう。

そしてこの状態で、灯籠の竿の部分が回転を始めるのです。すると、四十五度回転した時など、竿の対角線部分が基壇部より外にはみ出ますね。つまり、ノギスが打ち込まれているその場所で」

「――そうか！」

伊東が小さく息を呑《の》んだ。なるほど、と了雲も深く頷《うなず》く。

「つまり」軍司が力を込めて言った。「回転してきた竿の角が、ノギスの先端部分を引っかけて横倒しにしていくということだ。そうだな？」

「そうです。そして、これこそが、ノギスという形状の工具が選ばれた理由でしょう。ロープを地面に押さえつけておくだけならば、逆L字型や逆U字型の道具でかまわないはずです。しかしこの、〝雌灯籠〟を利用する仕掛けでは、ロープを押さえつけている部分の上に、竿に接触する部分が必要です」

「鈎《かぎ》型の上に、もう一つの鈎型か……」

伊東の呟きを受けて、蔭山は言った。

「そう。そうした形の物を探していて、繁竹さんはノギスに目が止まったのでしょうね。それに類する形の物ならなんでも良かったのです。手作りの品でもかまわなかった。しかし繁竹さんは、たまたまノギスを選んでいたわけです。

そして、三月二十九日の夜……。この灯籠の竿が回転を始めたことが繁竹さんにも見えたのでしょう。彼は努夢くんに、そこを離れなさい、危ない、と叫びかけながら庭へとおり、駆けつけようとしたはずです。しかし、大声で怒られているようにしか思えない努夢くんには、その言葉の内容が届いていなかったし、すくんだままで体も動かなかった。そのうち、ストッパーのノギスが、竿に押されて傾く。つまりそれだけ、ノギスと土の間には空間ができていくということです。そして遂には、摩擦力が低下して、ノギスが地面から抜ける。と同時に、先ほどの逆U字型の金具も竹の張力に弾《はじ》き飛ばされることになる。これで、ロープの罠《わな》全体が、高速で斜め上へと引っ張られることになりますね。吊り罠の輪の部分は、本来なら、しゃがんでいる大人の胴回りか下半身に巻きつくはずだった。しかしそこにいたのは、腹這いに近い格好で、奥書院のほうを振り返るようにして頭をあげていた少年だったのです」

「だから、首か……」軍司が、後頭部の下を手でピシャリと叩《たた》いた。「首の後ろから、鞭《むち》のようにロープがからみついてきたんだ」

「そしてロープの輪が瞬時に縮み始める。同時に、体重の軽い少年の体を引っ張りあげていこうとする。この辺りで、繁竹さんはここへたどり着いたのでしょうね。努夢くんを抱きとめる。

しかしそのままでは、少年の首が締めあげられるだけだ。繁竹さんは腰の道具袋からカッターを取り出し、ロープの枝道部分を切断した。そして、輪を緩めた」

息子を襲った凶事を眼前に見るかのように眉《まゆ》をしかめていた了雲が、ここで多少ほっとしたかのように目蓋《まぶた》を閉じた。広縁の宏子も、胸の痛みを追体験しているかのようで、表情が青ざめている。

「努夢くんはなんとか助かりましたが、繁竹さんのほうはそれで終わっていなかった」

「そうだ……」伊東が言う。「首に刺さったノギスは?」しかしそこで伊東はその問いに自答した。「そうか! ノギスも弾き飛ばされていたんだから……」

「ええ、そうです。竹林の方向に引っ張られた加速のままに、空中を飛んで、繁竹さんの首に刺さったのです。そして、刺さったことで抵抗が生じた。そのため、ノギスに結びつけておいた輪の部分が、金属工具から抜けてしまったのでしょうね。そういう角度、力配分になっていたわけです。こうして、本来なら逆U字型の金具と同様、竹林へと運び去られるはずだったストッパーの一つが、繁竹さんの首に残ったのです。

時間関係からして、努夢くんの体を抱きとめた時には、繁竹さんの首に凶器が刺さっていたでしょう。その状態で繁竹さんは、少年を救うほうを優先し、ロープを切ったのですね……」

高階枝織と一緒に耳にしたあの時の音を、蔭山は思い返していた。鋭くざわついている、と表現できそうな、奇妙だったあの物音。あれは、繁竹が踏み散らす白砂の音と、反動で戻る竹の音が混じり合ったものだったのだろう……。

そして、二人が駆けつけた時、頸動脈《けいどうみゃく》近くに凶器を刺したまま少年を救い、その容態を回復させようとしていた泉繁竹は、余力を失いつつあったのだ。

了雲が、黙って合掌していた。顕了も瞑目《めいもく》し、宏子はギュッと手を握り締めた。

「しかし……」

軍司は探るように地面を見回し、

「白砂の下に隠されていたロープが弾けたのなら、その形跡が——。そうか、それが乱闘の跡か」

そうでしょうね、と、蔭山は頷いていた。

罠が隠されていた白砂の地面。そこでは、入り込んだ久保努夢がすでに、人間が動き回った痕跡《こんせき》を残していた。加えて、引きずられる少年の体に飛びついた泉繁竹の動き。少年を抱きとめて踏ん張る繁竹の足が、さらに白砂を蹴《け》り飛ばしただろう。そして、倒れ込む二人……。乱れに乱れた白砂は、ロープの罠が隠されていたと連想させるような形跡をまったく残していなかったのだ。

それは、ノギスが刺さっていた地面にも言える。ノギスが乱暴に抜かれた時、白砂が多少乱れ、その下の地面の薄い穴が覗いていたかもしれない。しかし、〝雌灯籠《どうろう》〟のからくりは、大量の水を放出しながら駆動するのだ。基壇から周りの地面へと、水が流れ出す。白砂の上に散っていたかもしれない土くれも、水に溶かされて白砂の下に流れる。白砂の下を流れてくる泥水で、ノギスが刺さっていた穴も埋まる。もしかすると、乱れていた白砂も、多少は元へ戻ったかもしれない。元どおりではなかったとしても、繁竹達の周りは土の地面さえ抉《えぐ》られるほど乱れていたし、辺り一面に白砂が飛び散っていた。その中のたった一ヶ所の乱れが、特に注意を引くこともない。その下の地面に穴さえあいていなければ。

そして、ノギスにわずかについていたかもしれない土……。しかしそれは、繁竹の首の傷の中までは入らなかったのだろう。傷口の周りには付着していたかもしれないが、それは流れ出る血液と霧雨が、完全に消し去ってしまったのだ。

竹が振られる音を、蔭山と枝織は西の間で耳にした。それから奥書院礼の間へ着き、そこで、庭の様子を窺《うかが》ったり声をかけたりしていた。広縁を南へと進む前に、〝雌灯籠〟が動いてから三十秒が経過していたのだ。霧雨と闇の中で、元へ戻ろうとする〝雌灯籠〟の動きは、二人には見えなかった……。

「あれは……」

顕了のしわがれた声が、重い吐息のようにこぼれた。

「事故だったのですね……」

了雲が、広縁のほうに向き直った。

「お父さんが、逃げて来る犯人の姿を見なかったのも、当然のことだったわけです」

誰もが、事件のこの再構成を受け入れる面持ちになりつつあった。

しかし蔭山は、すべてを話したわけではなかった。

自分の中にあるもう一つの事件の真相は、誰にも語るつもりがなかった。

泉繁竹は、息子殺しの犯人を捕らえる罠に利用したいがためだけに、〝夫婦灯籠〟の機巧に関して口をつぐんでいたのではないのだろう。犯人が本当にうまく、この庭まで誘われてくるとは、繁竹もそれほど期待してはいなかったのではないのか、と蔭山は思う。天の配剤のような奇跡――それは確かに望んではいたろう。だが、繁竹にとってそれは、現実的な主目的ではなかったのではないのか。

彼は自分を殺すために、〝夫婦灯籠〟のからくりを利用しようとしていたのだろう。

そして、泉末乃を殺そうとしたのも、彼だ。

「〝夫婦灯籠〟十字架の仕組みを話していれば、繁竹さんの事件の真相も、もっと早くに判明していたかもしれない、というわけですね……」

顕了がそう言っていた。

一同は、奥書院、三の間に座っていた。

軍司が、多毛な眉の下から覗く、熱っぽい眼光を顕了に向けた。

「〝夫婦灯籠〟十字架とおっしゃるが、それは、この龍遠寺がキリスト教寺院であることを認める、ということですか？」

「やむを得んでしょう――」

「お父さん！」

枯淡《こたん》な色合いの苦笑で息子を抑え、顕了は言った。

「ここまできては、隠し続けることは罪だろう。もはや、隠し通せる段階でもない。秘伝を守り通そうとすることが、人の命にかかわる真相を隠蔽《いんぺい》してしまうことにつながるのなら、寺伝《じでん》の禁則も優先順位をさげなければならないだろう。……潮時だ、了雲。寺の戒禁を破るのは、お前ではない、私だ」

そこで顕了は、

「確かに、皆さん……」

と、居住まいを正した。肩から落ちかかった綿入れを、宏子がそっと直した。

「あのからくりの十字架は、この寺院の創建当時からある物です。歴史の途中で寄贈された物ではない。掛け軸も、奥書院の十字架構造も……」

そこで少し間をあけ、顕了は続けた。

「この寺院の創建意図そのものにかかわる根元的な理念です。ここは、キリシタンのために築かれた建築物でした。……そしておそらく、キリスト教が解禁になった時代には、ここの檀家《だんか》は正真正銘、浄土真宗門徒がほとんどだったでしょう。ただ、二百数十年間守られてきた、キリスト教徒の寺であるという秘密は門外不出とせよ、という厳守すべき戒律は、そのまま残されたのです。それが寺伝の、最大級の禁則であるなら、寺院を受け継ぐ者として、やはりそれは守り通していかなければならないのです。……ご理解いただきたい」

まあ、それも判りますが、と伊東が応《こた》える。そして彼は顕了に、滝見灯籠に長時間炎を灯《とも》す夜間拝観には、躊躇《ちゅうちょ》も覚えたでしょうね、と訊《き》いていた。

そうではあるが、檀家の要望や経済的理由など、それに踏み切らざるを得ない事情というものも寺院には発生するのだ、と顕了が話している。真太郎の跡を引き継いだ繁竹に、滝見灯籠には火を入れないほうがいいのではないかと申し立てたこともあるが、繁竹の庭師としての頑固な美意識は、後に引かなかったという。

そんな話を聞きながら、蔭山は、泉末乃自殺未遂事件のことを考えていた。

自殺の兆候などまったくなかったという泉末乃。そしてあれ以降も、そんな様子は見せないという。

泉繁竹は、妻と心中しようとしていたのだろうと、蔭山は思う。これは、推断ではなく、推測ですらなく、ただ、泉繁竹が蔭山の直観に囁《ささや》きかけてくる、一種の夢想にすぎないものかもしれない。しかしそれこそが、蔭山にとっては、龍遠寺の創建意図の解明以上に意味深い問題だった。その可能性を考慮してこそ、東庭で起こった事件のもう一つの背景に迫れることになるのだ。

蔭山はそれも察しているつもりだった。だが、そのことに関してはなにも口にしていない。

そしておそらく一生、誰にも話すことはないだろう。

経済的な困窮ぐらいが原因であれば、自分達の命を絶とうなどとは、繁竹も考えなかったと蔭山は思う。どん底の苦しみから這《は》いあがり、困苦の時代を生き抜いてきた男なのだ。たやすく人生を放棄したりはしまい。……だが、泉繁竹は、自分自身が保てなくなっていることに気付かされていったのだ。体が自分の意志どおりに動かなくなっていくということだけではない。脳が彼を見放しつつあった。記憶が途切れるのだ。自分がおかしなことをやっているのだ……。仕事で迷惑をかける前にと、彼は退職を計画していた。

そして……。

自分にも痴呆《ちほう》が起こっている。症状は進行するだろう。そうなったら、末乃の世話は可能か？　誰が、彼女の面倒を見る？　いや、誰が、自分達の面倒を見る？

蔭山は思う。泉夫妻は一生懸命まっとうに働き、社会にも貢献してきた人間だ。体がきかなくなってきたら、あるいは不運に見舞われたら、社会から恩返しをしてもらう価値を充分に持つ人間達だ。それが社会保障制度であり、彼らはその当然の権利を、堂々と受け取っていいのだ。……しかし、そうは考えられない人達もいる。生活保護を受けることを、世間様に迷惑はかけられない、世間様の施しは受けない、として拒絶してしまう人達だ。そして泉繁竹は、おそらく、彼ら以上に頑《かたく》な男だ。

脳の老化が進み、夫婦揃ってわけが判らないようになる。彼が老残と感じるそうした姿を維持するだけのために周りに世話をかける、そのことが、繁竹にはどうしても受け入れられなかったのではないのか。そこにそれでも、日々を感じられる自分がいればまだいい。だが、記憶にも意識にも、積み重なっていくものがなくなっていくのだ。周りの人間のこと、自分のこと、過去としての人生さえも失っていく。その生に、意味を見いだせるだろうか……。

それ以前に繁竹は、自分が壊れていく姿というものを、人になど一切見せたくないと感じる自尊心を持つ男だったのではないだろうか。だから彼は、自分達夫婦の幕は、自分達で引こうと決心した。

しかし、心中《しんじゅう》という形の最期も見せたくはなかったのだろう。力尽きた老夫婦の哀れな最期、という定型に入りたくはなかった。奇妙な言い方だが、心中というのは自分の柄ではない、と彼は思い定めていた。結局あの夫婦も、自ら命を絶ったのだな、とは思われたくなかった……部下を一家心中でなくしている泉繁竹は……。

そうした心理を推理に取り入れて初めて、泉繁竹が東庭に張った罠《わな》の真相が、細部まで正確に読み解けることになる。

心中という人生の終幕を世間に見せたくはなかった繁竹は、末乃が死んだ後に、何ヶ月か経ってから、自分が殺されなければならなかったのだ。妻が自殺した後に、時間が経って自殺しても、それは後追いの自殺という周囲の見方から逃れることはできないだろう。独りに耐えられず、後を追ったのだ、と。それでは、時間差をもうけた心中であることと変わりなくなってしまう。

……何年の時間的なひらきがあれば、それは心中に見えなくなるだろう、そう蔭山は思考する。五年、十年……。最初に逝《い》った者の死が、人々の記憶から薄れる頃か……。それとも、後を追う者に、はっきりとした、別の自殺の動機があるように見える時が来た時か……。

しかし繁竹は、長い時間が許されるような状況にはなかった。だからこそ、二人での死を選んだのだ。自分の命も絶てなくなるほど、いつ急激に体力が衰えるか判らない。こんな計画自体を、彼の老化する脳は忘れてしまうかもしれない。だから、二人の死の間に、長い時間をあけることはできなかった。そして同時に繁竹は、自殺だと判ってしまう死に方をするわけにはいかなかった。だとすれば、自殺の余地などまったく考えられない事故死か、他殺を偽装するしかなくなる。

末乃には、事故か自殺という死に方をしてもらうしかないだろう。他殺では、警察が本腰を入れ、繁竹が捕まってしまう恐れがある。醜態である。

三月五日。泉繁竹は、自殺に偽装して、妻の命を絶とうとした。

外出先からこっそりと戻り、車椅子の妻をベランダへ出し、帯留めを使って首を吊らせた。末乃は眠っていたのだろうか……。

長く人生を分かち合ってきた妻に永遠の眠りを与えようとする時、泉繁竹も涙をこぼしたのではないかと、蔭山は想像する。

あのアルバムだ。ベランダに落ちていたというアルバム。末乃のお気に入りだったというあのアルバムを、繁竹は最後に、末乃のそばに置こうとしていたのではないのか。しかしその表紙に、涙が落ちた。人生で、数えるほどしか落としてはいない涙だろう……。あのアルバムの表紙は、厚い和紙のような装幀《そうてい》だった。水で濡《ぬ》れると、少なくともしばらくは痕跡《こんせき》が残る。丸く小さな皺《しわ》——濡れた形跡が、あのアルバムの表紙には残っていたのではないのか……。

それが警察の目に触れるかどうかということではない……そのように、蔭山は繁竹の内面を想像してしまう。涙の跡など、自分自身でも見たくなかったのだろう。自分の中の女々しい部分を、そのまま置いておきたくはなかった。それを振り切りたかったのだ。だから繁竹は、そのアルバムを、雨の当たるベランダの手すり際へ置いた。アルバムすべてを、水で濡らすために……。

家族の思い出の詰まったアルバムは、妻が大事にしている品だが、それを妻が目にすることはもうないはずだったのだ。棺《ひつぎ》にでも入れる品にすればいいだけだった。ところが、泉末乃は命をとりとめた。

繁竹が、あの日の日記に書いていた一文字、仏——。あれにはどれほどの思いが込められているのだろうか？　殺すな、という声を繁竹は聞いたのか。殺すにも死ぬにもまだ早い、と聞こえたのだろうか。仏に感謝を捧《ささ》げたのか……。それとも、仏からの怒りを感じたか……。泉末乃の自殺未遂は、繁竹の工作であったことはまず間違いないと蔭山は感じている。そしてそれが正しければ、繁竹の心中計画が蔭山の想像の産物ではなく、段階を踏む推論の結果として立ち現われてくることになる。

まず、なんの罪もない状態の泉末乃を、ただ一方的に殺害するなどというのは、泉繁竹という人物にはまったくそぐわない行為である。そこからは、共に死ぬつもりなのではないかという仮説が浮かびあがってくる。自殺に偽装したということで、それが通常の心中ではないということが自明となっている。しかも、繁竹がすぐに後を追うという形の心中ではないことも想像できる。なぜなら、息子の〝四回忌〟や龍遠寺の仕事など、まだまだそれから先に、具体的な予定を繁竹が入れているからだ。繁竹は、人との約束を放棄できるタイプではない。従って、末乃が死んだ後も、繁竹はまだしばらくは生きているつもりだったと考えていいはずだ。結果として、二人の死に時間をあける、死の形に偽装を加えた心中が計画されていたという推論が浮かびあがってくる。

繁竹が〝四回忌〟を試みたのは、現役を退くからではなく、命を終える前にやっておきたいことだったからだろう。すると本当に、息子の事件の真の姿が見えそうな様子にもなってきた。繁竹は、夫婦二人の最期のカーテンは自分で閉めるという気持ちを変えてはいなかったろうが、その前にやるべきことがこれなのだと、責務めいた思いに衝《つ》き動かされていたのでないだろうか。

そして、〝雌灯籠《どうろう》〟のからくり。繁竹があれを、自分が死ぬ時の偽装殺人装置に使えると考えたとしても不思議ではない。ロープの輪ではなく重い物体を、反動で飛ばすような仕掛けだ。自分の後頭部を、その鈍器に殴らせる。凶器は見当たらず、死体が残る。懐かしがって庭を訪ねて来た老人が、何者かに撲殺されたという事件。妻の自殺か事故死と、何ヶ月か後に発生したこの犯罪を、結びつけて考える者はまずいないだろう。少なくとも、心中とは思うまい。

だが、そのような仕掛けが可能かどうか、実験してみる必要がある。どうせやるなら、息子を殺した人間をくくりあげるための罠に応用してみるのも悪くない。そういうことだったのではないだろうか……。そう考える根拠は、数日間の時間の空白にある。

泉繁竹はおそらく、三月十八日に〝夫婦《めおと》灯籠〟の機巧を知った。そして、歴史事物保全財団での事件が発生するのが三月二十四日だ。この二つの情報、知識が揃わなければ、真太郎殺しの犯人だけが、鯉魚石《りぎょせき》を動かしに現われるかもしれないなどとは予測できないのだ。つまり、罠を仕掛けようなどと考える理由はなく、からくりのことを秘密にしておく必然性もないことになる。しかし繁竹は、十八日から二十四日までの間に、機巧の庭の大発見を第三者にはまったくしゃべっていない。これは、犯人用の罠ということ以外に、もっと早くから、からくりの知識は自分のものだけにしておいたほうがいいかもしれないという理由が存在していたことにはならないか。

そして、ノギスという物を選んだこの仕掛けの方法にも、泉繁竹の意図が見え隠れしている。真太郎を殺した犯人を捕まえるだけの罠なら、ノギスなどを持ち込む必要はなかったのだ。繁竹に必要だったのは、留めていたロープを一定のタイミングではずす仕掛けであったはずだ。それだけでいいのなら、他にいろいろな道具、方法が考えられる。たとえば、繁竹の商売道具の中にも、利用できる物はたくさんあるではないか。除草フォーク、あるいは根起こしと呼ばれる道具類だ。ちょうど、二股《ふたまた》のフォークのようになっている。食器のフォークと大きさも同じぐらいで、握りが太いという程度である。これの握りを、ノギスを埋め込んだのと同じ場所に埋め込めばいい。そしてロープの輪を、フォークの一方に掛けるようにする。灯籠の竿に押されて除草フォークが傾くと、ロープの輪がはずれる角度になるというわけだ。

こうした方法と、実際に繁竹が使ったらしいノギスの方法では、なにが違うか。まず、除草フォークの方法では、除草フォークがその場に残ってしまうということだ。しかしこれではどうしてまずい？——殺人犯を捕まえるだけなら。犯人を捕まえたぞ、という堂々とした正義の目的に用いるのなら、罠の痕跡が残っていてもまったくかまわないはずである。にもかかわらず、繁竹の実行した罠は、痕跡をこの庭に残さないことに神経を注いでいる。

ここで、除草フォークの類《たぐい》を使いながらも、それを庭に残さない方法も考えてみる。どうということはない、除草フォークとロープをしっかり結んでおけばいいのだ。そして、竿に動かされた除草フォーク自体が地面から抜けてしまうという埋め込み方にしておく。ノギスの方法と同じである。しかし泉繁竹は、この方法を採用しなかった。なぜか？　それは、竹林のほうで万が一、罠の道具類が発見された時、それをただちに自分と結びつけられることを恐れたからではないのか。その時すでに、泉繁竹は、他殺に偽装した方法で死亡しているのだ。その偽装を見破られる危険は、当然、できる限り排除しなければならない。庭師である泉繁竹が自分で仕掛けた罠である、などと推測されてしまいかねない道具を、残していくわけにはいかなかったのだ。だから、まったく畑違いの工具などを選んだのに違いない。

ストッパーとして使ったそのような道具も庭から消してしまう方法ではなく、ただロープの輪がはずれればいいという方法を採用していれば、泉繁竹は死ぬことはなかっただろう……。

泉繁竹は、こうした、殺人を偽装するからくりを実験しようとしていたのだ。そして、そのからくりの実験にもう一つ、息子を殺害した犯人を捕まえるという意味も付加したわけだ。この吊り罠が、犯人の正体を明かしてくれるならそれでよし。その成果がなければ、本来の目的に利用するだけだ……。

こう考えると、物事全体の比重に、バランスが取れるような気がする。泉繁竹が書き残した回顧録。あれなど、自分達の人生に残す遺書であり、辞世の句でもあったのだろう。

そして蔭山は、ふと、心中《しんじゅう》というのは本当に微妙な死の形だな、などと思いを巡らせた。昔の情死のように、互いに刺し違えれば、これは他殺の重なり合いということになるだろう。一方が他方を殺し、それから自分の命を絶てば、それは他殺と自殺の重なり合いというものになるはずだ。これで、繁竹のように、二つの死の間に時間をあけようとしたら、それはどのような見られ方をするのか。

末乃を死なせた後、繁竹がもし、自分の命を絶つという思いを遂げられなくなってしまったら、彼は殺人者ということで終わってしまう。彼が命を絶てた時に初めて、それは心中として完結する。そして、繁竹の死が自殺だと判明してしまった時などはどうだろう。妻を殺害した自責の念に耐えられずに自殺したのだろうなどと、一般的な殺人と自殺といった解釈で、二つの死は説明されてしまうかもしれない。二人の間を結ぶ、心中という真実の〝姿〟は、いったいどこになら存在するのだろうか。

殺すということと、共に冥土《めいど》へ行こうとする心中との境は……。

蔭山は、龍遠寺東庭に目をやった。

そして思う。

この庭は、そういう庭なのだな――と。

この寺院、庭園は、仏教とキリスト教の間《あわい》で成立したものだ。そして第一世住職の死が、さらにそれを象徴する。義渓了導は、自殺と他殺の境で死んでいかなければならなかった。そして現在、泉繁竹という男は、この庭で、心中と他殺、そしてやはり自殺と他殺という死に方の境を、人知れず見つめ続けていたのだ。

何百年という間、この庭は、人のそのような思いを誘い続けてきたのかもしれない……。写し取ってきたのかもしれない、何十も、何百も……。

重い雨雲の下、その薄暗い庭園に、どこから迷い込んだのか白い蝶《ちょう》が飛んでいた。

「ここの妙見派の宗教教義には、たとえば、キリスト教の教えも混入しているのですか?」

と、伊東龍作が訊《き》いていた。

「私達は紛れもない仏僧です」

整った面差しに憤慨の気を滲《にじ》ませて、了雲が答える。

相変わらずの了雲の反応に顕了は笑いかけ、そのまま軽く咳《せ》き込んだ。その背を、宏子がさすっている。

「どのような宗教も、宗派によって、当然ながら独自性がありますね」穏やかに顕了が言っていた。「そして、まったく違う宗教と一致している部分もあったりする。共に、神や仏、真理、魂を見ようとしているのですから、それも当然でしょう。ですから客観的に見れば、キリスト教と類似していると取られる部分もあるかもしれませんが、この龍遠寺の浄土真宗妙見派は、キリスト教徒を慰撫《いぶ》するための教義などは持ちません。仏道本来の、浄土真宗妙見派です」

蠟燭《ろうそく》の溶けた受け皿を滝見灯籠から回収して来た村野満夫が、広縁を歩いていた。ちょっとそれを貸してくれという仕草で手を差し出した軍司が、蠟燭の受け皿を受け取りながら、顕了に声をかけた。

「じゃあ、了導上人は、あの御仁《ごじん》はどうなのです？　彼がキリスト教徒であるのは事実なのでしょうな？」

これには顕了も即答を避けた。むずかしげに、わずかに目を細めている。

その理由、蔭山にも想像できないことはなかった。開山である第一世住職をキリスト教徒であると認めることと、誰とも特定できない当時のキリシタン信者らによってこの龍遠寺が建築されたと認めることの間には、あまりにも大きな意味の違いがある。キリシタン建築物という問題だけならば、歴史的な遺物としての器である、という見方を取って、現代の妙見派門徒らも自分達と距離をおくことができる。しかし開山となると、いわば顕了達の、僧籍と宗教における直系の先祖に当たるのだ。現代の龍遠寺門徒達の、宗教的な核でもある。そこを容易に、キリスト教に一変させてしまうことの影響……。それを思えば、逡巡《しゅんじゅん》や慎重さは当然だったろう。

軍司が、ジャンパーのポケットから、丸めたメモ用紙を取り出していた。

「ここまできて、まだ、それは明かせませんか」

言いつつ軍司は、ライターも手にしていた。メモ用紙とライターが、蠟燭の受け皿の上で接近する。

それを見ていた蔭山の中で、あまり経験したことのない警戒信号が鳴り響いていた。

気がついた時には、腕が伸びていた。

サッと、軍司の指からメモ用紙を奪っていた。

「なにをする!!」

虚を衝《つ》かれた一瞬の後、軍司安次郎が怒鳴る。顔面に朱が散り、それは日頃の様子からは想像もできない形相だった。気分屋としての一面とはまた異質な性情がそこに噴出した感があった。蔭山は、軍司安次郎という男の、耳にしていた数々の武勇伝を思い浮かべていた。そして、子供の頃に見ていた、弱者の尻《しり》の毛まで抜こうとしていた、タバコの煙の向こうにあった男達の目を……。

軍司の後ろにいて、その険悪な目の色を知ることができない伊東龍作が、

「ここは火気厳禁ですよ、軍司さん」

と注意を促していた。

蔭山はメモを広げ、その文面に目を走らせた。横書きに記してある。

寝間　伏し間　ふすま
✝
奥書院そのもの　二つめの十字架——これが第一だな。
掛け軸が、宗教的トリップの窓口

あれは、マリアか？！！

物質

伝承の集積　見せることで隠す　記憶への刺激

「返しなさい」軍司の声は極限まで低い。「ここでは火は使わないから」

しかしその紙片は、返すわけにはいかなかった。まだはっきりとした理由にまでたどり着いてはいないが、見過ごしにできない内容が目を引く。

「どうしてこのメモ書きを、そんなに急いで灰にしなければならないのです？」

問い返し、蔭山は軍司の眼光に挑んでいた。

軍司からの返事はなかった。住職達に代わり、今度は老郷土史家の口が重たくなっていた。

そのようなにらみ合いの時、本堂のほうから複数の足音が聞こえてきた。

それとよく似た足音を、蔭山は先頃耳にした覚えがあった。あれは、事件発生直後の事情聴取に、この書院へ呼ばれた時のことだ。

17

目を向けると、刑事達が歩いて来ている。

高階憲伸の姿が先頭にあった。

刑事達は六人。高階、中山手、平石、そして、警部補クラスを含めた所轄署の三人だ。

「お邪魔します」高階が言った。「公務です」

刑事達は三の間の一同とは少し距離をあけ、下段の間脇の広縁に立ち止まっていた。どの顔も、厳粛とも取れる、感情の抑揚を抑えた静かな表情だった。相変わらず黒鞄《くろかばん》をさげている中山手も、とっつきにくい感じで唇を結んでいる。

「軍司さん、ちょっとこちらへいらしてくれませんか」高階が声をかける。

軍司は不可解そうに目をあげて刑事の顔を見、それから、余裕を示すように笑った。

「こりゃまた。こちらへ、と言ったって、ほんの数メートルじゃないですか。訊きたいことがあるなら、遠慮なくどうぞ」

「いいえ。他の人に聞かせるようなことじゃない。どうぞ」
二、三秒の間があき、それから軍司は、あぐら座りの膝頭《ひざがしら》に乗せていた手で膝を打つと、
「やれやれ、なんなんだね」

と軽く言って腰をあげた。

デイパックをさげた軍司と合流すると、刑事達は二、三歩、上段の間のほうへと移動した。軍司を取り囲む格好になる。

高階が、声を潜めて言う。

「川辺辰平、ならびに五十嵐昌紀の殺害事件。その重要参考人として同行願いたいのですが」

「…………」

「逮捕状はまだ発行されていません。出頭を拒否することも可能です」

表情豊かで皺深《しわぶか》い、軍司の浅黒く小さな顔は、今は一切の感情を底へ沈めているようだった。

遠くをにらみ据えるような両目の奥からは、底光りする感情の熾火《おきび》が覗いてはいたが。

「……取り調べる、というわけですな？」

「長くなると思いますよ」

とだけ、高階は答えた。

「どうかしたんですか？」

伊東が好奇心を発揮して、いたって日常的に声をかけていた。

一拍して顔付きをほぐした軍司が、振り返って闊達《かったつ》に言った。

「いやはや、私をしょっぴいて行くそうですよ」

「しょっぴく……？」

冗談めかした語感に伊東は笑いかけたが、すぐにその顔は怪訝《けげん》さに曇っていった。蔭山や住職達の表情も引き締まっている。

「刑事さん」軍司は高階に向き直っていた。「アリバイなんかも調べてくれたんでしょうな」

周囲にはっきりと聞こえる声量だったので、高階も同じように答えた。

「検討は済んでいます。興味深い話ができると思いますよ」

作られていた軍司の笑みに、ひずみが生じていた。

「さ、行きましょう」

中山手が軍司の背中に手をかけた時、

「ちょっと待ってもらえますか」

と、蔭山が声を出した。

刑事達の動きが止まる。

「ここで軍司さんに訊《き》いておいたほうがいいことがあるようでしてね」蔭山は畳から立ちあがっていた。「大事なことです」

「おい……」

蔭山に私的ニュアンスの混じった呼びかけをした高階だったが、その先の語調は厳然としたものになった。

「これは殺人事件の公務だ。学術研究など後にしろ」

「いや、そうじゃない。こっちも刑事事件のことを話している」

「事件のこと?」

そこで、「そうですよ」と得意げに割り込んだのは、伊東だった。「泉繁竹さん事件も解決したんですから」

刑事達がそれぞれに短く声を発した。「繁竹の?」「解決?」

所轄署の中年警部補が、一際大きな声を出す。

「誰が解決した!?」

「誰が、ということはありませんがね」蔭山は言った。「そういえばあの事件、犯人も、誰と決めつけられないようなものでしたか……」

高階は蔭山に目を合わせ、ゆっくりと一歩進み出た。

「よし。聞かせてもらおうか」

住職親子、宏子、そして村野は広縁におり、それ以外の男達は、一団となって〝夫婦灯籠《めおとどうろう》〟近くに集まっていた。伊東は追い払われながらも、一団の外側辺りをうろうろとしている。

どこでそれほどの強風が吹いているのか、黒雲の空や龍遠寺の周辺からは、ゴウゴウという風の唸《うな》りが轟《とどろ》いてきている。無論、東庭にも、時折強い風が吹きつけていたが。

すぐ近くで炸裂《さくれつ》した雷の音も耳に入らないかのように、刑事達は蔭山の話に聞き入った。十字架を作るために動く〝雌灯籠〟、泉繁竹自身が仕掛けた罠《わな》……。

一連の話が終わると、所轄署の若手が、ロープがからんでいる竹の確認に行かされた。村野が案内役になった。

「住職方……」

中山手が厳しい視線を送った。

「このからくりのこと、どうしてあの四年前の時に話してくれなかったのですか」その声には、捜査官としての慚愧《ざんき》と、そこから派生する悔しさ混じりの不満が込められていた。そうした感情を向ける矛先を見つけた、というようでもあった。「泉真太郎がなにかを発見したかのような声をあげていた。この仕掛けのことだったと、あなた達なら推測できていたはず」

「確実だったわけではありません」

了雲は言ったが、その横ですぐに、顕了が広縁に両手を突いた。

「ご理解願いたい。犯罪捜査の支障になっているというのでしたら、寺の秘事を打ち明けることも吝《やぶさ》かではないでしょうが、あの事件では、〝夫婦灯籠〟十字架の内容など、事件には直接関係なかったでしょう。少なくとも、そのように思える状況でした。現在の、二百五十を超える檀家衆《だんか》に及ぼす影響を考えますと、キリスト教起源の歴史は秘め続ける必要があるのです。自ら口をひらくわけにはいきません」

了雲が言い添えた。

「警察が外部へ漏らさないと保証したとしても、それは、寺や門徒の運命を背負わせるには貧弱すぎる保証でしょう」

なにか言いかける刑事達を、高階が身振りで止めた。

「それより、伊東さん。川辺の指の在処《ありか》が判るかもしれないと言ってましたね。手首の埋められていた場所。それと、〝子《ね》の柱〟の勾陳《こうちん》を反転させるやり方をからめれば」

伊東は、喜色を隠そうともせずにしゃべりだした。しかし、あらかた語り尽くした頃、その口調が不安そうに弱まった。

「……でも、龍遠寺がキリシタン寺院であったのなら、勾陳思想などが重視される余地があったでしょうか？」

伊東は、住職達のほうへ、ちらりと視線を投げかけた。

「どうなんですか、顕了さん？　この寺が隠していた真実というのは、キリシタン寺院だということであって、たとえば、勾陳配置などは、カムフラージュなのでは？」

顕了は、相手を労《いたわ》るように頷《うなず》いた。そのしわがれた声は、強まる風の中で、少し聞き取りにくく感じられる。

「実は、そうなのです。斬新《ざんしん》な試みで祈禱《きとう》の形象物を残そうとしているこの建物は、その部分に不自然さも生じます。なぜ不自然なのか。それを、まったく違う方向に解釈してもらうためには、それなりのもっともらしさと魅力で目を引く、別の方向性が必要でした。創建時の為政者達の監視は、了導上人の死で完全に解けたわけではなかったのですし」

「では、『龍の尾を振らせよ』というのは、やはり鯉魚石《りぎょせき》のことなのですね？」伊東の声からは張りがなくなっていた。

「そうです」

「〝大地の勾陳〟も……？」

「私どもに伝わる限りにおいては、あのことに具体的な意味はありません。妙見菩薩《ぼさつ》を祀《まつ》ったことは、宗教行為としての正道です。布教のため、地域住民との和合のため。ただ、その配置に、思わせぶりな距離間隔を与え、誤誘導の一助にしたようですね」

伊東は顔をしかめて唸り、しかしそれでもすぐ、いや、本当にそうだろうか、というあきらめきれない様子で腕を組んだ。

確かに、容易には受け入れられないだろう――蔭山も内心そう思っていた。北斗七星配石から始まるあの龍遠寺の謎、伝説が、ほとんどすべてカムフラージュであったとは……。

様々な仮説、ロジック、空想が、龍遠寺東庭の不思議の上に構築されてきた。数の多さだけではない。それぞれが複雑にからまり合い、自己増殖し、深度を増し、それ自体が知的迷宮と化していた。しかし、その核に現われている物質的素材は、実にシンプルなものだった。だから、設計者側の労力などは知れている。庭石を、北斗七星を思わせるように並べること。建物は、一部の柱が勾陳図形も描くように設計し、その柱を〝子の柱〟と名付けること。妙見菩薩を奉祀《ほうし》するに当たっての測量が、最も手がかかった部類かもしれない。

後は、人間の知的探求心が、勝手に――いや、ミスリードされて、誤読と仮説を重ねていったのだ。勾陳や北斗七星にまつわる解読を研究してきた人間にとっては、ショックが大きいだろう。

キリスト教礼拝物を秘匿しようとした、このキリシタン寺院の創建者達のほうが、一枚も二枚も上手だったということか。

思えば、掛け軸だけではなく、彼らは壮大なだまし絵を仕掛けていたことになる……。

そのだまし絵に振り回されていたことを認める気にはなれない男の一人――軍司安次郎が言った。

「現代まで、すべてが伝承されているわけでもあるまい。ただの目くらましにしては符節が合いすぎる」

「そんな執着から、人の手首をここに埋める妄想を実行したのか」所轄の刑事が軍司に向かい、強い調子の言葉を吐いた。「そのデイパックで手首を持ち込んだのか」

伊東がちょっと後ずさり、軍司は眉《まゆ》を険しく寄せた。

「どうでしょう、軍司さん」高階の声は落ち着いていた。「川辺さんの指をどこかに埋めてあるなら、教えてくれませんか？」

「殺人者扱いされるほどの根拠を聞かせてもらってもいないが」

「では……、やはり同行願いましょうか」

「まだ肝心のことが終わっていない」と口を出したのは蔭山だった。「最初に俺が言いかけたこと、まだ話していないんだがね」

高階が太い首を巡らし、透かすようにして蔭山を見た。

「なんだ？」

「その前に教えてもらいたいが、軍司さんが引っ張られようとしているのは、なんの事件なんだ？　おたく達はどこまでつかんでいる？」

わずかな躊躇《ちゅうちょ》の後、高階は言った。

「川辺辰平殺し。それと五十嵐昌紀殺しだ」

「では、四年前の事件の犯人。その目星はついていないんだな？」

「四年——。泉真太郎殺しか？」高階の眉があがる。「目星がついた、とでも言いたそうに聞こえるが」

「少なくともそのとっかかりになるかもしれない。このメモ用紙なんだが」

蔭山は、軍司が燃やそうとしていた用紙を高階に見せた。そして、事情を説明する。

「つまり、後でゆっくり処分するというのが、悠長に思えたのではないかな、軍司さんは。今すぐにでも消してしまいたい衝動に駆られていた」

高階が無言で、何ミリか頷く。

「そのメモの書き込みで気になるのは、マリアというところだ」

あれは、マリアか?!!

物質

「我々はあの時、マリアのことなど話していない。この文面だと、軍司さんがマリア像かなにかに気が付いたということになる。この奥書院も十字架なのだと聞いた後、軍司さんは、『では、あれは……』などと呟《つぶや》いていた。あの時に、これを書いたのではないかな。そして、軍司さんがこのメモ用紙を焼却しようとした理由もそこにある。他の記述は、あそこにいた他の者もみな共通して知っていることだ。そして、このコンスタンチノ十字架のマークも書き込まれたりしていて、けっこう後で役に立ちそうな内容だ。しかしそれでも、このメモは、軍司さんにとって焼却してしまいたいほどにまずいものだったんだな」

軍司安次郎は身じろぎもせず、口もひらかなかった。

「マリア像がどこかにあるというのか?」高階が蔭山に訊《き》く。「この寺のどこかに?」

蔭山は先代住職に声を向けた。

「あるのでしょう、顕了さん？　掛け軸にだまし絵として描かれているのかと思いましたが、違いますね。マリア像は、〝思想の井戸〟のどこかにあるのでは？」

「ほう。……そうなのですが、なぜそうお考えになった？」

「あなたはおっしゃったでしょう、キリシタン寺院として不自然さが生じてしまうので、それをカムフラージュするために他の迷彩が必要だった、と。この奥書院周辺で不自然なのは、〝夫婦灯籠〟だけではありません。あの〝思想の井戸〟も、かなり特異なものです。そして、北斗七星配石も勾陳図形も、あの〝思想の井戸〟に偽装の意味を与えるために造られていると考えていい。逆に言えば、この井戸の真の意味を隠すために、あの壮大な勾陳図形の何重もの偽装が構築されていった。こう考えれば、そうまでして隠さなければならないあの井戸の真の意味というのは、やはり重要な仮託礼拝物ということになるでしょう」

「おっしゃるとおりだ」

顕了はやせた腕を杖《つえ》に伸ばした。

「このことも、言いかけてはいたのです。キリシタン寺院だったのだと打ち明けていた時に。それでもやはり、思わず口を閉ざしてしまった」

手を借りながら、顕了は立ちあがった。

「お見せするべきなのでしょうな。秘匿することで、また世俗に罪の枝葉を伸ばしてはならない……」

顕了達は、〝思想の井戸〟のほうへと移動を始めた。庭にいた者も、広縁沿いの軒下を通って北へと向かっていた。顕了の歩くペースに合わせ、ゆっくりとした移動だった。

蔭山は、庭の亀石に目をやっていた。

それに気付いたのか、顕了が声をかける。

「あの亀石にも、なにか注意を引かれますか?」

「あ、いえ。まあ、隠れキリシタンということを考える手掛かりではあったのだろう、と思ったりしましてね……」

「どのようなことで?」

「あれは、北斗七星に対する、南天の象徴の星座を表わしているのではないかという説が有力でしたね。これはなかなかきれいに、理にかなっていると思います。鶴石のほうは、〝思想の井戸〟と合わせれば七つ星になり、確かに——まあいびつになるのは仕方ないとして、ちゃんと北斗七星を形作ります。ところが亀石は違う。頭と四肢の位置に五つ。まさに亀の形にすぎません。鶴石が北斗七星なのだと誤誘導したいのなら、そのヒントとして、亀石を南天の星座の形にしてもいいはずでしょう。ところが、そうはなっていない。南天の象徴の星座とは、サザンクロス。南十字星。つまり、忠実に再現しようとすると、十字架の形になってしまいますからね」

顕了は、微妙に影を帯びた微笑を浮かべた。

「隠すから現われる。まさにそういうことですな。現わしながら隠すことと表裏を成して、それは一つの実相でしょうか……」

一行は、〝思想の井戸〟の周りに到着していた。銭型をした上面の意匠。満々とたたえられている清水《せいすい》……。

「どこにマリア像があるんです？」伊東が意気込んで訊く。

「了雲、お見せしなさい」

了雲はまだ、物腰が重たかった。父にして先代の住職に声をかけられても、動きだすまでに、本意ではないという気配の間があく。寺の秘密を人目にさらすことに、どうしても抵抗があるのだろう。口元を結んだまま、了雲は礼の間を横切って行った。

「どこへ行くんです？」この場でマリア像を見せてもらえると思っていたのだろう、平石が顕了に訊いていた。

「このからくりを動かす場所は、あちらにあるのです。北の庭に」

なにが起こるのかと、一同は待った。

顕了が言う。

「外部の人にこれを見せるのは初めてですよ。お付き合いの長い、熱心な檀家《だんか》さんにも話したことなどないのです。私は妻にも話さなかった。了雲もそうでしょう。龍遠寺が元はキリシタン寺院であったということは、代々住職のみに伝えられてきたのです……」

井戸の水面が、にわかに強まった風を受けて細かく波打つ。その水面が、わずかに低くなったように見えた。

「私も、これを目にするのは、七年ぶりでしょうか」小さく、顕了が言っていた。「〝夫婦灯籠〟十字架ほど、手入れなど必要としない仕掛けでしてね」

「水面がさがっているんだ！」伊東が声をあげた。

それがはっきりと判るようになってきた。明らかに、井戸の中の水位が低くなってきている。

十センチもさがったろうか……

「見ろ、こっちだ！」

刑事の一人が叫んだ。井戸の正面、奥書院側に立っていた刑事だった。その方向からだと、水面の向こうになにかが見え始めていたのだ。水の中だ。ゆらゆらと、石のレリーフらしい人物像の一部が見えてきている。その足のほうからだった。徐々に、上半身も見えるようになる。

水面の下には、井戸のあちら側の内壁が見えているわけだが、その人物像は、そこに陽刻されているものらしい。実物は、十センチか十五センチほどの大きさだろうか。水位の低下に従って、ついにその人物像が全身を現わした。合掌している女人像だ。

誰も口をひらかなかった。

今は水面も穏やかで、ほとんど乱れなくそれを見ることができた。

水中に浮かびあがってきたマリア像だ。

水の低下はもう止まり、水面は安定していた。

「どうして……」伊東の声は、やや震えを帯びていた。場所を奪うようにして、マリア像が見える位置に立っている。「これで見えるようになるんです？」

「光の屈折、ということらしいですね」顕了が答える。「井戸の内径は、水の汲《く》みあげ口より

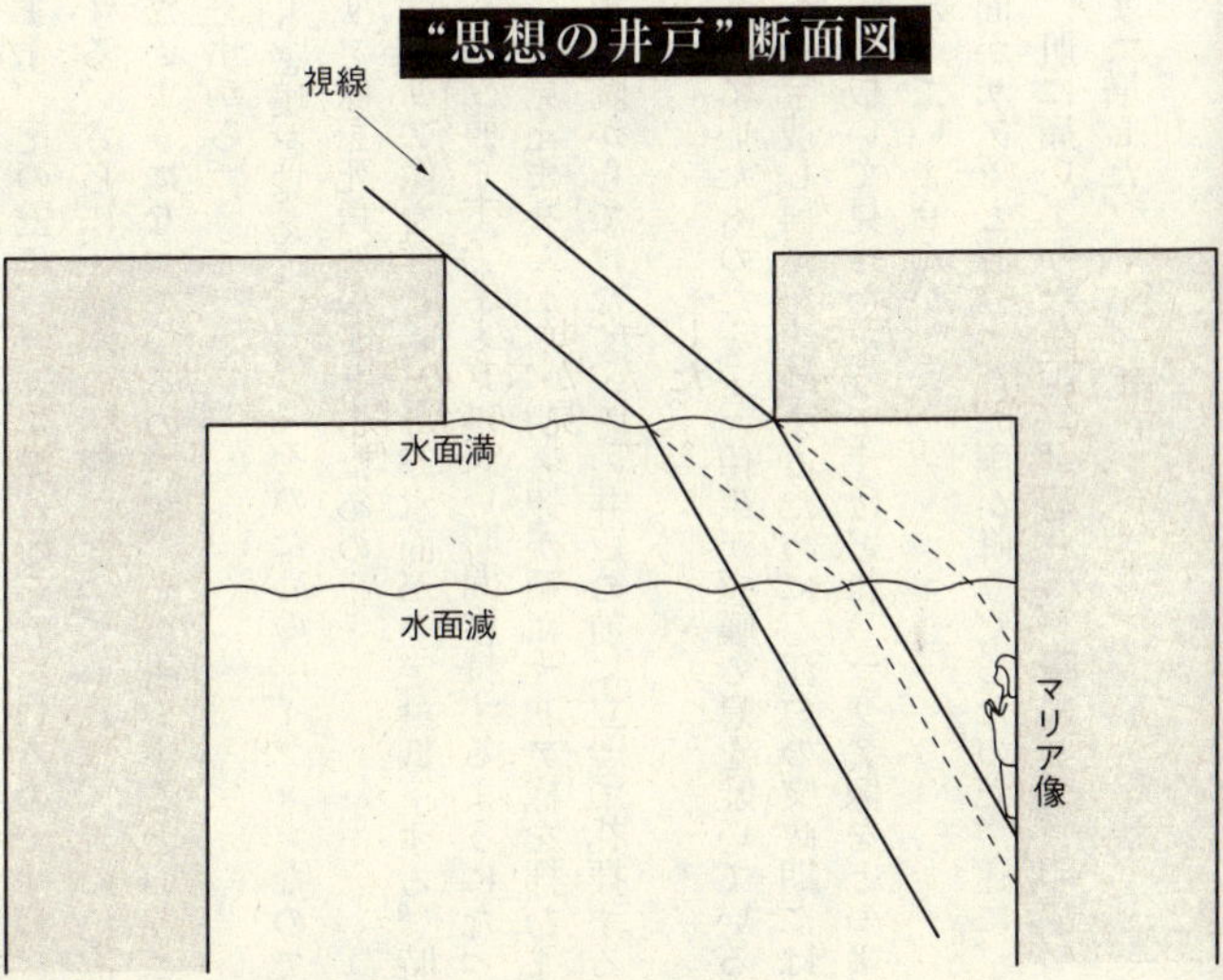
“思想の井戸”断面図
視線
水面満
水面減
マリア像

ずっと太くなっています。その壁に、マリア像は彫られているのですね。そして、狭い汲みあげ口が、視界を限定する。さらに、満水の状態になっていれば、どの位置、どの角度から見ても、マリア像は見えないようになっているのです。光が屈折するということは、我々の視線も屈折するということですから」

「つまり……」蔭山も感嘆を覚えていた。「そのためのサイフォンなのですね。水面を常に一定の高さに保ち、マリア像を死角に潜ませるための……」

「そういうことです。マリア像を拝む時だけ、水面が一定量低下する。時間にして、一分少々の間でしょうか。〝夫婦灯籠《めおとどうろう》〟十字架よりは長い時間維持するようになっています。一定の場所、一定の角度からしか見えませんから、信者達が順にマリア様を拝むまで、時間が必要だからでしょう。これは奥書院からではなく、その井戸の前に立って礼拝するものですね。そこでしか見えません」

「恐るべき知恵が隠されていたものだ……」伊東が感嘆の息を吐いている。

「かまびすしくなったお宝捜し騒動を沈静するために、江戸の文政期には、サイフォン装置を止めてこの井戸から水を抜いて見せたそうですけどね。マリア像をどのようにごまかしたのか、そのへんの詳細は伝わっていませんが」

その時、井戸の水面がザアッと波立った。雨が降りだしたのだ。遂に、雨雲の底がひらいた。猛烈な降り方だった。肌に痛いような豪雨だ。辺りは一瞬にして、叩《たた》きつける雨の音に支配された。薄暗さも極限まで増した。

庭にいた者は広縁に飛びあがり、建物の中へと避難した。竹林へ行っていた村野達も、ちょうど戻って来ていた。

豪雨の底で、庭も塀も、白い飛沫《ひまつ》に覆われている。

顔から雨を拭《ぬぐ》っていた蔭山の手が止まった。

「そういうことか……」

「なんだ？」聞きとがめて、高階が耳を寄せる。

大声を出さなければ、よく聞き取れないほどの雨音だった。

「軍司さんがメモ帳を焼き捨てようとした理由だよ」

蔭山はそれから、少し離れた所に立っている顕了に、声を大きくして問いかけた。

「顕了さん、この寺院のマリア像は、これ一つなのですね？」

「そうです」

「そして、代々の住職以外に、この知識を持つ者はいない。宏子さんは知っていましたか？」

久保宏子は真剣な面持ちで首を横に振った。

「軍司さん」蔭山は、よそよそしい背中を見せる郷土史家に向き直った。「あなたはいったいいつ、このマリア像を知ったのです？　顕了さん、仮託礼拝物のことは、文章や図面にして残したりはしませんね？」

「それが発見されてしまえば、言い逃れのきかない証拠になってしまいますからね」顕了の声量の細い声は、豪雨の音に消されがちだった。「図面も、文章としての記録も、残さないものです。だからこそ、いつの間にか本来の意味が見失われてしまうものが多い……」

「軍司さん、あなたがこのマリア像のことを知るには、この像を実際に目にするしかないでしょう。知っていたことは間違いありませんね。あのメモの記述では、『マリア』のそばに、『物質』と書かれています。他の十字架は想念的に存在しているのに、このマリア像は物質だ、ということも知っていたわけでしょう？

あなたはこの像を目にしたことがあったが、予備知識なしに見れば、あれは女人像ということで、あなたはあれを、菩薩像《ぼさつぞう》かなにかだと判断していたのでしょう。仏教寺院ではそれが当然です。そしてあなたは、なぜあの女人像が見えたのかを考えた。光の屈折と水面の高さということに考えが及ぶ。そしてサイフォンのこと。素晴らしいからくりだった。この寺院にはとんでもない仕掛けがある。だとしたら、勾陳図形が秘めているという謎にも、本当に具体的な意味があってもおかしくないと、あなたは考えた。お宝伝説もファンタジーではない可能性が強い。あなたはそうした確信を持って、この龍遠寺の研究に没頭してきたんだ。真太郎さんから、暗号以上のなにかを発見したということも聞いていましたしね。違いますか？」

軍司はじっと黙り込んでいる。

「それに……」

と言ったのは平石刑事だった。

「研究者がこの女人像を目にしていながら、それをなににも取りあげようとしていないというのは不自然だ。顕了さん、了雲さん、あなた達はこの人から、この井戸の像のことなど、尋ねられてはいないわけでしょう？」

奥書院に戻って来ていた了雲にも、平石は大きな声をかけていた。

顕了も了雲も、そんな事実はまったくないと答えた。

次に口をひらいたのは、中山手だった。

「誰にも言わずに、軍司はあの女人像を菩薩か如来《にょらい》だと思い続けてきた。それが今日、ここがキリシタン寺院であるという事実を知った。あれはマリア像だったのかと閃《ひらめ》き、そのことをメモに書きつけた。しかし、書いてしまったその文字——内容は、誰の目にも触れさせてはならないものだった」

「そこです」蔭山が言った。「軍司さんは、マリア像のことを知っていた。そして、そのことを一切口外しなかった。それのみならず、知っていることを隠さなければならなかった。そのことには重要な意味がありますね。……軍司さんはいつ、あのマリア像を見たのか」

軍司安次郎の額には、一つ二つ、光が滲《にじ》んでいた。それは雨の水滴ではなく、汗だった。

「……では、あの時に」

高階の呟《つぶや》きは、耳をつんざくような雷の音に掻《か》き消されたが、蔭山にはかろうじて届いていた。

「そうなるだろう。それはたった一度、あの時だけだ。泉真太郎が、この〝思想の井戸〟で溺《でき》死《し》させられた四年前……、あの時だな」

豪雨と強風の音が耳朶《じだ》を満たし、ややあってから伊東がためらいがちに口をひらいた。

「でも……、あの事件が起きたからって、どうしてマリア像が……？」

「真太郎さんは、井戸に上体を押し込まれて溺死させられたと考えられています」蔭山が応じた。「それが素直な考え方でしょう。そして、遺体は井戸の脇で発見された。犯人が、この狭い汲みあげ口から引っ張り出したのでしょうね。大きな容積の物体が井戸へ入れられたのですから、水が溢《あふ》れ出ます。大量に。そして、その物体が引っ張り出される。水面はさがっているでしょう」

「あっ！」

「そして、その水面は、この井戸がサイフォン装置になっていることによって、すみやかに元の状態へと修復される。マリア像は隠されるのです。わずかにその間、何十秒かの時間だけ、マリア像は人の目に触れたはずなのです。軍司さん、おそらくこの何十年かの間で、マリア像が龍遠寺住職以外の人の目に触れたのは、この時しかないのですよ」

春嵐《しゅんらん》の音だけに満ちた静寂が続き、やがて軍司安次郎が言った。

「殺意などあるはずがなかった……。私は、人を殺そうなどと思える人間ではない。悪いのは、そんなことをさせる巡り合わせだ！」

伊東、村野、宏子らが、殺人者からわずかに身を離していた。

「殺人などではない。泉真太郎も、はずみで死んでいたのだ！」

思い詰めた様子で吐き捨てた軍司の脳裏には、四年前の、凶事の夜の記憶が押し寄せて来ていた。

夜空を焦がしていた炎に引かれて、軍司も龍遠寺までやって来ていた。寺院が火災に巻き込まれたりしたら一大事だ。……しかしどうやら、火災も鎮火した。内部の様子を確認しておこうと、軍司は寺の中へ入った。焼け出されて一時避難している一般人などもいて、中はごった返していた。少し本堂の先へと進んだ軍司は、奥へと急ぐ泉真太郎の後ろ姿を見かけた。なにか、普通とは違う気配のある後ろ姿だった。ただ仕事場へ戻ろうとしているのとは違う、張りつめているような目的意識がある。しばらく躊躇《ちゅうちょ》してから、軍司はその後を追ってみた。

火の粉による被害などがないかも確かめながら進み、軍司が奥書院まで来た時、真太郎は〝夫婦灯籠〟のこちら側にかがみ込んでいた。夜間拝観用の照明が入り、ある程度の明かりが確保されていた。真太郎は、庭仕事をしているという様子ではなかった。一種呆然《ぼうぜん》としているようでありながら、なにかに気持ちを奪われている。

「どうかしたのかね？」

軍司は声をかけていた。

ハッとして真太郎は振り向き、そして勢い良く立ちあがった。

「とんでもない発見ですよ。この庭には、暗示的な暗号だけではなく、からくりまでが残されているんです。今でも作動する」

興奮の面持ちで歩み寄って来ていた。

「からくり？」半信半疑で軍司は聞き返していた。

「そうですよ」

「君が今、発見したというのか？」

「そうです！　あんなの、見たことがない」

その目の光が、発見した内容の確かさとすごさを語っているようだった。軍司も俄然《がぜん》、興味を引かれた。

「どこに、なにがあると言うんだ？」

しかしそれが聞こえなかったかのように、真太郎は東庭の南側を振り返って見ていた。そして思案を巡らすように、時々言葉を漏らす。

「あれはしかし……、どういう意味だ？　まさか……、いや、でも……」

「なにがあったというんだ？」

そう問われて、真太郎は改めて軍司の顔を見やった。そして、初めて誰だか認識したというように、

「軍司さん……」

軍司は礼の間の南西の角に立って東庭に向かい、泉真太郎は庭に立っていた。〝思想の井戸〟のそばだった。

「このサイフォンのような機構かね？」

「いえ、こんなものじゃない……」

しかしそう答える辺りから、真太郎の顔付きが変わり始めていた。

「でも、あなたに教えたいとは思わないな」

「なにっ？」

「あなたは、財団の政治色を濃くした人間達の中の一人だ。大きな寺院仏閣にだけは尻尾《しっぽ》を振る。本当の文化活動とは無縁だ」

軍司の頭には血がのぼりかけていた。しかし、声にも態度にも、それはまだそれほど現われていなかった。

「それは君の見解だが、そのようなことはここでは関係ないだろう。え？　学術的な話をしようとしているんだ」

「学術的が聞いてあきれる。郷土史家か。あなたの研究発表など、やっぱり大規模寺院への迎合じゃないか。大きな評価を得ている寺社をさらに褒《ほ》め称《たた》えるだけで、その周辺への新しい切り込みなどまったくない」

そう言って真太郎は背中を向けていた。

軍司は庭に飛びおりていた。そこにあったサンダルを引っかけていた。庭師と近くで話をしやすいようにと用意されていたものなのだろう。

「なにを見つけたんだ？」

軍司は真太郎の肩をつかみ、体を自分のほうへ向かせていた。

「本当の研究者にだけ教えることにするよ」

真太郎は真っ向からにらみ据えてきていた。それを軍司も見返した。その軍司の視野が、内側から溢れてきていた激情の色で染まろうとしていた。赤く、黒い、凝固しつつあるような血のりの色だ。そのスクリーンを通した向こうの世界が、現実感から遠ざかろうとする……。

「まあ、手掛かりはここにあるよ」

真太郎はそう言い、トレーナーのような作業ズボンの右側のポケットを、左手で押さえていた。そこから、深く突っ込まれていた右手が引き出されてくる。

「でも、せっかくのこのお寺の秘密も、あんたなんかに得意げに発表されちゃあ、腐ってしまう」

軍司は真太郎の胸ぐらをねじあげていた。真太郎がその腕を払おうとするが、逆に軍司が相手の腕を弾《はじ》き飛ばした。真太郎の驚きの顔が、軍司を調子づかせた。

「どうだ、若造？　体力的に自分が有利だなどと思うなよ」

軍司は真太郎の体を半回転振り回した。

「さあ、その手掛かりとやら、見せなさい」

軍司が押し、真太郎が引き、二人は〝思想の井戸〟の近くへ迫っていた。ジャリジャリと白砂が飛ぶ。

軍司の、理性の薄れている頭の中には一つの光景があった。長年誰も定説を打ち出せなかったこの龍遠寺の不思議に、もし答えを提示できたら。その時与えられる名声というものはいかほどのものか。

そんな内心の欲念を読んだかのように、真太郎が息を乱しながらも言った。

「寺院への愛着が、純粋で公平な研究家に教えるのが筋じゃないか」

「黙れ！」

この時、真太郎の脇腹が〝思想の井戸〟にぶつかっていた。

――黙れ！

軍司は満身の力を込め、真太郎の体を井戸へねじ込んでいた。井戸の縁にぶつかったはずみで真太郎の片足が宙に浮いていたため、彼はバランスを崩していた。まともに力が入らない状態だった。

しかし腕を井戸の上面に突くと、真太郎は頭を水中から持ちあげた。グッと、腕の筋肉に力が入る。井戸に腹を当て、体勢を立て直そうとする。この時軍司は幾ばくかの恐怖を感じた。さすがに若者が本気で反撃を始めれば、今度は自分のほうが痛めつけられるだろう。軍司は必死の力を今一度腕に込め、真太郎の上半身を水の中へ戻した。首根っこを押さえ、グイッと体重をかける。その時だった――、井戸の汲《く》みあげ口に真太郎の肩幅がぴたりとはまり、その両腕が動かせなくなったのだ。

軍司が感じたのは、これで抵抗されなくなったぞ、抵抗力を奪えたぞ、ということだった。ばたつく足に気をつけながら、軍司は真太郎のポケットを探った。上から叩《たた》いてみるが、なにかが入っているという手応《てごた》えがない。反対側だったかと思い、そちらも探ってみるが、やはりなにもなかった。ポケットを裏返すようにさえしてみたが、結局なにも出てこない。どこかで落ちたのかと思ったが、ざっと見てもそのようなものはなく、あの深いポケットから飛び出したとは考えにくかった。

そんなことを考えているうちに、軍司は、真太郎の足が動かなくなっていることに気が付いた。その腕も、体も……。

ぞっとして、半分我に返った。真太郎の体を井戸から引っ張り出した。ザアッと水が飛び散る。ドシャッと、泉真太郎だった肉体が井戸の脇に転がった。ずぶ濡《ぬ》れで、生命の脈動がまったく感じられない。

衝撃を覚え、ふらついた軍司は、井戸の縁に手を突いた。その目が、ふと、奇妙なものをとらえた。水の中になにかが見える。水位が低くなっているその井戸に、なにかが見えるのだ。水面が揺れていたし、夜ということもあり、細部までは確認できなかった。しかしそれは、女人像であるらしかった。

――観音《かんのん》か？

しかし、どうしてそのようなものが見える？

水面に映っているのかと思い、井戸より上を見回すが、そこには夜の空間があるばかりだった。水面へ戻した視線の中で、女人像は消えかかっていた。井戸の水面は、温度計の中の水銀のように上昇し、盛りあがってくる。井戸の底から何者かが押しあげているようでもあった。透明だが、墨《すみ》か油のようにも見える水……。軍司は、その井戸から溢《あふ》れ出した水が、永遠に止まらずにすべてを飲み尽くしてしまうのではないかと妄想した。

女の姿をした仏像は姿を消し、二度と見えなくなった。

軍司は心底から恐怖を感じた。人を殺したらしい自分の目の前に、理解しがたい仏像が姿を垣間《かいま》見せた。その場にとどまっていられるものではなかった。

そして軍司は、泉真太郎に人工呼吸を施そうともせず、その場から逃げ出していた。犯行の最中は、物音を誰にも聞かれず、目撃者もいなかった。龍遠寺に出入りするところを記憶していた者も、幸いいなかった。水には濡れていたが、消火活動に参加した者のそのような姿は珍しくなかったのだ。

後日、井戸の仏像の仕掛けが推測できた。しかしそれは、泉真太郎の発見したからくりではないはずだ。だとしたら、あの東庭には、いったい幾つの秘密がまだ眠っているのか。軍司はますます龍遠寺東庭の研究に打ち込みたくなった。しかしさすがに、しばらくは足を踏み入れる気になれなかった。二年もしてほとぼりも冷めたかと思えた頃、軍司はまた龍遠寺に通い始めた。

そして、泉真太郎の〝四回忌〟。真太郎の〝遺品〟と、龍遠寺に関する私的な研究手記が、表に出ることになった。その遺品の中には、真太郎が最期の時に手掛かりと称していた物があるのではないかと軍司は考えた。犯行現場に、やはりなにかが落ちていたとしたら？　他の人間にとっては、それは、真太郎の持ち物にすぎなくても、自分が見れば庭園の謎を解く鍵《かぎ》になりはしないか？……そしてやはり、あの時のビデオが不特定多数の人間の見分にさらされるというのが落ち着かなかった。今さら正体が暴露されるなどということが許されていいはずがない。

……軍司は、今にして思うことがあった。手掛かりというやつだ。彼は、なにか物体を持っていたわけではないのだろう。ポケットに隠されたもの……、それは確かに物質と言えば物質だが、泉真太郎がポケットに入れていた、手掛かりというやつだ。

真太郎の右腕を濡らしていた水のことだったのではないのか。彼はそれを、深いポケットの中で拭《ふ》き取ったのだ。直前まで水中に手を入れていたという手掛かりを、軍司の目から隠すために……。記憶を探ってみると確かに、からくりの発見に興奮していた時の真太郎の腕は——作務衣《さむえ》に似た作業着の七分袖《しちぶそで》から覗いていた腕は、濡れていたような気がする……。彼はあんな形で水を拭き取り、そして軍司に揶揄《やゆ》を加え、挑発する気分で、あのような言い方をしたのだろう。確かに手掛かりはポケットの中にあり、その内側を濡らしていた。ただ、自分の腕も濡れていたあの時の軍司には、それは判るはずもなかったのだ。

——あんなレトリックを真に受けたために、自分は泉真太郎を殺す羽目になったのだ。

そう軍司は思う。ポケットを探る、などという執着さえなければ……。そして、歴史事物保全財団へ忍び込むことにもなった。

——なぜあそこに、あの男は現われたのだ。あの川辺辰平という男は。

そして、さらには、五十嵐昌紀……。三人めを殺す時には、もはや軍司には、虚無的な諦観《ていかん》があった。殺すように定められているのだな、とでもいう思いだ。何者かに腕を預けるようにして、凶器を振るっていた。冷めた目をしていたはずだ。

「運命が悪意を持っている。そうとしか思えない」

雷雨の中で、軍司の低い声は、それでも得体の知れない響きを持って周囲に伝わった。

「だから私は、悪意を利用してやろうとした。今度は私の番だ。とことん、やれるだけやってやる。川辺の遺体も、どうせなら利用してやる」

「利用……」高階が、半ば問うように言った。「切断せざるを得なかった手首。それも利用できる、と考えたわけだ」

ほう、それも突きとめていたか、というように軍司は高階を見返した。「余計な手間をかけさせてくれた手首な」

「……その手首を左右逆に置くだけで反転構造を暗示できる」誰に言うともなく、平石が声を出していた。「上着も後ろ前に着せて……。そして、手首をここに。……しかし、その目的は？」

中山手が言った。

「この結果がそれだろう。残された川辺の指の在処《ありか》が推測できるようにという布石だ。なにやら、納骨堂などが建つ北の庭に執着があるようだが」

「……そういえば」

と、了雲がふと言葉を挟む。

「軍司さんは何ヶ月か前、納骨堂周辺を調べさせてほしいと言ってきましたね。本堂の北側沿いにある飛石。そこに四三《よんさん》打ちという様式が使われているが、それは、四三《しそう》の星の謎を追う者がこれを軽視してはならないという示唆だと言うのです。そしてその飛石を子午線に見立てて……えー、そう、東庭の北斗七星の柄が示す方向との交点を求めると、そこに納骨堂があるという説でした。絶対間違いのない解釈だから、大々的に研究する許可を与えてほしい、と……」

「——そういうことか」高階が静かに目を光らせた。「あのばらまかれた資料は」

中山手が上司の顔に目を向ける。「泉真太郎の覚え書きのコピー？　あれがあちこちに送られたことの意味ですか？」

「納骨堂。軍司にとっては研究における集大成だったのだろう」

高階は、やや唐突にそう言った。

「穴を掘ってでも調べてみたかった。できれば、自分個人での活動にしたかった。成果を自分一人のものにするためにな。調査の機会をなんとか作ろうとしていた。しかしその矢先、二重殺人という罪まで重ねてしまった。いつまで隠せおおせるか判らない。なりふりかまわず、納骨堂を調べたくなった。だから、警察に調べさせようとしたのだ」

「警察に……」伊東が小さく呟《つぶや》いた。

「被害者の遺体が埋められているかもしれない。そうなれば、徹底的な捜査が開始される。寺院側の、歴史を盾にした拒絶よりも、公権力のほうが強いのではないのか？　そう軍司は考えた。遺体の指を探すだけの捜査は、結局歴史的な遺物を発見できないかもしれない。しかし、いったん〝荒らされた〟後であるなら、再度の研究調査依頼を、寺院側はさほど強く拒まない可能性がある」

「なるほど」頷《うなず》いた後、平石は、それでもまだよく判らないという顔になった。「でも、それに、コピーのばらまきがどうからみます？」

「納骨堂に警察の目を向けさせる方法に、龍遠寺の謎を利用する。これは軍司の思考にとっては、自然な流れだった。犯人は納骨堂に遺体の最後の部分を隠した。そう警察が判断するように誘導しなければならない。犯人はこういう思考方法を取っている、という仮説を示す必要があるわけだ。だが、自分が納骨堂を割り出した方法をそのまま提示するわけにはいかない」

「犯人イコール軍司安次郎になってしまいますからね」中山手が合いの手を入れた。「飛石の仮説は、了雲さん達に伝えてしまっている」

「だから、別の方法で納骨堂を特定させる仮説が必要だった。そしてそれを、自分ではない誰かに提示してもらわなければならなかった。そのために、わざわざ手掛かり部分を強調した資料を、あちこちの研究者に送りつけたのだろう」

平石が、感心したような目を軍司安次郎に向けていた。同時に、その相手を不気味に感じているようでもあったが。「手首を埋めた位置も、そのためのヒントだった……」

豪雨の音が続く薄暗さの中で、軍司の白い歯がわずかに覗いた。

「あの程度の仮説にも気付けない連中ばかりさ、結局。それとも、警察に進言するだけの根性がないのか」

「もしかすると……」中山手が眉《まゆ》を寄せて、軍司に声をかけていた。「伊東さんがあの仮説を話しているところにあんたも顔を出した、ということだが、実態は、あんたが伊東さんの考えを誘導したんじゃないのか？」

皺《しわ》深い軍司の顔が、ニヤッと歪《ゆが》んだ。

伊東は一瞬唇をあけ、そして、それこそ奇怪なからくりを見せつけられたかのように視線を逸《そ》らした。

そこで軍司はくるりと体の向きを変え、歩き始めた。刑事達が緊張し、その周りを囲んだ。しかし軍司のほうは、デイパックを背負《しよ》いながら、のんきな歩調だった。西の間の方向、出口へと向かっている。

――おそらく

と、蔭山は考えていた。軍司は、四三の飛石と北斗七星の柄が示す方向の交点という着目以外の、幾つかの違う仮説を試みても納骨堂にたどり着くということを発見していたのだろう。これでは、納骨堂にこそ〝お宝〟があると確信しても当然である。そして今回、住職達に伝えてしまったものとは違う方法で納骨堂まで誘導しなければならなくなった時、まだ誰にも伝えたことのなかった仮説を用いることにしたのだろう。

そしてあの、手首を埋めた場所。

軍司は知っていたのだと思う。泉繁竹が、このザクロはしばらくちゃんと様子を見るようにと指示していたことか、村野があの周辺にはよく目を配っているということのどちらかを。あえて地面の表面には痕跡《こんせき》を残し、早く発見されるように計算していたのだ。

「あの納骨堂には、なにかがあるはずなのだ……」

そう声を漏らした軍司は、御座の間の中央で立ち止まっていた。ほとんどの者が軍司と一緒に足を運んで来ていたが、顕了と宏子、村野の三人の姿はなかった。顕了は奥へ戻ることにし、二人がそれに付き添っているようだ。

「思いきり調べてみたかったな……」

軍司は、納骨堂のある北側へと二、三歩進んだ。濡《ぬ》れ縁《えん》への襖《ふすま》はあいており、風雨の荒れ狂う戸外が見えていた。納骨堂は、その雨の弾幕の彼方《かなた》だった。

「あっ」

何人かの口から、その声が鋭く発せられていた。軍司が外へと飛び出したのだ。

建物の陰のなにかに手を伸ばすと、次の瞬間には、軍司は室内の人間達を振り返った。その右手に握られている棒状の物は、ねじりホーと呼ばれる草刈りだった。一メートルほどの柄の先端に、短いが厚みのある包丁に似た刃が、横向きに取りつけられているという格好をしている。

「バ、馬鹿、やめろ」

中山手は、鞄《かばん》を胸の前で構えて尻《しり》を引いている。

全身を雨に打たれながら、軍司は、手の平を向けて左手を差し出した。

「ちょっとあそこを調べさせてくれないか。な、お歴々？」

枝豆をつまむのはもう少し待ってくれ、とでも言う調子だった。そして軍司は、踵《きびす》を返すと雨の奥へと駆けだした。

「待て!!」

叫んで刑事達が庭へ飛びおりる。了雲と蔭山も続いた。そして、伊東も。誰もが裸足《はだし》だった。

蔭山は、努夢少年を抱えて倒れていた泉繁竹に駆け寄った夜のことを思い出していた。あの時も、靴下は濡れた地面を蹴《け》った。白砂を濡らしていたのは霧雨だったが、今日は轟々《ごうごう》たる嵐が地面を水浸しにしている。……空間全体が水で埋まっているも同然だった。瞬く間に全身が濡れそぼっている。叩《たた》きつける雨に、顔がしかめさせられる。

軍司が振り返り、足を踏ん張ると、追いすがる刑事達に長い草刈りを振るった。無言だった。平石が、「あぶっ」というような声を出した。

もう一度大きく、草刈りの刃が一閃《いっせん》した。今度は雨が断たれただけではなく、頭上でバチッとなにかが切れた。火花が散った。庭園照明用の、細い電線が切断されたのだ。

「わっ!」

ぶらさがってきた電線を、所轄の刑事がかわした。支柱の上に残っているもう一方の電線の端が、バチバチと火花を飛ばしている。火花が降り注いでいる。

軍司が先へと走っていた。バシャバシャと泥水が飛ぶ。刑事達が後を追う。

蔭山の横で、了雲の僧衣が袖《そで》を荒々しく翻らせている。蔭山にも内心、興味がないわけではなかった。納骨堂周辺にはなにかがあるのだろうか。

大量の飛沫《しぶき》を飛ばす桂《かつら》の木を右に曲がると、納骨堂が見えてきた。

軍司が草刈りを構え、納骨堂の前に立った。刑事達が遠巻きにする。高階以外の誰もが、肩で息をしていた。

周囲を一瞬青白く照らして、稲光がすぐ近くで黒雲を裂いた。まさに巨大な静電気が炸裂《さくれつ》したという、バリバリという雷鳴が鼓膜を震わせる。恐怖を感じさせる稲妻だった。

後ろのほうでは、電線のショートが間欠的に火花を振りまいている。

「こんな付け焼き刃で、なにかが見つかるはずもないだろう」

高階が、雨音を押し返すように声を張りあげた。冷静にさせようという語調だった。

しかし軍司は聞く耳も持たず、濡れた顔で歯を嚙《か》み締め、納骨堂周辺を窺《うかが》っていた。目を引きそうな特徴を探しているのだろう。そして結局、軍司は調査対象を納骨堂そのものに絞った。

納骨堂は、四坪ほどの大きさで、地面より床が高くなっている。四角い瓦《かわら》屋根をした仏堂だった。檀家《だんか》用の納骨堂ではなく、龍遠寺ゆかりの者の位牌《いはい》や遺骨が納められている。

軍司は階段をあがり、板戸を閉じていた南京錠《なんきんじょう》に、草刈りの柄を振りあげた。

「やめなさい！」という了雲の声と、錠に柄がぶつかった音が重なった。

南京錠は一撃で吹っ飛んでいた。

戸をあけ、軍司が内部へ踏み込んで行く。刑事達もドッと階段をのぼって行く。

「待て。身動きが取れなくなる」

指示すると高階は、狭い内部に先頭を切って入って行った。高階に指名され、平石だけが続く。他の刑事達は、五感を研ぎ澄ませながら堂内を凝視し、広い濡れ縁に立っていた。階段の途中にいる蔭山も、人垣の隙間から内部を見ていた。

軍司が明かりのスイッチを見つけたらしく、照明は入っていた。中央に縦に細長く、献品台がある。位牌と、白布に包まれた骨壺《こつつぼ》が左右の壁際に並び、向き合っている。歩けるスペースは、献品台の周りの、回廊状の所だけだった。一人通るだけでやっとだろう。軍司は、その向かって右側の奥にいた。身を低くし、床や台の陰などに、特徴的な事物がないかと視線を走らせている。血走るような目だった。

高階は軍司と同じ右側の通路におり、平石は左側だった。高階が背広を脱ぎ始めていた。濡れた服が、太い腕にからまって脱ぎづらそうだ。

了雲が刑事達を押し分けるようにして、正面の戸口に立った。

「ここがどこだか判っているのですか」軍司に一喝を送る。「狼藉《ろうぜき》はやめなさい」

軍司は高階のほうに草刈りの刃を向けたまま、探索を続ける。その目が、しっかりと彩色の施されている中央の祭壇へと向けられた。光沢のいい白布に包まれた骨箱らしき物と、様々な仏具が載っている。軍司はその祭壇を手探りし、そして草刈りの柄で叩いたりし始めた。

「なんということを！」

踏み込もうとする了雲を刑事達が止めた。

軍司は、からくりでもないかと探っている様子だった。草刈りで高階達を牽制《けんせい》し、苛立《いらだ》たしげに目と指を動かしていく。遂に軍司は、骨箱を収めている袋をひらき始めた。

「それは上人《しょうにん》の――」

了雲が絶句する。

白木の箱が露《あら》わになりつつあったが、片手ではやはり作業が滞る。軍司の神経がそちらに奪われている時だった。高階が動いた。背広を振り、草刈りの刃がある先端部分に巻きつけたのだ。

「あっ」

高階の腕力に引っ張られて軍司がよろめく。一度捕らえられてしまえば、勝負は歴然だった。軍司は引き倒されたが、彼の片手が骨箱の布をつかんでいたため、骨箱も、燭台《しょくだい》や香炉と共に床に転がった。刑事が堂内へなだれ込んだ。軍司を組み敷いている高階に駆け寄り、助勢しようとする。

「これは……」

か細く声を出したのは、祭壇の前を越えようとしていた平石だった。

彼は凝然《ぎょうぜん》と立ちすくんだ様子で、床に転がっている物を見ていた。

それは、蔭山の目にも触れていた。

誰もが動きを止めた。

骨箱から一つの頭蓋骨《ずがいこつ》がこぼれ出ていた。奇妙な痕跡のある頭蓋骨だった。

箱に収めようと、了雲が手にして持ちあげたことで、その全体像がはっきりした。その頭蓋骨には穴があけられていた。それも三ヶ所。小さなものだったが、こめかみの上辺りの左右と、頭頂部に、穴が穿《うが》たれていた。

――三つの穴……。

蔭山は思い出していた。キリスト教徒にとって、三という数字は神聖なものの一つだということ……。三位一体《さんみいったい》の教義も無論そうだが、イエス・キリストが磔《はりつけ》になった時の三本の釘《くぎ》――それは崇《あが》めるべき神の子の犠牲の象徴として、聖なる釘となった。イエズス会の会章にも、三本の釘が使われている。

そして禁教時代、表向き仏式などの他宗教のしきたりで葬られなければならなかった隠れキリシタン達。その中には、自分は紛れもなくキリスト教徒として死んだのだということを、死後にも示したいと願う者達がいた。彼らは、自らの頭蓋骨に三本の釘を打たせたという……。

軍司安次郎も、瞬《まばた》きを忘れてその骨に見入っていた。

ようやく意を固めたかのように、釈了雲が言う。

「これが、義渓了導上人の生き方、死に方です……」

四百年前に、確かに生きていた男の頭蓋骨だった。

了雲が、それを丁寧に箱に収めていく。

荒れる風雨の音の中で、その遺骨は男達の視界から消えていった……。

18

タクシーをおりると、蔭山公彦はちゃわん坂をのぼり始めた。

瀬戸物屋やおみやげ屋が並ぶ、細い坂道……。地元の者と観光客が入り交じって、日曜の午後のそぞろ歩きを楽しんでいる。明け方近くまで続いた豪雨の名残は、路地の窪《くぼ》みを濡《ぬ》らすようにして残っている程度だ。その水面にも、柔らかな日射しが映っている。

龍遠寺住職達は、有力筋の檀家や周辺門徒と協議し、龍遠寺のキリスト教起源という歴史を公表すべきか、またその時期、方法は、といったことを決めていく様子だった。了雲と顕了は、捜査上軽視できない情報を秘匿したということで、それなりに厳しく警察から問責を受けているようでもあった。

軍司安次郎は結局、事件当夜西明寺山に到着してから切断した川辺辰平の二本の指は、龍遠寺納骨堂周辺には埋めていなかった。二日ほど熟考した後、自宅からある程度離れた河川に捨てたということだった。

泉真太郎殺害事件の時の捜査本部のメンバーでもあった中山手巡査部長は、犯人の遺留品がないかと〝思想の井戸〟の底をカメラで探索した時に、マリア像に気付けなかったことを悔しがっていた。

蔭山は路地を右へ曲がり、ケアハウスへと進んだ。手みやげに、ほうじ茶をぶらさげていた。

いろいろなことが見えてきた——そう蔭山は思う。今回の事件に巻き込まれて……。

この子を、頼む……。

あの、泉繁竹の言葉。最期の言葉……。

自分なりに感じた違和感に執着して、被害者達の過去の生活にまでかかわっていった。繁竹にとって、やはり久保努夢は具体的な重要性を持つ少年だった。事件の核心を解きほぐせる、鯉魚石《りぎょせき》のからくりを知る少年だった……。だからあの老人は、あそこまで、他人の子供に命の残り火を懸《か》けることができたのだ。しかも、自分の仕掛けた罠《わな》で傷付いたのだから、懸命の処置に心を砕いて当然だった……、蔭山はそう納得しかけてもいた。しかし蔭山の思考は、もう一つの方向へも進み始めていたのだ。きっかけは、久保宏子と泉真太郎の関係まで疑った時にさかのぼるのだろう。

久保努夢は、泉繁竹と血がつながっているのではないか、などと飛躍した憶測を頭に浮かべた時だ。努夢は繁竹の孫ではないか……。しかしさすがに、宏子が真太郎と関係を持ったとは想像しにくい。しかし、もう一つ可能性が残っている。久保宏子が泉繁竹の娘である、という可能性だ。宏子は孤児院で育ったのだ。

しかし、この仮説もすぐに否定された。彼女の親の身元ははっきりしているということだった。彼女は両親の死去に伴って施設へ預けられたのだ。宏子は親の家の跡も訪ねているという。そして、宏子の両親のことを覚えている近所の人達とも話をしたのだそうだ。死亡届などの書類も目にした。やはり宏子は、身元のはっきりしている両親の忘れ形見なのだ。そして宏子の両親の縁戚筋に、泉夫婦がいるということもまずありそうにない。

しかしここまでイメージを広げてきて、蔭山はさらにもう一つ可能性があることに気付くことになった。そこで宏子に、二人の育った孤児院、『養成園』の連絡先を訊《き》いた。宏子は今でも、院に寄付金を送ったりしているという。施設の名前は変わってしまっているが、わたし達のことを知っている当時の養護の女性が、今は院長になっている、ということだった。

現院長は、蔭山のことをよく覚えていた。彼女はずいぶん話に夢中になった。蔭山のほうは、当時のことはぼんやりとしか覚えていないのだ。彼女の顔も思い出せない。

蔭山は、自分の体にある傷のことを尋ねた。物心ついてから消えずにある傷のことだった。もしかするとそれは、最初からついていた傷ではないのか？

彼女はそれを覚えていた。

宏子を介して連絡を取ったため、院長は蔭山の身元や素性を疑ってはいなかった。そしてまた、質問の内容が特に慎重を要する性質のものではないため、彼女は電話であってもそのことを教えてくれた。

その傷は、乳児だった蔭山を院の前で保護した時には、すでについていたということだった。

ガラス戸を押し、蔭山はケアハウスの玄関へと入った。ひっそりしているようではあるが日常のざわめきが遠くにあり、病院のようではあるがどこかに、くつろぎに近い私的な緩慢さが漂っている……。

泉繁竹の遺《のこ》した回顧録などは、他者の目をある程度意識して書かれていた。末乃の目、というだけではなく、遺書としての意味もあったとすれば、やはりそれは他人の目なのだ。だから、彼らの本当に辛《つら》い部分は書かれてはいないのかもしれない。あまりに深く、彼らの傷となっている、そして重荷となっているプライベートな部分は……。二人には――二人だけの間では、今さら語らずとも判り合っている部分……。誰にも知られていない、彼ら夫婦だけの秘密だ。末乃の自殺未遂の件も、まったく書かれてはいなかった。

彼らの部屋にある仏壇には、仏飯が二つ供えられるのが常だという。水子の供養だと里村は聞いている。そして泉末乃は、真太郎の年齢を間違えることがあるともいう。具体的に何歳だったかは忘れてしまったが、かなり年上に言っていた、と、里村に尋ねると教えてくれた。

繁竹の回顧録にはこうあった。

私たちは、困窮故《ゆえ》に泥をすすり、自分を棄て、しまいに罪を犯したが、背負った命に見せても恥ずかしくない生き方もしてきたのではないかな。

犯した罪……、背負った命……、それは心中《しんじゅう》から救えなかった部下の家族のことではあろうが、もう一人の自分達の子供のことも含まれているのではないだろうか。その子のことを、末乃も繁竹も忘れたことはないのだろう。二人めとして真太郎を授かった時……、それはこう表現されている。

幾度もの涙。末乃の号泣の意味、他人には分かるまい。

また、それは泉夫妻にとって、

何人分も幸せにしなければ。しなければならない命だったのだ。そこには救えなかった五人の家族だけではなく、最初の子供の分も入っているのだろう。

しかし、こうも考えられないだろうか。彼らは子供を亡くしたのではなく、手放さなければならなかったのだ、とは。いみじくも、『自分を棄て、しまいに罪を犯したが』という表現もある。彼らは自分の心を棄てて鬼となり、我が子を遺棄したのではないのだろうか……。あの二つの仏飯の意味。あの一方は、陰膳《かげぜん》ではないのか。その者が、生きて帰って来ると信じて供え続ける膳……。生死が判らないから、生きているかもしれないから、完全に仏前の膳とは一緒にせず、二つめの膳が必要だったのではないのか。仏前ではなく、無事を祈るための神前の神饌《しんせん》という意味で。

昭和四十年の初め、当時の泉屋で働いていた者達はみんな路頭に迷っていた。心中した家族も出た。そしてその年、泉夫妻には子供が産まれてしまったのではないのか。とても育てられる経済状況、家庭環境ではないのに。どうしても育てることができなかった。三人とも倒れてしまいかねなかった。しかし彼らは、心中という真似はできなかった。まだまだ、元従業員達に対して責任があった。果たさなければならないことがあった。泉夫妻は、彼らにとっての希望でなければならなかったのだ。繁竹と末乃は、その子をひっそりと産み、そして、棄てた。

当時彼らが生活していた岡山県作東《さくとう》から、十キロほど移動して県境を越えれば、蔭山が育った『養成園』のある、兵庫県の上月《こうづき》である。

そして、蔭山が院の前に棄てられていたのは、昭和四十年の九月だった。

ケアハウスの二階廊下に足を進めながら、蔭山は思いを巡らした。

おそらく九条駅近くのサウナで出会った時、泉繁竹は、別れた息子の姿に気付いたのだ。

三月二十二日のことだった。

だが、確信があるわけではなかった。にわかには信じられず、まさか、という思いのほうが強い。どうやってそのことを確かめる？　簡単に口に出して訊けることではない、特に泉繁竹という男にとっては。そして彼は、息子と思われる男の仕事ぶりにも興味を示し、彼の発行している寺社防犯用の会報に目を通していく。そこで、誠実な仕事をするとして紹介されていた私立探偵社の名前に目がいく。人を付け回し、陰に隠れて調べあげていくというのは繁竹にとって不快であり、本意ではなかったろうが、もはや手段にかまってはいられなかった。人ひとりの生い立ちを出生までさかのぼって調べる、というのは、繁竹個人の手には余る。ただでさえ、このての福祉施設は口が堅い。そうした身元調査というものが、馴染《なじ》みもとっかかりもない世界だというだけではなく、繁竹は息子らしき男の生活ぶりを知りたくてたまらなくもあったのだろう。探偵社も、犯罪者ずれしたような所ばかりではないらしい……。

そうして、泉繁竹は金をおろし、中央企画探偵社を訪れた。

三月二十四日のことだ。

繁竹は回顧録に、突然このような言葉を書き残している。

　こんなことが。神か仏が、最後に見せようとしているのか。

　自ら人生の幕を引こうとしていた泉繁竹。妻を死なせようとさえした。しかし妻は助かり、真太郎が殺された事件の真相も見えそうになってきた。そこへさらに、幼いころに生き別れになっていた長男との再会までが……。神や仏、という言葉を、繁竹が持ち出すのも当然だったろう。

　そして彼は記す。

　この書き物の最後の頁に、もし本当にそのようなことが書けたら。しかし、期待し過ぎるのは、また罰を呼び寄せるだけかもしれず。

　とにかく、知るべきこと、記すべきことが現れた。

　罰を呼び寄せる……。あの息子だ、などと喜びかけて、それが人違いだったと判明するとしたら……。だから繁竹は末乃には話していないのだろう。二人の間でさえ容易に言葉にはしない、大きな傷跡。安易に触れてはならない場所だ。ぬか喜びなどさせたら、末乃は本当に崩壊しかねない。

泉繁竹は、探偵社からの報告を待っていた。日記のほうの最後の記述はこうなっている。

龍遠寺の夜間拝観、四月より始まるのだが。その夜の庭に、報告持って来られたら。

三月二十八日の欄だ。そして二十九日には報告を受け取る。中央企画探偵社は、間違いなく、蔭山公彦の施設入園時の実状を調べあげていた。その場所、日時、そして蔭山公彦の血液型も……。

そして、そうした報告がもたらされた夜、泉繁竹は龍遠寺東庭で命を落とすのだ……。

二階の廊下、一度言葉を交わしたことがある入居者に声をかけられた。末乃さんなら共用のバルコニーにいたよ、と。礼を述べてそちらへ向かう。

泉繁竹にとっては、とんでもない運命の最終楽章だったろう、そう蔭山は思う。これはもはや、血の共鳴かもしれない。泉家の血が絶えようとする時、真太郎が、生き甲斐《がい》を与えようとするかのように囁《ささや》きを始めた。そして長男が引き寄せられて来る。それぞれの運命の色彩がここに集約し、複雑な絵模様を描こうとしていた。

縁、よ——

出会った最初の時にそう言っていた里村も、ここまでのことは予想もしていなかったろう。

あの、霧雨に濡《ぬ》れた、夜の東庭での出会い……。

泉繁竹は息絶えようとしていた。自分が画策した仕掛けで傷付いてしまった少年を気にかけながら……。そこへ、足音が近付いて来る。目を向けると、男がいる。焦点が合わさり、その男の顔がはっきりと見える。蔭山公彦だ。

泉繁竹の中には、家族への思いが渦巻いたに違いない。残していく末乃のこと、孤独に育った息子のこと……。

自分はここで果ててしまうのだろうと、彼の肉体は強く予感していた。

彼は体を起こした。

男の耳元へと口を持っていく。

その時、男の肩越しに、後ろのほうに立っている女に気付いたのだ、繁竹は。

高階枝織だった。霧雨と薄闇の向こう、その女性が立っていた。

繁竹は探偵社からの報告で知っていた。蔭山公彦には、心を許している人間が多くないということ。高階夫妻は、蔭山の数少ない友人の中の二人であるということ。高階枝織が、蔭山の心のかなり近いところにいるということも、繁竹は察していたのではないのか……。

だから泉繁竹は、高階枝織に言ったのだ。

人生最後の思いを込めて——。

この子を、頼む……。

と。私の子供、蔭山公彦を頼む、と……。

広いバルコニーに、泉末乃は一人でいた。四枚の、ガラス戸の向こうに彼女がいる。車椅子に座り、なだらかな山の景色のほうを向いている。うつらうつらと、居眠りをしているらしい。素晴らしい光景……すごい光景だった。

バルコニーの向こう一面に、桜の花びらが舞っている。無数の薄紅色の花びらが、左から右へと、視界を埋めるほどに流れている。清水寺のほうの桜が散っているのだ。

昨日の嵐では落ちなかった桜の花が、この穏やかな午後の光の中で、一斉に散っている。まるで、散るべき時は自分で決める、とでもいうように。

桜吹雪を眼前にし、蔭山は思いを進める。

高階枝織は、自分になにかが囁きかけられたなどとは知るよしもなかっただろう。庭園のあの闇の中、繁竹の視線が自分に向けられているとは気付けなかった。声そのものも届かなかった。だからあの、泉繁竹の最期の言葉は、蔭山公彦の中だけにとどまったのだ。

無論、こうも考えられる。あの言葉はやはり、久保努夢のことを蔭山公彦に託したのだ、と。

しかし蔭山は、あの言葉、声に込められていた響きを信じたかった。そこに、次の章の書き出しがあるから。

そして、あの響きは、蔭山にしか感じることのできないものだったろう。人間の、自己犠牲的な博愛を無条件に信じられる一般の人間なら、「この子を、頼む……」の熱い一言も、「はい、判りました」で済んでしまっていたに違いない。泉繁竹があの言葉に響かせたものは、出生から育ちまで、蔭山公彦として成長した自分にしか嗅《か》ぎ取れない性質のものだったのではないかと、蔭山は思う。

そしてその一言が持つ響きへのこだわりが、蔭山を泉夫妻の深いところへと導いた。両者の過去を引き合わせた。その響きこそ、父が遺《のこ》したメッセージ——母への道標だったのだ。そうに違いない。……それがなければ、この出会いはなかった。

その響きに応《こた》えられたことによって、蔭山は自ら、泉夫妻の子供であることを証明していたことにもなるのか……。

蔭山がもう少し早くから彼ら夫婦のそばにいれば、繁竹も妻を殺そうなどとは思わずに済んだに違いない。そしてすべての思いを込め、最期に、繁竹は言ったのだ。

後はまかせたぞ、と……。

ぎりぎりの一瞬で、バトンタッチが済まされていたのだ。

蔭山は、バルコニーのガラス戸をそっとあけた。

そして想像する。初めての子供を棄てる時、彼らはどれほどの思いを味わったのか、と……。

彼ら夫婦は、できればもう一度、その子に出会いたかったのだろう。しかし、追跡することなど容易ではない。監視などして不審を買うわけにはいかないのだ。また、そのような時間的ゆとりさえ生活にはなかった。我が子につけられる名前さえ知りようがないかもしれない。知ったとしても、姓はやがて変わる。施設から施設へと移されていくこともあるだろう。そしてそれぞれの、長い人生……。

彼らはなにか、一生……少なくとも長い間消えない目印がほしかったのではないのか。息子の体の、消えない傷……。彼らは、自らの心も切り裂くようにしながら、乳飲み子の肌に刃物を立てた。

そしてその傷は、その夫婦の思いを乗せて、今もまだ残っている……。

泉末乃の肩には、桜の花びらが一枚載っていた。

蔭山はその背中から身をかがめた。

左腕のシャツを、二の腕の上まであげる。

「母さん、どっちが書いたの、これ？　へただね」

蔭山公彦は、柔らかく笑った。

「ちょっと、へ《いりやま》には見えないよ」

（了）

解説――豪華な本格　柄刀ミステリ――

辻　真先（作家）

作者と読者の出会いには、大げさにいえばなにがしか運命的な契機が必要である……ような気がする。

だいたいぼくは、ミステリの作者としてより読者としての経歴が長い（当たり前だ）。どんな巨匠名匠であっても生まれてすぐペンを持つはずはないからだが、曲がりなりにも物を書く商売についていながら、どうやらぼくは、いくつになってもプロになりきれないようだ。

かつての主戦場だったテレビにせよアニメにせよ、どこかご趣味でやってきたようなお気楽さがあった。どうように、眦《まなじり》決して筆を持つ意気込みや悲壮さのないのが、ぼくの欠点であり限界であったといまにして思う。

後発の職業となったミステリに、その感はふかい。怪人二十面相の登場にほぼ一年遅れで探偵小説にはまったぼくは、まさか当人がおなじジャンルの小説を書くようになるとは夢にも思わず、戦前から戦後を通じてただ楽しみのために読みつづけた。二十年ほど前から推理小説を看板にかけるようになったのも、読みたいミステリが希少なため、いっそ自分で書いてやらアと粋《いき》がったのがきっかけだ。

そのしばらく前から、放送作家協会の斡旋《あっせん》をうけていろんな町でアニメの話をする機会を得ていた。するとどこへ行ってもPTAが文句を垂れに来る。

「うちの子供はくだらないアニメとマンガばかり喜んでいます。どうしたら本を読むようになるのでしょうか」

参ったね。ぼくはその愚劣なアニメを飯の種にしてるんですが。

（若者を夢中にさせる小説が日本にないのだから無理です）

それがぼくの本心であった。戦前の名だたる作家、吉川英治・江戸川乱歩・大佛《おさらぎ》次郎たちには若者向けの代表作があるのに、戦後の作家のだれが本腰いれて書いてくれたか、という憤懣《ふんまん》がぼくにはあったのだ。

ジャンルをミステリだけに絞っても、若者からマンガを取り上げて清張の社会派推理小説を読め、なんて無理だ。といって彼ら彼女らの学園生活を背景にしたミステリなど皆無の時代である。だからその空白を埋めるつもりで書きだした。

で……時は移って現在にいたる。

いやもオ！

なんということった。いまやぼくの読みたいミステリが山のように聳《そび》え海のように広がっている。作者なんかやってる場合じゃない、読んで読んで読みまくりたい——という不心得な物書きが、本物のプロといえないディレッタント・辻だ。

そんなぼくなので、コレハ！と思ったミステリは目につく限り読もうとした。ただし世評は高いのにいまいち食いつきの悪い作品があるのは、だれしも好みのあることでご勘弁いただきたい。

それでも赤川次郎さん、西村京太郎さん……泡坂妻夫さん、連城三紀彦さん、島田荘司さんたちは第一作からピシリと記憶細胞に焼き付けたし、有栖川《ありすがわ》さん、西澤さん、太田さん、二階堂さん、小森さん……（キリがないっ）もシャカリキになって読んだ。あ、宮部さんだって、折原さんだって、若竹さんだって、森さんだって……（キリがないっつーの！　涙を飲んで途中で飛ばした作家のみなさん、怒らないでくださいね）時間の許すかぎり追いかけている。

それなのになぜか柄刀さんの作品を読むチャンスがなかった。これはもう運命がわるいというか、ぼくの読者としてのカンが鈍ったのか、たぶんその両方だろう。遅まきながら、本当に遅まきながら読んだのが、『アリア系銀河鉄道』であった。一読平伏した。溢《あふ》れる蘊蓄《うんちく》・乱舞する論理。それでやっと思い出した、『3000年の密室』を有栖川さんが評した「美しい本格」という言葉を。未読だったぼくにはピンとこず、上梓《じょうし》されたときも食指を動かしながら買い損ねてしまった。猛烈に後悔した（文庫化されたものを、今度こそ買った）。

つづいて『マスグレイブ館の島』に於けるスペクタキュラーなトリックに圧倒された。怒濤《どとう》のパワーにほとんど圧殺された気分だった。トリックを生かす舞台装置と人物配置の妙。離れ業を演じながら、決して無理を感じさせない均整のとれた本格ミステリに、「美しい本格」の評言を納得させられた。

そして本作『400年の遺言』。

ミステリの読者としては、巻頭に置かれた見取り図や現場周辺図に、まずミステリ心をそそられる。作者によってはこの種のマップが、文章による描写をさぼるアイテムでしかなかったりするが、柄刀作品のことだ、これには二重三重の企《たくら》みが隠されているに違いない……そう考えてじっくりと眺めた。場所が小田急の中なので（仕事部屋の熱海から新宿へ講義に出かける途中だった）、本を横倒しにしたきり目を据わらせているおっさんが、さぞミステリアスな存在であったろう。それほど睨《にら》めっこしたにもかかわらず、途中でなん度となく図を見直したにもかかわらず、解明の糸口さえみつからなかった。

舞台となった龍遠寺の図は、リフレーンされる毎に新しい発見が読者に提供される。ときには京都の市街一円までを視野にいれて、大規模に展開されるのだ。壮大な蘊蓄にかよわい読者（ぼくのことだ）は、目潰《めつぶ》しを食って茫然《ぼうぜん》と佇立《ちょりつ》するほかない。

読み終えて、この巨大なミスディレクションにもう一度茫然とした。鯨なみにでかい燻製《くんせい》ニシンだ。ここまで擬似餌《ぎじえ》が大きいと、暴露される事実はそれに見合うべく更なる重量感が要求される。むろん柄刀さんにぬかりのあるはずはない。舞台裏にひそんでいた真相によって、読者の先入観は根っ子から崩れ去ってゆく。こうして虚と実は、巧みにバランスがとられて終わるのである。

美しい本格——徹底して人工的で、しかも堅牢《けんろう》な構築美。

……と書きつづってみたが、本文より先に解説を読んだ読者は、もしかしたら誤解するかもしれない。無機質な世界をデク人形が右往左往する、血の通わないカラクリ仕掛けのミステリかと。

ぼくの周囲には、必ずしも本格ミステリ好きな人ばかりいるわけではない。トリックに無関心でキャラクターの美形にのみ興味を抱く人、なんべん読み返してもトリックそのものがワカランという人、最初に犯人の正体を知らなければ落ち着いて先が読めない（倒叙ものだけ読みなさい）という人など、ミステリファンなら撲殺してやりたいような読者群が、たしかに存在する。

そんな奴に柄刀ミステリの面白さがわかるものか。断ずるのは簡単だが、『400年の遺言』の魅力がトリックだけにあるのではないこともまた事実だ。

探偵役である蔭山が、犠牲者泉繁竹の最期の言葉におぼえた違和感の正体。長編のほとんど巻末になって明かされるのが、この謎である。ぼくははじめカン違いしていた。横溝正史の某作（大半の読者が既知と思うがマナーとして伏せる）にあらわれる「〇〇〇じゃがしかたがない」……。

「この子を、頼む……」

とどうように、語呂《ごろ》合わせか地口のたぐいだと思っていた。わかってみると、そんな底の浅いものではなかった。亡き繁竹の心の襞《ひだ》にわけいって、さまざまな想像をめぐらせる蔭山の推理の過程も、十分にミステリマインドをくすぐるが、紆余《うよ》曲折ののちに到達した真実が、探偵役の魂をつらぬく構成にぼくは舌を巻いた。

最後のページの最後の一行にこめられた、読者を揺すぶる探偵の想い。美しいラストシーンだ。その一行にたどり着くまでの、惜しげもなくふりまかれる論考、つるべうちの奇想。つづけて読了した『奇蹟審問官アーサー』もそうだが、考えぬかれたトリックをここまでみごとに演出されると、美しいばかりではない、「豪華絢爛《けんらん》の本格」と賛辞を呈したくなる。

その昔不遜《ふそん》にもほざいた「読みたいものを自分で書く」という執筆の動機なぞ、きれいさっぱりケシ飛んでしまった。正直なところ、作者の肩書なぞ外して読者専業になりたいというのが、いま現在のぼくの本音である。

参考文献

［図説］日本庭園のみかた　宮元健次　学芸出版社
桂離宮と日光東照宮　同根の異空間　宮元健次　同
桂離宮　隠された三つの謎　宮元健次　彰国社
修学院離宮物語　宮元健次　同
近世日本建築にひそむ西欧手法の謎　宮元健次　同
古都　庭の旅［3］　岡野敏之　読売新聞社
宇宙の庭　龍安寺石庭の謎　明石散人／佐々木幹雄　講談社
完全探偵マニュアル　渡邉文男　徳間書店
都市の遺伝子　毛綱毅曠　青土社
夏の星座博物館　山田卓　地人書館
隠された神々　古代信仰と陰陽五行　吉野裕子　人文書院
孔子の見た星空　古典詩文の星を読む　福島久雄　大修館書店

本書は平成十二年一月、小社より刊行された単行本『４００年の遺言　龍遠寺庭園の死』を改題して、文庫化したものです。

400年《ねん》の遺言《ゆいごん》

死《し》の庭園《ていえん》の死《し》

柄刀《つかとう》 一《はじめ》

角川文庫 12463

平成十四年五月二十五日　初版発行

発行者――角川歴彦

発行所――株式会社角川書店

東京都千代田区富士見二―十三―三

電話　編集部(〇三)三二三八―八五五五

営業部(〇三)三二三八―八五二一

〒一〇二―八一七七

振替〇〇一三〇―九―一九五二〇八

印刷所――旭印刷　製本所――コオトブックライン

装幀者――杉浦康平

落丁・乱丁本はご面倒でも小社営業部受注センター読者係にお送りください。送料は小社負担でお取り替えいたします。

定価はカバーに明記してあります。

つ 9-1　ISBN4-04-365201-1　C0193

角川文庫発刊に際して

角川源義

第二次世界大戦の敗北は、軍事力の敗北であった以上に、私たちの若い文化力の敗退であった。私たちの文化が戦争に対して如何に無力であり、単なるあだ花に過ぎなかったかを、私たちは身を以て体験し痛感した。西洋近代文化の摂取にとって、明治以後八十年の歳月は決して短かすぎたとは言えない。にもかかわらず、近代文化の伝統を確立し、自由な批判と柔軟な良識に富む文化層として自らを形成することに私たちは失敗して来た。そしてこれは、各層への文化の普及滲透を任務とする出版人の責任でもあった。

一九四五年以来、私たちは再び振出しに戻り、第一歩から踏み出すことを余儀なくされた。これは大きな不幸ではあるが、反面、これまでの混沌・未熟・歪曲の中にあった我が国の文化に秩序と確たる基礎を齎らすためには絶好の機会でもある。角川書店は、このような祖国の文化的危機にあたり、微力をも顧みず再建の礎石たるべき抱負と決意とをもって出発したが、ここに創立以来の念願を果すべく角川文庫を発刊する。これまで刊行されたあらゆる全集叢書文庫類の長所と短所とを検討し、古今東西の不朽の典籍を、良心的編集のもとに、廉価に、そして書架にふさわしい美本として、多くのひとびとに提供しようとする。しかし私たちは徒らに百科全書的な知識のジレッタントを作ることを目的とせず、あくまで祖国の文化に秩序と再建への道を示し、この文庫を角川書店の栄ある事業として、今後永久に継続発展せしめ、学芸と教養との殿堂として大成せんことを期したい。多くの読書子の愛情ある忠言と支持とによって、この希望と抱負とを完遂せしめられんことを願う。

一九四九年五月三日

角川文庫ベストセラー

殺人よ、さようなら　赤川次郎
殺人事件発生！　私とそっくりの少女が目の前で殺された。そして次々と届けられる奇怪なメッセージ。誰かが私の命を狙っている……？

やさしい季節(上)(下)　赤川次郎
トップアイドルへの道を進むゆかりと、実力派の役者を目指す邦子。タイプの違う二人だが、昔からの親友同士だった。芸能界を舞台に描く青春小説。

禁じられた過去　赤川次郎
経営コンサルタント・山上の前にかつての恋人・美沙が現れた。「私の恋人を助けて」。美沙のため奔走する山上に、次々事件が襲いかかる！

MとN探偵局　夜に向って撃て　赤川次郎
女子高生・間近紀子（M）は、硝煙の匂い漂うOLに出会う。一方、「ギャングの親分」野田（N）の愛人が狙われて…。MNコンビ危機一髪!!

三毛猫ホームズの家出　赤川次郎
珍しくホームズを連れて食事に出た、石津と晴美。帰り道、見知らぬ少女にホームズがついていってしまった！　まさか、家出!?

おとなりも名探偵　赤川次郎
〈三毛猫ホームズ〉、〈天使と悪魔〉、〈三姉妹探偵団〉、〈幽霊〉、〈マザコン刑事〉。あのシリーズの名探偵達が一冊に大集合！

キャンパスは深夜営業　赤川次郎
女子大生、知香には恋人も知らない秘密が。そう、彼女は「大泥棒の親分」なのだ！　そんな知香が学部長選挙をめぐる殺人事件に巻きこまれ…。

角川文庫ベストセラー

角川文庫ベストセラー

もとちゃんの痛い話　新井素子

突然左胸が痛み出した。一体どうしたのだろう？　不安を胸にかかえ、産婦人科の門をくぐったもとちゃんを待ちうけるのは!?　おもしろエッセイ。

知識人99人の死に方　荒俣宏＝監修

手塚治虫、三島由紀夫、澁澤龍彥、有吉佐和子、寺山修司、稲垣足穂、永井荷風等々……。一足先に冥土へ立った先輩たちに死にざまを学ぶ。

ミステリーアンソロジー
誘拐　有栖川有栖、五十嵐均、折原一、香納諒一、霞流一、法月綸太郎、山口雅也、吉村達也

攫う、脅す、奪う、逃げる！　サスペンス要素ぎっしりの〝誘拐〟ミステリーに、全く新たなスタイルを生み出した気鋭八作家の傑作アンソロジー。

ダリの繭　有栖川有栖

ダリの心酔者である宝石会社社長が殺され、死体から何故かトレードマークのダリ髭が消えていた。有栖川と火村がダイイングメッセージに挑む！

海のある奈良に死す　有栖川有栖

〝海のある奈良〟と称される古都・小浜で、作家有栖の友人が死体で発見された。有栖は火村とともに調査を開始するが…?!　名コンビの大活躍。

朱色の研究　有栖川有栖

火村は教え子の依頼を受け、有栖川と共に二年前の未解決殺人事件の解明に乗り出すが…。現代のホームズ＆ワトソンによる本格ミステリの金字塔。

ジュリエットの悲鳴　有栖川有栖

人気絶頂のロックバンドの歌に忍び込む謎めいた女の悲鳴。そこに秘められた悲劇とは…。表題作のほか十二作品を収録した傑作ミステリ短編集！

角川文庫ベストセラー

命甦《よみがえ》る日に 生と死を考える　五木寛之
梅原猛、福永光司、美空ひばり—独自の分野で頂点を極めた十二人と根源的な命について語り合う。力強い知恵と示唆にみちた生きるヒント対話編。

生きるヒント5《ファイブ》 新しい自分を創るための12章　五木寛之
年間二万三千人以上の自殺者を出す、すさまじい「心の戦争」の時代といえるも現在、「生きる」ことの意味とは、いったい何なのだろう。完結編。

青い鳥のゆくえ　五木寛之
見つけたと思うと逃げてしまう青い鳥、永久につかまらない青い鳥。そのゆくえを探して著者は思索の旅に出た。童話から発する、新しい幸福論。

人生案内 夜明けを待ちながら　五木寛之
職業、学校、健康、夢と年齢、自己責任、意志の強さ弱さ——私たちの切実な悩みを著者がともに考え、答えを模索した人生のガイドブック。

風の記憶　五木寛之
髪を洗う話、許せない歌、車中ガン談——旅する日々、思い出の人びと、作家作品論、疲れた心にしみ通る思索とユーモアにみちた珠玉エッセイ。

見仏記　いとうせいこう　みうらじゅん
セクシーな観音様に心奪われ、金剛力士像に息を詰め、みやげ物買いにうつつを抜かす。珍妙な二人がくりひろげる〝見仏〟珍道中記、第一弾！

んまんま あの頃、あの味、あのひとびと　犬丸りん
なんでもないあの味が、忘れられない思いでに結びついている。美味に珍味、B級グルメから裏グルメ、おいしい記憶からひろがるグルメエッセイ。

角川文庫ベストセラー

2400回の肘鉄　内田春菊

「奥さんいるくせに」――。妻子あるサラリーマン伊藤享次と女性たちとの孤独でやるせない愛の日々をシニカルに描く、オフィスラブ・コミック。

私たちは繁殖しているイエロー　内田春菊

ケダモノみたいに産み落とし、ケダモノみたいに育てたい！　生命と医学の謎に無知のまま挑む痛快妊産婦コミック。ベストセラー、文庫化第1弾！

クリスマス・イヴ　内館牧子

恋人、元恋人、女友だち、純愛、不倫……いつの世も女心は変わらない。クリスマス・イヴまでもつれにもつれる恋模様！

あしたがあるから　内館牧子

OL令子に突然下りた部長の辞令。社長からは結婚延期の命令まで出されて……大手商社を舞台に明日を生きる、さわやかなOL物語。

…ひとりでいいの　内館牧子

ミス丸ノ内まどかが理想の男からプロポーズされた翌日、本当の恋に出会った！　打算づくの生き方におとずれた転機。

想い出にかわるまで　内館牧子

一流商社マンとの結婚をひかえたるり子。しかし妹久美子は、そんな姉の恋人に想いを寄せる。せつないラヴストーリー。

恋のくすり　内館牧子

恋につける薬はあるか？　「想い出にかわるまで」「クリスマス・イヴ」……人気脚本家のおくる元気印の特効薬。